孙淑香女士

张荣先生

马林先生

李万明先生

黄显德先生

周通泉先生

耿汝侠女士

梁春云女士

刘鹏先生

王协忠先生

刘启艳女士

柳燕梁女士

余镇淅先生

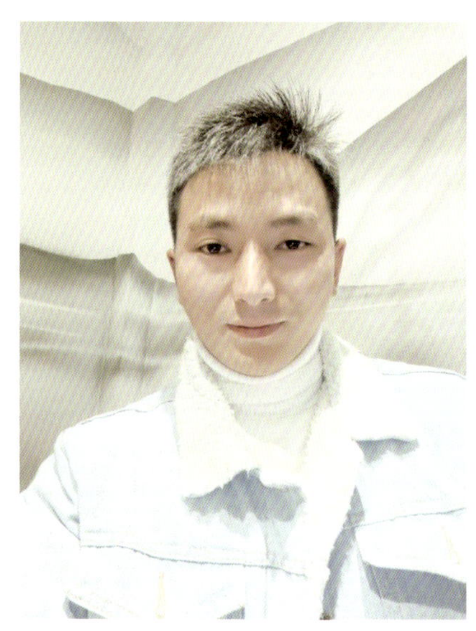

张俊华先生

方福顺先生

彭运国先生

郑书晓女士

姜波女士

张春台先生

范树立先生

柳兆义先生

王允才先生

杨强先生

石贞伟先生

典藏版

『经典杯』华人文学大赛作品精选

孙淑香◎主编

人活一世，草木一秋
一花一世界，一叶一菩提
以顺其自然的心态
感悟生命的真谛

团结出版社

图书在版编目（CIP）数据

“经典杯”华人文学大赛作品精选 / 孙淑香主编 .—北京：团结出版社，2022.6
ISBN 978-7-5126-9432-3

Ⅰ . ①经… Ⅱ . ①孙… Ⅲ . ①华人文学—作品综合集—世界—现代 Ⅳ . ① I11

中国版本图书馆 CIP 数据核字（2022）第 097138 号

出　　版：团结出版社
（北京市东城区东皇城根南街 84 号 邮编：100006）
电　　话：（010）65228880 65244790
网　　址：http://www.tjpress.com
E-mail：65244790@163.com
经　　销：全国新华书店
印　　装：廊坊市海涛印刷有限公司
开　　本：145mm × 210mm　1/32
印　　张：21
字　　数：508 千字
版　　次：2022 年 6 月　第 1 版
印　　次：2022 年 6 月　第 1 次印刷

书　　号：978-7-5126-9432-3
定　　价：200.00 元

《“经典杯”华人文学大赛作品精选》编委会

序 言

生命如诗，翰墨凝香

刘清

生命是一笺动人的诗，在四季更迭中极致绽放，用心的素笔，在平淡烟火中书写着无悔的诗行。干净，是生命最本真的底色，是岁月最美的留白；清香，是灵魂最纯的味道，是人格魅力永不褪色的芬芳。生命的追逐，在心字装帧着远方中绚烂，在一生活成一首诗中定格着永恒！

文字，是心的独白，是情的释放，是生活的提炼，是思想的升华，是风骨的傲立，是生命的印记，是灵魂的安放，是喜怒哀乐的晴雨表，是酸甜苦辣的调味剂。走进文字，就是走进心的世界，依着文字的脉搏，让我们在静静聆听中，感悟世界，感受律动，见证美好，体味精彩。生命在一池墨香中晕染，饱蘸诗意，丹青出诗韵幽幽的画卷。

人活一世，草木一秋，一花一世界，一叶一菩提，以顺其自然的心态，感悟生命的真谛。人的一生总是在得到和失去之间转换，很多时候，暂时的失去，是为了永恒的得到，所有的失去都会以一种形式归来。生命是一个回归自我重塑的过程，如同秋天的落叶，在告别旧我、回归大地中找寻活着的意义，于生命的觉醒中活出一个全新的自我，活成一树春天。让我们循着叶落归根的文字，走进北京诗人郑书晓的《叶子的随想》，去感受一个不论何种境遇下都不放弃希望和成长的倔强生命，世界永远为向死而生从不轻易认输的人让路。

“一片叶子 / 也可以抵达春天 / 只要它不将一场 / 暂时的凋零 / 当作一生的绝望 / 它只是归于泥土 / 等一棵树的觉醒 / 将一片风华 / 燃烧在春天的掌心”

站在岁月的阡陌上，回首过往，那枚风华正茂时的爱的果实，已经在错过的季节里干瘪，轻如落叶的爱情也随着时光凋零。经过生活重新洗牌的你我在晚秋的时节再度相逢，那些昔日春天里的青涩爱恋，成为我们封缄在心底的秘密。当时隔多年断联的爱的火焰在心照不宣中复燃，我们小心呵护，怕它再度熄灭，又怕它星火燎原，伤及无辜。让我们循着旧梦重圆的文字，走进广东诗人陈映霞的《晚秋》，去感受这份人海中失散多年又兜兜转转再次遇见的缘，有些人注定成为生命旅途中不可缺席的温暖。

“秋天，我们在落叶里 / 寻找时光之果 / 它已经干瘪 / 挂不住轻如落叶的爱情 / 果林被霜雪扫荡之后 / 园丁不愿提起春之妩媚 / 遇见的时候 / 已是生命的晚秋 / 我们羞于提起青春 / 但是我们谈及爱情，小心翼翼 / 犹如守护着旷野上的一苗火焰 / 怕它灭了 / 又怕它烧成燎原之火”

当我爱你，隔着千山万水，隔着四季的轮回，隔着多年的青葱记忆，我仍听到了乡间小路花开的声音，看见了你在一盏灯下的痴情守候，我也在纳兰词“人生若只如初见”中，用爱的光晕将你一辈子笼罩。让我们循着深情如昔的目光，走进山东诗人李东仁的《当我爱你》，去感受这份岁月不老、爱亦永恒的刻骨铭心的纯真爱情：不论青丝白发，你永远是我眼中最美的山水！

“隔过村头那棵树，隔过寒风 / 隔着当年单薄的身影 / 我看见乡间小路 / 水和粮食都带着花开的声音 / 看见你，坐在一盏灯下 / 我仿佛纳兰词的光晕”

命运崎岖半生过，茅舍独饮寒雪天；遗世独立岁月匆，自在人独行；浮生三千梦，笑看江湖远；风云同行何所惧？雪霜交加亦坦然。让我们循着“众人皆醉我独醒”的文字，走进山东诗人马林的诗词，去感受一颗淡泊名利且无畏无惧的心。一起欣赏经典诗词《七律 · 雪日独饮》：

山回路转半生缘，自酌寒茅大雪天。

岁月无多醒世外，神兵十万醉樽前。

春成草木秋成梦，近是江湖远是烟。

已惯风云同入席，霜花飞满亦陶然。

庭院闲观风摇翠竹，对镜人贴花黄，暖阳透轩窗，粉黛凝俏，伊人正梳妆；临水照影沉鱼妒，如花容颜谁人顾？欲将心事付瑶琴，弦断无人听；寂寞深宫锁春秋，人生能有几度秋？恨重重！让我们循着“花开无人赏，花落无人知”的文字，走进四川诗人黄显德的诗词，在“花开正艳无人折，空凋零”中去感受后宫妃嫔们的凄苦命运：一入宫门深似海，从此高墙绝红尘。让我们一起欣赏精彩诗词《昭君怨 · 水阁梳妆（五月）》：

坐看风竹翠老。来对菱花人俏。

红日拓幽窗。正梳妆。

影映莲池鱼美。心付瑶琴弦断。

寂寞度深宫。恨千重。

一剪红梅盈盈绽，暗香浮动傲雪中；婉约风骚独领，帘卷西风，知否，知否，应是绿肥红瘦；心有柔情百转千千结，雁字回时，月满西楼，为爱而生性中人；豪情壮志满腔，巾帼不让须眉，生当作人杰，死亦为鬼雄，千古绝唱青史载；山河破碎岂苟且，气节凛然家国忧，一片丹心照汗青。让我们循着风骨挺立的文字，走进浙江诗人祝建华的诗词，去了解一代才女李清照光辉璀璨的一生：一方清泉，映照古今。让我们共赏精彩诗词《一剪梅·李清照》：

一剪寒梅傲雪中，雁字回时，泪眼蒙眬。
暗香盈袖易销魂，瘦比黄花，帘卷西风。

人杰一生死鬼雄，霸业无成，不肯江东。
家亡国破叹漂萍，千古奇才，豆蔻词工。

冬季，一个博大中包含着厚重、真实中彰显着气节、沉默中内敛着温情的季节，而北方的冬天，更是将这种特点发挥到极致:天地无物中孕育着一个盛大的春天。一方水土养育一方人，那些长年累月经过冬季冰雪严寒淬炼的北方人，坦荡无私的胸怀中更不乏铮骨柔肠，率真的性格更多了份坚韧执着。让我们循着散发着泥土清香质朴的文字，走进黑龙江作家吴月娥的《北方的冬天》，在这片热情的黑土地中去感受北方冬天所拥有的那份纯粹，北方人骨子里与生俱来的豪爽和担当。让我们为北方的冬天而高歌，让心的温度融化世间的冰雪，干净而宽宥，以心中的善感化着世界的凉薄；让我们为成为北方人而骄傲，让脚下的脚步，踏出别样的人生，坚定而从容，用一腔热血书写着生命的赞歌。

“这块冰冷的土地，从来不缺少温情，生命在这里有了超常的温度，人性在这里，有了神奇的能量。少有的痛快，少有的神清气爽，浑身充满了能量，才发现自己并不单薄，寒冷中彰显的意志原来是如此博大！人生不经过冰雪的洗练，那有多遗憾！冰雪与寒冷实在是大自然对北方人的馈赠。北方人如此心领神会，欣然接受这份礼物，将其发挥到极致。经历了北方的冬天，性格剔除了些许怯懦，人格中多了些豁达硬朗，那些曾经的纠结郁闷，在寒冷中显得微不足道，只要在雪地里舞过、蹈过，人生的哪一段路程不能走过？”

梦想，是开在心中的一朵花，需要用汗水浇灌、用毅力支撑、用行动拼搏，才能开出梦想成真的花。宝剑锋从磨砺出，梅花香自苦寒来。成功路上从没有捷径，更没有坦途，需要你拥有面对困难时永不退缩和气馁的勇气，学会在一次次的摔倒中重新爬起站立，向着自己的目标一步步靠近，从不言弃，终会到达胜利的彼岸，有志者事竟成。让我们循着乘着梦想的翅膀、自由翱翔的文字，走进吉林作家伊永华的《冰上小飞燕》，去感受一颗不论岁月如何老去，在生命的舞台上永远绽放着精彩的灵魂。

“不知跌了多少跤，摔了多少次，摔倒爬起，再摔再爬起，终于可以站稳了，终于可以滑动几步了，终于可以脱离老师的庇护了，我好开心。自此，我天天到冰场来滑冰，即使没有集中训练。那年代天气冷得出奇，可寒冷并没吓退我，我还是坚持天天到体育场滑冰。

“有付出，就有收获。寒冷的冬季，锻炼了自己的意志；艰苦的训练，增长了自己战胜困难的勇气与毅力，在后来的人生起到了至关重要的作用。一个甲子过去了，曾经的‘冰上小飞燕’，真想再做一回‘冰上老飞燕’……”

生命中有一种情，不论离开多远，分开多久，都是割不断的牵挂，一草一木都是景，一粥一饭总关情；生命中有一种思，任凭岁月荏苒，有些旧时光成为心里永不抹不去的记忆，一经打开，如同昨日重现；生命中有一种愁，才下眉头却上心头，无论如何变迁，你都是我根植在心里的千呼万唤，一经想起，辗转难眠，何日再见？让我们循着草木知心的文字，走进新加坡作家童赵驰的《家乡的红枣树》，在深深思、切切念中，去感受这抹浓得化不开的乡愁。

“而今，一个甲子过去了，家乡现在早就不见过去的农家小院了，变成了排排小洋楼，高大的枣树便成了稀罕之物。找不到那棵红枣树的图片，于是按照思乡梦境，找了张木质结构的黑瓦屋照片，屋旁配上细细碎碎的花朵，远方景观纳入水榭亭台，再添加一点灯光滤镜，折腾到深夜两点难以定稿。

“原来，家乡的那棵雌枣树始终长在我心里，今日又生出许多乡愁……”

诗意，是人生旅途中一抹暖人的色，是柔软的心底流淌的一阕动人的歌，是心灵的荒漠润泽的一方绿洲，是治愈人间疾苦的一剂良药，是迷茫心灵闪烁的启明星。红尘阡陌，心怀诗意，苦乐同行，用星辰大海追逐着灵魂的原乡，用落笔无悔书写着生命的厚重。悠悠人生路，诗意慰平生，墨染流年，岁月沉香。

目　录

第一部分　现代诗歌

第二部分　古体诗词

第三部分　散文小说

第一部分　现代诗歌

北京诗人郑书晓

【作者简介】

郑书晓，女，中国诗歌学会会员、中国楹联学会会员、中华诗词学会会员，有作品发表于《参花》《散文诗》《绿风》《当代文学精选》《当代实力派作家文选》《当代文学百家》《中国诗歌范本》《“精英杯”文学大赛获奖作品精选》《“华语杯”国际华人文学大赛获奖作品精选》《“盛世中华杯”国际文学创作邀请赛作品精选》《“蝶恋花杯”国际华人文学大赛获奖作品精选》等杂志和选本。已出版诗文集《我的花园》《时光吟》《时光诗册》等。

诗歌十四首

1. 把夜晚安放在掌心

有时，你可以将夜晚安放在掌心
至少，那墨色的空旷
会容纳昙花，星辰，或者月亮

也会容纳风。让风吹拂
流年的枝丫和流云
如此，目光可以和闪烁的事物
距离更近

比如：沿着树梢抵达明月
用流云当作船
去延伸思念的晨光

当风化为翅膀
风，就背着夜晚流浪
夜的静谧，用轻风诉说
夜的狂舞，让风拥有了语言
呼啸的颤音
可以呼唤冬天和飞雪

于是，夜的影子里
每一个事物都可以成为旷野
风来，风语，花开，花落
沙漏里落下的每一粒沙
都是豁达的

2. 写一首诗给你

将宁静放于我心
你，扫落喧嚣
用一阵暖
剪除寒冷的风暴
冬季的旷野
是时光悬挂的镜子
里面，几近荒芜
唯有雪落的冷光

无声，亦无痕

可你不同
你替代那枚
被冷冬暂时冰封的太阳
将一缕真切的暖
抵达我的掌心、目光
让我以为，或许我也可以
成为路边透明的花朵、绿叶
逆着光阴，从容而开

无一处春天不含你的影子
风雪的呼号已成为往昔
再与我无关

3. 黄昏

沿着碎光行走
我正描绘
一束光阴的影子
我写一写黄昏
时间的背后
太阳，就要落山

白昼之曲将尽
像一支笔的舞蹈
行至日记的尾声

夜，悄悄翻涌
轻，即是重，与季节无关
可知否，这开场的独白
也是跳入目光的深深序言

4. 释然

那些写给时光的信
也许早就似一片片落叶
随秋天并入泥土
季节的沉默，月光化不开
不然，夜的寂静
就不会用无声的雪落来诉说

不必担心一串脚印
把一场雪夜惊醒
这散落的心事
也许只是一阵仓促的风吟
奔跑着，却在光阴的屋檐下
与曾经的自己擦肩而过

就当忘却的故事
是另一次放下
就像翻过夜的山谷
会看到一缕晨光
照亮天际的微笑

5. 时光印记

时光的镜面是明亮的
灰尘的陷落
也能映照清晰的影

所有走过的路
岁月的记忆自有其影子
即使风曾经猛烈地吹过

6. 静夜诗语

或许，夜的沉默
也可以用月亮来回答
不然，一缕月光
就不会令人联想到孤独

思绪的漫延
似一杯茶即将散尽的余温
如果风来，它就会将闪烁的微光
视为归宿，用一只小船
点燃一生的征途

又或者，不能忘却或忽略
夜里的每一束光
比如：夜空的星辰，流云的影子
行路时一闪而过的灯火

不经意时，它们会扬起心中的帆
让风，载着它们远航、远航
直至——牵挂成为永不落幕的浪花
而岁月的河，就此深流

7. 雪夜

华灯初上。灯下的飞雪
似孤独在夜里
涌动的沙尘

没有一棵树想让雪花
堆叠成一片片树叶
仿佛那样，就可以忘记凋零

行人的穿行，将脚步的归途
指向温暖的灯火
一束光的影子
即使从一根火柴出发
也终与寒冬的雪落相斥

在无数的冷风中与飞雪相逢
雪落于掌心，落于眼眸
又默默融化

冬的征途里
心的平静会诞生光的火焰
我收回夜晚，收回风雪

仿佛归还一缕春天的青丝

8. 冬季小语

当一枚树叶学会了飞翔
一棵树的沉默
就有了飘零的味道

树枝，向天空伸展
光秃的纹路
无法复制
炎夏一缕月光的斑驳
以及，涌动在树叶里的蝉声

冬的私语
像风的呼啸一样直白
晃动的枝丫，擦拭夜的镜面
尘世，就有事物被扫落

时间的流逝
会不会是一张白纸，万物归零
然，也曾有记忆的光影
深印于心

我的格局
也许是一扇简单的窗
世间的风景，来来去去
都将它视作抵达心的归途

9. 偶思

若不放过自己
就会在心中织一片
细密的忧愁

当一只蜘蛛
找不到突破口
困在自设的围城
岁月，就是深深的高墙

10. 阳光小语

阳光，对一切是那么公平
可以照耀一棵笔直高大的树
也可以照进阴暗角落里
一棵青草绽放的梦

11. 春天是疾驰而过的火车

把桃花当作钥匙
我，一路开启了
春天

春天，是我心中的
一扇门
也是从光阴里
疾驰而过的火车

从不说时光的流逝
是一场无法回头的曾经
从不疑惑时光的铁轨上
承载了多少飞逝的春天

我知，岁月的窗前
当春天一遍一遍碾过尘埃
记忆的旷野，就有繁花盛开

12. 我的灯盏

它就静静地立在光阴的角落
世人的眼中，它或许只是一个碟子
或瓷器，或青铜

窗内，一盏台灯入眼
窗外，霓虹替代星星出征
而它——沉默不语
条纹的深浅，像额前的青筋

“也许，缺了一个引子。”
我喃喃自语，一边掀开世俗的帘子
一边向着岁月，划了一根火柴

就那么一瞬间，我看见
灯盏睁开了眼睛，大放光明

13. 等待春天

时光的流云，被冷风吹散
叶子，开始颠沛流离
一棵树，把纵横的枯枝
伸向天空
此刻，它无惧季节的
更迭与凋零
它把根交给大地
把自己视为青青的森林
等，一只又一只
飞鸟的归途

14. 叶子的随想

一片叶子
也可以抵达春天
只要它不将一场
暂时的凋零
当作一生的绝望

它只是归于泥土
等一棵树的觉醒
将一片风华
燃烧在春天的掌心

江苏诗人陈志原

【作者简介】

陈志原，笔名陈志源，江苏南京人，在上海工作，工程师，中国诗歌学会会员、中华诗词学会会员、中国楹联学会会员。《2020 中国年度优秀诗歌选》编委等荣誉。200 多部作品入编《当代文学百家》《当代文学人物大典》《散文百家》《时代作家》等许多文学选本和杂志。

父亲，一个被岁月镂空的名字

童年的懵懂幼年的好奇
少年的青涩青年的迷茫
被呱呱坠地的生命催熟
微笑在满是胡茬儿的嘴角流淌
一个伟岸的名字——父亲
在门楣上册立
从此，独立告别了依赖
背影是孩儿梦呓偶像
臂膀若妻儿温暖避风港

青铜脊梁上多了几张吃饭的嘴
即便有一个馒头也要分成几瓣
生存逼你驮着财神前行

谋生的皇历压得你透不过气
面朝黄土苦寻生计
人间的苦涩钻进门牙又滑进肚里
门楣的光环被苦难褶皱
岁月的刀痕已把你镂空
从孔武有力到奄奄一息

路边的孤坟催促南去的轱辘声
伴着启明北斗两个焦虑的眼睛
照着那弯得像弦月的腰
投影出细长炭黑的剪影
钱币沾满血色在远处游荡
谋生的老茧拖着残缺的铧犁向前
酸楚在街头酒樽中静默
痛苦被嗷嗷待哺哭声遗忘
亲情在离别重逢中轮回

“爸爸！”隔着门板的一声童声
飞扑过来的拥抱和亲吻
小桌热腾的家乡酒菜
辛苦都是浮云
家的感觉让你胜却人间无数
你无暇沉湎儿女情长
锅台里的火烧的是金钱

初八，小村的金鸡刚打响头鸣
你的腰加满了油料，前行挺直了些许

满地的清辉几声狗吠外
沙沙的脚步，侧耳隐约听到
家中那千年不变的摇篮曲
醍醐灌顶地滋润浑身的经络
早春那带着寒气的东风
高唱着父亲，这个被岁月镂空的名字

辽宁诗人徐正秀

【作者简介】

徐正秀，70后，辽宁宽甸人，辽宁省检察文联书画协会理事，一级检察官。幼承庭训，挚爱中华传统文化，尤以笔墨文字为最，先后荣获当代华人爱情文学大赛、华语杯世界华人文学大赛、盛世中华杯国际文学创作邀请赛一等奖等奖项20余项，作品入编《当代实力派作家文选》《当代文学先锋人物大典》《云天外的光芒》《天津诗人》《新时代文学人物作品精选》等30余部诗文选集。

四季驿语（组诗）

咏春·清明时节读故乡

用一幕清雨
洗净穹顶和大地
故乡的林泉
不时长出深色的记忆

在故园的词典
浮云并没有实质性意义
爷爷一样笃定的山脉
只抱紧，一支又一支敦厚的谱系

在泠泠的风骨上
插满五彩斑斓的旗帜
与陶土同色系的草莽
珍藏一段血浓于水的秘密

扶起一地绿色的思念
缓释关于落叶归根的真谛
抵近原乡的膝骨
拓印两枚青铜的钱币

一架守拙的大山
总是安静而血性地崛起
清亮的山溪跃跃欲试
放飞四海为家的羽翼

咏夏·蝉

蝉声如弦
经年累月的枯禅
渐起，深奥的梵唱
突破幽暗，涅槃而生
普度众生的夙念

从来不敢遗忘

蜕去厚重的铠甲
垂绥饮清露
羽化攘臂而呼的力量
每一粒高挑的音符
言犹在耳，醍醐灌顶
都试图穿透世俗的幻象

色即是空的偈语
不必然唤醒
千人千面的着相
一人不度，终不闭口
即使堕入红尘
终生流浪

咏秋·琥珀的今生

一滴一滴
挤出生命的血浆
按住一个又一个创口
层层叠叠地包藏

放过那只噬心的虫
耳畔的蝉诵 依旧悠扬
独自结痂的痛楚
具结所有有形和莫名的恐慌

经历十万年的淘漉
每一枚通透的舍利子
都闪着慈悲的佛光

后世遇得琥珀的缘者
有谁会晓得
我当年的浑身创伤

咏冬·雪影

毛边的故乡
养大一幅发白的风景
就像我鬓角
斑驳的影

低调的温度
并不轻易发出邀请
在童年植入的隐形翅膀
从来无视寒冷

纵然只是孤单的行者
每一帧回忆都未曾减省
抚摸大雪的羽毛
一些钙化的事物被依次唤醒

为了一场阳谋的雪事
故乡和我，一直在等

江西诗人张俊华

【作者简介】

张俊华，男，笔名鑫仙，生于1989年11月17日，江西省丰城市杜市镇大屋场村人。中国诗歌学会会员，《实力派诗人作家文选》《新时代诗人作家文选》《中国黄金诗词文大典》等书籍编委。作品入选《新时代诗人作家文选》《当代文学精选》《当代文学人物大典》《实力派诗人作家文选》《当代文学百家》《"盛世中华杯"国际文学创作邀请赛作品精选》《"当代影响力"诗人作家文选》《中国黄金诗词文大典》《中国当代优秀诗选》等几十部诗合集。著有个人诗集《春堂诗话》《青年之章》。

诗六首

1. 万物互联

回不去了，奋勇前进
一边万物向前，一边解决问题
车物互联，工商互联
道路是曲折的，前途是光明的

没有时延的人际关系
每个人都是边缘服务器
没有卡顿的信息网络
每个人都拥抱实体经济

只为得到一个许可证
交付朝五晚九的一半汗水
只为得到安全数据化
信息的安全和隐私的保护

到未来终有一日
每个人都在直播同时也在被直播
人类还是中心点
这就是我们期待未来世界的图景

万物互联
被羡慕的目光所见即所得
万物互联
人工智能永远可控可管理

2. 十八号病床（一）

脑出血突击顺昌的家人
忧伤着晴天霹雳般家人牵挂的心
脑出血侵袭十八号病床
刺穿着三百公里的路上孙子的爱

十八号病床遭遇瓦器之苦
瓦器蚌盘，冰消瓦解
曾经贫苦的少年已年老龙钟
十八号病床拯救生命之恶
生命如花，昙花一现

如今龆年的曾孙已小时了了

生命的思考在十八号病床
深刻地启示着平凡的我
生命的感悟在十八号病床
普通地意象着诗意的我

十八号病床寄我不可磨灭的伤感
平凡的我有浓郁的自责的忧伤
十八号病床托我不可辞去的哀愁
诗意的我有独特的风骚

3. 十八号病床（二）

十八号病床让我怅然失色
清新的气息窗前吹过
十八号病床让我黯然神伤
寂静的呼吸无路可走

这平凡的生活增强亲切感
我潮湿的心欲罢不能
这平凡的生命增值幸福感
爷歪斜的嘴欲语未言

病康，仿佛就在一闪逝
坚强意志在病魔面前如此无穷
生死，仿佛就在一瞬间
生机勃勃在死亡面前如此无虑

生命的行船还在十八号病床
抒情是我的理想，也是生命的象征
生命的续篇还在十八号病床
诗歌是我的理想，也是生命的象征

4. 顺昌

空气清新，民风淳朴
珍禽奇兽的华阳山充满神秘色彩
以竹为贵，常年青翠
无穷灵秀的乐活来布如梦幻仙境

元坑古镇
古风宗祠博览园
云上大富
夏日纳凉好去处

重重叠叠
千亩竹海入眼帘
柑橘之乡
随风飘落在人间

顺达昌盛在身边相随
那流泉飞瀑消世间苦愁
最美风景在身边围绕
一副天然样灭丑恶人心

5. 孤寂

岁月流逝，相貌压制不了你的才华
相貌平平也会吸引独一无二的爱情
相貌堂堂也会纳取四面八方的忠言
却也挡不住落魄时孤独的灵魂出窍

就算是孤独寂寞，我也不要不乐观
经历对我造成痛苦，我也留有自信
就算是落魄怨恨，我也不丧失理智
现实对我造成伤害，我也留有分寸

孤独不是专属，寂寞却是狂风暴雨
落魄的经历挡不住荡气回肠的才华
孤独是短暂的，寂寞也是错过繁华
残酷的现实挡不住血拼的壮志雄心

6. 诗艺

梦想唤起寂寞的心
不甘示弱以书为伴
诗歌唤起大爱的心
不甘平庸以德为本

不管人生是长是短
我应该证明我来过
我拿什么来证明
唯有我的诗歌可以

不管春夏还是秋冬
就让我的诗带你感受
不管悲欢还是离合
就让我的诗带你体会

一路风景看见了冯唐易老
我有我的秋水共长天
一路坎坷看见了李广难封
我有我的落霞与孤鹜

江苏诗人余镇淅

【作者简介】

余镇淅，男，汉族，江苏镇江人，大学文化，工程师。中国诗歌学会会员，中华诗词学会会员，中国楹联学会会员，中国诗歌网会员，中国诗歌报会员。

诗歌十六首

1. 小寒

冷的极限，跟零下贵族交易
度数，是讨价还价的筹码

三九的瑞雪等着出嫁
只要让物候们饮一杯冰激凌

梅花，请铁枝点几笔暗香
投递给报喜的鹊巢

打开一封迎春的信
满纸北归的雁语，雉鸟的歌声

2. 我只想坐到灯光里去

太阳的光环太过分，伟大
被烈焰围得下不来台
我争不到一点知名度机会

月亮的心绪太难测
见到黎明就躲得远远的
星星的肚量更加吝啬
做一个梦
猜不到它们是否惦记自己

一大堆患得患失的问号
急着捅破那一层古怪的窗户纸

也许又遭遇一次嘲讽的冷落
困惑得只想坐到灯光里
守着镜子发出的自我光明

3. 无弦的和声

不懂音乐的猫，趴在
主人的二郎腿上听动静

它周围的空气乖巧地顺从
安宁的音符
就像贼遇见警徽的无奈

耗子也一样
安于恐惧的降调
无须弄清谁仗谁的势

假如，鬼被自己的噩梦惊醒
会听见修禅的木鱼声

4. 花期是一种慢疾

也许，梦是一种缓释的毒素
深远地潜伏在骨髓中
误认为是基因劣根性体检

卷心菜的灵魂嫁给枭雄的阴险
视死如归的命运交响曲唱片
卖吧，畅销多少代粉丝的药方

5. 风是空心的

风头，只想到处张扬
有空子就钻
无影无形的霸气

打火机刚刚闪出一点念头
被狠狠地吹灭，烛光
想穿过窗子缝
偷偷地漏出一线微弱的真情
被砍掉了脑袋

好奇心撩人
想打听不能透露的来处
先试探风的口气
它无心地在耳边说个不停

6. 望乡

乡土，粒粒皆自贵
不准投机的骗子假装乡亲

偷个生锈的祖宗烧高香
混个姓氏牌位

据说跟拆迁的算盘有缘
村里的儿孙也多了几个心眼

巴结放宽的度数
都指望乡土的含金量升值

还有门前屋后那几棵树
头一回上了户口

7. 茂盛的野草试图掩盖一切

你，野的分子式
不怕跟豪门显贵混合
廉价妆饰忽悠富家公子品位

流浪的巧手幸遇一线生机
被时尚财神爷相中
广告被公子爹包揽，甚至
登上宦海靓岛
赚得盆满钵盈

你，不在乎草根
被生命力逼得破土而出
抢先一步的茂盛到处蔓延
往往是正宗的来历

8. 雕刻

（1）长津湖

长津湖，冰雪残寒
天造亡命利斧——劈向不归路

截退寇，军令如山
勇士血胆钢铸——阵地坚固

握枪刺，伏地猛虎
誓死卫国护土——冰雕英烈塑

（2）石头

石头，面土骨硬
智勇囊中藏
敢与钢铁拼火光

工匠神艺，开凿通灵宝库
分流截水，退千古洪灾
擎天砥柱，固万年塔桥

宏伟殿堂，花岗岩筑雄魂
宫廷雅室，巧夺天工品玉秀
名家书画，墨迹生辉印铁笔

遇阻行便，为寻光明者铺路
见恶即恨，砸碎罪孽的头颅
雕刻刚毅的精髓

9. 萍水

根，不依故土
依水而生的性情
随水而行的天涯路
注入可聚可散的淡陌

痴恋的驿站留不住漂泊的根
可清可浊的红尘改变不了初心
那是水的智慧为本色提炼
祝福自由的灵魂

10. 蝴蝶兰

一颗流星，划破

幽谷夜幕
击中想飞的梦

心火，尽染满底春色
滋生风情双翅

浓郁的羽绒，装点无价
待白马王子随行

采，三百园花蜜
一身陪嫁，撂开群芳

蕴含智慧的冷艳
识破一切花言诱惑，会
飞离陷阱

11. 不明物体

是什么代替一个陌生的影像
安插在问号前面

看不见里面的世界
也许永远听不见

无边的海洋猜想不尽
续写书本里没有的符号

光电和情感，智慧和得失
是什么样的形状

当世界只有时间成为敌人
什么是永远的迷宫

12. 夜读红楼梦

夜，时隐时现惊魂心火
透视一场红楼赌局

迷惑的警幻
暗藏世俗顶级魔法
戏弄形形色色的灵与肉

入俗也好，脱俗也罢
细读各自对号入座的判词
一笔圈定命运祭文

干净的石狮子垂目冷视
府门进出的浮生
有几个不是梦的囚徒

说梦人是个忽悠的高手
脱尽一生衣带！

跛足道人是他的木偶

借残破渺渺之躯，透大观眼力

一生颠簸，他乡亦故乡
一曲终了便是好

13. 五月

谷雨，最后一滴定音山野
点缀杜鹃低啼
遮掩不了惜春哀鸣

身披银珠的山楂花，伸出
娇嫩的玉指
挽住绽放情愫

鸢尾花朵朵艳姿，难舍
大自然馈赠的每一刻金色时光

呼唤山里人
把光圈开大，把焦点瞄准
那些倍加挑剔的群芳

五月，快来吧
映山红血染风采的岁月

无数红色基因，传承
一代代鲜花盛开的生命力

14. 一声轻叹

笼鸟，闻到晨曦的味道
又开始叽咕
几句早安的单词

枕头无能，堵不住失眠的耳朵
塞满了昨天前天的糊涂账
想了一宿，才悟出远道的心机

银子，呵护老相识共存的定心丸
不计较亏一时，来日又赚
鸟语传递安神的音符

15. 月牙泉

一粒沙、一滴水
轻易被忽略

那些相守的故事
像弯月遗失了夜色

折翼天使孤守戈壁滩
多少红尘变成洪荒

16. 在水一方

月亮，爬上夜空
水中晃动孤冷的丽影

迟迟不愿消失

风，为邂逅荡起阵阵涟漪
梦在水中央回旋
一道道接近纠缠的绳索
不知真假地系来解去

时光猎人，曾经为两颗陌生的心
牵过一次次交易的红线
逆亦难破，顺亦难破
懂了，彼此安在远水一方

辽宁诗人赵明环

【作者简介】

赵明环，女，中国诗歌学会会员，辽宁省作家协会会员，沈阳市作家协会会员，《世界诗人》、经典文学网签约作家，著有国家级出版社出版的个人专集《赵明环诗文选》（现网上有售）。180余篇作品入选50余部国家级出版社出版的书籍和发表在有关媒体刊物及微刊。荣获过多种奖项和荣誉称号。

我是共产党员（外二首）

共产党员——
多么崇高的称号
多么闪光的字眼
当我懂得了
没有共产党就没有新中国
当我在书里电影里
看到无数共产党员
在战争年代
为了祖国的解放
人民的幸福
抛头颅洒热血
在和平建设岁月里

他们鞠躬尽瘁死而后已
我的心被感动着
我多么希望自己也是一名共产党员
做党和人民的好儿女

终于有一天
我光荣地入了党
实现了自己崇高的理想
那是 1974 年 8 月 13 日
那个日子我永远也不会忘记
“……为共产主义奋斗终生……”
我举起右手庄严宣誓
从此要牢记入党誓词
把它融化在钢筋铁骨热血里
我知道我并不完美
我有许多缺点不足
但在我心中
党永远是我的指路明灯
为祖国为人民
走向辉煌壮丽的人生

我们为母亲排忧解难
在广阔天地里
我们深入民众刻苦磨炼
砥砺前行倾情奉献
走进新时代的春天
我们做改革开放的弄潮儿

四海为家
搏激流战险滩
走过了万水千山
在今天新长征路上
那时时响起的进军号角
又给了我激情和力量
不忘初心，继续前进
为了实现中华民族伟大复兴的理想

我像一条涓涓细流
汇入了黄河长江
我们正奔向波澜壮阔的海洋
我是共产党员
为祖国为人民
万难不屈，始终不渝
朋友啊
让我们并肩前进

热血在奔流

血雨腥风已成为昨夜的梦魇
炮火连天已成为往昔的云烟
山河已无恙
国泰民皆安
先烈们的遗愿终于实现
那漫山漫谷的鲜花啊
在丽日下高唱：
“祖国啊

在埋着我的骨骼的黄土堆上
也将有爱情的花儿生长"
"胜利的时候
请你们不要忘记我们"
"我没有写完的诗
你要继续写下去"

一幕幕一篇篇
令人壮怀悲烈追思无限
不朽的英雄们啊
我们记住了
记住了你们那冲破黑暗的浴血奋斗
记住了你们那宁死不屈大义凛然的呐喊
你们那黎明前的深切呼唤
永远把我们的信仰点燃
我们高举你们的旗
我们接过你们的笔
我们续写着你们没有写完
的诗
你们的热血
正奔流在我们的脉管里
你们期盼的可爱的中国
正在世界的东方巍然屹立

在党旗下

面对镰锤旗帜
回眸党的历史

重温入党誓词
举起右手宣誓
心潮依旧澎湃
信仰坚如磐石
一路跟党走来
为国为民宗旨
不忘初心使命
为党奋斗终身
庆党百年华诞
祖国繁荣昌盛
先烈志士如愿
后辈永葆旗红
喜看华夏大地
欢歌劲舞龙腾

广东诗人陈映霞

【作者简介】

陈映霞，1969年出生于广东梅州，现居广东省佛山市，从事制造业工作，广东省作家协会会员，中国诗歌学会会员。诗歌、小说作品散见于《星星》《延河》《作品》《诗歌月刊》《特区文学》等全国专业文学刊物，并入选《中国当代文学精品》《中国爱情诗选》《每日一诗》等多种选本。出版诗歌集《缤纷的风》、小说集《围龙屋的女人》，获第五、第六届佛山文学奖，第三届博鳌国际诗歌节年度诗人奖，第二届杜牧诗歌奖特别奖等。

诗歌四首

1. 晚秋

秋天，我们在落叶里
寻找时光之果

它已经干瘪
挂不住轻如落叶的爱情

果林被霜雪扫荡之后
园丁不愿提起春之妩媚
遇见的时候

已是生命的晚秋
我们羞于提起青春
但是我们谈及爱情，小心翼翼

犹如守护着旷野上的一苗火焰
怕它灭了
又怕它烧成燎原之火

2. 悼念家婆

这绝情的人间
终有一个触手可及的黎明
把我们永远抛弃

死，终止一切
春耕秋收，风霜雨雪
爱与怨，病痛和冷
死，是永恒的谜

死，令人敬畏
一把白骨，一抔黄土
烟消云散，无影无踪

那个在菜园里劳作的
那个在喂猪喂鸡的
那个养育了一大群子孙的
坚不可摧的柳招姊姊

她真的来过人间吗
如今，她又真的走了吗
我们真的
再不能遇着她了吗

3. 台灯

请不要触碰
更年期的女人
劳作，隐忍半生的她
活成了一盏触摸式台灯

一碰就着，再碰
她就灭了

4. 家婆纪事

（1）
一阵咳嗽过后，九十岁的家婆就脑梗了
唉，这把老骨头真不经使
家婆突然半身不遂，失去了行走的自由
失去了人间的语言

家婆再也咽不下五谷杂粮
一根导管，从鼻孔插到胃
她日夜躺在三尺木床上

接受枯萎了一半的残缺生命

幸好，她还能听
听风，听雨，听月光从窗前走过
嘀嗒嘀嗒的小闹钟，帮自己数着日子
风雨，月光和时间不会老，它们不会脑梗

家婆还能看，她仔细看着眼前的一景一物
这人间确实美好，她想
仅是天上的流云
就足够让人看一辈子而不厌倦

家婆吃过不同时代的苦
旧社会的苦，改革开放前的苦
耕田劳作的苦，养儿育女的苦
这躺在床上的苦，又算得了什么

家婆不想变成一幅人头像，挂在祠堂的黑墙上
祠堂里只有年年如旧的燕子
没有代代兴旺的子孙
——于是，家婆决定留在人间
她心平气和地活着

（2）
家婆躺在床上，迎来第三个春天
这寒透骨髓的雨水哪
没有放过九十三岁的家婆

她一身病痛，咳嗽和风湿
都跟早春有关
六十岁之前的这个时节
家婆从早到晚泡在雨水里耕田种地

家婆是样板戏中的客家女人
聚集上下五千年中华女人的优点
忍隐，勤劳，不争不抢
默默忍受命里所有的苦

家婆没有读过一天书
满脑海却装满智慧
诸事难不倒她
母猪不见了，她满山谷呼喊母猪的名字
母猪就像她的孩子，领着一窝小猪从林子里跑出来了
孩子发烧，没钱上医院，她从田地里采来草药治病
她目不识丁，一生只会写三个汉字——张柳招
却培养出一个博士，一个企业家和一个镇长

那年，家婆六十岁
小六子娶了城里工作的媳妇，那媳妇便是我
家婆勇敢地告别了熟悉的土地，庄稼和牛羊
到远离故乡的陌生城市，开启了新旅程

风吹不到她弯曲的身躯
雨淋不到她花白的头发
家婆偶尔还在梦里种红薯

心有余悸，回忆起
那些从年头到年尾
只用红薯填饱肚子的日子

家婆感恩没有战乱，没有压迫的好时代
对于灰尘滚滚的城市生活
家婆始终心满意足
她听不懂城里人说话
却爱着不搭理她的城里人

家婆爱所有人的孩子
爱耕牛，爱黄狗，爱下蛋的母鸡
她爱每一口粮食，每一滴清水

行走人间一百年，家婆没有一个仇人
她原谅了所有伤害过她的人
并诚心诚意祝福他们比自己更长寿

山东诗人李东仁

【作者简介】

李东仁，笔名阿仁，山东东营人，中国诗歌学会会员，中华诗词学会会员，中国楹联学会会员。作品发表于《鸭绿江》《星星·诗词》《奔流》《延河·诗歌特刊》《青海湖》等报刊。作品荣获第二届“蝶恋花杯”国际华人文学大赛一等奖，并入选多部书籍。

诗十首

1. 哪一种鸟更像诗人

黄河口，也许是鸟的天堂
是白鹤的“驿站”

一只，两只，无数只
临水争栖，蒹葭对望
仿佛婆娑漫天

我要用怎样的方式去迎接
一种生生不息的眷恋
云烟。而或苍茫

2. 独白

夏日第一场暴风雨
如同轮回。青春的痛搁浅于茶事

书案爬满了秋天的影子
煎熬的身躯，还会在雨中相遇

我将在城市的最前沿
放纵金色记忆。独自上路

3. 青铜器

鼎。礼
铁齿铜牙
从千年雕刻到未来

从土里嵌进玻璃罩

我看见溃烂的铜锈铁屑
虚空里铺地的奴隶史

4. 乡愁

一封长在心里的情书，需要留给梦
一个重逢的宅址。我醒着的时候她疯长

我低头的时候咬紧嘴唇。我怕
她冲破梦境，所有的季节都泪眼蒙眬

5. 空瓶子

失声痛哭的，是青春

不是漂着几块豆腐的菜汤
不是一瓶廉价酒

不是穿梭于大街小巷的游子
和一首《酒干倘卖无》

我是叮叮当当的少年
攥着一只玻璃星星

6. 当我爱你

隔过村头那棵树，隔过寒风
隔着当年单薄的身影

我看见乡间小路
水和粮食都带着花开的声音

看见你，坐在一盏灯下
我仿佛纳兰词的光晕

7. 秋思之痛

梧桐树下挤满秋的身影
昏黄的心事，慢慢枯萎

为旷野填写参照物的人，留下风

我在夜里眺望菊花的白
这月下的一阕清词
指认苦吟

8. 幕布

它褶皱间的朦胧之美游走于黑白之间
沉寂如此盛大。完美的人生
无非一帘曲终人散

9. 手相

人们相信命数，在纵横交错的掌纹之间
我相信内心的江河就是暴起的青筋
两张网常常重叠，有时捞出三餐
有时捞出星月影子里那山重水复的
沉默与玄机

10. 非幻觉

一缕疼痛仿佛划过夜空的流星
身影弯弯。我的诗行越来越细
像秋天，伸向沉默的低处
林间小路直到荒芜

江苏诗人黄婷婷

【作者简介】

黄婷婷，女，笔名本心，90后文学爱好者；闲看庭前花开花落，漫观天外云卷云舒。任其浪滔天，自在度春秋。作品散见各网络平台，部分作品入册书籍。

一帘幽梦（组诗）

1. 昙花一现

生命是一场孤行
你会在特定时间内
遇见特定的人
有人擦肩，有人驻足
星辰交替，聚散有时

有的淡然处之
有的，芳心自诩暗自生香
只是生命这个东西
从不顾及感受，后来才知
原来有些心动
只是，昙花一现的美丽

2. 哪怕想念

在这偌大的空间体系内
生命显得何其卑微与渺小
却又都是仅有与唯一

成长就是习惯所有的可能
生命每天都会路过很多生命
而每个生命都穿梭在各自轨道

尘世中的惊艳一瞥，相聚或别离
那么，就带上我们的初心
不管生命以何方式，然
却再无理由，哪怕是想念

3. 打扰

穿梭在冰冷的季节
清冷的气流，作祟着情绪
平淡且又无奇的日子里
多想有一个，可以随时打扰的人
一句问候，抑或一个表情

曾几翻阅些诗文，辞藻彻骨
然从未切身入感其内
直至遇见，如鲸向海似鸟投林
生命焕然的感知，若然

在这场盛大的生命里
最终，还是活成了某种心情
比如低沉，比如清简
再比如轻透的独处
有些心事，有些絮念
却再找不到打扰的理由

4. 多情的牵挂

窗外，夜几深露几重
落寂下满时光深处

你，还好吗
在无数个辗转不寐，好想
如果可以
一场深情的相拥，在等
一直在等

好讨厌踌躇的徘徊，好讨厌
可更害怕，一个转身
岁月便把相遇深埋，永远

5. 如若不曾遇见（一）

喜欢，是没有理由的
会莫名地想念，莫名地欢喜
如果想念可以区分，我想
我的想念一定是薰衣草的样子

想念，在辰时寅卯在闲趣的每分
在重复着，消散的岁月内

如若不曾遇见
我不知何为牵肠挂肚
何为入夜辗转
不知道世间还能这般美妙
我不知道相思为何物
只是会蓦然地，静立不语
你不会知道这种感觉，不会明了
你的世界于我，是那样的遥远

6. 如若不曾遇见（二）

有种遇见，从开始便覆水难收
然总是在现实面前低头
让时间钻了空子
待回头，却已物是人非
没有理由，没有征兆
除了送上祝福一夜无眠
别无他择

如果相遇注定成为遗憾
我宁愿从不曾遇见
因为至少，我还是我
不会入夜辗转，不会蓦然静立
不会对着你的名字，发呆
一共二十二笔

每笔，都是思念的样子

7. 缘分

喜欢的人有对象了
锄头如何使用，谁能指导
小时家人外出得早
久疏农业，很是惭愧
听起，似乎高大上
然不过城中蜗居
风来雨去，安居落脚

感觉很是荒唐，是的
可是感情这种事，很抱歉
想要感受片刻的温存
或瞬时的气息
一起闹，一起笑
十指相扣，可是目光所及
已隔万重山

8. 从未走近

努力地，把你推向我
你的世界在哪儿
努力着的每一个小心思
在时光里，展露无遗

年轮越发地沉重

转身，即是彼岸
朋友圈，点开再退出
不断演习着的娴熟
静止的气流，令人窒息
没有惊喜没有意外
连忧伤，都显得多余

9. 与你无关

你是欢喜的软肋
是明媚的晨空
初视，惊艳
像细雨洒向了大地
如星辰投入了黑夜

我喜欢你，与你无关
如果情感有颜色
我的思念，该是蓝色的
忧伤带着彷徨
一如千年过往的风霜两依

上海诗人柳燕梁

【作者简介】

柳燕梁，女，中学教师，上海师范大学汉语言文学本科毕业，现居上海。从事教育事业多年，爱文学、爱诗歌，尤喜现代诗。不追名逐利，喜爱书写生活中感受到的诗的意境。

诗六首

1. 那片丛林

于尘世的喧嚣
发现这一处静美
是怎样的欣喜
尽享这一片清新的葱绿

迈着轻盈的步伐
走进这片丛林
斑驳的阳光向我问好
小鸟为我婉转地歌唱

迷望密密层层的枝叶
以蓝天白云为背景

尽力向四周伸展生长
每一片绿叶都是一个精灵

我向那片片美丽的叶子问候
它们也似在对我微笑致意
我想伸展双臂拥抱这片丛林
阳光也投射我欢快的倒影

2. 无言

晚霞在天边唱着
忧伤的歌
她伫立于大厅
古雅，静穆

他突然地出现
瞪大了眼
轻轻向她走来
绽放了她的笑颜

好似有怒意
她震颤，低头
等待暴风骤雨靠近
却是风平浪静
她心渐入安然

他停驻，回望

眼眸好似星光
一次次徘徊，走近，凝望
她微笑如花如云如雾

是那样的对视
彼此微笑，脉脉含情
目光相遇之处
如电火石花般飞溅

3. 竹

童年时
竹是家门前的一片风景
陪我走过春夏秋冬

少年时
竹是一种向上的精神
高风亮节，不畏严寒

而现在
竹已幻化成人形
伫立于我心间
使我欣然微笑

4. 爱国

纵观古今历史故事
皆是正义与邪恶的较量

似苍穹之风起云涌
如黄河之水滚滚前行

恶者不择手段为金钱名利
百姓如同蝼蚁，陷入水深火热
贤者竭尽所能系天下苍生
民众苦难霜如雪，如何解救

为救百姓雪里行，泪满襟
一身正气感染天下人
我本平凡一株柳，迷春风
亦愿化作柳絮飘满城

5. 冬之韵

为何在今年的冬天
我不曾感受到冬之寒冷与险峻
却惊喜地发现了冬日的阳光
如此柔和，温暖而美丽
似你我脸上洋溢的笑容
于沉静的日光里
散发着青草般的朝气
似山间的清泉
传来清脆“叮咚”的笑语
如燕子般轻盈的身姿
跃动在这辽阔的世界

6. 初听

我听见了，你的声音
那样的熟悉
我似乎看见了高远的天空

浙江诗人郑杰

【作者简介】

郑杰，笔名清河，浙江省乐清市融媒体中心资深记者、播音员。《有一股力量》《入冬》《你朴实无冕》三首诗作在2021年人民日报客户端上发表。

有一股力量

有一股力量
他来自世界的东方
从盘古开天的洪荒
到苍梧巢居的苍茫
钻木取火将人类文明的火种点亮
伏羲与女娲将禁果品尝
神农拓荒
轩辕称皇
这股神秘的力量

他来自古老的东方

有一股力量
他来自世界的东方
从后羿射日鲧治水荒
到帝喾之子探寻日照的冬夏短长
三皇五帝有了治理天下的思想
三过家门而不入的铁石心肠
尧舜崇良
夏禹顽强
这股神奇的力量
他来自远古的夏商

有一股力量
他来自世界的东方
从鲍叔牙庇护下的诸儿替代了荒淫的齐襄
到东征西伐的诸侯之长
吕氏春秋开启了争霸的战场
割股熬汤
卧薪尝胆
坚韧的力量
成就了五大霸王

有一股力量
他来自世界的东方
从诸子周游列国开创百家争鸣的新篇章
到与古希腊文明同时闪耀的哲学思想

辅佐了战火纷飞的帝王将相
斩膝流亡
问天何方
爱国的力量
来自赤热的家乡

有一股力量
来自世界的东方
从商鞅变法嬴政称始皇
到统一文字迁都咸阳
横亘万里筑起了坚固的城墙
匈奴被攘
百越投降
统一的血液
在华夏儿女的血脉里流淌

有一股力量
他来自世界的东方
从破釜沉舟楚汉争强
到楚歌声声垓下埋葬
强盛的西汉用抵御侵略拓土保疆
张骞出塞
苏武牧羊
豪迈的气场
用方块字的形式记载珍藏

有一股力量

他来自世界的东方
从绿林赤眉揭竿打仗
到光武中兴聚才洛阳
刘秀的锦囊袋里用人才替代兵强马壮
麦粥米饭
孔融礼让
谦逊的品质
留在青瓷碗里品尝

有一股力量
他来自世界的东方
从三顾茅庐桃园结义煮酒论英雄
到孙皓反绑双手举城投降
三足鼎立中的侠义忠肝荡气回肠
鞠躬尽瘁
死而无憾
英雄的惆怅
酿成醇酒回味绵长

有一股力量
他来自世界的东方
从张文君炼丹成仙王羲之追寻未尝
到八王乱世五胡动荡
两晋南北朝的桃花只在陶潜的世外绽放
建安风骨
慷慨清风
仙人的清幽

在民间的传说里流传滋长

有一股力量
他来自世界的东方
从北周覆亡杨坚称帝
到开凿运河科举纳良
春天的大运河在展子虔的山水画卷中流淌
蓬莱方丈
天堂苏杭
春江的明月
在杨广的诗句里荡漾

有一股力量
他来自世界的东方
从四杰歌行辞赋的气宇轩昂
到李杜文章的光焰万丈
一个鼎盛王朝的辉煌用万千诗篇软装
贞观之治
开元盛世
羡慕的目光
寄托着世界对繁荣昌盛的向往

有一股力量
他来自世界的东方
从安史之乱黄巢起义藩镇割据
到大唐覆灭五代十国的消亡
饱受战乱之苦的华夏儿女不知家在何方

雕版印刷
澄心纸堂
生活的苦难印在纸上
在李后主的花间词里吟唱

有一股力量
他来自世界的东方
从陈桥兵变杯酒释兵权
到金匮之盟变法改良
家国的兴衰在谱曲的词牌里弹唱
北宋苏家
南宋永嘉
文化教育的兴旺
谱写了一曲科技发展的新乐章

有一股力量
他来自世界的东方
从成吉思汗弯弓射大雕忽必烈骑兵狂放
到多民族大融合的扩张
广阔的大草原给人无尽的遐想
宫调散曲
杂剧演唱
窦娥的冤屈
唤起人民对等级压迫的反抗

有一股力量
他来自世界的东方

从红巾军起义朱元璋投与郭子兴征战沙场
到紫荆城灯火辉煌
戚继光战倭寇平海疆
洪武之治
永乐盛世
英雄的榜样
激励后人永放光芒

有一股力量
他来自世界的东方
从努尔哈赤树八旗清军入关
到爱新觉罗·溥仪清政消亡
鸦片战争的硝烟中帝国主义的铁蹄践踏在沉睡的巨龙身上
甲午惨烈
八国烧抢
壮烈的国殇
铭记在遍体鳞伤的血泪簿上

有一股力量
他来自世界的东方
从十月革命一声炮响
到热血青年开始传递马克思主义的新思想
三座大山压迫下的人们苦苦寻找民族革命的方向
辛亥革命
五四运动
激情的火焰
在白色恐怖和命运的挣扎中将希望点亮

有一股力量
他来自世界的东方
从南湖红船上发出第一束红色火光
到国共合作北伐炮响
铁锤和镰刀的光芒焕发出黎明的曙光
大地苍茫
谁主沉浮
革命的力量
在大浪淘沙中迅速成长

有一股力量
他来自世界的东方
从南昌起义向国民党反动派打响第一枪
到西安事变的和平圆场
长征的路上把革命的意志磨砺得坚毅顽强
鼓角争鸣
军旗在望
革命的斗志
在经历暴风雪后更加昂扬

有一股力量
他来自世界的东方
从卢沟桥石狮子发出的怒吼
到日本军国主义的无条件投降
八年抗战在血与火的考验中战果辉煌
持久打仗

整风思想
党的智慧
在血雨腥风中发扬

有一股力量
他来自世界的东方
从团结一切可以团结的力量
到三大战役取得一个又一个胜仗
压在人民头上的三座大山终被彻底推翻
人民的力量
毛泽东思想
中华人民共和国成立了
嘹亮的声音在全世界回荡

安徽诗人李钊

【作者简介】

李钊，男，安徽省合肥市第五十五中学语文高级教师。从教 20 多年，工作认真努力，曾有学生考入清华大学和厦门大学。平时爱好文艺，有若干小诗收录在十几本书中，大型诗歌散文刊物《中国风》两次被评为“每期一星”，被散文诗歌杂志《参花》两期推为“专栏诗人”。点滴所感，管中窥豹，盼天下贤者指导交流。

人海之缘（外五首）

在人海之缘，有一群诗人
卡夫卡说：作家弱于普通民众，不错的
烦恼、忧伤、多愁善感
提心吊胆，战战兢兢

花开、叶落、风轻、叶重
都在柔弱的心上留下烙印
只盼苍老的心
能不断回荡童年的歌谣

云端

追逐的梦总是四海漂泊

不老的心总是难以安眠
于是，飞上云端
有仙鹤、神人，还有虚空

寻找：野山与芳洲
鲜花与鸟兽，蜂吟蝶舞
还有家，六畜与庄稼
更有温贤的你

我只能做一朵莲

我梦见，自己在水上走
不是舞蹈，是蹒跚而行，如鸭子
上天恩泽，迎风摇曳与我无关

我看见了空中飞的雄鹰
水里游的巨兽，其次满是乌云和泥淖
整世界，我似乎只能做一朵莲，清幽的

雪事

需要一场雪，如梨花竞放
不是掩盖也不是装饰，而是所有大白于天下
故事的主题是：爱与恨、忠与奸
富贵与贫贱
可以点缀蜡梅与贞草、乌鸦与喜鹊
给窦娥一纸明证
还岳飞一尊正像

片刻的宁静

跟时间老人做个商量，不是交易
因为我囊中羞涩，偷得浮生半日闲
油蛉似低唱，蟋蟀般弹琴

就一片暖阳
点上旱烟，几个棉袄老汉
谷仓前闲语春望

静止的水

让我慢一点 再慢一点
慢成静止的水 寒江垂钓图
让落叶飘满我的肌肤
让梅花开在我的心房
我想看看你的眼睛
那里能知我苦能知我痛
能知我喜能知我悲
那里有我渴望的黎明

云南诗人刘春林

【作者简介】

刘春林，笔名版纳大牛，热爱生活，喜欢文字，乐意赏玩奇石，钟情中华诗文。

时光畅享

闲心
数云数星
孤人
望月望日

风送时岁
流水光阴
无遗影
又一年

时令正冬，凄冷浸心
期桃花，丽日盛开

忆往昔，看当前
疫未休，正郁结

何时灭歼顽冠
光明归回大地

花落花开
斗转星移
一年一年
岁月无情

人间忧喜
几多幽绪
心杂念
重重叠叠

愁与欢，藏墨里
依稀记光阴
试图咏春
渴想岁月静好
心心念念
几许等待

天高无声息
和清朗日
香茗煮心情
心思温馨以待

晚霞正淹没

温暖起家灯
一家人，和睦相处
闲丁成对，欢愉为双
好时光，颐养天年

喜诗文，欢石头
诗石做伴，任由心性
日日执笔闲书
诗酒人生，度享安年
声声慢，悠悠吾心
淡淡清清

江苏诗人姜超

【作者简介】

姜超，教师，江苏盐城市作协会员。有近千篇（首）散文、诗歌发表在国家、省、市、县级期刊，在全国文学艺术大赛中多次获奖并入选多种文集，有作品发表于人民日报客户端，出版过诗专集《莹雪寒香》。

诗歌十首

1. 丁香

在《雨巷》中
人们惊异地发现我
像一个忧悒的姑娘在雨中哭泣
是诗人的偏见
为我打上忧郁的印记
生性向来充满阳光与激情
喜欢拥抱阳光与鸟儿吟唱
其他，有许多诱人芳名：百结，情客
这才是我

2. 竹

路旁，河堤，山谷，荒野

随遇而安
没有牡丹荣华，没有玫瑰追宠
没有桃花妩媚，没有子兰娇贵
但一身正气从不媚俗
一年四季葳蕤勃发
笑傲冰刀雨剑
只与星月喁语
灵魂不沾染世尘
如荷高洁似松坚韧

3. 渔夫

夕阳下湖面泛着鳞波
一位渔翁划着双桨
堤岸古槐絮语着沧海桑田
轻捷的水鸟嬉戏着柔波
远方的荷风袅来一缕缕香霭
老人抛撒渔网
打捞起晶莹莹喜悦
一曲渔歌馥人荡气回肠
一篝渔火点燃满天星斗
一柄烟斗享受悠哉人生

4. 滚铁环

手扶铁杆向前追逐
生怕与铁环脱钩
跑偏轨道抑或是倾倒

滚着铁环，放飞自由
滚动的铁环
正把童年的路缩短

5. 无题

找来细线
在手上编织图案
灵巧双手变化出奇迹
泾渭分明，花样百出
在童年稚嫩的时光里
它一样充满诱惑
像梦一样绚丽多姿

6. 老屋

泥巴、竹子、茅草搭建
抗击风霜雨雪侵劫
这里繁衍爱情
这里酿造生活芳醴
这里栖息灵魂
这里飘逸欢声笑语
老屋，即使消失了踪影
在我记忆里永不坍塌

7. 想你

月在花园
编织梦的霓裳

心被花香熏醉
河流似锃亮的琴弦
多想与你携手并肩
赏朝晖夕霞，听鸟语虫吟
夜雾如岚
在守望中
月光抚慰着孤独的灵魂

8. 夏夜

山雀叼走夕阳
夜幕降临
我划燃火柴点燃满天繁星
我被父亲的故事喂大
骨骼叩击出金属的声音
凉风搔痒一碧湖水
萤火虫忽闪忽闪的绿光
是儿时用来编织梦幻的经纬
一弯新月
成了母亲手上一把刚开光的银镰
蛰伏在树上的蝉鸣
浸润着乡村山野

9. 冬雪

天空飞扬着雪花
忘情地在原野追逐、嬉戏
当我抓住它时顿化作一滴清泉

还包裹着蜡梅的气息
湿了手亦润湿了我内心的情丝
望着你曼妙舞姿
多么飘逸，多么圣洁
使我为之陶醉
哦，冬雪
为你顶礼膜拜

10. 守望爱的季节

披着苍凉的月色
漫步在萧瑟的园林
寻找逝去的浪漫
她的长发如瀑飞泻
她的双眸含着娇羞
我们追逐、嬉戏、牧歌
心里飘逸着脆嫩的鸟语

午夜钟声敲碎妩媚的梦境
脸颊流淌着晶莹的哀伤
请长空的鸿雁
捎来春日的温馨
守望爱的季节来临

四川诗人杜虎林

【作者简介】

杜虎林，笔名拓荒汉子，大学学历，中学英语高级教师。经典文学格律诗词高级研修班第 13 期、经典文学现代诗歌高级研修班第 14 期毕业。升钟镇柳树场社区老年人协会、老年人体育协会、关心下一代工作委员会会长，升钟湖百家无声文化艺术协会副会长、华夏精短文学学会四川省分会秘书长、升钟湖民间文化研究协会秘书长、升钟镇群众文化协会秘书长。中国新时代诗人、中华诗词学会会员、中国楹联学会会员、华夏精短文学学会会员、四川诗词学会会员、南充市诗词学会会员、南充市青年诗词学会会员、南部县诗词楹联学会会员、南充市摄影家协会会员、南部摄影家协会会员，2021 年“神州山河杯”全国诗词大赛铜奖获得者。

作品散见于《诗刊》《四川人文》《诗词四川》《果州诗词》《诗咏阆苍南》《凌云诗苑》《阆中诗词》《西充诗词》《南部县老年人文体报》等报纸杂志和中国诗歌网、中国楹联网、中国新时代诗人认证网、中国人民诗刊微刊网、经典文学网、华夏精短文学网、中国南方诗社、世界诗歌微刊网、四川省毛研会诗词网等网络媒体，并入编《“盛世中华杯”国际文学创作邀请赛作品精选》《当代影响力诗人作家文选》《中国新时代诗人作品集》《中国诗人诗选》《清吟集》等书籍。

诗歌六首

1. 赞李子威夺冠

珠峰的冰雪
撒落冬奥滑冰场
冻出晶莹剔透
五彩缤纷

2022
中国北京
吸引了五湖四海
荟萃冰上雄鹰

龙的传人
李子威
穷尽所有心力
弯道险切，超越强敌

两秒之先
屹立在“珠峰”
傲视群雄
五星红旗迎风飘扬

2. 壬寅元宵

糯米
粉身碎骨磨成粉

浸泡、沉淀、积攒
七彩风味馅儿
团揉腹中
沸水翻煮、佳肴天成

嫦娥奔月
倾听牛郎织女爱的思念
金蟾蜍
把财富撒向人间

天灯、地灯、各种花灯
霓虹闪烁、璀璨夺目
冰雪赛事
四海朝圣，万家团圆

3. 礼赞升钟湖无声文化艺术协会

升钟湖畔，凤凰岛上
西水县衙，龙马镇巅
观音寺内，柳树河边
曹家山寨，神坝塔前
无不流淌一种文化
那就是
升钟湖无声文化

园林绿化，柴根雕刻
树皮粘贴，奇石收藏

黄泥搭塑，孙膑书法
傩戏脸谱，花灯高跷
还有天灯地灯
这些都是
升钟湖无声文化

有着这样一个协会
那就是
中国升钟湖百家无声文化艺术协会

有着这样一个团队
敬洪琳、敬国茂、敬代树、敬志成、敬玉秀
宋开书、杜虎林、宋泽勇、宋先勇、杨正胆、赵德亮
他们年长者 86 岁，年幼者 32 岁
他们无年龄代沟
无薪水报酬
无文凭职称和官职的高低
只有一个初心
推广无声文化
打造美丽乡村

他们开着自家的车
他们花着自家的钱
奔跑在成都、南充、南部、升钟、伏虎、大坪的山水间

三百六十五天
他们创造了一个又一个奇迹

在广场舞大赛
香柱山菜花节
升钟湖钓鱼节
南部县第一届乡间艺人大赛
九九重阳节
孝亲敬老节
他们捧回了一个个红红的荣誉证书

三百六十五天
三百六十五个祝福
祝福伟大的祖国
繁荣富强、国泰民安

三百六十五天
三百六十五个祝福
祝福无声文化艺术协会
越办越好
越办越大
越走越远

三百六十五天
三百六十五个祝福
祝福默默奉献的无声人
祝福你们
健康、幸福、美满

4. 秋

秋
是楚河汉界
酷暑、凉爽的分水墙

秋
是调色板
春夏翠绿，染成金黄

秋
是丰收的廪仓
硕果累累，丹桂飘香

秋
是人生轨迹的轴点
金碧辉煌，雨雪冰霜

5. 鹰

啄碎壳的束缚
诞出尖嘴利爪的隼
击长空万里
搏五彩缤纷

6. 雪

2022 年的第一场雪
旷野山川，晶莹剔透

吞噬所有的苦难
冬日暖阳心欢畅

“四九”炸惊雷
雪撒心田
灰飞烟灭物象去
松葱茏
品芝兰
洁白留人间

河北诗人杨庆丰

【作者简介】

杨庆丰，女，笔名墨雨，河北省张家口市赤城县田家窑镇上斗营村人。曾荣获第二届“蝶恋花杯”国际华人文学大赛优秀奖。获奖作品被纳入《“蝶恋花杯”国际华人文学大赛获奖作品精选》出版。

荷香（外二首）

曾被世俗冷落的清香
四溢流淌
曾被凡尘迷惑的风姿
玉洁冰清
污浊化成荷土

淤泥变得裸露
一枝荷香盛满丰韵
不被尘世遗忘的美丽
那枝香得罪了少女的红衣
从此流离的命运背负一生遗憾

荷香
只是少女的吻
镶嵌在冰冷的河畔
荷香
不过是旧了的嫁衣
一根从未被抚摸过的发丝
荷香
是吻红少女的唇
是爱人的手指牵着走进心灵

一树花暖

春风的妩媚掀起波浪的优柔
在那无边的海岸拨弄琴弦
一次次打翻思念的船
我知道乘风破浪的感觉
意识中没有航行的力量
只有一树春暖
花一样的年龄
抒写无谓的摇篮
其实生命的绿野
只有一树花暖

照亮彼岸的渴盼
一生的摇篮
牵牵绊绊
为了取得知识的韵味
付出太多的春天
生命不是花香的浪漫
一树春暖
生命不再是摇篮里的跋涉和艰难
花暖
一树春天
整个阳光和雨露的留恋
为了香味四溢的流淌
那种艰难
蕴含了整个春天
花暖
落下摇篮
生命从此不再孤单
伴随命运成为远行的白帆

带上一条河行走

挂满晶莹的河畔
捧着玫瑰花的女人
站在河边守着一生的承诺

带着一条河行走
奔流不息的命运
所有的回眸

化作海誓山盟
只为拥有
不曾踏上命运的河流
心依旧

带着一条河行走
命运化作春泥
护花的河流
一道道红尘淹没黄土
河流是命运
更加热爱时代的潮流

河流是土
是淹没尘世的潮流
拥挤的不是红尘
更多的拥有只为一次回眸
心依旧

河流是土
不再是尘世泯灭的沧桑
轮回间奔腾的命运
聚集了河流
只为一个回眸
再次拥有
时代的潮流
命运是土
是河流
是一万个拥有

福建诗人邱美芳

【作者简介】

邱美芳，笔名秋日私语，福建泉州永春人。常在地方刊物发表作品，爱好文学艺术，酷爱诗词歌赋，喜欢音乐舞蹈。

诗十一首

1. 春分

春分平寒暑，装点好容颜。
烟霞铺锦绣，共饮一江春。

2. 清明

陌野溪边桃李笑，烟光草色人断肠。
数点雨声泣哀思，无言凭吊满怀殇。

3. 暮春

小雨丝丝风细细，烟霞簇簇柳依依。
杜鹃声里春渐暮，红粉枝头色易衰。
往昔风光人如织，今日花前独沾衣。
未见蜂蝶恋落花，和春都付东流水。

4. 立夏

殷勤昨夜三更雨，
又得浮生一日凉。

立夏时节，
以一场滂沱大雨，
告别了春天，迎来清凉一夏。
雨后的清晨，空气清新
风清气和，万物并秀，
充满了勃勃生机，
心灵也更加的洁净。

入夏的第一场雨，
飘飘洒洒，酣畅淋漓，
混合着所有流过的汗水泪水，
最终都汇流成河，
滋润着生命的旅途，
奔向璀璨的星辰大海，
我的背包已装满了晴朗。

5. 白露

一星在水秋光夜，寂寂冷萤空翻影。
莫遣西风吹叶尽，关山何处不秋声。

6. 冬至

——2020 年

风紧天寒冬至来，
时光无情把人抛，
叹流年，似水滔滔，
来一碗热腾腾的汤圆，
将这多灾多难的庚子年，
画上句号。

曾经遥远的 2020 年，
转眼成了历史的符号。
曾经笑谈喜欢慢慢变老，
不想青春，如今成了逝去的美好。

春花秋月，冬雪夏雨，
喜相逢伤别离，盼朝来叹暮去，
多少次遗憾“来不及”，
终于学会了珍惜，珍惜当下。

白昼开始慢慢变长，
花儿也将次第开放，
一粒粒在心中绽放的甘甜，
预告着一个个即将在辛丑年实现的希望。

7. 冬至

至者，极也。

终藏之气，至此而极。
日南之至，日短之至，
阴极之至，阳始回归。
白昼最短，寒夜最长，
长歌当酒，听雨相思。

数九开端，阴阳消长，
梅魂初成，春萌生发。
俯仰之间，已为陈迹，
欣于所遇，心素如简，
负暄食暖，眉目舒展，
怡然自乐，敬颂冬绥！

8. 立冬

花晨月夕，东兔西乌，
风吹年年，年年风吹，
节气更替，猝不及防，
一夜入冬，仓促而来。
秋已去，立冬至，
昨夕短袖薄裙笑霜降，
今朝棉服加袄扑寒来。

秋意虽未尽消，朔风已凛然入室。
细雨生寒，尚有菊华绚丽带露香，
枯木残枝，犹见枫林红透染斜阳。

韶华不为少年留，

经流年梦回曲水边。
在这冷冽的冬日里，
红炉小火，温一壶老酒，
让世界温暖如春。

9. 端午

龙舟起，积米成粽又端阳；
粽味多，思念却只有一种。
泉州烧肉粽，包万粽豪情。
鲤城西湖水，唱不朽诗篇。
离骚九歌天问，屈子上下求索，
泉州大坪山巅，成功一马当先，
七分靠打拼，三分天注定，
闽南人说，爱拼才会赢！

10. 小寒

北风萧萧漫天涯，暮色苍苍远山寒。
梅遣东风织锦绣，丰年瑞雪酿韶华。

11. 小雪

北方以北的小雪，雪花飘飘洒洒
南方以南的小雪，艳阳高照似暑天
十月的小雪挽着夏日的小暑
冬景若春华，暂缓匆忙的脚步
一起细细品味春天的怒放
温暖着尘世的疲惫

甘肃诗人甄军祥

【作者简介】

甄军祥，男，甘肃省镇原人，经典文学网、中华文艺微刊签约诗人。作品散见于《陇东报》《中华少年》等报纸杂志及网络平台，部分作品入选《新时代诗人作家文选》。

独处的时候（外一首）

独处的时候
温一壶酒，对月独饮
一切都在酒中
默默爬满的皱纹
在广漠的脸膛上
犁耕出的那些故事，还有些温热
悲壮的胡须
刺疼了明天的夕阳
泛起的酒沫儿
是沸腾的情思
闪烁飘忽的银发
是岁月漂白的纠结

独处的时候

点燃一根烟，对影赏月
苍凉的昨天
缭绕在深邃的记忆里
拧不干的雨季
打湿了一个个饱满的梦
季节的谎言
撕裂了长满誓言的盘算

独处的时候
心在执着的深巷里穿梭
脚步在诡秘的空气里打滑
一个个冰冷的问号被拉直
矜持在一次次碰撞中粉碎
一场寒霜之后
虔诚已褴褛似丐

一波禅音拂过
嚼碎猫头鹰蓄意的冷笑
在暗夜的罅隙里，点亮一盏油灯
撕碎发黄的日历，丢进垃圾桶
擦亮空气，打开窗户
放黎明进来

乡村庙会之演员王哥

嘈杂声与飞扬的尘土
笼罩了熙熙攘攘的脸
在梆子与锣鼓默契的配合声中

王哥粉墨登场
玉带蟒袍瓔珞垂旒气宇轩昂
惊堂木一拍，各路诸侯跪拜山呼
喽啰们头发根根竖直，莫敢仰视

动情地哼唱，述说人间黑白忠奸
喜怒哀乐，在摇头晃脑间
化作观众流淌的泪水与欢笑
酸甜苦辣，沉淀作看台百姓的担心与掌声
膜拜与谴责，在荡气回肠的唢呐声中
消融成一路谈笑

一帘帷幕，关锁了虚幻红尘
观众在纷纷攘攘中离去
卸了妆的王哥，与卸妆的诸侯
还有那些卸了妆的喽啰
同吃一锅洋芋面，同喝大碗地椒茶
然后，仰躺在树影下纳凉
任蚂蚁在鼻梁上，惬意地掸尘、打嗝、撒尿
几个弄错台词
或者动作跑偏的没让吃饭
哭丧着脸等待着处罚

湖北诗人刘启艳

【作者简介】

刘启艳，笔名叶子，湖北五峰人，曾任中学英语教师，后入行政机关工作。简简单单，平平实实。喜爱诗歌、散文，作品散见于报纸杂志和网络平台。热爱生活，勤奋上进，立志将自己的余生献给笔耕。

诗歌九首

1. 小草与大地

小草幽幽地说
你应该知道我有多爱你
每天每天，分分秒秒
寸步不离

小草感激地说
你的胸怀同天比
我小小的身躯
全是仗着你

大地动情地说
我又何尝不爱你
何时何地

都把你装心里

大地鼓励地说
别灰心，挺直腰杆鼓足勇气
大风大浪
坚持就是胜利

小草与大地齐声说
未来的世界一定很美丽
暴风雨定会改脾气
化为春风和细雨
到那时
风和日丽
万物生机
处处绿地

2. 小草的呐喊

我虽弱小
但请你不要欺负
尽管不如茉莉花那般娇艳
但也给了世界一点绿

我虽弱小
但请你也不要低估
尽管不如玫瑰那般招人喜爱
但有可能送给宇宙大片绿

我虽弱小
也请你不要疏忽
也许会与那些你喜爱的花儿一样
把清香送到你的小屋

亲爱的
我本想与花一样能得到你的呵护
但若不能
也请你高抬的贵脚，能够轻轻着陆

3. 萝卜白菜

酸甜苦咸辣
组成生活的精彩
高树矮苗稀有常见
方成为林海

宇宙有月有日
昼夜有黑有白
黑夜不好吗
能让你养精蓄锐身如泰
如果只有阳光
它会把你晒坏

花红绿叶陪
才是绚丽多彩
花无百日红
叶有长年在

萝卜白菜
各有偏爱
不能因己之不爱
就一脚踩坏
毕竟也是汗水换来

4. 节日里的老爹老妈

欢欢喜喜
忙忙碌碌
节前三天就把屋子打扫得干干净净
陈放太久的被褥早已晒得热热乎乎

精选食材
详备菜谱
洗切烹调，煎炒蒸煮
满脸笑容，一头汗珠

锅前灶后成戏台
老爹老妈双人舞
锅瓢碗盏交响乐
奏出一桌全家福

儿孙围席直欢呼
赞佳肴，颂大厨
饱食畅饮品美味
谈天侃地享知足

小孩最馋大红薯
大人尤爱玉米糊
刀光筷影，乱云飞渡
横扫千军，势如破竹

老爹老妈笑嘻嘻
还想吃啥不
娃们含羞遂相应
饭已饱，酒亦足

老妈忙忙收碗筷
老爹匆匆执茶壶
儿女起身欲帮忙
爹妈偏不许，免得脏衣服

爹妈盼儿常回家
儿女回家爹妈苦
我问爹妈图个啥
全家能团聚，我们最幸福

5. 追梦

窗外的鸟声将我唤醒
阳光早已穿过帘的缝隙
火焰一样的线条
如慈爱的母亲
温暖着我的被窝

白马王子拥我入怀
牵手世界花海
穿越神州
跨过东海
来到殿堂

人醒梦未醒
三十年前之梦
一梦久不醒
追寻
纵然是黄粱美梦

注：王子意指文学。

6. 失落的心

昨夜乘坐心船
只为给你送一朵玫瑰
从东南到东北
万里穿越
体不乏
心还醉

笛声破窗入
暖阳穿帘过
翻开手机
不见一个音符

花儿一样的心
失落到脚背

7. 枕着鼾声入眠

呼噜，呼噜
划破夜晚的寂静
直入我的耳膜
时而悠长
时而粗短
时而亢奋
时而低沉
犹如一场独奏晚会

长长的晚会
如痴如醉
繁星满月
花海世界
枕着你的鼾声
幸福入睡

8. 寄思

漫天大雪
满腹心事
亲爱的小雪花
你能否做一次快递
将我的心思

寄一份到天际

9. 父亲的生日

往年的这一天
我怀揣礼包心带祝愿
冰冻的今日
我只能沉甸甸地望着那山巅

亲爱的父亲
您已经离开我们好几年
但每年的这一天
还深深留在我的心间

父亲
我知道你喜欢吃包面
那年的那一天
我精心调配馅儿
用心包裹面
满怀心愿捧到你床前
你说谢谢你 ——燕
留着明天
可是三天五天
你没吃我一个面
就永远和我说了再见
我的好父亲
我泪流满面

父亲
那边的今天
不知是否也有人给你擀面
要是有
你一定要多吃几口面
不让我再以泪洗面

广西诗人吴承运

【作者简介】

吴承运，笔名新常思，广西金融作协会员。

走在旷野上（外一首）

独自一人
走在旷野上
四周一片静谧
正好给心灵放个假

少见鸟啼
少有鲜花
除了随处可见的野芦苇
除了望不到边的青纱

孑然一身
没有人一起说悄悄话
抬头仰望天空
天边偶尔探出几朵云霞

走着走着
沉寂的灵魂有了升华
思绪与心灵对撞
擦出了几束诗花

远处巍峨的大山
隐现在视线之下
那里是另一个世界
流传着神秘的童话

冬之花

扫扫描描
点点刷刷
我在寻找
冬之花

其实
冬天也开着
许多花
菊花大气
玉簪冷艳
梅花高雅

山茶花秀美
君子兰独步天下

它们在寒风中飘逸
在雪花中挥洒
在枯枝败叶的冬天中
坦然竞放芳华
最惊奇和欣喜的是
还会将人的内心融化

冬之花
心之花
大自然最柔美的馈赠
既点缀了冬日时光
也淡化了冬天的萧瑟

宁夏诗人柳兆义

【作者简介】

柳兆义，男，笔名冷言，字二世鸿途，回族，1985年出生，宁夏海原县人。本科学历。系中华诗词学会会员、中国楹联学会会员、中国新诗学协会会员、中国诗歌网认证诗人。作品散见于报纸杂志和网络媒体。作品入编《当代先锋诗人作家文选》《世界诗歌年鉴2021卷》《“经典杯”国际华人文学大赛获奖作品精选》等。热爱阿拉伯哲学，喜欢读书、写作、音乐、翻译等。

雨点的思念（外六首）

假如我是一滴雨点
慢慢地在空中飘下
我清楚我的方向
落下，落下，落下
这地面上有我的去向
不去那深壑的山洞
不去那幽静的山谷
也不去荒岭躲忧伤
落下，落下，落下
你瞧，我有我的方向
在空中直直地落下

落在了美丽的山庄
等着你来田野看望
落下，落下，落下
你身上有玫瑰的迷香
那时我凭借雨点的力量
重重地，落在了你的身上
落在你苗条的身上
侵蚀，侵蚀，侵蚀
渗入了你弹簧般的身躯

迪拜喷泉

拉着行李箱，独自
盘坐在硕大，硕大
又热闹的喷泉旁
我期待时间
一点流水一样地
滴成水线的舞蹈
它是有
少女般的青春美丽
少女般的婀娜多姿
少女般的天真烂漫
在池中起舞
起舞又盘旋
它盘旋在这热闹的喷泉池中
拉着行李箱
像我一样
像我一样地

慢慢盘旋，
起伏，弯曲，又曼舞
它有序地升起
升起，又降落
天柱一般的水柱
它喷出
像高楼一般
像高楼一般雄伟壮观
像空中洒过
一座天水池
我手指触及到这水柱
它渐渐地落下，落下
到了凹陷的水眼
走近这喷池
在音乐的节奏里
露了她的青春美丽
出了她的婀娜多姿
露出了，甚至她的
天柱般的水柱
少女般的曼舞
拉着行李箱，独自
盘坐在硕大，硕大
又热闹的喷泉旁
我期待时间
一点流水一样地
滴成水线的舞蹈

背靠石山，面朝繁华都市

从这一刻起，做一个快乐的人
喂羊，种地，游山玩水
从这一刻起，留意粮食和蔬菜
我有一所庭院，背靠石山，面朝繁华都市
从这一刻起，和亲朋好友电文
告诉他们我的快乐
那快乐的小鸟告诉我的
我将告诉所有人
我将他们每个人
给每一个山谷每一条小河取一个好听的名字
游客，我也为你祝贺
愿你在此一游，有个愉快的心情
愿你陪亲朋好友度过美好的一天
我只愿背靠石山，面朝繁华都市

观望

望着矗立在眼前高高的大楼
我观望着你
你的楼层中
是否有我的小黑屋
漂亮的大楼是我期盼的归宿
你想到了
请不要遗漏一个追逐你的人
今年危机
不知能否居留在你的楼角

站在飘窗前
遥望远方五彩缤纷的夜城

赠妻

朝暮思玉英
窈窕玉影
指尖杜撰句
玉体仰卧床
难见浅浅笑
闭目温思香
歌声入蜗耳
面朝白光墙
岂舍离别时
晨珠滴穿石
微聊五时差
思苦短寸肠

再次相见

您的脸金光闪闪
您的眼深邃可见
您的微笑如蜜汁般甜
何时可能再相见

您，奉命轻轻到来
您，奉命拂袖离去
您却只能在梦中与我相见

地上有草儿呀
地上有绵羊呀
您嘱托我完成使命
您教导我不忘初心
您让我拜访已故家人
完成最后的分离

我遵您的嘱托
在仇恨的目光中步行
完成最后的拜见

他啊，也来了
他笑着来了
他微笑着看我
他说，他支持我
他说，去看看吧
来得及
能见得到

一位导师，他来了
他说着话儿来了
他说，这是预知
他说，这必能得
他说，你必能见到
见到羊儿落地
见到羊儿咩咩叫

您和他笑了
笑声渐渐远去
笑声渐渐消失
双眼慢慢睁开
漆黑一片
希望再次相见

梦

累了
把那暖暖的热炕当作席梦思床
把那卷皱的衣服当作荞皮睡枕
把那混合着羊粪味儿的空气当作绸被
让疲惫的身子
在宁静的夜里沉睡
让那满是幻灯片的情景
在眼目中徘徊
在灯火璀璨处模糊

睡了
梦中隧道留住了一幕
争锋拉开了序幕
你和我叙说着
回忆过往的忧事
谈论当前的困境
规划未来的宏图
月儿渐弯

东方鱼肚白渐显

醒了
微寒的空气将我叫醒
疲惫的身子还是躺在土腥味的炕上
那时候
我才发觉
身儿还在异国他乡
梦儿还在脑中回荡

湖北诗人李万明

【作者简介】

李万明，笔名平虎，湖北赤壁人。湖北省作家协会会员，咸宁市作协会员，赤壁市作协会员，散文在线签约作家。历任陆水湖畔文学社散文版首版、经典文学散文版版主，有 50 多篇（首）作品散发在多家报纸杂志，有 200 多篇（首）作品发在 10 余家网站里，其中有 3 篇作品在全国性大赛中获奖。已出版散文集《闯深圳》，主持编写了《柳山湖镇移民志》。

诗歌二十首

1. 老了，我就这样

老了，我就这样
着一身便装

荡一双橹桨
泛舟于古今书海
寻访文人故乡
朝阳下，和风里
沐丝丝春雨
嗅朵朵花香

老了，我就这样
煮一壶清茶
摇一把蒲扇
漫步于书山幽径
探觅墨客画坊
荷塘边，树荫下
听阵阵蛙鸣
闻滋滋蝉唱

老了，我就这样
迎一片晚霞
乘一路秋风
穿梭于唐诗宋词
细品书中清香
小桥上，亭阁中
吟仄仄古韵
颂叠叠华章

老了，我就这样
恋一株冬梅

惜一缕残阳
静坐于红尘一隅
清点岁月沧桑
红炉旁，小轩内
书淡淡素笺
忆悠悠时光

2. 追寻

跋涉在五千年中华历史长廊
悉心寻觅唐诗宋词的荧光
循着每一帧画卷的风姿神韵
品味每一篇浓墨淡写的华章

努力把一首首曲调听懂
尽心体味书中的丹青墨香
展不尽文人骚客洒脱的容颜
叹不完古卷气息中缠绵的忧伤

尘封的足迹掩不住流年伤感
酣畅的笔墨演绎着岁月悲凉
仰望中华历史的长长画卷
搜索谁才是千古文脉的领航

多少次满怀豪情地期待
又多少回在峰回路转中迷茫
多少次站在翰林风口处畅想
又多少回挥毫泼墨时谱写激昂

究竟是文字书写了历史
还是历史左右了文章
我微渺无力的瘦笔啊
怎敢追随那一尊尊闪光的榜样

3. 梦武汉

昨天我轻轻地飘逸而去
今天我偷偷地踟蹰而来
常提醒自己
不要惊醒昨日的梦
以免揉碎江城的风采

昔日步履上早已绿荫盈盈
忆起无数个傍晚，踏着黄昏
编织着今天的日子
总以为春风会吹绿前径

常来到龟山脚下拜访大禹
问一声滔滔江水何处风流
当窥见黄鹤归来的雄姿
心田里碧波荡漾

我把这时节当成梦中桃源
匆匆把种子植进贫瘠的土壤
站在屈原高大的尊像下
希冀着长成一棵大树

也点翠龙的故乡

带着厚望，我反复阅读
精卫填海的故事
企盼在归去时飘溢着梅花的暗香
遥望朝阳下春风拂动的青青杨柳
意识到秋的橙黄

昨天我轻轻地飘逸而来
今天我偷偷地踟蹰而去
常提醒自己
不要惊醒昨日的梦
以免揉碎江城的风采

4. 学诗

很早，就恋上
你的倩影
经常照着镜子
反复摆弄自己的身姿

时至今日
无论我怎么摆
也学不来你的优雅

5. 清明

这天

上山的路是湿的
山上的草是湿的
我的眼角是湿的

父母一生
经历了抗日战争、解放战争
移民、农业学大寨、“文化大革命”
大多数日子是湿的

最后，儿女们
用上好的干透的柏木
为他们置了两间小屋
福宅的地势高，干燥，向阳
从此，人间的湿气
再也浸不着他们

6. 圈子

圈子，是所会计学校
学员的眼睛
是粒粒算珠子

几千年来，人们
用加、减、乘、除
做着，人生课题

时代进化了
如今的算盘

被计算机取代
算计起来，常常
听不到响声

7. 茶

温情退去
相思的羞涩
水晶宫里
舒展三月春颜

一壶清露
缓缓漾开
万种风情
腾起的袅袅清香里
仿佛弥散着
草木况味，道道禅语
品尝间
将世间甘苦与尘烟
吞没

8. 农活

(1) 薅草

土地的储粮总是有限的
杂草吃了，庄稼
就会营养不良

高举锄头，删除那些
与丰收无关的章节
不必担心，从小
锄头就识得
庄稼与杂草

（2）栽田

所有农活
都是向前
唯独栽田
——后退
后退，绝不是选择逃避
庄稼人眼里
喜欢绿色
有绿色的地方
就有希望

（3）收割

习惯于低头
习惯于弯腰
不是因为骨头软
也不是因为谦卑
与土地亲近
和丰收拥抱
是庄稼人与生俱来的情怀
从草根入手
在秸底下镰
农民，见不得浪费

9. 日出

太阳，一缕缕
抽尽夜的青丝
起身，睁开
明亮的眼睛

爬上山顶的朝阳
执万千彩笔
把大地抹成
颊红衣绿

10. 摘樱桃

串串灯笼似的樱桃
笑眯眯地
闪亮在五月枝头

攀缘在白羊林山中
欣喜地接受
大自然恩赐

一粒粒红红鼓鼓的野樱
放进嘴里
仿佛一个个酸酸甜甜的日子
个中滋味
无须言表

11. 向日葵

抬头，仰望
日复一日
从东到西
直至生命落下帷幕
依然缱绻你的身影

自从相识的那一瞬
对你的钟情就开始萌芽
在我懵懂的青春里
盈满了你的影子

从此，我便开成一朵向阳的花朵
迎着红日，绽放自己的笑脸
把一腔柔情与思念
都洒向你的天际

恋你，从不企盼依靠
只想天天，沐浴你的温暖
心底，把你的热情迷恋

爱你，不需要任何语言
只把一颗向你的心
默默跟随
一生，不因风雨而挪移
一世，不因世故而改变

我就这样傻傻、傻傻地
把对你爱恋，贮满
我的胸腔，直到我
实在是走不动了
才幸福地躺在
金黄的秋天里
一粒、一粒地回忆
一生，追随你的日子

12. 真情

在茫茫人海里
我是一朵小小的浪花
在悠悠的岁月中
我是一只日夜求索的流萤
生活的苦涩
滋养着我顽强的身躯
不懈的追求
闪耀着我不屈的灵魂

我愿化作一只百灵
不停地歌唱昨日的风景
我愿化作一缕清风
抚慰你我迷茫的心灵

莫道人生苦短
我始终坚信
人间，自有真情

13. 无言

总有许多话
最终还是交给无言
总有许多人
最后还是成为陌路

心与心的距离
就像海与天
要走近
中间隔着千年

你的目光，星星般
闪耀在记忆深处
季节已入冬
太阳已失去热度

岁月最经不起阅读
一读，又是一个雨季

14. 冬天

仅来了几场
呼啸的北风
便把秋的温暖
吹得一干二净

冬天，是个待嫁的冷美人

喜欢躲在昏暗的房子里
披上洁白的婚纱
用一枝红梅装扮自己
翘首等待，春风
迎娶的日子

15. 七月江南

七月江南
不再是一抹雨烟
既不见雨巷的丁香
也没了布谷的清亮
黄鹂的婉转
有的，是破损的苍天
横流的恶水
百姓叹不完的哀怨

一场接一场暴雨
让扬花的早稻
不再灌浆
让田园马路
荡起了小船
让一个个温馨的家
淋湿了炊烟

望着哭泣的七月
洪水泛滥的江南
我的心

不再有烟雨蒙蒙的浪漫
亮丽诗句的缠绵

多想撑一把大伞啊
将苍天遮挡
还百姓平安

16. 文人

彼此都只看天
地，被黑夜占领

前面的山峰
终年，云雾缭绕
夜，好寒凉

朋友，如果
在通往梦想的道上
你也在摸黑赶路
请叫上我，我愿
结伴前行

17. 心事

反复书写的
是自己虚拟的意象

一个个绚丽多彩的故事

饱含激情
装进信封
却总也寄不出

18. 童年的回忆

（1）供销社

供销社离我家很近
近得我站在家门口
就能看清
进进出出的笑脸
就能闻到
从里面飘出来的糖香

供销社离我家很远
几十米的距离
童年的我
天天走呀，走呀
却始终难走进那扇大门

（2）故乡的马路

曾经，故乡的马路
是晴天，扬起的团团尘烟
是雨季，踩沾的一腿泥土
是农忙时
老水牛踏出的一串串水凼
是秋收时
竹扁担弯唱的一路嗨歌

是无数个黎明
遥望村外
我心潮澎湃的遐想
是无数个黄昏
站在村口，父母
不知疲倦地盼望

（3）书包

母亲缝制的布袋里
装着一根用菜刀修尖的铅笔
还有一个语文本、一个数学本
我每天上学、做饭、喂猪、放牛
都高高兴兴地背着

一背就是 5 年
书包起毛了
书包的颜色模糊了
书包油亮了
我依旧视它为宝贝
连睡觉都压在草枕底下

19. 父亲的遗物

父亲走了，留下
一方石磨
一把算盘

石磨
是爷爷传下来的
斑驳的齿槽
仿佛一行行家谱
刻载着我家几代人的辛酸

算盘是父亲
当年卖豆腐时买来的
朱红的算珠
被父亲的双手
拨弄得油光锃亮

小时候
一声声清脆的算珠声里
常和着父亲开怀的笑语
后来，石磨没收了
算盘用不上了
父亲务农了。可是
我的父亲，依旧
夜夜拨弄着算珠子
只是那响声里
再也听不出父亲的笑声

我的父亲
一生，只知道
推着石磨讨生活
打着算盘过日子

20. 海与月亮

黄昏，你把你的倩影
装进我的心中
无论阴晴圆缺
为此，我日夜欣吟

月初，你羞答答地露出
半张秀脸，泛着红润
看我激动的潮声
是我的热恋感动了你吗
为何你一天比一天
渐圆渐明

终于在十五的晚上
看清你捧着桂花酒走来
呵，我再也无法自制
化作潮汐迎接你的来临

可是，你却渐渐远去
空留我一腔思念和惆怅
每天，我面对天空
挥洒泪水，心底
呼唤你的名字

甘肃诗人仁曾旺姆

【作者简介】

仁曾旺姆，教师，作家，诗人，IACAET 会员，中国教育学协会会员。

此岸

我曾好奇人海的温度
以为那里会很热闹
于是
去那里待了一段时间
发现
所见非见
所相非相
后来
我离开了那里
回到了岸边
远望
那里依旧看似繁花似锦
可我已无留恋
回岸
静观这条长河流淌
轻轻的
平静的

河北诗人张凤来

【作者简介】

张凤来,笔名踏雪寻梅,女,河北省唐山市人,今年80多岁。经典文学网、中华文艺微刊签约诗人（作家）。

诗观：讴歌祖国，弘扬正能量。

短笛（外一首）

天蓝蓝，海蓝蓝
一声短笛入耳畔
思念亲人思故乡
泪如泉涌

四十五年前
唐山大地震吞噬了我的家园
夺走了父母的生命
尸骨至今无处寻觅
只能到地震纪念墙上去寻找父母的名和姓

二十四万多人啊
我一日复一日
年复一年

不知道往返了多少次

终于在唐山大地震纪念墙上
找到了父母的名和姓
短笛声声响彻蓝天

教师节抒怀

人已逝，桃李春满园
都是国家的栋梁

今天又是教师节
歌颂教师的诗文
像雪片似的飞舞
学生对老师的感恩
似海深

你在天堂可安好
你听到了吗
学生们对你的颂扬
对你的感恩
对你的怀念

你放心吧
他们永记你的谆谆教诲
在各行各业各个岗位上
都是国家的栋梁之材

湖南诗人刘昌平

【作者简介】

刘昌平，微信名：昌盛升平，男，汉族，1957年2月出生，湖南华容人，中学高级教师，退休教师。数十首诗入选《中外诗歌散文精品集》《夕雅文集》《人生几味》《全国诗歌散文作品选集中华情》《当代文学百家》《新时代诗人作家文选》等。被聘为经典文学网、中华文艺微刊签约诗人（作家）。中国散文网会员。

我的祖国

我的祖国
到处星光闪烁
公园飞欢歌
广场舞探戈
闲庭信步好呀好快活

我的祖国
到处高铁穿梭
铁路钻山脉
大桥飞江河
路径八达宽哟又宽阔

我的祖国
到处庭院楼阁
特色城乡五谷佳货
共享发展成果
坐拥殷实生活

我的祖国
到处文明蓬勃
锦绣腹地花儿朵朵
绿水青山变金窝窝
人与自然真呀真和睦

我的祖国
到处友善祥和
互惠互利共赢合作
东风快递多，富了强了雄了不称霸
北斗覆盖护航我们平安的生活

我的祖国
到处日丽风和
各族兄弟姐妹团结和睦
勤劳敢拼搏，跟党走超越自我
实现人民向往的共同富裕的美生活

湖南诗人童业斌

【作者简介】

童业斌，男，笔名好个秋，湖南平江人，县纪委退休干部。爱好文学，中国诗歌学会会员，中华诗词学会会员，中国楹联学会会员，湖南诗歌学会会员，《中国诗歌报》会员。被一些诗社和平台聘为签约诗人、作家，先后有 1500 多首诗歌、诗词散见于报纸杂志和网络平台，被多本诗歌专集收录，多次在全国诗赛中获奖。

叶之爱

你是少女的红唇
香香的，格外诱人
吻雨，吻风，吻雪花
吻日，吻月，吻星辰

吻春的时候
绒绒的，又黄又嫩
看一眼，心里升起渴望
想摸，举起手又放下，怕伤害，不忍心

夏天的吻
彰显青春

叶上托花，叶下藏果
一吻促新生

秋吻，火一般的热烈
是又一轮最后的爱，是离别前的情
叶是大自然的情种
片片唇连着颗颗心

山东诗人张宗涛

【作者简介】

张宗涛，男，笔名青木川，山东人。平日喜欢读写古诗词，爱好美食、品茶和旅游。文学与艺术签约作家（签约诗人），中外华语作家文学院院士，新时代诗典研究中心研究员。

滕头实训体悟（组诗）

（一）

心沐滕头树常青，千村万户两山功。
进村枚有六字诀，入户齐向五星争。
倾情生态山水靓，弘扬文化产业隆。
红标粹明诗画风，忠党爱民矢志情。

（二）

黛峦稻香江南好，古堰石桥奏新谙。
遥看山路峻体势，近听水声逸谷风。
耸起塘坝功发电，摇动竹林浣笑颜。
露观酷似两龟景，分明泾流匠刻岩。

（三）

石桥枫杨古堰苔，黑路青流悠出山。
椅坐山靠村树魄，竹节花菁人养神。
青山绿水民生复，诗情画意党恩隆。
最恋十月桂香足，水乡漫说旧曾谙。

（四）

心仪望久江南好，桂香萦绕水乡苑。
千山动辄霁云逸，万水澄澈曲风灵。
港宁船歇腥夕照，田恋稻把忆蛙鸣。
最美伐竹引山工，路明向齐一心同。

（五）

山峦连绵远，海波浩渺平。
腥风熏夕落，码头锚船宁。
一腔博浪志，满帆孤胆勇。
静礁尤沧桑，垂钓同室茗。

广东诗人林剑华

【作者简介】

林剑华，笔名玫敏，来自汕头，汕头诗歌协会会员，喜欢阅读、写作、播音、绘画、唱歌等。作品散见于各网络平台。

一生的承诺

把这几个字看成一座巍峨的高山
才觉得自己是多么渺小
小得如同株草
时常被风雨羞辱得无地自容

把这几个字当作一个辽阔的大海
自己成了波涛汹涌中
所幸博得的一朵浪花
却被滚落得粉身碎骨

把这几个字筑成华丽的爱情宫殿
自己却受困于迷宫般的窘境
不计其数的锁让人晃眼
钥匙终究求而不得

把这几个字写成一首诗
它像病菌在宣纸上蔓延
威胁诗意的善美
多少个词就此失去担当
多少个字学会装聋作哑

内蒙古诗人武辉

【作者简介】

武辉，笔名雪温，1977 年 3 月生，内蒙古乌兰察布人。本科学历，汉语言文学专业。从事教育工作，文学爱好者。多首（篇）诗歌、散文发表于当地文艺刊物。在首届中华文艺全国文学大赛中获奖，获奖作品被纳入《全国文学大赛获奖作品精选》出版。

遇见（外三首）

你总是
抓住最宝贵的初心
行走在追梦的路上
你努力
抛开那世俗的附加
提炼其无畏的侠义
你哭过，笑过，有时
眼泪，恰是一种无法言说的幸福

微笑，却是一种说不出来的伤痛
几度风雨
几度春秋
在岁月清清的河流里流逝

遇见你
仿佛是一种神奇的安排
是一切的开始
初心不改
依旧坚守的信念和本心
在向善向美向真的追梦中
居之无倦
行之以忠

遇见你
感谢你
用真情做线
文字做玉
穿成风铃
挂在旅行的生活驿车上
如清辉般照耀窗外世界
使那世界显得如此柔美

乘雾问佛

佛山袅袅雾如珠，
姝女痴痴摄卷舒。

可化若为身千亿，
散乘云雾观佛途。

赏月

树梢摇月疏星盈，
飘逸花香静无声。
今夜蟾光明皎皎，
葡萄美酒玉壶清。

除夕

水穷云起寻常时，
臻美至真非远期。
户户桃符曈曈日，
祝福灯火长不息。

山西诗人李清山

【作者简介】

李清山，笔名雅伤，山西山阴史家屯人，知名诗人，当代诗歌领军人物，中国网络诗歌学会会员。多次在国际或全国性诗文比赛中获奖，被经典文学网、《中国诗》多家平台、纸媒聘为特约撰稿人、诗人、编委、评委等。作品曾入选《2020 中国诗人年度诗歌典藏·抗疫诗选》等 20 多部专集，出版个人诗集 4 部。

忆故乡（外一首）

普天同庆之夜，乘情愫万千
与诗仙太白，邀月色，举杯
醉饮，故土里，相思流连

塞北关外，馒头草垛两山
望月情真，千古不变
思伊人，他乡执着虚空对

石人沟戍边将士，用遥念满弓
摘下，桂花酒香里，轮回飘
桑干岸边，广寒情深照
中秋时节，枝头心思摇曳浓

泥土遗落，萌动里心事孤独
缩进思梦清泪，用记忆柔软外溢
把《静夜思》反复抒写，直至
被眼角噙满之距离，乡音高远
融化流放，彻夜难眠

给心灵松绑

思绪站在看不到心灵的弯处
把追忆烦乱里，拼命挣扎
魂梦中，情缘不安抽搐
托入诗人怀中，与欲生欲死曾经
在伤害冰寒，化作背叛的风
煽动着情灭爱熄里垂死
之揪心揪肺，不安地等待

想让受了伤的迷离纷扰
随本已放开的手，来一次
思雨里回头带来的感动

还是那个黄昏，把无辜的自己
置相遇之野，就是想用呵护之虚构
冲动奔涌下缠绵的彼此，抚慰
牵挂深处的伤，最大限度地找回
越走越远的相守，给心灵松绑

湖南诗人林力博

【作者简介】

林力博，男，湖南省洞口县人，中国诗歌学会会员。

再上阳桥

无数次梦里，
你的风采那样迷人。
我的视线穿过，
村庄和田野，
去审视你，
或隐或现的姿势。
初冬的暖阳，
把你通体照亮。
我极尽所能，
真想一跃而上，
与你拥抱。
而你张开了万年的弓，
依旧保持着坚强，
箭却不知道，
射向何方？
当年的巧娘，

是否受伤?
躺在你身上,
苍穹也发出感叹,
而你依旧沉默,
似乎在等待,
一场旷世的约会。

河南诗人牛俊杰

【作者简介】

牛俊杰，河南省郑州市人，曾任江汉石油管理局公安处处长，湖北省江汉油田公安局调研员。江汉油田诗词学会会员。

老家门前有条河（外二首）

老家门前有条河
河水承载着我童年的快乐
彼岸的你
此岸的我
仿佛隔着遥远的银河
河面荡清波
河岸树婆娑
清风吹过杨柳堤
多少记忆难忘却

老家门前有条河
河水流淌着缠绵的诉说
梦中的你
远方的我
今生再难执手相握
蜿蜒水长流
奔腾一路歌
你流连顾盼的眼波
让我心绪潮起潮落

岁月如梭
情感寄托
我多想轻轻涉水而来
悄悄走近你的传说

家乡的槐树林

少小离故乡
心中常思量
难忘家乡的槐树林
又见槐花艳

阔别已久大牛庄
依稀旧模样
曾记否
黄土地
西沙岗

槐林一片片
槐树一行行
每忆饥肠苦荒年
犹思果腹作珍粮
纯天然
齿留香
老树深恩怎报偿
至今回味意悠长

重归故里看槐苍
旧貌换新妆
新农村
新变化
槐林郁葱葱
槐树碧苍苍
清香阵阵扑鼻醉
浑身俱宝富一方
枝丫咧嘴笑
花蕊吐芬芳
喜迎游子回故乡
再思花味销魂处
欲唤村童撷一筐

追忆

祖考祖妣
驾鹤西游已百年
虽素未谋面

却血脉相连
每每忆及
触动心田

爷爷奶奶
一生贫寒
行苦忠坚
生前别无他物
遗留一只木箱旧件
历经岁月洗礼
本色没变
方正依然
至今仍衣衫装满
睹物思人
思念无限
日日轻轻拂拭
夜夜缕缕眷恋
唯有点燃一炷檀香
才能了却一桩心愿

月透窗轩人未眠
依稀芳魂伴雨旋
先祖先辈
在天有灵
牛家香火
世代绵延

新西兰诗人张春台

【作者简介】

张春台，笔名春柏。出生于中国武汉市，毕业于湖北大学中文系，现为新西兰华侨。热爱文学、写作和声乐，曾于2015年11月在武汉音乐学院成功举办“独唱音乐会”。曾荣获新西兰“三公爵杯”世界华文微型小说优秀奖。诗作《啊，故乡》荣登“全球诗人艺术家月刊”2022年元旦专刊，诗作《游子吟》荣登“CCTV诗歌春晚新西兰分会场”舞台。其诗作先后在海外报刊发表。现为“新西兰中华文化艺术界联合会”及“NZ国学诗词艺术协会”会员。

啊，故乡（外六首）

有种思绪常魂牵梦绕
有种情愫常心中荡漾
乡愁像藤萝
爬上海外游子的心房

曾记得
黄鹤从故乡仙飞
伯牙遇知音千古传扬
旖旎东湖赛西湖
南北飞架彩虹跨长江

那里有笑脸、回忆、梦想
日月匆匆四季飘香
父母佝偻的身影
儿女挥不去的念想

阴霾笼罩，病毒肆虐
故乡成为一座英雄城市
有多少感人镜头令人难忘
龟蛇二山焕发新姿
故乡重现灿烂阳光

邀白云捎去问候
邀清风带去歌唱
大武汉世界为你点赞
你如凤凰涅槃
美丽辉煌

游子吟

长城白云两故乡
神州纽岛一大洋
雪山溶水入镜湖
青草葱葱遍牛羊

晨光熹微催人醒
月牙高挂进梦乡
含辛茹苦辅后生

酸甜苦辣藏心上

异国他乡风情美
泰山长江山河壮
梦想归燕识故巢
孰知落叶飘何方

友情

——异国与老友相见有感

远望想他的轮廓没变
近看已是皓首苍颜
原有的俊朗
已没有了棱角
或许是
泪水模糊了我的双眼

促膝长谈
我们
曾奋斗肩并肩
感叹生活历经波折
今生往事
叙起都觉亲切新鲜

无顾忌的心语交流
像小河静静地流淌
像抒情小夜曲

在心海里舒缓延绵

友情如陈年老酒般醇香
友情似沙漠清泉般甘甜
友情系时光累砌成墙
友情系项链珠珠相连

友情如阳光雨露
温暖滋润心田
人间真情如诗如歌
天天吟唱永不厌倦

家乡的土地

春寒乍暖
野草冒出翠绿
桃李绽开花蕾
杨柳依依
家乡土地被春风唤醒
一派勃勃生机

夏日暖阳
荷花迎风招展
槐柳连荫蝉鸣不息
蜓飞蝶舞蛙声连片
稻花随风清香扑鼻

金秋神往

稻谷沉甸随风起伏
向辛勤农人点头致意
丰收十月，硕果累累
欢声笑语田间响起

北风之恋
梅花吐芬凌寒傲立
熙熙攘攘备年货
雪花飘飘顽童戏

双手捧起家乡土
闻闻馨香的气息
无穷尽的神奇能量
养育祖父辈赓续不息

故土与游子根脉相连
犹如心中的花园
深耕细作
枝繁叶茂永葆瑰丽

无根花

像牡丹雍容华贵
似茉莉素雅清香
寓玫瑰浪漫艳丽
如梅花高雅坚强

爱情是无根的花

鲜血培育心中绽放
绚丽鲜花四季盛开
凄美情爱世代留芳

初恋如花朵含苞
朦胧羞涩纯真梦幻
酸甜难终
没齿难忘

热恋如莽原野火
炽烈燃旺
似江河汇流
奔腾浩荡

晚恋如陈年老酒
浓情蜜意相依相伴
真情如菊
至死抱团不离不散

三角梅

院角盛开三角梅
鲜红花朵簇拥
像蝴蝶翩翩起舞
似炽热燃烧火焰

三角花瓣层层叠叠
蕊柱顶举小白花

如小精灵伴随花苞
清风徐徐荡着秋千

枝条纵横交错
柔软弯曲缠绕
空中随意伸展
无拘无束探求空间

遥想家乡故园红梅
正凌寒傲雪袭人暗香
抬头怒放芳姿坚韧
远隔万里禀性相连

明媚阳光普照
花儿抹上浅浅金辉
无奢无求长情绽妍
万朵丛中尽展欢颜

天堂珍宝

——南岛风光

在太平洋的南端
上帝把扇贝摊开在海面上
南岛、北岛是扇贝两半
耀眼珍珠是南岛风光

西海岸煎饼岩层层叠叠

向世人叙说着历史沧桑
岩洞喷泉掀起滔天巨浪
震天吼声犹在耳边回响

摩拉基圆石像巨型恐龙蛋
在海岸边时隐时现
万年海底沉积泥球状结晶
展示着大自然神奇的力量

乘机登上福克斯冰川
白雪世界一尘不染
情不自禁抓把积雪尝尝
难得的味美绵长

乘船游览米尔福德峡湾
仰望雪山，俯瞰海洋
两岸岩壁长满灌木、花草
陡峭岩壁上瀑布直落深湾
海豹聚集在岬角上休闲
企鹅、海豚在水中游玩
海鸥翱翔在蓝天
峡湾奇景像绚丽的画廊

蒂卡波湖是冰熔湖杰作
清澈湖水微波荡漾
鳟鱼、鳗鱼在畅游
紫色鲁冰花开满两岸

蓝色湖水倒映皑皑雪山
妖紫色彩进入梦幻

皇后镇依山傍水
四处盛开鲜艳的花朵
脸大汉堡和美味佳肴
商铺林立满目琳琅
雪山能滑雪
激流可泛舟
峡谷能蹦极
平地可跳伞
乘船游览饱赏湖岸风景
临湖聚餐平静安详

南岛风光旖旎而壮美
妖娆而幽然
自然璞石变成翡翠碧玉
靠挖掘，打磨，抛光
发现美创造美
人间处处赛天堂

四川诗人高余

【作者简介】

高余，男，笔名蓝天一片，生于1969年5月18日，四川省射洪市人，中国民盟盟员，四川省作协会员，四川省诗歌学会会员，陈子昂文学社副社长，陈子昂诗社秘书长。出版文集《会唱歌的苹果》。发表小说、诗歌、散文、评论、故事、戏剧等文学体裁500余万字，多年来获得诸多赛事奖项。

铁水火龙（外一首）

自从我脱离明清的母体
便作为一种传统存活
胸中之火被时间覆灭，嘴里无以喷火
飞翔被遣散，只能在高举之下游走
夜空缤纷也不是欢乐勾动天火
把心掏出来泻成爱抛出高度
尘世花招都是冷兵器雕琢
只要将夜被剥光衣服便有肉疼的感觉

青堤渡养育的船儿撑开篷呼吸潮流
涪江鱼儿没有龙门也争相跳跃
鹭鸶和白鹤息了龙门阵俯视渡口
不啄古松，不栖古街檐角

不知道目连什么时候从地狱救母
只是把故事留在舞台，留在炊烟升腾的人群
留在吞云吐雾的茶余饭后
从两江的尾部上岸，陪同陈子昂
一起欣赏农家小院的梅兰菊竹
听每一天生活拔节的快乐

半山观

黄葛树、桉树以及无患子
从来不拒绝竹林的怀抱
将自己最美的部分扬出来
居然搭建了一座彩虹
只为超度五位后贤的倒影
从城市穿越这方领土
豢养的松鼠早已喧宾夺主
在收藏与历史之间啃食绣球
在乡间与民间大展拳脚
不屑偶尔失手，榛子或核桃
如何能腐蚀祖宗，雕花窗
溢出雕梁画栋的夕阳
五双手在半山观点数岁月长河

浙江诗人桑民强

【作者简介】

桑民强，1948 年 12 月生于现杭州市余杭区余杭镇，高中毕业，曾在企业担任中层干部。1985 年至 1994 年先后担任杭州市残联委员、浙江省残联主席团委员。喜欢文学创作，先后在《人民日报》《解放日报》《浙江日报》《东海杂志》《福建文学》等报刊上发表作品 50 万字左右，2008 年由作家出版社出版个人文集《自强之路》（34 万字）。2017 年出版《随语集》（30 万字）。现为浙江省作家协会会员、浙江省杂文学会理事、华诗会会员、世界华文作家联合会会员。

情夜（外四首）

鸳鸯枕上一对鸳鸯
化身在酒迷蜜惑的洞房

灯花映着心花
艳被缠着艳色

心里有多少话
用吻用抚说给你听

胸中有多少情

用低语用喘息一泻满地

曾经，相隔千里心贴着心
今夜，身贴着身铸成永恒

怨夜

春夜，屋上的猫
凄美的叫声
像一颗飞弹
射断那根红线

秋晚，茅栏的牛
沉重的叹息
如一块石头
搅乱了梦的湖面

单相思，熬尽心力
光，徒然照射百里
却照不见一个
两情相悦
饱满的挂果

欲夜

醉迷的夜
狂乱的心
浪蝶叮着花蕊

花儿万种风情
嫦娥羞红脸蛋
月亮躲进云层
手语说爱万千
小别胜过新婚

春天的一部分

春天，从北京的心窝萌发
春色，在祖国的每块土地上开放
曾经黯然叹息的角落
如今也嫣紫姹红和风浩荡
有人说“诗与远方”
我说诗或许就在身旁
折断的翅膀破碎的瓦砾修复如初
每一棵小草沐浴雨露阳光
残障人士笑靥如花
哪一代有过这样的幸福模样
残疾人也是春天的一部分
祖国母亲笑着对世界大声讲

我这一生

我这一生
没有吃特别的苦
也没有享特别的福
平平常常地活着

国内去过几个城市
国外的风景也听说
有一辆北京现代开着
豪车连皮也没有摸过

老婆只有一个
不是美女也不是黄脸婆
电影里那些三妻四妾
看看烦心，干脆跳过

这样，已经很对得起自己了
只要想想七十年来没有战火
吃香的喝辣的已经不难
刺激和快感或许是毒药

山东诗人张召平

【作者简介】

张召平，山东平邑人。本科学历，中共党员，工程师，造价师，专业景观人，读经教育推广者。作品在《世界汉语文学》《都市头条》等刊物发表，临沂市兰山区作协会员，《世界汉语·关东美文杂志社》沂蒙山编辑部秘书长。爱好文学、绘画、书法，尤其爱好古诗词。彰显时代脉搏，昭示心灵悸动，凭吊怀古幽情。

刘公岛不再哭泣（外二首）

我环绕你匆匆而过
奔涌的浪花曾在那个甲午年伤心地哭过
锈蚀的铁锚依在静静地淋潮哽咽
那几门锃光亮闪的火炮为何转头向自己开火
不是外族的坚船利炮有多险恶
不是击不沉的吉野有多牢不可破
是软弱侵蚀了清政府的骨骼
是真金白银的挥霍断送了北洋水师的不老传说

青山仍在，波涛依旧，歌舞升平，游人如织
一百二十年后的中国
还刘公岛一个扬眉吐气的现在

在李公河末端的天空仰望

地理上，李公河是栖身的地方
心理上，李公河该是远航的前方
我藏在湿地公园的深处
荡漾着文明与艺术的涟漪
那摇曳的塔机
包裹在混凝土的背后
冷冷地看着斑驳墙面滋生的片片青苔
偶有远方的客机飞过
投影在地面的影子
放大并追随那远道而来的梦
梦，何时醒过
重复着
那曾描绘过无数未来的可能

在南坊看街道命名

数着三合街道的名字
一路向前
记忆中的一二三
已更名为北上天

还是那些宽阔的林荫大道
用沂蒙镌刻临沂的风貌
左有青山环抱
右有河道萦绕

追溯这片古老的沃土
孕育书圣之美誉
享有兵圣之威仪
精于算圣之严谨

坐行政楼于龙脉
纳五洲湖于胸襟
唱响春江秀水琅琊之雅趣
吐纳康和顺和仁和之厚道

做兰陵王
谱兰亭序
府左府右之北城新区

湖北诗人沈中德

【作者简介】

沈中德，男，石首市人民医院专业技术人员，文学爱好者，作品散见《长江诗歌》《奉天诗刊》《中国旅游诗歌》《荆州晚报·垄上诗荟》《绣林》《中国好诗》《新诗歌》《鸭绿江》《河南科技报·文学百花苑》《现代诗美学》（香港）等报刊以及网络平台，几次获民间诗歌奖。

诗六首

1. 荷塘月色

同莲藕做邻居，一辈子就
感到荷高不可攀
而且受的委屈也不少
譬如，出污泥而
不染，烂泥扶不上墙
其实，我们是一对好
姐妹，我供给她吃穿
还要管这里，空气的质量
只是，我生性
腼腆，总喜欢站得比
水面还低

不像她，性格外向，喜欢
穿红戴绿
花枝招展

2. 书的万有引力

十五六岁的时候
我遇到了第一本小说
主人公叫保尔·柯察金
那是一个海湾
涌动的潮水被月光俘获

送我小说的人是父亲
他把他的所有期望
放在了一本小说中

后来有一个发小上武大
她接过了父亲给她的接力棒
从此，知道了柏拉图、哥白尼和达尔文

渐渐喜欢上了，油墨的味道
一日不食，饿得慌

曾经在书堆里找到好物件
不停地爬却登不了顶

抚今追昔
想象把有字书和无字书合二为一

像诗人写诗一样
词句间留些空白
那才是，完美的境界

3. 在地铁站与蚊虫相遇

坐在地铁站月台的石凳上
手机在眼前，像一个活蹦
乱跳的小孩

一个平台正在支招，对我来说
一块大石头抛进了一个大池塘
我都替地铁脸红
那么大气息
居然没能触动我的神经

下手快，应该说比地铁还
迅速，但是不像地铁磊落
偷偷摸摸的，让人完全不知情

我感觉我完整的皮肉钻了
几个洞，血正被迫往外冒

这流走的可都是财富
血与汗，可这帮不劳而获的家伙
当我的手一扬起
已逃之夭夭

奇怪奇怪，这么大的光亮
什么毛贼，如此大胆
灭害灵还很遥远

我遥远的记忆，在六渡桥
那时候六渡桥的夜晚不用蚊帐

4. 握个手，摄影师

把瞬间剜下来，光波在你心中
游刃有余
线条，色彩，远近，高低

手指轻轻一按
欢笑进了图库

你的眼睛有多亮，这人间
就有多美
把你明亮的眼睛，传染给
更多的人

让美丽占领生活的全部
握个手啊，摄影师

5. 小池

天气闷热，却得不到一丝
风的眷顾

蜻蜓不怕烈日，正在
荷尖上，欣赏自己的
时装

我对着小池高喊
能不能，跳下来
到你盆里洗个澡

忽然看见我对面有个
丑陋的人
蜻蜓，用一双鄙夷的
眼睛，打量着他

雷声滚动，接着倾盆大雨

蜻蜓不见了踪迹，我凉爽极了
刷了一回，存在感

6. 无题

就这么两块凸镜，用了几十年
上面布满了灰尘，几十年下来
什么没看过，苦的和甜的，黑的和白的
现在，看儿孙们比自己
原来的日子过得好，看外国人对着
中国人竖拇指，别提有多高兴
还想看华夏一统江山，那就更高兴了

偌大一个有五千年历史的
文明古国，一个共同的祖先，多么
不容易，还是先处理好凸镜吧
但也不是一两块擦镜布的事，还是
上医院，医生绝对有办法

然后就待在海岸线上，等待流浪的
孩子，高高兴兴回到母亲身边

新疆诗人贾川疆

【作者简介】

贾川疆，擅长油画、篆刻、版画，国画作品《曲调未弹先有情》入选华风书画精品赴日展。诗歌入选“凯特杯”海内外当代青年诗歌新人大赛。作品《找回失意的自己》入选《爱心人人有》诗刊。喜欢文学、诗词，业余时间进行诗词、散文诗及小说文学创作，作品散见于报刊和网络文学平台，现居新疆乌鲁木齐。

情人，今生今世我们永不分离（外一首）

曾经我们共同，携手畅想幸福
可现在、猜疑
迷茫的爱情在彷徨
我深知，爱已远去了

情也动摇了信念
爱情悄然沦陷在，彷徨的爱河
请不要再说还爱我
我愿独守寂寞给的伤痛
任复杂的思绪在荒野游荡
从此心开始漂泊天涯海角
寒星繁点，那孤独的夜
我将思念化作了雨夜
慢慢品味体会
那尴尬的苦痛
追忆我对你浪漫的恋情
在这寂静的夜里，放飞思绪

你转身将背影
留给我的那一瞬间
我的心是茫然的
如风筝失去爱的牵引而迷茫
激起了惆怅伤感的往事
曾经试图用真心
叩开你的芳心
我是那么痴情地爱着你
用我的爱融化误解
让你感受到甜美的情感
聆听我的甜言蜜语和山盟海誓
你那回眸一笑百媚生
已深刻在我的脑海里
我们的爱情，经历了太多的磨难

如小舟行驶在汹涌的大海
感情上的误解需要沟通和包容
不论今后我们陌生到
何种尴尬的境地
我的爱依然会永远钟情于你

为什么！彼此不能相互理解和谦让呢
劝慰自己，心与心
已有了无法逾越的误解
就算这样
仍然动摇不了我对你的爱恋
曾经的我们
在柔情和蜜语中忘情地缠绵
彼此都很愉悦地
享受着艳情和幸福
使我忐忑而眩晕的心
醉倒在你温柔的怀抱里
可是误解的感情禁不住
暴雨的洗礼和考验
你理解不了我的伤痛
迷茫的心儿已碎
不愿再提起和翻开
那忧伤的一页

漫漫孤寂的长夜呀
看我的思绪在飞翔
我的爱依然如往昔，没有改变

为何打动不了你的芳心
我们曾经共同走过爱河
相拥幸福，不是很快乐吗
那时的我们
在浪漫的花海
品尝着爱的温暖
既然已相约今世永相随
为何要破坏，那温情的爱恋呢
我用心良苦地计划着
重逢的这一天
相聚时却不再亲密
忧伤在心头如花蕾
还没有盛开出
娇媚的花朵就凋零枯萎了

我对你无微不至地关爱
像落花有情
你却很无情，结局不论怎样
我都能接受
因为我深爱的人是你
不愿伤害你
如果有那么一天
缘分令我们各奔东西
情也无奈地抛弃了我们
我不想
也不愿今后的日子里
你埋怨我

蓦然回首，在记忆的时光里
苦涩的情感还有
一丝丝的痛触
想起我们曾经有过
一段真挚的爱情
享受过你我的幸福
彼此在心中呵护着
一段让我们一生
都感到凄婉痛惜的恋情
如果真爱，就让我在你
广阔温情的芳心里
用爱滋润，我们的幸福将来
让我们的爱，别来无恙
对你的情意，始终爱意满满
对你的浪漫激情，目前已失落
如在荒野的戈壁
失去了绿色的生机
也许我真的疲惫了
心也茫然了

我暂时不想再提起
再诉说那花言巧语
情话已显得无比苍白
在爱的误解中无法立足
你说你忙
忙得让我们之间的情感都疏远了

对于你在情感上的漠然
我会无怨无悔吗
我训问我自己
也许是爱得你不够深
或者是爱得你太深
你不懂珍惜
我没有把握，也不知道
也许这份情是有缘无分吧
让我俩彼此包容
超越那误解的深渊吧
为你敞开了心扉
炽热的心渴望相拥
化解那误会
我用全部的柔情，钟情于你
愿与心爱的姑娘
演绎爱情的永恒

让一切都随缘

当一切的一切都将成为过去
缠绕的思绪，像乱了线的麻绳
心中平添了一份伤感
那一叶孤独的小舟
远离炽热的心房
目送那渐行渐远的背影
消失在那迷雾中
请别回头，我怕我给不了你
温柔的港湾和豪华的居所

就让心随小舟，漂流直至消失
既然相识，又无奈地分离
别埋怨命运
那真挚的情感
像雨中洗礼的花朵
既然无法逃避
狂风暴雨，就让我在雨中狂野
在痛的伤口
也会在艰难及苦怨中消融
别说恨，恨你，还是恨自己
能相守相爱，共同走过一程
何必非要朝朝暮暮
缠缠绵绵地共度一生呢
曲终缘散时
让一切随缘
回忆是痛苦之源
温柔的思绪，满脑海都是你
短暂的甜蜜，坠入了痛苦的深渊
伤口在每一次回忆中
都会挣开快愈合的伤口
一次又一次，一年复一年
当思念乱作一团时
苦痛和哀怨早已麻木
失望在一次一次的挣扎中
坚强矗立在苦恼的乌云之下
抬头期盼，希望之光能划开乌云
露出暖阳

在黑暗的郁闷中重生
让一切都随缘

陕西诗人高倩

【作者简介】

高倩，女，陕西省西安市鄠邑区人，20世纪90年代毕业于陕西师范大学历史系。诗歌散文散见于《西安晚报》《华商报》《组工之友》《金鄠视野》等报纸杂志。著有个人诗文集《半生归来》。人生信条“凡是过往，皆为序章”，让自己保持前行的姿态。

诗歌六首

1. 草长莺飞的时节

说好了
要去一趟江南
在草长莺飞的时节

逃离北方的倒春寒
触摸江南
湿漉漉的春天
春天是那么柔软

那带着凉意的晓风
把鸟儿的翅膀扇动
历史打磨过
雕琢过的江南韵味
无数次进入我的梦境
我想和你陶醉在
春光亲吻过的古镇街亭

说好了
要去一趟江南
在草长莺飞的时节

放下所有的纠结
搁置一切挂念
说走就走
走进江南的乡村田间
热情的花儿叶儿
都忘记了害羞
成群的鸭子满河里游
天上白云悠悠
庄稼人脸上挂着笑容
真诚如脚下的泥土
我想和你陶醉在
小桥流水的人家
忘却岁月刻在脸上的褶皱

说好了

要去一趟江南
在草长莺飞的时节

离开大城市的傲慢
抛开世事的羁绊
我要摇一叶扁舟
穿一件碎花布衫
撑一把油纸伞
碧波荡漾着我的影子
随着水草舞蹈的节奏
做一回江南女子
温婉娴静
如从画中走来
那般富有风韵
我要和你
陶醉在盛满春意的小河
了却前世今生的夙愿和追求

说好了
在草长莺飞的时节
一定去江南走一走

2. 没有母亲的母亲节

想躲开人群
抛离俗务
寻一处幽境
让母亲听见

听见我的心声

雨丝飘飞，天空灰蒙
偌大的天地
处处繁华梦
容不下思念的空灵

继续找吧
母亲一定有足够的耐心等
您曾经把我们
从婴儿等到成人
用您的青春和生命

城市喧嚣，红尘缘定
整整一天，整整一生吧
我再也找不到
找不到您的曾经

母亲啊
不知道您的世界
是否云淡风轻

3. 焰火

夜很黑
夜空也很黑
黑夜里
有我的梦在飞

我是火
是一团渴望燃烧的火
世俗的眼光
把我紧紧地包裹

我在痛苦中煎熬
火热的青春被耗掉
天上的明月啊
你可曾知道

终于有一晚
我冲出重围飞上了天
朋友啊
那一声声怒吼
是我深情的呼唤
那满天灿烂的花朵
是我此生全部的心愿

4. 麦草垛

她们曾是麦粒儿的母亲
经过生命的痛苦孕育
为家国为人类
送走了一个个成熟的孩子
自己却被命运阻挡在风雨中
堆积成一座座小山
等待命运最后的安排

5. 绽放！绽放！

没有奢望斗艳群芳
没有存心蓄积暗香
没有把实力特意锤炼
去迎合时令的摆布
去满足无谓的愿望
我是蜡梅花
不愿把最美的时刻
留到在春季才绽放
穿过秋风的设防
蹚过秋霜的战场
孕育了属于自己的力量
挽着冬天的臂膀
和雪花拥抱在枯枝缠绕的树上
用娇嫩的容颜
用满腹的幽香
用坚定的立场
——绽放，绽放
为冬天代言
为春天引航
为顽强不屈的生命歌唱
让暴风雪来得更猛烈些吧
我没有委屈要掩藏
我就是我——蜡梅花
在冬天的花花世界里
优雅绽放

快乐地享受属于我的荣耀
无冕的花王

6. 今日小寒

一片愁云铺天边
两枝香梅迎小寒
三雁始生北飞意
四只喜鹊衔枝转

五缕北风舞翩跹
六片残叶在打颤
七只雉鸡求偶忙
八千里外盼春天

安徽诗人王允才

【作者简介】

王允才，笔名老童，合肥市作家协会会员，心理咨询师，老而不浊，童心犹存。祖籍安徽省太和县，当过农民，恢复高考后1980年离开农村，学生时代开始文学创作，20世纪80年代曾发表短篇小说、散文等。2006年起就职于安徽广播影视职业技术学院，从事学生管理工作15年。工作之余坚持小说、散文、诗歌的创作，先后创作长篇历史小说《民国侠影》《一·二八上海义勇》《刘一方》《拜菩萨》等，诗歌作品有《炎黄诗经》等200余首。2021年获新派诗人诗歌大赛三等奖。

过往（外二首）

几位耄耋台湾老荣民
在弯弯的马路边守望太阳
老迈的身影已成雕像
刀刻的沧桑
执着的手心问候匆匆过客
双眼投出陈年的渴望

数不清的大陆游览车
流动的眼光来回流淌
海风里端坐的老人

赫然已成路边的景象
车里的人看景象
守望的雕像望故乡

来来往往的陆客
是否带来黄土的沉香
车上的呼唤去了又来
招手的雕像望穿车窗
七十年的守望太久太久
问游客是否来自我的故乡

陆客匆匆却是宗亲
游车流动已成家乡
七十年招手不是为再见
七十年守望鹤发已飘然
故乡不得见兮
就在过往的车上

日月潭

青山怀抱的梳妆镜
里面有阿里山姑娘
丰润羞赧的美人儿
在镜前梳妆做梦
一阵涟漪
思春的少女又见情郎

美人儿不需要凡人修饰

她美到让我惊慌
没见她我自信优雅
见到她却心旌摇荡
悄悄地问一声
我能否将头贴在你的胸膛

投奔你的路上
我暗自发誓不要激动
见到你就失去自我
在失语中把你细细端详
你那浸透心灵的清艳
叫我如何不向往

没见过日月潭的人儿
我不是替她标榜
不论男女老少
也不必在乎白黑瘦胖
只要见她一面
你会沉醉到天下无双

日月潭是阿里山的心境
千百年被传说打磨抛光
浑浊的记忆早已仙逝
阿哥阿妹的情歌还在传唱
潭边梳妆的姑娘呦
能否做我的新娘

我私下有一个奢望
藏在心底烧得发慌
也许我的私心太重
也许我真的变得疯狂
我想以身相许
赤身在日月潭激荡

台湾的云

台湾的云
有柔滑的肌肤
不用凡间的护肤油
有她缠绕
座座大山兴奋昂头

台湾的云
有美白的脸蛋
长相各有千秋
不用世俗的化妆
天然欲媚还羞

台湾的云温柔欲滴
水灵灵朵朵明秀
她戏谑山峰
一会儿蒙住山的眼睛
突然间又在山头玩悬浮

风是台湾云的闺密

有风的台湾云就是风流
跨山越海
身段纤柔
在林中与我牵手

台湾的云太过亲切
走到哪里总有她陪游
告诉我山的挺拔
伴我在山顶转悠
来到山下还不肯再见挥手

掬一捧台湾的云
我能否把你当美酒
痛饮下你的温柔
醉透我的灵魂
伴我回大陆

江西诗人傅明江

【作者简介】

傅明江，中国诗歌网注册诗人，江西音乐家协会会员，江西歌词研究会会员。1976年在部队开始创作军旅诗歌、歌词。作品散见于《前锋文艺》《前线报》《解放军歌曲》《武警歌声》《人民武警报》《星火》《心声歌刊》《乐坛》《北方音乐》《江西日报》、中央人民广播电台等媒体，有作品入选多种选本。入选中国人民解放军建军90周年军旅经典歌曲《人民军忠于党》专辑、人民音乐出版社《井冈山颂歌》、百花文艺出版社《军营民谣》、黄河音像出版社LDF收藏版《我从朝霞中走来》《振兴江西征歌·获奖歌曲集》等多种选本。其中，《海岛恋》《老政委“三同”到咱连》《全班像面绿色的旗》《盼团圆》《红星亮心里》《同登领奖台》《庐山娇容》《中国的爹娘》等作品在全国和军内外获奖。

青云谱素描

1. 八大山人铜像

用风雨，勾勒你的人生轨迹
蘸残阳，涂抹你的国破家亡
在痛哭与狂笑中
你活成了一尊凝固的铜像

烈火铸就仙风道骨的倔强
青铜闪烁华夏民族的光芒
石头打造的基座
坚定了永不妥协的立场

你是一首孤冷的诗
悲悯的长天都为你苍凉
你是一幅凄美的画
凋零的花草愿为你落芳

一支笔，写尽人生苦短
一方纸，画出世态炎凉
你把黑白、是非、曲直
跃然纸上

你是一只折翅的鸟
你是一头离群的羊
酸甜苦辣一杯酒
悲欢离合泪两行

如今你没了人间喜怒哀乐
四季风雨仍在你身上流淌
你孤傲地守护着你的故园
成为豫章名城的一道风光

2. 古苦槠树

你也曾青枝绿叶

在十里春风中得意
如今被五百载年轮
碾压得弯曲了腰脊

断枝上的伤疤
模糊了历史积怨的痕迹
皱裂开的皮肤
袒露出心灵深处的秘密

你像一位谦逊的老者
迎送游客们来来去去
风，吹远了你见证过的故事
雨，冲淡了你记忆中的经历

熬过了多少朝代枯荣
静守这座江南名园宝地
你是无法复制的历史文物
演绎着大自然生命的奇迹

你老得已经很丑陋
但从来不失参天骨气
江山易改，根深不移
至死守望自己的疆土
不离不弃

3. 万历古井

像一只圆睁的眼睛

遥望着远去的大明天空
哭干的眼泪，化作了
八大山人水墨丹青

无数次目送过那张清瘦的苦容
千百回荡漾过那只汲水的木桶
你浣洗过八大的僧衣
也冲刷过瓦钵的残羹

只有这口井
才能洗净世俗的泥尘
只有这口井
才能浓淡水墨的轻重
汲水作画，才思涌泉
山水花鸟，定格永恒

历史抹不掉的一个标点
用石刻为大明证明

命运让你和八大相依
同源共流，血脉相通

我欠身打捞你的清流华月
泉眼里涌出五彩霓虹
飞向宽敞的国画殿堂
江山如画展现新的生命

新加坡诗人童赵驰

【作者简介】

童赵驰，湖北人，退休教师，现旅居新加坡。作品散见于报纸杂志和网络媒体。

弦月下的思念

——写在国庆节前夕，辛丑牛年八月廿三

坐在芭蕉树旁
风徐徐蛙鸣唱
弦月挂柳梢
思念起
听《万疆》

红日升在东方
其大道满霞光
我何其幸
生于你怀
承一脉血流淌

美妙的旋律飞翔

思念雨落入诗行
长城壮美
山河辽阔
热情在万疆奔放

摘昆仑云飞翔
倾注一生向往
飞越最西端
沿丝路
把葱岭逛一逛

踏黑龙江滚滚白浪
到黑瞎子岛上观光
冬雪印朱唇
夏花插发髻
仰望五星红旗飘扬

托弦月话衷肠
相思慢慢魂入乡
饮长江水
写横竖撇捺
那是我永恒的馨香

注：葱岭指的是帕米尔高原，2011 年 9 月 20 日部分回归祖国。黑瞎子岛 2008 年 10 月 14 日一半回归祖国。

上海诗人程秀华

【作者简介】

程秀华，上海青浦人，1958年8月出生，汉族，高中学历，私营业主。业余写作爱好者。青年时期，曾在青浦区某镇文化站工作，热爱写作，随后下海经商。20世纪80年代，小说《坟墓里的情人》、戏曲《九里亭》等作品曾分别获得青浦区文学大赛一等奖、二等奖。

母亲节寄情（外二首）

幼儿时
离了母亲的怀抱就会哭闹
只觉茕茕无靠
年少时
投入母亲的怀抱只想安好
望幸福的时光慢些跑
青春年少
背印母亲的目光四处把工作寻找
只想让慈祥的期待有个回报
时到中年
常感陪伴母亲的时日太少
想静静地在你身边听你唠叨
当自己年老

母亲只存下了梦里的音容笑貌
一生的情缘断了，断了
回首远眺
家中的老屋不再见母亲倚门远望
游子的归期遥遥，遥遥
母亲，孩儿可曾是你的骄傲
母亲，孩儿真的很不孝
母亲，请你在孩儿的梦里慢慢跑
孩儿好想陪你慢慢慢慢变老

赞白衣天使

你是那蒲公英
身影白如雪
傲世风雨中
一把小伞撑起宇宙乾坤

你是那蒲公英
渺小于无影
平凡又无声
瘟疫来临时你勇敢逆行

你是那蒲公英
沙砾与尘埃
杂草和丛林
阳光一照你依然灿烂如馨

你是那蒲公英
花丛映自怜
月望羞愧色
惊雷一声中你花开泣鬼神

冬至

萋草枯萎寒风舞，蜡烛纸烟坟前锁。
孑立墓边一孤影，泣泣清泪洒黄土。

白菊斜依映日暮，一缕清香随风舞。
欲离还留轻移步，思念之舟难苦度。

湖北诗人杨猛

【作者简介】

杨猛，笔名原野，出生于湖北孝感，从事航海事业。中华文艺学会会员，当代实力派诗人。热爱诗歌，多首作品被纳入《中华文艺》杂志出版。

一条河（外三首）

我只是一条河
你们用不同的名字呼唤我
从山上流到山下

我对你们一视同仁

我对你们一视同仁
从山上流到山下
你们用不同的名字呼唤我
我只是一条河

生命的意义

我不知道生命的意义是什么
山冈滚落了红苹果
眼睛蒙蔽了黑幕布
时间在枕边爬过
一线微光就撕开了一个黎明

我不知道生命的意义是什么
绿毯上染了个万紫千红
蜂蝶在其中陷落
一声鸡鸣便奏成了一片天籁

我不知道生命的意义是什么
我来自前人安息的地方
也终将走到后人苏醒的地方
像一段航程
越是历经风浪
越是会激起洪波

镜子

我对你笑
你就对我笑
我瞪你
你也瞪着我
我远离你
你也远离了我
有一天
我不小心把你打碎了
才发现
你支离破碎的身体里
片片都是我

绣花针

我的思念是一根绣花针
它又细又长
刺得越深便越难以自拔
愈是穿过层层阻碍
愈是磨炼得尖锐而光滑
它拖着长长的尾巴
是为了你绣一朵鲜艳的玫瑰花
一旦遗失了
你便很难再找到它

湖南诗人吴志锋

【作者简介】

吴志锋，笔名执笔判江山，爱文学创作，主笔现代诗歌、古典诗词等文学形式，风格多为情感诗。

醒来就去看你

夜深了，周边的灯也熄灭了
我踌躇着，烦躁着，心情真是太复杂了
我的双手忍不住颤抖起来，缓慢地端起左边的酒杯
细品微微的苦味

我想起，昨日她发梢的香味
心情又仿佛平静了下来，放下了酒杯
然后慌乱地从右口袋里拿出一根香烟来
点燃，猛地吸了一口，然后向空中慢慢吐尽

趁着夜色，我越发地冷静
屋子里满是烟的香味和酒的苦味
我醉倒在床榻上，然后酣甜地去往梦乡
我期待昨天的相遇绝不是一场梦

清晨，迫不及待的风吹向这个酗酒的男人
仿佛在告诉他，该醒来去往理想的远方
可是这个男人像是沉入了海底，一动未动
梦里男人已经起床，并穿好行装，为见女孩参加个婚礼

广东作家李明宇

【作者简介】

李明宇，男，生于 1980 年 5 月，毕业于漯河市大华艺术学校，补考兰心学院，深圳市华儒科技有限公司销售经理。目前在“百家号”“今日头条”写作发稿共有 10 万多的阅读量。

母爱比海深（外一首）

不知何时无情的皱纹爬上了母亲的额头
往日乌黑的青丝变成了雪白的霜发
曾经神采奕奕的眼睛已失去了往日的神采
抚育我们成长又操心为儿女们成家
把美好的青春年华奉献给了这个家
母亲上午还在田间劳作回家之后就生下了我
无人接生是您自己剪断了我的脐带
体弱瘦小的我奶奶担心无法养活
要将我送给别人是您用双手紧紧地搂着我
发誓一定要亲手把我养大

还记得儿时您给我喂饭还记得风雨中您为我撑伞
还记得昏黄的油灯下您为我缝补衣衫
还记得大雪纷飞的夜晚您做好热气腾腾的饭菜
母亲给了我生命抚养我长大给我一个温暖的家
陪我走过春秋冬夏您就是我的全世界
是我心中最美的花

梦回故乡

秋风瑟瑟日渐凉
故乡漫山添寒霜
红叶飘落无定所
等待来年换新装

故人来访柴扉开
茗茶美酒敞心怀
悉数今朝无穷志
只待开春再归来

远上寒山彩云间
长江瞿塘峡峻险
玉带缠绕两岸过
云雾弥漫水波眠

如今离家千里外
五湖四海天下行
午夜梦回到故乡
醒来却是泪满襟

陕西诗人刘阳阳

【作者简介】

刘阳阳，笔名初晨，陕西省榆林市人，自由撰稿人、编辑。四川南边文艺青年作家创作委员会会员、编辑，长河诗刊签约作家，区作家协会成员。

写思

没有一张薄薄的信纸
没有一封精致的信封
更没有写得一手可爱的字
只有一只用得很顺手的笔
把想对你说的话
写在纸上装进信里

可有人告诉我说
一张泛黄的邮票
一个简约的邮戳
满满的情意
装得再满
也无法收到回信

春天的气息
奄奄一息
尚存一点的思念
在夏天跑着跳着
变成了秋天的一抹夕阳

西下时缓缓呈现出
淡淡的忧伤
被冬天的雪
封存在四季如春的路上
香远益清

内蒙古诗人李晋

【作者简介】

李晋，笔名晋闲，2001 年出生，内蒙古乌兰察布市兴和县人。文学诗歌爱好者。

写给爱的人情诗

我把情送给梦里的姑娘
我把诗写给梦见的情人
我想过
爱情是我们在特别的日子里相遇

我爱你
并不是你有多么美丽动人
我爱你
并不是你有多么令人赞赏
我爱你
是你的端庄样子令我难以忘怀
我爱你
是你的富有气质令我激情澎湃
我知道
在征途中出现爱情的路
我明白
我遇见爱情的你心里滚烫
我认知
我遇见爱情的你绝不丢弃
我向全世界的人类大声说出
我的爱情是遇见你
令我的心加速跳动
陪着你
听时间的歌越过山丘的承诺
陪着你
走向山川水秀清澈的爱
陪着你
走向爱情岁月中的尽头
此生
有你就是我独一无二的爱
此生
我把情献给遇见爱情的你

此生
我把诗写给爱情的你
此生
我把一生爱情全部给了心上人
我爱
从茫茫人海中找到对的人
给予
我们彼此做出的承诺
此情
我与爱着的你共勉情诗

湖南诗人蒋湘渝

【作者简介】

蒋湘渝，笔名桃花雨，湖南省诗歌学会会员，永州市作协会员，毛泽东文学院学员，在各级报刊、微刊、网络平台发表作品数百篇。

长津湖战役

长津湖
这场战役
印象深刻的
是它的惨烈与血腥
也只有如此

更能烘托战士的坚强坚韧
百折不挠 向死而生
当一具具血淋淋的尸体呈现眼前
我没有流泪
只是心痛得很
可恶的战争
人人无比痛恨
更痛恨厌恶的
是那些霸权主义者
发动战争的人

辽宁诗人高雁宾

【作者简介】

高雁宾，铁路丹东站退休。中国铁路文协会员，酷爱读书写作，多篇论文及文艺作品发表。先后荣获“全路振兴中华读书积极分子”及“全路优秀工会工作者”称号。退休之后，笔耕不辍，获《夕阳红报》优秀通讯员。作品《鸭绿江赋》先后在《鸭绿江晚报》、中国诗歌网发表，作品《感谢您——毛泽东》《丹东，我最爱最美的家乡》《我向生辉的晚霞致敬——晚霞生辉读后感并祝贺“夕阳红”创刊十周年》被选入大型文集《晚霞生辉》《闪光的足迹》。其创作的朗诵诗《鸭绿江畔一座英雄的塑像》《我敬仰——路徽在战火硝烟中闪光》等6篇作品先后在、喜马拉雅、中国朗诵联盟发表。2018年入选第三届全国书香之家户主推荐名单。

“天下第一刀”我向你敬礼（外一首）

——献给光荣的八一建军节

每逢三军仪仗队接受检阅
总会给所有观众带来惊喜
惊喜于仪仗队的英姿飒爽
惊喜于仪仗队的步伐整齐
尤其那指挥刀的每一次亮相甩动
都彰显出中国军人的潇洒大气
这可不是一把普通的军刀啊
他有着“天下第一刀”的美誉
如果有幸听到工匠大师的讲解
你定会对这把宝刀充满了敬意

刀顶镶嵌着硕大的红宝石
这是伟大祖国的象征
如同一轮火红的朝阳
在世界的东方升起
有 34 颗宝石将它紧紧围绕
象征着包括港澳台在内的 34 个省市区
显示出祖国各民族的团结一心凝聚力
让我们来欣赏宝刀的护手吧
正面的图腾是展翅的凤凰
象征着中华民族的腾飞
以及我们祖国强大的国防实力
护手侧面是和平鸽的图案

说明这把“天下第一刀”
既是一把战斗之刀
又是一把和平之刀
文武之道，一张一弛
体现出勇敢与智慧的结合
坚强与从容的统一

最后看看刀鞘的图案
上面雕刻着九条金龙和万里长城
更是蕴含极其特殊的意义
作为中华民族的图腾和象征
关于龙的神话和传奇
给了龙的传人多么美好的想象
而以长城为主题的国歌
给了整个中华民族多么大的鞭策激励
联想到习近平总书记的“七一”重要讲话
大长了全国军民的志气
“任何人都不要低估中国人民捍卫主权和领土完整的坚强决心、坚定意志、强大能力”
“中国人民绝不允许任何外来势力欺负、压迫、奴役我们，谁想这样干，必将在14亿多的中国人民用血肉铸成的钢铁长城面前碰得头破血流”
——这是我们的最高统帅的全世界宣告
龙的传人不好惹
钢铁长城不可欺

“天下第一刀”啊，我要向你敬礼

不仅仅是因为你有着精美的图腾
不仅仅是因为你体现精湛的工艺
是因为你镕铸了中国军人的军魂
你是人民子弟兵骄傲的象征
你使我想起了井冈山的火炬
你使我想起了遵义城的晨曦
你使我想起了大渡桥上的铁索
你使我想起了天安门前的红旗
你接受过所有忠和勇的考验
你经历过所有血与火的洗礼
从抗击敌寇到抗美援朝
从抗洪抢险到抗震救灾
从抗击非典到抗击病毒
只要党旗指向哪里
你就会在哪里闪光
只要人民哪里有需要
你就会在哪里雄起
冲锋陷阵，披荆斩棘，
战无不胜，所向披靡，
革命历史上始终有你灿烂的光辉
伟大征程中到处是你卓越的功绩

所以，我满怀感恩的心情
在这光荣的八一建军节的前夕
在祖国深情的期冀里
在全民敬仰的目光里
在庆典礼炮的震撼里

在漫天交响的鸽哨里
向你——“天下第一刀”
献上最诚挚的
敬——礼

齐天乐

——观看建党百年庆祝大会盛典有感

党旗耀眼光辉展
欢庆百年华诞
鹰掠长空
众涌广场
百门礼炮排满
声声震撼
看致贺群团
少年礼赞
彰显民心
颂歌齐向太阳献

人民领袖讲话
令人兴奋处
小康实现
舵手引航
民族奋进
事业蓬勃发展
全球惊叹
望伟大征程

江山无限
使命初心
共描新画卷

陕西诗人李林青

【作者简介】

李林青，男，1994 年 1 月出生，中共党员，陕西省合阳县人，2017 年毕业于四川警察学院，大学本科学历，职业为人民警察。从小喜欢读诗写诗，已有原创作品 200 余首。无门无派，所有作品均有感而发。

诗四首

1. 笔行书

两珠春浅浅，红笺书绵绵。
流年没冢冢，玉墨流涓涓。

2. 三行诗

星辰泯灭，叠云蔽月，
咻咻浪横桥，车红尽尾过。
登台造舍，施金祈佛。

昏暗远于此，万象常更迭。

更声已过，花灯未灭。
上双难得道，薄人已成杰。

3. 钗头凤·渭北行

风凛冽，星摇曳，身披几层冷冬月。
人未还，子将过，一眼远景，
何时再夸渭水末。呵呵呵。

玲珑心，痴子梦，几许笑叶渡冰声，
山河尽，桥架空，待锻少骨，
强酸蚀情又几层。哼哼哼。

4. 夜闻雨声

天露落凡间，珠珠滴下檐。
音声入耳渐，风静冷无边。

江苏诗人王浩然

【作者简介】

王浩然，笔名浩然，苏北人士，中共党员，本科毕业，东风悦达起亚售后服务主管。闲暇时喜欢把闲不住的思绪，当作诗意倾吐。

奔向未来的诗

东方湿地，水绿盐城
东风悦达起亚
创疫情持续波动的奇迹
展现悦达人的时代风采
魔幻般的智服
替代了改天换地的记忆
拔地而起的4S店
拯救了流线型的越野
眼光的聚集，勇气的汇聚
嬗变的历程，漫长的挣扎
等待，煎熬，无情的冲压
扭曲，变形，痛苦的改造
金属和橡胶的重新组合
脱胎换骨，浴火重生
千百辆智跑，在律动中强力

使疫情持续波动的曲折变得笔直
当引力蒙皮在焊花中获得新生
仿佛听见，隆隆的引擎声
在优美的协奏曲中，迸发恢宏的乐章
那是激发活力的脉搏
那是向立交输送奔腾的血浆
那是联结大江南北的肌键
每一个原件，每一颗螺丝，每一条线路
是每一位员工的热肠
千头万绪统一于
这条智能制造的流水篇章
当我脑海中突然浮现
一首奔跑的诗
如东风浩荡，悦达万里
创新驱动奔向未来的神奇乐章

安徽诗人尤永超

【作者简介】

尤永超，网名树医啄木鸟，安徽萧县人，自由职业者和撰稿人。安徽省作家协会会员，中华诗词学会会员，中国诗歌网会员等。皖北作家，山水田园诗人。

2022年初春游佛山西樵山（外四首）

南海观音峰巅坐，香火鼎盛宝峰寺。
桃花源里赏芳菲，茶花繁多吐友谊。

百花斗艳石燕岩，方竹修长常相思。
天湖观鱼拨清波，官势毁寺浸佛池。

父子重逢明月山

栈道云海若仙境，飞瀑直泻似心声。
山水有情明月明，失散父子喜重逢。

飞剑潭

潭水结翡翠，野鸭成群飞。
遗址育英才，飞剑载仙人。

四峰书院

四峰精舍进士建，礼部尚书藏御书。
霍氏子孙受重益，万历禁讲书院无。

注：四峰精舍：霍韬，南海石头乡人。明嘉靖二年（1523）进士，官至礼部尚书，创建四峰精舍，后改为四峰书院，五年（1526）建御书楼，藏嘉靖皇帝所赐御书诸多。

画仙李孔修

辞官隐居西樵山，霍公立墓云路峰。
涂鱼竞游浅水下，画鸟飞翔蓝天上。

注：①李孔修：字子长。佛山顺德人，生于明弘治正德年间，终年九十龄，陈白沙弟子，擅画山水花鸟。②霍公：霍韬尚书，为画仙筑墓。

贵州诗人颜家飞

【作者简介】

颜家飞，本科学历，贵州省安顺市开发区小屯中学语文高级教师，喜欢文学，特别是古典诗词。

用血谱写的英雄赞歌

——观《长津湖》有感

抗美援朝志愿军
保家卫国好儿郎
雄赳赳，气昂昂
义无反顾
跨过了鸭绿江
长江黄河掀巨浪
为了两岸稻花香
为了下一代不再打仗
热血男儿毅然奔赴朝鲜战场

此时的麦克阿瑟
正叼着大烟斗，趾高气扬
发表他那

狂妄的演讲
他们自以为拥有最先进的军事装备
贪婪的豺狼
企图在圣诞节前
吞食朝鲜半岛上，他们眼里的羔羊

神圣的朝鲜半岛
不再是诺曼底
英雄的壮举
又在七十年后的今天回放

奔赴战场的列车上
有的战士双手捧着女儿的照片
凝视着女儿娇俏的模样
有的说打完这一仗
回到家乡给爹娘盖间木房
娶个俊俏的媳妇
一起孝敬爹娘

谁愿意背井离乡
还有可能牺牲在战场
只为了一个信仰
捍卫祖国的尊严
保卫和平，保卫家乡

志愿军斗志昂扬
灿烂的青春

在滚滚的烽烟中绽放
血与火的激烈碰撞
点燃了生命的光芒

敌机肆意地狂轰滥炸
长津湖战役，多么的悲壮
遍地是血肉模糊的躯体
到处是炸毁的道路桥梁
焦土上燃烧着火焰
空气中弥漫着硝烟
坦克疯狂地扑向了英雄
可也阻挡不了
勇士们驰骋疆场，端起猎枪
痛击凶残的豺狼
顽强的志愿军勇士们
用自己的鲜血
粉粹了敌人年前回国过圣诞节的梦想

冰雕连战士意志，比钢铁坚强
要不是零下四十度的严寒
把阻击的壮士生命定格，成了雕像
美军可能就会全军灭亡
三天三夜的潜伏
静静等待着冲锋号的吹响
他们冻死时
钢枪所指
就是敌人逃跑的来向

他们用血与躯体
铸就坚定不移的信仰

长津湖的战场上
烽烟滚滚号角响
个个英雄好儿郎
涌现出无数个邱少云
再现了多少个黄继光
二十万英烈牺牲在异国他乡
创造了抗美援朝历史的辉煌

为什么战旗美如画
英雄的鲜血染红了它
为什么风吹两岸稻花香
融世代血肉金刚
才换来今朝山河无恙
长津湖用血谱写的英雄赞歌
永远在历史的长河中奏响

山东诗人厉彦山

【作者简介】

厉彦山，笔名燕山，中共党员，日照市作协、评协会员，中国作家网用户、中国诗歌网蓝V诗人。曾获中华“八喜杯”国际诗歌赛优秀奖，写有长篇《旅台散记》《红叶谷》和《虎狼大战》。

雪儿！我要为你歌唱

茫茫的苍穹
飞来了轻盈的精灵
恰似一点点的飞鸿
纷纷迈着袅娜的舞步
款款落在迎虎年的期盼中

宝贵的精灵呀
我要为你歌唱
伴着你那唯美的街舞
把大地点缀成瓷白
为河流换上新装
让山冈上的青松
为你宴请
让苍翠的绿竹

为你接风

珍贵的精灵呀
我要为你歌唱
让全世界最大的麦克风
把你轻盈的落地声
在喜马拉雅山巅播放
让地球上最美妙的音乐
在全球的角角落落都能聆听
你为虎年送来的祝福声

可爱的精灵呀
我要为你歌唱
把你的正六边形的面庞
制成图案放鸟巢的中央
陪伴五星红旗的中国红
用你柔弱的身躯堆出
白胡子老爷爷吉祥的笑容
在快乐的新年里
虎虎生威幸福安宁

雪儿呀雪儿
我要为你歌唱
你是王母娘娘的珍藏宝贝
用琼浆玉液化成的霜冰
你是土地爷爷的尊贵客人
落地到家也难见你的尊荣

我要为你歌唱
欢迎你却找不到你的行踪
而你昨夜里的到来却悄然无声

山西诗人郭深宏

【作者简介】

郭深宏，笔名雪域高原，山西朔州人。热爱文学，从军十二载，现在内蒙古乌兰察布市工作。

阳春雪（外一首）

白云远去
春风多情的手渐渐拉开三月的帷幔
却迟迟不见南来归燕
北国的春天总是遥遥无期

你总是在不经意间
洋洋洒洒
秀一场美轮美奂的舞蹈
悄悄走进我甜蜜的梦境里
然后悄然离去

当我从蒙眬中醒来

满世界搜寻你的踪迹
只闻到你潮湿的气息
却再也没能见到你曼妙的身姿

我站在空旷的原野上
怅然若失
泥泞的脚印写满相思
有时候
相见不如怀念
见或不见
你一直在我的心里洁白无瑕

沿着来时乍暖还寒的小路
任凭纷飞的记忆在你飘落过的地方剪影成集
当屋檐下滴答的水滴
飞溅起一地的水蘑菇
不由幡然释怀
原来
在我思念的过往里
你曾来过

今夜不再期待复苏

无数次
在流星划过天际的夜晚
我熄灭烛光
然后又重新燃起

在忽明忽暗的烛影里
我抚摸着自己备受煎熬的心扉
黯然神伤
无尽的思绪
随着缭绕的香烟
在指尖弥漫成一圈一圈的殇

好多回
拿起手机又轻轻放下
总想说点什么
可话到嘴边又不知从何谈起
这日渐沉默的忧伤啊
把人蹉跎成白发
我不知该如何安抚这刻骨铭心的痛楚

寻寻觅觅找不到不改初衷的誓言
起起落落握不住来去匆匆的缘
孤孤单单栖息在没有春天的荒原
风风雨雨留不住青春不老的容颜
人生 也许就是一个错别字
而爱情更是一本不能随意翻阅的书

今夜
前方应有新月如许
是谁用曾经温柔纤细的手指
不经意间解开我被击中的死穴
而我已不再期待复苏

贵州诗人杨章英

【作者简介】

杨章英，贵州省剑河县人，中华诗词学会会员、黔东南苗族侗族自治州诗词协会会员。闲暇之余，喜欢写诗，诗歌、通讯作品等曾发表于《中国林业》《贵州林业》《黔东南日报》《黔东南诗词》等报纸杂志。

诗观：绘之心曲，净之灵魂。

落叶之期许（外一首）

冬雨，淅淅沥沥
摇落黄金满地
冬雨，一丝一丝
似杏叶在悄悄哭泣
是枫叶血染的泪滴

不知道从什么时候起
岁岁年年之秋冬
杏叶与枫叶总是不期而遇
它们都希望依偎在白雪公主的怀里
来一次透骨的寒
把血肉之躯溶进深情的土地
纵有种种不甘

却又死心塌地
它们合奏一曲冬的旋律
静候一场春暖花开的大戏

心语

二月二
受龙的眷顾，我仿佛抬起了头
心中的愁云渐渐飘散
天空是蔚蓝色的
地上却坎坷不平

黄昏邀心去旅行
翱翔在浩瀚的星空
夜梦中放下了沉重

骑着时间的骏马
跳过悬崖，在沼泽地里跋涉
汗水浸泡的种子
或许开出绚丽的鲜花

甘肃诗人杨强

【作者简介】

杨强，笔名楠莘，男，甘肃陇南人，现年30岁，供职于甘肃省公安厅。甘肃省陇南市武都区作家协会会员、陇南市作家协会会员，甘肃公安文联作协理事，中国西部散文学会会员，全国公安文联会员，中国纪实文学研究会会员，中华诗词学会会员，中国楹联学会会员，中国散文学会会员。自创作以来，作品散见于县（区）级、市（地）级、省（部）级、国家级刊物，多次获奖。

诗歌二十首

1. 叫我如何不想你

长江畔
寒梅独开
黄河边
杨柳依依

黄鹤楼上
春风吹动了你的秀发
跨越山河抚摸我
叫我如何不想你

中山桥上
小燕子斜着翅膀
喃喃细语
总想给我说
叫我如何不想你

在桥上打开你来信
我总是小心翼翼
怕你在楼上给的吻
它悄悄溜走
叫我如何不想你

你走时
四九寒天
现已是
耕牛遍地走
叫我如何不想你

桃花春水绿
叫我如何不想你

2. 你去哪儿了

大年初一
你接了电话
整好衣装

匆忙出发了
你去哪儿了

我想
你可能去执勤了
在机场、车站、路口或码头

刚出锅的长寿面
你还没有尝一口
便走了

四天了
你还没有回家
女儿问我
你去哪儿了

我说
爸爸去打怪兽了
女儿开心地说
爸爸是大英雄哦

初五了
母亲包的饺子
让我们一起回家
她问我
你去哪儿了

我只好说
你去值班了

今夜寒风瑟瑟
我趺趺撞撞走到医院
看见冰冷的你
我大声问
你去哪儿了

望着你的照片
女儿问我
爸爸去哪儿了

我含泪说爸爸去了很远的地方
那他还会回来吗
我说
爸爸打完怪兽就回来保护我们了
你别怕

母亲打来电话问我
你去哪儿了
你叫我怎么回答
你叫我怎么回答

你走的这些天
我仿佛昏睡了多少年
看着你留下的笔记

我想问
你到底去哪儿了呢

春风迎面吹来
抚摸着我的脸颊
我知道
那是你来看我了

我穿着你的警服
你要把使命和责任交给我
让我替你
继续走下去

3. 二十年

二十年前
我伸出小小的手掌
在地图上努力寻找着
地处黄河上游的你
父亲告诉我
这里是西北
这里是甘肃
这里是金城
而我总是用手抚摸着你
你是那么渺小

二十年后
我穿上藏蓝的戎装

站在你最需要的地方
守护着你的每一寸土地
当警歌响起
当训词致来
当警旗烈烈
上演着一场场前赴后继的理想
而我总是用脚步丈量着你
你是那么宽广

二十年
你欣欣向荣
二十年
我风华正茂
守护你
是我无上的荣光

4. 警魂

小时候
警魂是一套威严的警服
理想在那头
仰慕在这头

长大后
警魂是一枚闪耀的警徽
汗水在前头
辉煌在后头

后来啊
警魂是一曲激昂的警歌
初心在里头
使命在外头

而现在
警魂是一面飘扬的警旗
忠诚在上头
责任在下头

5. 祖国，那是我

那是你
一棵参天大树
还是很小很小的时候
那是我
在贫瘠的土壤里
清除污泥浊水
牢牢把你的根脉和人民连在一起
那是我
在风雨飘扬的岁月里
经受冰火洗礼
保卫你
屹立于万山之上

那是你

一棵参天大树
正是茁壮成长的时候
那是我
扛起改革开放的伟大旗帜
护卫你
生出了鲜绿的萌芽
那是我
托起充满生机和活力的体制
守卫你
结出了繁茂的茎叶

那是你
一棵参天大树
已是枝繁叶茂的时候
那是我
正盘踞在新思想新理念涵盖的新土地里
让你茎强骨壮
那是我
正深根于对党忠诚、服务人民、执法公正、纪律严明的新路上
让你郁郁葱葱

祖国啊
七十一年风雪与烈日的交织
锻造出你的威严
七十一年山火与洪流的冲刷
淬炼出你的挺秀
七十一年改革与创新的碰撞

促生出你的涅槃

这是多少人的梦想
这是多少人的惦念
这是多少人的蓝图
也是我的礼赞
七十一岁的新中国，已然日新月异
秉承使命的新时代，我必将忠你永远

6. 初恋

曾经在十字路口邂逅
你英姿飒爽的身影和清新靓丽的容颜
衬托着手里钢枪的温暖
草绿色的戎装散发着迷人香味
犹如一朵绽放玫瑰

你那双炯炯有神的眼睛
凝望着远方
充满了慈爱的目光
照进我澎湃的心灵
勾起了我懵懂的情愫

我努力去知识的跑道上追寻你
终于到达了木樨地南里甲一号象牙塔
沐浴在梦寐以求的藏蓝色中
回想你的模样

不期而遇
你带着温柔的笑容
在社区里独当一面
诠释着警民鱼水深情
当你的秀发拂过我泛红的脸庞
激起了我的满腔热忱

还记得我吗
你羞涩地向我问起
是你
带走了我的初恋之情
让我长大后就成了你
守卫祖国安宁

7. 向往

河对岸万家灯火璀璨
啄木鸟歌唱着平安故事
我看到那边藏蓝的背影
想着，要是能跨过岸与你为伍
那将是多么幸运

我看见
前方闪烁的警灯
是你为我指明方向
上空飘扬的警旗
是你为我领航
响彻河谷的训词

是你为我呐喊

我若有翎膀
必将飞过宽阔的河岸
与你共谱和谐的音调

啊，在那繁花似锦中
与你一起守望太平
该是多么幸福

可是迎面吹来的冷风
伴随着奔腾的激流
阻挡着我的前路

在波涛汹涌中
我看到一叶扁舟
怀着冒险必胜的信心
奋不顾身挤上了它
把我带向了美丽的对岸
与你一起守望万家灯火

8. 天涯海角

你伫立在沙滩上沐浴着阳光
岁月的洗刷
让你原本不光滑的拙手
更有颗粒感
企盼闻着淡雅的椰香味

企盼着远方

我斜卧在岩石群聆听着乐曲
月光的眼泪
让我原本不红润的脸颊
掉了层油霜
羡慕游人的恋情
守望着玫瑰

要不是海风催着
海水激起一朵朵浪漫的白玫瑰
让你和我相吻
你我只能
只能静静地相望

9. 远方

太阳的子嗣住进草原
小草失去水分
放眼望去
天路一派苍茫
藏羊的眼神
凝视着远方

与以往相比
我更倾向于沉默
所有的斧头失去刀锋
机械失去声响

风被我的牙齿咬碎
流向底处
角百灵坐在孤单的草丛上
寒冷的角百灵
同我一样
沉默地望着远方

远方
是谁在昏暗的灯光下
倾诉着衷肠

10. 未来

时间就像手里攥不住的流沙
飞快地流逝
你迈着一成不变的步伐
走过每一个春秋

总是回忆着过去的美好
憧憬着美好的未来
可是每一次选择
都会成为历史

如今，站在十字路口
回想
曾经以青春的名义许下的铮铮誓言
都要以忠诚、奉献来书写

远方，或许没有美好
未来，是否会感恩
一切
都是未知数

11. 龙城的梦

百年的东山书院
孕育着祖国未来
领袖、将军和诗人
一代代热血奋斗和理想编织着
龙城的梦

五月的涟水河上
上演着两种风景
人儿和龙舟
一场场激情汗水和赶超刻画着
龙城的梦

改革开放的春风
拂过潇湘大地
唤醒了东台凤凰
一次次飞翔和涅槃点缀着
龙城的梦

新时代的春雨
浸透了田野
滋润着城市绿肺

一幅幅如诗如画和生生不息装饰着
龙城的梦

12. 生日

阳春三月
南昌东大门——高新区
一把金钥匙
开启了独立工业时代的探索
在那只有零点三平方公里的音谱上
谱写着《你的生日》
迎春花对着太阳唱响
世纪之音
青山湖时代

大开放的春雨
沐浴着新产业
电子信息与应用软件、光机电一体化、生物医药、新材料
四大主杆
在三十三平方公里的土地上
郁郁葱葱
临水两岸的樱花上演
中国红
艾溪湖时代

新思想的列车
满载着新理念
把一流的人居，现代生态化的科技新城

装进母亲的行囊里
迈上新发展征程
伴随着生日快乐的歌声
驶向美丽的湖心岛
幸福远方和诗意
瑶湖时代

13. 泸酒

小时候
泸酒是蜀南的红高粱
新娘在上头
诗人在下头

长大后
泸酒是春夏的圆荔枝
煎熬在里头
馥芳在外头

后来啊
泸酒是祖国的活名片
名声在那头
荣耀在这头

而现在
泸酒是民族的脊梁
英雄在前头
甘甜在后头

14. 醉了，泸州老窖

你诞生在古江阳
龙泉井的母乳哺喂着你
营沟头的泥窖闺房呵护着你
源源不断的长江养育了你

你点燃了诗人的情火
催生了万丈流芳的绝句
你浇灌了艺术家的梦想
演绎着万紫千红的世界

走过最美的芳华
你住进了透亮的新家
红色礼盒是你的嫁妆
醉了新郎
醉了新郎

一滴滴晶莹的甘霖
在唇喉间缠绵
在肺腑间滚烫
醉了我
成全了他
绵甜浓香从西南回味到天涯

洞房花烛夜
泸州老窖
你让天地旋转

醉了泸州
美了中华

15. 农业

秋收时
田野里的水稻
向父辈们招手
生怕不知轻重的镰刀
送它去泥里安生
庆幸脱胎换骨后
被装进瓷碗
填满了人们的记忆
现在啊
稻谷收割机
教它以轰隆隆的方式
作别父老乡亲
搭上发往天南海北的专列
滋润着人们的笑脸

儿时
丘陵红土地上的彭家 39 号
在满山遍野里
勾画着橙色画卷
那双古铜色的粗手
为它拭去岁月的尘土
温暖着心灵
沉甸甸的果实

压鼓了父辈们的腰包
后来啊
它坐上了过山车
一筐筐接受冰冷的洗礼
再也感觉不到那双手的温暖
独自体会跌宕起伏的人生
借着政策的东风
贴上新余的标签
乘着电商的翅膀
飞向千家万户
甜蜜着每个人

16. 农村

夕阳下
一片片土房旧瓦上面
吐着青烟
门前小路上
孩童用黄土和泥巴
造出难忘的童年
村口
横竖着那白色的腐烂气息

新雨后
一排排小洋楼
环绕在青山绿林中
一泉清水向北流
一条条水泥马路

宛如巨龙飞舞
大喇叭上
重复着春天的故事
大舞台上
妇女们舞动着乡村未来

17. 农民

数不清
多少个日日夜夜
与黄牛和土地为伴
用汗水和辛劳
书写着春夏秋冬
只为耕读传家

道不尽
锄头扁担生存的时代
一台台铁牛耕种着
铜城的特产
一次次追梦
都是吟唱不完的诗歌

18. 家，一首吟不完的诗

春风微起
一对戏水的鸳鸯
整理好羽翼
在黄河边吟着一首诗

家

梳妆台
倒映在水面上
望着新娘一动不动
害怕看不够自己
幸福从头开始

厨房里
吱吱作响
原来是
准备给他们
爱的礼物

衣柜中
红装琳琅满目
和一旁的笔直戎装
不离不弃
为新人遮风挡雨

窗户外
偷进一缕阳光
温暖了这个家
看尽窗外的风景
却望不见窗里的一生

书架上

藏着最珍贵的知识
你读与不读
就在那里盯着
这首吟不完的诗

19. 黄河之滨也很美

从山岩中流出的水
倒进了炒青稞的锅
翻出了美丽的花海子
粒粒晶莹似珍珠
给青藏高原戴上了一串

西北望东南
一路斗折蛇行
画上了浓墨重彩的一笔
九曲第一湾
牛羊慕名而来
以绿草的名义
鸟儿去栖息
以过冬的名义
革命者写下
可歌可泣的壮丽诗篇

浩浩荡荡，冲向前方
金城百合
因你而甜美
刘家峡水库

装饰着黄土高原上的明珠梦

腾格里沙漠完美的转弯
造就了享誉中外的沙坡头
唱响千年交响曲
——塞上江南

勤劳的人民
把金色的花朵和茂盛的稼禾
与黄河一道勾勒出五彩斑斓的内蒙
创出了八百里和谐画卷

在这里休养生息
滋哺着三秦儿女
节水灌溉和抽黄工程
见证璀璨的华夏文明

万马奔腾在壶口
一落而下
孕育了最悠久的黄河文化
吸引万千子民神往

温润的泥沙
呵护着中原大地的粮食长大
向人类赠送了
四座古都

蜿蜒五千里
走完几字旅程
润泽了齐鲁大地
奔流到海
演绎天下奇观

20. 南湖红船

启明星划过天际
照亮红船
南湖如一颗宝石一般
发出光芒

七月的微风
把理想的涟漪
镶嵌在红船上
载着水手驶向太阳升起的方向

革命鲜血染红的旗帜
和镰刀锤头一起
怒吼
为红船劈波斩浪

遭遇多少次风暴
驶过多少处暗滩
五代掌舵人
奏响了百年航行最强音

秀水泱泱
承载着中华儿女的梦想
红船领航
沿着中国特色的航线

山东诗人石贞伟

【作者简介】

石贞伟，临沂市工程学校教师，临沂市作家协会会员。爱好文学，作品散见于报纸杂志和网络媒体。

诗歌十六首

1. 书

一个月的思念变成一本书
你是这书里描写的公主
我是这写书的人
书写的是我对你的倾注

一个月的距离变成一本书
那厚厚的一页页是连接你我的路
你是封面
我是封底相合的装束

一辈子过去了
你变成那本书
我变成书虫
整日整夜望着你读

2. 云影

熟悉的你如云影掠过
不带走一片寂寞
捕捉不到你的光热
我是一枚冬日的落叶

疾风起处
我孤单摇曳
不知哪里
是我最终的处所

跌落，跌落
在那匆忙的路边
在那凄凉的荒野
在那将要冰封还有潺潺溪流的小河

我是冬日里一枚落叶，你如云影
从我身边匆匆掠过
寂寞，是我今后最主要的季节

3. 远与近

把你藏在极隐蔽极隐蔽的地方
生怕别人看透我的思想
生怕别人读懂我的目光
把你放在极遥远极遥远的边光

只有偷看我的目光才最明亮
有时候你站得越远我看得越清
有时候你站在眼前
我的目光却飞不出眼镜

而当你到了
连视线也够不到的地方
这个时候我才真正看清
你离我那么近，竟一直在我心中

就像你的名字，我从来不提
却一直默默地背诵
每一遍
都令自己感动

4. 学习想你

除了学习
就是想你
想你
占了学习的天地

你占了我的日记
你占了我的心底
心里播下有你的种子
收获想你的茂绿

学习
试着把你放进记忆
学习
学会爱你和想你

5. 飘忽的云霞

忘却你的模样
心中实在不想
可离开了你的眼前
忆不起你的芳香

记忆是笨拙的机器
锁不住你的来去
目光是拙劣的工匠
印不上我的心墙

可有一种针刺
扎进我爱的中央
那美的牢牢的钩子
牵动我的心肠

想忘不能忘
想记偏又无方
你是那飘忽的云霞
映在我清清的水汪

6. 风

风是个伟大的信使
走着走着
把季节变了个样

风是个偷情的圣手
从她身边吹来
把她的美丽掷给我

风还是个十足的醉客
走着走着忽然倒了
忘了把我的话捎给她

风醉倒了我的话
留下我
在四季里蹉跎

7. 淡忘

远离的你
像失去了血液的肢体
开始会疼痛、麻木

久而久之便失去知觉

有时，你会来
在时光记忆的河流里
你或是一枚亮贝
或是一棵香竹

8. 空隙

世间有多少个轮回
换来今生的相遇
不敢靠近你
怕我爱上你
有多少个欣喜就有多少个悲泣

负担不起心灵的秘密
更无法面对分离
如果回想
会带来满腔的渴望
你却遥远得无处可依

无法躲藏
怎么酝酿
面对你
怎么洗去我满身的彷徨
还有无尽的忧伤

忧伤中带着甜蜜

困惑中满怀希冀
你呀你
俘虏了我的意志
让我幽怨中充满感激

世间多少个轮回
换来今生的心许
远远望见你
温柔心底起
无法着墨这顿生的旖旎

无法着墨楚楚可怜的你
只有让躲避
走进我的心里
去填补，这由你
而来的巨大空隙

9. 尘埃的理想

你是眼前的那道光亮
我坐在阴影里

我是阴影里的尘埃
多想在你的光里起舞
像音乐厅里最寂静时那撩人的音符

多想得到你的照耀
像你一样

成为我的最注目

10. 用世界上最浪漫的心爱你

用世界上最浪漫的心去爱你
如果你接受
如果你不接受
也要用世界上最浪漫的心爱你

用世界上最痛苦的心爱你
如果你不接受
因为我的心儿
最经不起离愁

因为我的心儿已爱上了你
哪能轻易说走就走
而它是那么敏感
你的轻语就像雷霆在吼

用世界上最浪漫的心去爱你
因为痛苦也是蜜愁
因为痛苦地爱着你
也胜却没有爱的自由

用世界上最浪漫最浪漫的心爱你
不用任何报酬
不！因为爱你
就是我获得的最大拥有

11. 故乡

是儿时走过的路
经过的事，见过的人
和吃过的美食
是愈想回
愈回不去的曾经

12. 时光

现在，是一座单向移动的桥
一头连着过去
一头连着未来

我站在桥上看风景
似一条不能拐弯的船

13. 追求

水，懂得变化，才走得更远
无色无味却生命无限
似水人生的平淡

14. 讽

孤独的风携着刺骨的冷尖刀般袭来
想留下什么最终遁于无形
莫若温暖，适合生长怀念

15. 那端的父亲

电话那端的父亲
再也听不到您的，声音
总以为您是那么，坚强
却在瞬间失去了力量

您走得那么突然
没来得及说声再见
您去了那个国度
不再有生的留恋

您把我们忘得一干二净
仿佛没有过您那么爱的曾经
而我们，却始终有一个疼
牵挂在我们不泯的心中

安息吧，父亲，忘了曾经的所有
把所有的来世重新憧憬
而我们珍藏住您的音容，也替您
在这个世界好好营生

16. 父亲的手表

老家里
父亲已多年不戴的那块
上海海鸥牌机械老表
在父亲脉搏停止十五年后的今天

被我拿起
那走动的秒针
像父亲的脉搏
让我怀疑是父亲的灵魂还在
只是，只是
秒针不久就停了
我的幻想也醒了
只是，只是
父亲的汗渍还在
父亲的笑容还在
父亲的身影还在
只是，只是
我的思念还在
父亲的体温
已不在
和父亲共处的时光
已不在
和父亲共处的时光
到处是幸福的模样
可如今
只剩空想
所有的欢声笑语
所有的点点滴滴
都随着父亲被掩埋
成为
另一个空间的存在
只有，这父亲的手表

忠实地象征着
一个曾经多么真切的年代
多么，多么
让人怀念的
不在

第二部分　古体诗词

山东诗人马林

【作者简介】

马林，男，网名了了，山东省寿光市人，本科学历，高级政工师。中华诗词学会会员，中国楹联学会会员，经典文学诗词学院副院长。

诗词二十首

1. 五绝·秋兴

花落无声处，诗成几座山。
开尊谁系我，听雨每消闲。

2. 五绝·自遣

屋老藤缠架，阶深鬓已秋。
多曾门半掩，月下泪长流。

3. 五绝·寻梅

君踪催我梦，玉骨动尘埃。
长叹秋香去，谁呼白雪来？

4. 五律·别寄

莺催花蕊动，雁带雨心飞。
放眼春无尽，闻声懒入微。
歌来浑欲答，曲转不思归。
漫道妆初上，何堪鬓已稀。

5. 五律·豪客

逍遥鹤发翁，面冷月朦胧。
马踏千寻顶，刀惊十里风。
青山埋侠骨，英气贯苍穹。
步步恩仇录，冥冥血泪终。

6. 五律·遣怀

柳暗莺啼早，忙忙险野蜂。
花催春一地，雷动水千重。
底事天涯梦，无言陌上踪。
别时愁路远，何处慰情浓。

7. 七律·旧地寻踪

小桥卧老故园秋，暮鸟争飞远影留。
月下贪吟花有约，风前醉别梦无休。
相思空累天涯尽，欲寄非关枕上愁。
曲径浮烟归寂寂，芳音随水去悠悠。

8. 七律·别念

动我相思乱世尘，离觞赊尽满庭春。
高枝莫叹花多泪，静夜空怀月半轮。
恋旧迟莺愁里老，追芳留蝶梦中真。
迷烟久醉伤情处，几有杯前独醒人。

9. 七律·愁旅乡心

人稀地黑乱风裁，影瘦秋横薄草哀。
寒水残山犹未了，凉云凄雨又重来。
鸿声渺渺千年忆，尘色朦朦一念开。
漫道离踪缠旧故，愁红几点落高台。

10. 七律·雪日独饮

山回路转半生缘，自酌寒茅大雪天。
岁月无多醒世外，神兵十万醉樽前。
春成草木秋成梦，近是江湖远是烟。
已惯风云同入席，霜花飞满亦陶然。

11. 七绝·乡友索句偶成

直道香田正在耕，愁浓最是故园行。
长叹忙燕催春雨，布谷还赊我几声。

12. 七绝·凉夜

庭惊秋度醉杯空，霜落愁添压酒红。
吟烛透笺孤照影，侵窗弯月半帘风。

13. 凤凰阁·如醒还醉

如醒还醉，不尽风花雪月。每叹千古道离别。
脚下红尘滚滚，远光明灭。有多少、情愁暗越。

断肠人在，诗里天高地阔。独堪难解千千结。
敲梦泪眼依旧，长枕空设。漫笑我、思心切切。

14. 望仙门·一川烟雨

一川烟雨带秋鸿。梦横空。
不堪帆影别情浓。叹长风。

远岸声无尽，愁波瑟瑟何穷。
傍桥扶柳问离踪。问离踪。思绪万千重。

15. 满江红·风雨潇潇

风雨潇潇，天涯路、清秋望断。
流连处、花枝已老，鸿声追远。
别泪穿苔归径寂，离歌压笛飞思乱。
叹得是、去影已无凭，尘痕满。

云山下，江水畔。千重梦，三生愿。
醉里每依依，杜鹃长唤。
直道寒烟侵客路，遥攒暮气收霄汉。
痴望着、曲岸水流东，晴光现。

16. 纱窗恨·秋烟漠漠

秋烟漠漠侵蹊径。鸟飞轻。
别花风送残晖冷。梦难凭。

更何忍、忆天涯路，枕上泪、鬓白无声。
叹也沧桑，故乡行。

17. 眼儿媚·远怀别寄

波带云飞一江风。柳岸雨重重。
桥头别唱，天涯望断，春水流东。

愁翻梦绕今犹是，心远路难穷。
去舟没影，啼莺滴泪，乱絮穿空。

18. 忆旧游·他乡有寄

叹哀鸿满路，远客无踪，旧岁归时。
叶落催羁旅，更长烟漠漠，暮雨凄凄。
忍堪滴愁流怨，色乱眼迷离。
奈白发吟怀，枯肠笑口，醒梦残姿。

依依。不曾想，这浮云误我，引酒凭谁？
乡绪纷如昨，正风回影动，尘掩心随。
宵程漫游笺上，烛泪已先追。
任万里魂摇，一声曲破侵晓飞。

19. 荷叶杯·晚秋有怀

径满菊愁钩月。槛接。旧庭凉。
梦添珠泪洗清晓。声绕。雁归乡。

20. 惜黄花·舟飞棹举

舟飞棹举。桥穿云渡。
乱蛙迁，断萍侵、转肠空诉。
回浪带沉烟，落日残秋鹭。只道是、漫思如故。

离觞曾赴。君心难驻。
挟长风，问苍天、梦归何处。
叹我不知愁，别恨常相与。忘情水、向东流去。

四川诗人黄显德

【作者简介】

黄显德，笔名青山依旧、青山古韵风，四川富顺人，研究生毕业，中共党员，系中华诗词学会会员、中国楹联学会会员，经典文学网、中华文艺微刊签约诗人、签约作家。

题陈枚《月曼清游图》词十二首（新韵）

1. 昭君怨·寒夜探梅（正月）

十里彩灯燃照。万点古梅争俏。
红袖指纷纷。暗香闻。

个个来寻旧梦。处处留别疏影。
月色几番寒。晓风残。

2. 昭君怨·杨柳荡千（二月）

杨柳低垂溪浒。院落高悬锦柱。
彩索引娇红。荡云中。

忽向桃花回首。遥对春晴怀旧。
一展翠眉低。怅然思。

3. 昭君怨·闲亭对弈（三月）

花径怀思缱绻。棋路藏锋辗转。
下子几声闻。定乾坤。

回首绿窗残梦。满目青娥孤影。
尽作半枰收。遣春愁。

4. 昭君怨·庭院观花（四月）

一曲莺声婉转。何处春光独占。
却待玉娥来。畅忧怀。

赏尽百花难却。闻罢千香不舍。
欲语作别时。步迟迟。

5. 昭君怨·水阁梳妆（五月）

坐看风竹翠老。来对菱花人俏。
红日拓幽窗。正梳妆。

影映莲池鱼羡。心付瑶琴弦断。
寂寞度深宫。恨千重。

6. 昭君怨·碧池采莲（六月）

柳幄回塘低语。兰棹临风度曲。
翠盖斗参差。影依依。

空遣莲香如故。忍看芳华迟暮。
斜照画桥边。几曾欢。

7. 昭君怨·桐荫乞巧（七月）

一缕金风瑟瑟。满院梧桐切切。
夜半散针形。碗中情。

牛女隔河千古。仙鹊报声何处。
乞与巧还多。影婆娑。

8. 昭君怨·琼台玩月（八月）

秋冷琼台玉露。风掠罗裳金粟。
遥望月长圆。倚阑干。

几许残云愁起。万里孤光何寄。
且与对清尊。泪沾襟。

9. 昭君怨·重阳赏菊（九月）

冷露滴珠影瘦。寒蕊飘香梦旧。
一剪凛秋霜。共重阳。

曾与陶公为伴。不向梅君争艳。
对酒望天涯。故人家。

10. 昭君怨·文窗刺绣（十月）

叶萎风霜凋落。黛老情怀索寞。
针线舞窗前。意千般。

回品笙歌锦绣。忆与故人诗酒。
相望到今时。诺曾期。

11. 昭君怨·围炉博古（十一月）

岁入寒冬记否。人与红炉相守。
往事梦魂牵。怎心安。

抚断琴音几曲。道尽画梅千语。
忆饮古香浮。更愁无。

12. 昭君怨·踏雪寻诗（十二月）

茶煮温斋香彻。影晃重帏风猎。
踏外雪纷飞。点寒梅。

敢问谢家才女。怎咏今朝诗句。
岁岁仗浮生。此时情。

注：《月曼清游图》全本，由清代陈枚绘制，描绘了从正月到十二月嫔妃们之深宫生活。全本收藏于北京故宫博物院。

浙江诗人龚旭

【作者简介】

龚旭，笔名朴素方正，浙江省宁波市人，中华诗词学会会员，中国楹联学会会员，浙江省诗词与楹联学会会员。有格律诗词作品在网络平台和纸媒发表。喜欢登高远足，写了不少山温水软之诗词，钟情于山水之间也。醉翁曰：山水之乐，得之心而寓之酒也。

诗词十二首

1. 沁园春·仙都云游

溪锁寒烟，桥迈耕牛，铧犁弄初。
看漾涛碧水，回流萍绿，吹风琼树，去浪鱼孤。
滩石苔青，柱岩空破，挑妇篮轻拾果蔬。
江云渡，渐凫游波静，人影天舒。

朱潭涧阔田墟。鼎湖矗、片山孤石铺。
有旌旗似练，药农架索，崆峒点雨，黄帝升图。
出岫祥云，解鞍盘礴，峰独修筠隐鸟居。
赤壁晓，正鸡鸣书院，霞染神庐。

2. 水调歌头·梅家坞问茶

梅坞增水色，竹径透风虚。
云栖岩岭，琅珰盘道石坊途。
十里蕴茶园圃，九涧漫溪洲沚，靓丽见民居。
春山叠冈远，夏雨洒田疏。

狮峰耸，龙井绿，虎跑徐。
礼耕古宅，引风箫笛浸蘅芜。
星晓鹊鸣柳陌，阳夕霞飞林野，香茗没青庐。
遗迹乾隆墨，建室伍豪书。

3. 永遇乐·方岩春旅

虎跃泉清，蛟腾梯峻，方岩春旅。
叠石嵯峨，天街瞰睨，奇境窥平楚。
青峰无路，丹霞有径，门设雄关难数。
云悠悠、随风映绿，信步漫游瑶府。

飞桥横架，角檐斜耸，惊梦江南芳树。
阿育房空，广慈烟绕，难锁禅音许。
蓬莱仙曲，五峰书院，授业寿山名布。
临兜率、摩崖字刻，粮仓几处?

4. 念奴娇·雪飞无绪

雪飞无绪，没疏林隘断，冰封千里。
古渡朔风飚白絮，何处蜡凝天意。
素裹红妆，遥啼紫陌，凤辇归墟市。

关河云岭，楚山浮漾岚翠。

心念故里霜寒，柴门雨冷，漏永听山鬼。
夜半更寒梅魄醒，数九严冬如此。
寂寞疏林，苍茫远岫，魂遂云天外。
通州江阔，涌涛暝色烟水。

5. 月下笛·重九抒怀

华艳东篱，桂馨南舍，水乡悠窈。
寒烟袅袅，冷蝉凄切音小。
遥岑远目清霜掩，红柿垂枝俏了。
樵歌风曲吟低，惊散琼树莺鸟。

茅岭登高远望，见茱珮斜攲，对联横表。
西厢蟾映，剡溪舟泊人笑。
醉翁一梦凭天旅，穿越元嘉草草。
箫吹廿四桥边，星熠九九空晓。

6. 喝火令·素艳飞烟白

素艳飞烟白，清寒滴露深。
曙霜凝湿午时霖。
潇雨竹枝葱郁，吴客泊南浔。

酒肆帘飘荡，兰舟浪涌侵。
疾驰鞍马恐难禁。
几处漂萍，几处麦流金。

几处烛光零落，净寺寄西音。

7. 一剪梅·秋光

浪涌寒江白絮残。黄荻丛繁。青荻花暄。
沙鸥翔远碧涛翻。帆落桅干。棹落樯阑。

无处枫丹染翠间。红了金川。蓝了银滩。
秋光天际暮飞烟。心字生怜。爱字犹牵。

8. 七律·重阳

烟袅寒林杏叶疏，重阳菊艳染山居。
茱萸舟带瓜洲晚，霜露衣沾浦口初。
红叶长风空自好，白云短棹已先徐。
登高眺远姑苏近，桂酒添香写草书。

9. 东风第一枝·岫断霓虹

岫断霓虹，澜微岁月，舱中醉睡方熟。
蓑衣淋雨新寒，笠箬吹风刚覆。
樯桅帆白，看紫燕绕云含绿。
玉镜迷、暮絮封江，船泊谢桥临菊。

温酒暖、凉侵添烛。飞鸟度、影昏还续。
川流山静涛穿，嶂叠岚浮舟触。
边关残照，渐飞沙走石鞺鞳。
大雪飘、草乱茅庐，几缕淡烟沉郁。

10. 桂枝香·狼山问禅

登高眺陌。正南国秋初，西园黄觉。
万里长江竞过，浪飞涛恶。
云帆短棹青冈外，向东流、凌波舟泊。
映虹霞伫，回樯残照，满天红琢。

自亘古、圆通佛度。看亭榭参差，殿塔零落。
紫石琅琊，海月语梅楼阁。
五山拱北崇川小，觅林溪精舍禅学。
麓深崖绝，峦幽岗秀，啸临峰岳。

11. 暗香·焦山觅旧

江中浮玉。看塍青翠梓，鸥飞修竹。
浪涌瓜洲，古渡萧寒瑟风逐。
帆白旌飘万里，怎忘却、墨轩崖宿。
京口寂、桂子馨芬，香暗入南麓。

箫曲。籁声续。问瘗鹤铭碑，涛雪长沐。
梵音刹独。秋菊葱茏脱清俗。
定慧香林御笔，隐士第、诏宣三促。
梦明应、丹药验，税瑶消覆。

12. 凤凰台上忆吹箫·瘦西湖寻幽

琼树芳枝，玉人佳偶，吹箫廿四桥边。
初上月、黄英淡展，丹桂浓鲜。
白塔五亭鸢跃，波粼粼、芳草茵繁。

霁晴后，锦带紫练，碑墨青阑。

云霓漫飘林径，烟袅袅，成双蝶恋花间。
伴轻橹、琉廊竹翠，粉壁荷残。
辞赋声吟书屋，清凉界、八怪神还。
诵歌尽，醪酒梦晓秋寒。

山东诗人刘鹏

【作者简介】

刘鹏，字南山，1977年出生，上海同济大学毕业，现居山东济南，目前就职于中化学交通建设集团有限公司，毕业以来曾从事工程施工、经营投标、加油站管理、矿山开采、马术射箭俱乐部等，涉及行业颇多。业余爱好弹古琴、吹洞箫、打篮球等，闲暇时文学亦有涉猎，其作品在“蝶恋花杯”国际文学大赛中获得诗词曲赋一等奖，“华语杯”国际华人文学大赛中获得诗词曲赋类二等奖，“盛世中华杯”国际文学创作邀请赛中获得诗词曲赋类三等奖。并有多篇作品入编《“蝶恋花杯”国际华人文学大赛获奖作品精选》《华语杯国际华人文学大赛获奖作品精选》《盛世中华杯国际文学创作邀请赛作品精选》《实力派诗人作家文选》等书籍。

诗词十八首

1. 石州慢·送别

十里长亭，千岁古城，执酒相别。

回头泪眼婆娑，数尽黄沙萧煞。
山川做伴，与君对弈当空，棋盘落子皆成雪。
天地色朦胧，只双眸清澈。

情切。断桥垂柳，枯草残荷，风吹声咽。
处处阳关，心碎方知音绝。
天涯海角，含羞欲问归期，珠垂罗锦香腮抹。
低首抿红唇，恰当年风月。

2. 万年欢・最喜秋寒

最喜秋寒。看街头巷尾，舍后车前。
红叶飘零，随风没入荒原。
村落斜镶几处，登高望、一马平川。
山林阔、意写残阳，有河汩汩蜿蜒。

如今垂垂老矣，守蛙鸣犬吠，地阔天悬。
应享西风微瑟，不必悲怜。
叹尽人生碌碌，莫若是、日日餐餐。
芳尘里、几度春风，皆是云烟。

3. 万年欢・又遇秋寒

又遇秋寒。看街头巷尾，舍后车前。
秀步轻移，相思无处凭栏。
红叶零星瑟瑟，谁家客、摇曳秋千。
佳人笑、墙外行人，薄情自上眉间。

空闺多少岁月，守窗下泪烛，恨意绵绵。

愁若西风微过，惹尽悲怜。
寂寞罗帷夜半，绣伤痕、思绪阑珊。
何曾忘、海誓山盟，皆是云烟。

4. 望远行·月下弄琴

陋室窗寒月色明。疏枝清影弄琴声。
吟猱绰注惹伤情。高山流水曲难成。

灯花落，夜虫鸣。拂轮勾剔已三更。
繁华归去莫相争。柴门书院一孤僧。

5. 东坡引·何妨长袖舞

何人寻陌路。秋风扫枯树。
荒郊野岭寒鸦顾。独怜斜日暮。

孤舟自酌，数鸭携渡。待夜色、寻烟雨。
纵歌且在无人处。何妨长袖舞。

6. 离亭宴·征程归雁

忆琼浆夜宴。回首处、西凉梦断。
虚度春秋烟雨散。却道是、半生无怨。
记得画楼怀古，多少袖痕尝遍。

春月秋衣辗转。独念念、飞花数片。
无事常思缘分浅。窗烛下、轻摇画扇。
碌碌一生离恨，尽是征程归雁。

7. 荷叶杯·旷野暮林云断

旷野暮林云断。风乱。一山愁。
小窗寒夜苦滋味。无寐。望西楼。

8. 凤凰阁·访江西瑞金红都故地

潺潺溪水，醉舞山林日暮。驱车兴尽且归去。
转角曾经别院，何人居住。历几载、经风沐雨。

故都红色，革命先贤小路。曾经多少英雄故。
青竹遍山葱翠，浮起群舞。势磅礴、深情四顾。

9. 蝶恋花·玉砌楼台微醉酒

玉砌楼台微醉酒。作别黄昏，小酌轻轻透。
独坐书窗思未够。墨香难解人消瘦。

陋室抚琴携素手。旧曲新弹，不觉伤心又。
孤影窗含新月后，相思无数情依旧。

10. 眼儿媚·行走寒江

年少凌云去高堂。白发染忧伤。
清风斜月，香囊宝剑，行走寒江。

飘零半百南柯梦，孤影照寒窗。
一樽小酒，时常回忆，不再思量。

11. 纱窗恨·莫神伤

无为碌碌寻银两。断愁肠。
半生白发长千丈。惹彷徨。

俗尘里、望秋风起，烛灯灭、雨打寒窗。
夜色飘零，莫神伤。

12. 望仙门·半程烟雨岁华长

半程烟雨岁华长。莫慌张。
消愁把酒客船舱。夜微凉。

多少荒唐事，如今尽是平常。
一江孤影不思量。不思量。遥看叶初黄。

13. 眼儿媚·烟雨霜风一更天

烟雨霜风一更天，些许小阑珊。
一壶老酒，半床锦被，独守春寒。

蜗居陋室庄周梦，何忍做神仙。
山中有寺，朝朝山水，暮暮云烟。

14. 满宫花·雨蒙蒙

雨蒙蒙，山缈缈。岁月悠悠多少。
当年仗剑亦英雄，今日小园轻扫。

苦涩多，欢乐少，况论与天相吵。
浮沉零落忌多言，闲看众生都好。

15. 相见欢·叶枯遗落何凭

叶枯遗落何凭，梦轻轻。
窗外寒冬别样近天明。

星离乱，月未见，觅青灯。
四十四年风雨逝无声。

16. 清商怨·人生多是无情怨

人生多是无情怨。看万山红遍。
水月归来，因何痴痴恋？

曾经锦被红展。到如今、房倾垣断。
旧梦如殇，随风漂泊散。

17. 如梦令·小酒（新韵）

小酒三巡刚烈，疏影惊风别鹤。
醉倒卧街头，斜看当空明月。
谁个，谁个，独自相约寒夜。

18. 长相思·杯亦空

杯亦空，酒亦空。心月茫茫无影踪，平生一梦中。
山亦浓，水亦浓。扶杖穿林小院东，柴门烟雨风。

浙江诗人祝建华

【作者简介】

祝建华，网名佳人如画，浙江省龙游县人，执业中药师。现为中国诗歌学会会员、中华诗词学会会员、中国楹联学会会员、中国文化艺术人才库入库人员。2018 年在新时代诗典“新时代杯”比赛上被评为“新时代中国优秀诗人”，在第七届中国文学艺术家年会上获新时代文学奖和新时代中国“十佳诗人”称号。经典文学网特聘签约诗人，获经典文学网“百强诗人”“2018 年度十佳文学精英”称号。2019 年歌词《中国刑警》获公安部刑侦局、人民公安报联合举办的全国征歌优秀奖。同年，被中国文化艺术人才库评为“2018 年度杰出文艺工作者”和“2018 年度艺术作品最具创作价值奖”。2019 年在中华当代诗典“中华杯”比赛上被评为“中华当代百强诗人”，在第八届中国文学艺术家年会上荣获中华当代文学奖和“中华当代十大杰出诗人”称号。获经典文学网“2019 年度十佳签约诗人”称号。2021 年获第二届“蝶恋花杯”国际文学大奖赛一等奖，2022 年获第二届“经典杯”国际华人文学大奖赛一等奖。

诗词八首

1. 五律·咏李白（新韵）

仗剑天涯走，青春奋不平。
雄奇歌盛世，浪漫上高峰。

壮志应无悔，豪情自有声。
梦游仙气在，诗酒品人生。

2. 五律·忆杜甫（新韵）

开篇读望岳，首律数登高。
喜雨滋春夜，秋风卷草茅。
心中藏广厦，笔下唱离骚。
国破出诗史，明皇不可骄。

3. 七律·题白居易（新韵）

京城米贵入朝臣，不负皇天一片恩。
广阔民间多苦难，苍茫宦海几浮沉。
身居高位极行谏，面对现实频醉吟。
长恨歌中追往事，琵琶声里叹幽人。

4. 五律·题苏轼（新韵）

宋代天骄子，文坛不老松。
清新无造作，豪放可称雄。
大浪淘沙尽，高峰坐地拥。
仕途多坎坷，诗酒气如虹。

5. 浪淘沙令·陆游

未语泪先奔，家国沉沦！少年壮志逐胡尘。
铁马冰河频入梦，无悔青春。

苟且妄称臣，报国无门。奈何至死示儿孙。
北定王师今不见，抱憾终生。

6. 浪淘沙令·辛弃疾

西北望长空，烽火千重。沙场仗剑缚苍龙。
吹角连营收故土，谁是英雄？

扼腕叹西风，岁月匆匆。可怜白发一闲翁。
壮志难酬悲愤里，不改初衷。

7. 鹧鸪天·辛弃疾

山河破碎万民囚，家仇国恨复何求！
取名只效霍司马，生子当如孙仲谋。

功未建，鬓先秋。英雄老死在田畴？
气吞万里当年事，起舞闻鸡从未休！

8. 一剪梅·李清照

一剪寒梅傲雪中，雁字回时，泪眼蒙眬。
暗香盈袖易销魂，瘦比黄花，帘卷西风。

人杰一生死鬼雄，霸业无成，不肯江东。
家亡国破叹漂萍，千古奇才，豆蔻词工。

北京诗人张鹤良

【作者简介】

张鹤良，笔名老窗，中华诗词学会会员，经典文学网和中华文艺微刊签约诗人，中国楹联学会会员，天津诗词学会会员，草帽诗社社员，东营市诗词学会会员，垦利区诗词学会常务理事。作品散见于报纸、杂志、网络媒体。多次在国内外诗词大赛中获奖。作品传略入编《当代文摘百强作家经典文集》《当代先锋诗人诗选》等书籍。兼任《当代先锋诗人诗选》副主编。

诗词十五首

1. 五律·秋

木叶萧萧下，清晨初有霜。
寒潭见波底，秋色净空苍。
风剪蕙兰落，雨销莲藕香。
披衣起瞻夜，月照我身凉。

2. 五律·秋

田庐莲沼断，鸿雁淡云秋。
霜气斋居近，柏油衢巷游。
民村时屡改，酤肆日无休。

常记脆甜枣，今兹可善收?

3. 五律·秋

疏星时显晦，纤月反云移。
素藕落红羽，余香弱小池。
怀思云雨事，愁唱柳枝词。
异地闻乡语，归期未有期。

4. 五律·秋

天末西风起，林荫入曲塘。
摇莲白羽折，征雁碧空翔。
疏木嘶蝉叫，寒云落照凉。
感怀秋景里，更爱忆家乡。

5. 五律·秋

晨朝霜自冷，清夜月垂钓。
闲读书斋里，遥思家巷愁。
寒斟一樽酒，孤赏半窗秋。
乡未馀根草，归人谁久留?

6. 五律·秋

飞轸逼觞次，停车巷路边。
暮秋风细月，严气霁凉烟。
茶好留朋晚，酒香酣客仙。
富贫俱物役，再见几何天。

7. 五律・秋

严霜暖意除，凛气木枝枯。
风起帘栊动，天阴钩月无。
登阶横玉雪，煮蔎有寒炉。
我约故人坐，同斟酒一壶。

注：“蔎”即茶。

8. 七律・秋

白露湖中浴星纬，西风吹夜夜寒凉。
细丝晚落遂清冷，社雁南征违早霜。
绿草此时初褪色，疏林今段亦生黄。
假饶田月三秋日，一半逍遥一半忙。

9. 七律・秋

八月秋中玉镜明，西风排闼欲霜横。
玄虫奋翅画天宇，疏木悲歌响邑城。
纵使微音庐舍绕，奈何浅梦客心惊。
最怜此际清舒夜，一树寒蝉三两声。

10. 七律・秋

盘筵良夕团圆日，律改三秋素节成。
白露隔门寒气挟，乌鸦绕树冷光惊。
顾看往事岁迟莫，濒近衰年耳失鸣。
休怪世人添鬓发，西风桂老却无声。

11. 沁园春·秋

庭外秋波，窗前黄叶，雨内寒鸥。
看断云收雨，星悬银汉，枯枝疏影，人倚西楼。
残泪沾衣，刷屏弄键，一种相思两处忧。
忆初识，约采莲无语，明月如钩。

西风又袭凉秋。君说过、秋期同弄舟。
恨情郎失约，香肌渐瘦，斜悬月影，望断街头。
鹊驾星桥，盼归相会，等得楼前河断流。
情无尽，更引杯浓醉，孤被添愁。

12. 八声甘州·秋

对茫茫雾霭满苍穹，阻路掩高楼。
且浓烟难散，西风骤起，寒冷清秋。
晓日严霜四起，木下水东流。
唯有横吹笛，烦奏无休。

去夕回乡犹记，有故人筹划，胜地重游。
又湖中垂钓，嬉笑泛轻舟。
想今朝、病身难动，但几回、怀故梦难收。
谁知我、在幽堂坐，听笛凝愁。

13. 华清引·秋

堂中却坐独飞觞。月夜幽长。
起身斜倚栏槛，呜呼泪满裳。

镜奁懒卸美人妆。醉衾空绣鸳鸯。
晓昏离客念，宵寐梦秋凉。

14. 行香子·秋

疏木轻烟，群雁辞翔。秋过半景色寒凉。
月垂杯盏，星坠房廊。只独愁眉，寂愁眼，醉愁肠。

常思别日，秋风瑟瑟，劝离人早日还乡。
残风悲雨，孤笛寒霜。更酒中思，醉中念，梦中伤。

15. 秋夜雨·秋

残云碎月生莲沼。
飘扬万叶风啸。
花残荷色褪，剩馥透、游人秋觉。

花前月下风烟会，夜已沉、盈月如皓。
眠卧寒枕抱。
梦渐醒、寒鸦啼叫。

四川诗人勾文静

【作者简介】

勾文静，四川盐亭人，中华诗词学会会员，中国楹联学会会员，四川省诗词学会会员，中国诗歌网注册诗人，中华文艺微刊、经典文学网签约诗人、作家，作品散见于《中华诗词》《中华诗词报》《四川诗词》《诗刊》等报刊及网络媒体。曾出个人专刊，获“十大古体诗人”荣誉称号，存《心音》诗集。

诗词二十二首

1. 五律・晚行

饭后湍江岸，徐行镇后庄。
浓浓芳气暖，艳艳菜花香。
袅袅炊烟散，清清水意长。
静观松竹柏，荣辱两相忘。

2. 五律・村行

叠翠晴光照，乡间小路平。
犁牛行水健，村妇举鞭轻。
溪曲青林掩，塘幽白鹤鸣。
山中饶野趣，生态醉怡情！

3. 五律·金秋

九月人间好，神州万里香。
高秋澄水碧，熟橘漫山黄。
金稻千层浪，银镰亿道光。
机声传野外，一派抢收忙！

4. 七律·立草飞诗贺俊才

云外佳音喜柬来，电波传耳不须猜。
同窗契阔声犹辨，兄弟温馨侃亦陪。
玉树亭亭惊目秀，芝兰馥馥倚君裁。
欣闻贤侄蟾枝折，立草飞诗贺俊才。

5. 七律·早春红梅（步韵苏轼《红梅》）

非关慵懒绽芳迟，屈抑高标未得时。
料峭寒风酡带酒，铿锵劲节雪妆姿。
众香傅粉无踪迹，孤瘦凌霜有玉肌。
数九冰天冬尽矣，横空红艳报春枝。

6. 七绝·春日闲吟

沐浴新装自带茶，轻车一路访农家。
舒心芳甸迷蝴蝶，漫步陂堤看柳芽。
灿灿黄花香馥馥，翩翩紫燕影斜斜。
春光满眼流油彩，乡野来游醉物华。

7. 七律·清明

又是寒风陌上吹，坟头阒寂纸灰飞。
潇潇雨后荒坪冷，袅袅烟余墓草稀。
篱外叮咛行路稳，灯前呼唤望儿归。
今生只剩蒿中土，一任哀思把泪挥！

8. 七律·感咏

几摞荣名红证书，柜中翻出字模糊。
摩挲往事肝肠热，放眼山河气象殊。
百姓安居迁广厦，城乡飞越展宏图。
日新月异人间换，且与春风酌一壶！

9. 七律·野菊

蓦见黄花不合群，爱怜崖上自芳芬。
枝枝不逊三春柳，朵朵犹如几片云。
秋雨秋霜秋瑟瑟，自生自长自欣欣。
渊明已殁谁人赏，拍照题诗我配文。

10. 七律·文同读书台题壁

结伴来游举伞行，宽宽路外曲江清。
石桥不见前人过，竹径犹将后世迎。
望远油然生浩气，登高恍若会文英。
读书台上怀先哲，烟雨苍山万古情。

11. 虞美人 · 野望（回文藏四首诗词）

清江一曲波浮岸，秀岭青山远。
碧峰晴照晓云红，淡淡雾飘溪鹤白蒙蒙。

惊魂梦觉行遥路，白鬓冰寒驻。
冷风亭外野鸣虫，隐隐月边楼叠影重重。

12. 西江月 · 神舟火箭

序：试以神舟火箭，赞美中华民族之磅礴豪气、高超技术之迅猛发展，世界遥望。词曰：

默默深山寂寂，身高不及楼盘。
冲天一跃绝尘寰，万物何曾在眼。

我自巡天万里，飘飘羽化成仙。
人间亿万仰头瞻，都被浮云遮断！

13. 临江仙 · 郊步

细履屏开山山叠，苍璆白道蜿蜒。
水泥公路净娟娟。白沙丝雨后，鸥鹭落溪田。

拱堰潺潺垂钓客，身心神定汀兰。
此中幽意妙无边。几人曾意会？远处散岚烟！

14. 临江仙·永泰抒怀

——喜闻家乡永泰荣获绵阳市“最美旅游乡镇”称号而作

沉寂千年之古县，而今鹊起声隆。
车流人海拜文同。诗园千竹翠，塑像耸苍穹。

醉美乡风评最美，绵州官府文红。
旅游文化耀寰中。满城奔走告，邀饮快哉风！

15. 烛影摇红·咏史之王昭君

大漠悲笳，暗沙狂卷犹闻诉。
红妆绮梦掖庭幽，怨愤从胡去。
落雁兵收鼙鼓。秭归魂，天涯泪雨。
凄风塞草，一轿青毡，命归胡土！

只道安边，汉庭文匾光门户。
换来兄弟耀豪光，多少征功妒。
辱俗不堪哀苦。命淹蹇，华年便故。
香溪水母，望月樯风，骚人怀古！

16. 水调歌头·定光驻片

轻骑飘然至，倏到定光场。
相融同志情洽，相见有温香。
携手跋山涉水，一路走村串社，谈笑话农桑。
瞻望田畴远，麦浪碧苍苍。

灯如昼，情如酒，话如仓。
谈心视若知己，倾吐诉衷肠。
围绕中心焦点，商讨富民方略，情绪甚高昂。
天地群峰涌，红日正东方。

17. 贺新郎·忆连襟兄弟孙小龙

冰月凄如许，寂无人、临风怅望，苍茫哀绪。
飘影幽幽疑犹在，风过原来竹树。
人恍惚、虚庭凝伫。
一十三年情义在，倩何人、唤取归来驻。
兄与弟，输情愫！

无情地震来惊怖。
顷山崩、山河尽毁，杀生无数！
腥肉尸横哀墟野，一片残垣砾土。
震后幸生深恸苦。猎猎红旗奔险阻。
战千难、重建吾参与。今痛奠，潸如雨！

18. 满庭芳

牧笛晨曦，乡间林道，屏山绿野菲芳。
溪边鹅鸭，波面过鱼梁。
陌上炊烟犬吠，访农伯、笑指新秧。
房如画，蒙笼竹影，室雅有花香。

清香茶沏毕，取来美酒，横竖邀尝。

感恩切，临窗高引连觞。
菜籽丰收百担，妻旁道、坡养牛羊。
归来晚，欣逢喜雨，一夜润山乡。

19. 水龙吟·端午祭屈原

衣飘江岸凄迷，水波照影愁云翳。
乌飞芦荻，乱山叠恨，孤鹰嘹唳。
极目黄昏，仰天长啸，芰荷薜荔。
佩兰歌芳草，行吟江畔，同山鬼，漂无寄。

空只鱼鹰会意，莽烟波，苍颜清泪。
飘零霜剑，凄悲诗笔，愤沉涛底！
万载忠魂，千秋离怨，恨留天地！
演民风午节，龙舟粽米，古来哀祭！

20. 卜算子·怀母

最忆那时灯，最忆缝针线。
最忆妈妈灶上忙，美美餐餐饭。

早已故成丘，早已离家远。
早已清宵惯涌思，伫望云山叹。

21. 鹧鸪天·游文同诗竹园

十里葱茂翠竹竿，一江迤逦绕芳田。
青山让道风光美，一路车行到竹园。

寻古迹，赏诗篇，巍峨塑像矗山前。
弘扬廉洁官声好，不使清名隐史间。

22. 望江南

晨光美，山野漫芳蓁。
溪曲烟轻三学寺，峰回湾转百花村。丘壑惬幽人。

闲步远，陌上散氤氲。
亲水翔鸥波上掠，牧牛横笛画中闻。村路一番新。

四川诗人李宁

【作者简介】

李宁，笔名Li木，男，生于1962年，重庆梁平人。本科毕业，高级工程师，中华诗词学会会员，中国楹联学会会员，经典文学网、中华文艺微刊签约诗人。

2021年3月，参加美篇春季诗歌全国大赛，作品进入决赛。在第二届“蝶恋花杯”国际华人文学大赛中，参赛作品荣获二等奖。2021年9月，荣获“新时代诗人”称号，作品入选《新时代诗人作家文选》。

词十二首

1. 纱窗恨·边陲情怀

凄凉号角阴山下，战茫涯。
马蹄烟碎殷红洒，溅莲花！

凭栏处，望天边雪，湖中月，万里黄沙。
雁叫声声，梦还家！

2. 玉蝴蝶·塘寄

望穿云海鹍横，浪里划桨曾。
睡叶引蛙争，残花听雨增。

船摇双背影，诗叹一孤灯。
鸿雁远山呈，锦书如有声。

3. 凤凰阁·残阳不老

泪流眉宇，相伴连绵雨敲。谁家闲鹉枝头闹？
夜探茫茫星空，何处相告？和露伴、情多恨少。

雁声如泣，莫道关山叠绕？满腔酸楚付云召！
孤守大江东去，巨浪喧抱。激情撞，残阳不老！

4. 惜黄花·红衣归

日逢路虎，夜思家父。
暗礁缠，晚舟羁、重重迷雾。
才听繁华曲，又对苍凉树。
几分似、牧羊西顾？

三年冰苦，远山鸿诉。
倚长刀，断流云、九州魂注。
欲饮天边雪，何惧泥盘步？
泪夺目，湿衣无数！

5. 东坡引·暮

林森遮腐古，霜寒凝枯树。
迷茫泥径蹒跚步。回眸红湿处。

云蒸雾洒，雨敲苔诉。思浊酒，寻甘露。
一潭碧水千行鹭，天涯孤旅妒！

6. 忆旧游·中秋感怀

记月沉黑水，泪洒红尘，灯掩虚巢。
飞鸟惊寒暮，叹渔歌唱晚，折翅穿桥。
星星似解云语，迷雾锁花雕。
恨一片思帆，满船牵念，明烛将消。

遥遥。仰天羡，听几声雁啼，万分心翘。
也想随伊去，叹鬓丝雪染，羞覆前潇。
愁梦化作蝉羽，起舞赴蟾邀。
遣一首清词，半壶老酒吹玉箫。

7. 望远行·闻唐山南湖雪夜

昨夜梨花扑簌丫。亭台楼榭罩婚纱。
寒霜冷艳悄然加。湖光羞涩退云霞。

枯枝润，夕阳遐。莹酥无语向天涯。
遥望仙境笑声哗。投身阡陌愧忘家。

8. 万年欢·魂寄

雁欲西飞。奈黑云密布，白雾低垂。
滴血声声，鸣似悲泣鹃啼。
独上高楼望断，喃自语、何日如归？
寒风溯、绕树昏鸦，瞬时往昔成追。

桑田沧海突变，叹水急百转，涡漩千回。
荣辱穿肠流过，物是人非。
梦里依稀对月，桂花酿、怎解愁眉？
空山闻、语响落霞、魂寄朝晖！

9. 清商怨·怀父

梨花牵手菊黄颤。吻梦中泪眼。
往昔如烟，月寒怎洗面？

小船今又搁浅。载不动、万般悲咽。
一世亲情，阴阳难隔断！

10. 酷相思·雁叫长空

雁叫长空谁寄语？泪遮目，如何举。
奈霜剑、挥愁丝万缕。
欲听矣，窗前雨，欲别矣，窗前雨。

醉卧床前埋字取。一辈怨，皆由去。
问冬日、知春耕若许？
惊动也，伤心旅。惊退也，伤心旅。

11. 甘露歌·叶落遐思

彩蝶舞来相识树，霞飞云满妒。
风卷狂沙异地歌，灵气贯长河。

月上眉梢归鸟候，伊人玉在手。
梦里寻她千百回，几朵杏黄依。

寒山石径飘梦独，拂去谁家哭。
人世历经多少情，唯美夕阳行！

12. 留春令·想念伟人

——献给毛主席诞辰 128 周年

力搓黄土，巨龙苏醒，神州豪迈。
自信人生少年擎，拨云志、冲天外。

滚滚长江今犹在。择东方深爱。
千里冰封抒情怀。北国雪、黎民戴。

湖南诗人厉良亮

【作者简介】

厉良亮，笔名春雨，湖南省蓝山县人，中华诗词学会会员，中国诗歌学会会员，金榜头条文学顾问，扬子江诗词微刊文学顾问，永州市诗词协会理事，岳麓诗社会员，经典文学网、中华文艺微刊签约诗人，中国诗歌网等多家网络诗社在线诗人，县诗词协会名誉会长。发表诗词曲作品600余首（阕、曲），荣获第二届“蝶恋花”国际华人文学大赛三等奖、第二届“经典杯”国际华人文学大赛一等奖、“毛主席诗词杯”全国首届文学作品大奖赛金奖，《迈向新征程》入选作品作家和获奖者。诗观：诗欲如风！

五律诗十六首

1. 五律·银杏

一树风摇翠，芳华几度新。
幽香迷旷野，清影满深春。
霜染黄金色，烟凝白果珍。
难留秋叶落，征雁啸声频。

2. 五律·飞雪

寒云乱复归，一夜玉尘肥。
白发随风意，红梅斗雪威。

鹅毛迷古树，鸭脚入柴扉。
遍地无新绿，炊烟缕缕依。

3. 五律·竹

地下万根连，柔风雨润坚。
初萌嫩芽发，欲动早莺迁。
翠叶摇清影，青枝笼绿烟。
平生尤爱竹，梦里抱君眠。

4. 五律·菊

东篱白露稠，独舞悦三秋。
雅致芬芳吐，英姿烂漫浮。
经霜花斗艳，沐雨叶生幽。
雪压青枝瘦，冰封百鸟啾。

5. 五律·松

涛声喧碧涧，灵嶂翠惊仙。
万树清霜落，千株白雁旋。
横空浮日月，听雨隔风烟。
虬影雄姿立，沧桑峭壁坚。

6. 五律·秋雨

苦雨洗尘墙，风吹已觉凉。
凄凄飘桂树，寂寂落芸香。
坠叶池边卧，归禽槛外藏。

枫林秋润色，菊蕊泛金光。

7. 五律·小雪

冬临断素湍，叶落满山残。
一树红梅俏，千年翠柏寒。
玉龙飞万壑，紫气绕层峦。
丽影清光近，冰灯夜挂冠。

8. 五律·秋游塔下寺

东城舜水流，塔下寺边楼。
翠柏苍松静，丹枫古殿幽。
探奇斜径入，望远野云浮。
天赐三秋美，江中月似钩。

9. 五律·秋风

树叶萧萧落，芦花寂寂残。
枫红摇翠岭，水碧绕苍峦。
粉蝶随风舞，啼莺锁涧寒。
浮萍飘露白，断雁羡秋滩。

10. 五律·清流

清流化瀑帘，啼鸟树中潜。
峦嶂松涛起，云烟气象添。
东风吹玉笛，宿雨洗楼檐。
灯照他乡客，夜深思苦甜。

11. 五律·雁

古树泣斑鸠，梧桐叶落秋。
晴空歌万里，迴野隐千头。
雨苦苍山寂，风凄碧水幽。
云封南北雁，一夜啸鸣稠。

12. 五律·岁晚

岁晚拾阶寻，方知曲径深。
亭台游道立，草树起风吟。
丽影惊新眼，轻烟绕旧林。
楼楣多妙理，过往复人心。

13. 五律·七夕

鹊桥天上架，星缀已无瑕。
织女何时起，鲛童几度花。
牛郎求夜月，云鹤断残霞。
七夕风生意，前缘眷盼家。

14. 五律·盛夏见闻

盛夏入郊园，寻幽见远村。
飞禽扑红影，舞蝶饮金樽。
蜂采千花蜜，莺啼万道痕。
劲风时渐爽，惬意满柴门。

15. 五律·花果园

郊外有香园，春浓百卉繁。
云霞晖去缈，夕照夜来暄。
明月抚新曲，清风觅旧痕。
玉杯斟美酒，骚客尽开言。

16. 五律·梅（出雁格）

墙角数枝红，霜飞万朵秾。
迎风藏傲骨，见日落仙踪。
雪压满城动，香浮三径封。
千年诗画韵，最爱玉颜容。

河南诗人张新立

【作者简介】

张新立，男，汉族，河南省舞阳一高教师，高级职称，历史专业，河南省诗词协会会员。部分作品收录于《中国当代经典校本选读》《中国当代诗词集》等刊物。

诗观：传承民族文化，弘扬中华文明。

劝学诗三十一首

劝学诗（之一）

中华文明源远长，圣贤教导讲求方；
人子必须孝父母，顺从二老家必昌。
尊重兄长悌为本，关键时刻哥来扛；
世间相处讲诚意，信誉立身事业康。

劝学诗（之二）

圣贤教子崇光明，博爱广撒系苍生；
社会交往心有数，品格高尚近一层。
少时精力多充沛，勤学多读练硬功；
倘若国家有用场，立马应召事业成。

劝学诗（之三）

圣人教授孝当先，父母事情放在前。
二老喊儿及时应，需要跑腿莫等闲。
责备过错须承顺，爹娘训导记心间；
椿萱冬暖夏清爽，一早一晚必请安。

劝学诗（之四）

出门勿忘告爹娘，回来通报头一桩；
居住地方要稳定，随意变更二老慌。
事情微小莫乱做，胡作非为丧天良；
东西不大要透明，避免高堂心情伤。

劝学诗（之五）

父母喜欢尽心操，双亲讨厌谨慎抛；
身体勿损孝为本，行道扬名实为高。
爹娘亲子易孝顺，恶时周道实为骄；
高堂有过力游说，和颜悦色技法超。

劝学诗（之六）

一谏父母听厌烦，态度和善笑进言；
甚而哀求无名目，挨打挨骂勿叫冤。
爹娘有疾先尝药，冷热苦甜心自安；
二老患病床上躺，不离左右侍跟前。

劝学诗（之七）

爹娘去世守三年，时时思念恩在先；
夫妻做事且谨慎，禁食酒肉素食安。
办理丧事重礼义，祭祀先人心必虔；
对待故去亲父母，如同生前敬如山。

劝学诗（之八）

兄长呵护姐妹帮，弟妹尊哥情谊长；
兄弟姐妹团结好，父母省心孝道昌。
为人处世轻财宝，避免仇怨伤断肠；
彼此谈话相忍让，消除嫉恨多阳光。

劝学诗（之九）

对待长辈礼在前，饮食坐行尊者先；
幼者服务应周密，老人喜欢孩儿安。
倘若长辈把人叫，听到立即音信传；
如果不能及时找，接受吩咐解困难。

劝学诗（之十）

称呼前辈讳其名，谦虚谨慎勿称能；
路遇老人鞠躬礼，尚未开口立身停。
骑马坐车路上见，立即制动笑脸迎；
尊长百步方行动，晚生有礼四海行。

劝学诗（之十一）

前辈站立小生跟，老人入座指令蹲；
相互交谈音适当，偏高偏低尊劳神。
长者问话忙站立，说话正视情感真；
伺候叔伯无差异，兄弟朋友骨肉深。

劝学诗（之十二）

夙兴夜寐勤学习，寒窗苦读倍珍惜；
晨洗手脸先漱口，出入茅房要洗涤。
衣冠整齐扣封紧，鞋袜穿着讲得体；
放置衣冠有定位，切忌乱丢无所依。

劝学诗（之十三）

衣服贵洁求整齐，穿着讲究名不一；
有官有职地位配，平常百姓家相依。
一日三餐勿挑饭，荤素调理称美食；
暴饮过量万莫取，容易生病劳神医。

劝学诗（之十四）

男儿年少酒勿染，走路从容站立端；
作揖深圆礼节到，门槛进入切莫沿。
靠墙休憩忌跛倚，摇动胯骨招人烦；
立身立德少儿带，远离陋习品貌兼。

劝学诗（之十五）

揭帘手轻勿出声，室内人安免受惊；
行路转弯切稳妥，避免碰墙棱角冲。
持空器具莫轻率，小心翼翼如执盈；
走进空房多谨慎，忌动物品麻烦生。

劝学诗（之十六）

做事出岔缘于慌，创业艰难必须扛；
做事谨慎切周密，事半功倍效果良。
遇到打斗勿靠近，奇邪怪癖有主张；
圣人指教道具细，弟子领悟走四方。

劝学诗（之十七）

出行拜访莫慌张，轻轻敲门礼一桩；
得到允许方可进，正房问好品位扬。
提及姓名要明确，避免含糊隐私藏；
借用东西预先告，不明不白偷为脏。

劝学诗（之十八）

借物讲究及时还，有物爽借人喜欢；
说话莫过讲诚信，胡言欺骗大家烦。
话多不如少开口，落到点子最为仙；
油嘴滑舌言语巧，好歹终有时间观。

劝学诗（之十九）

刻薄污秽莫出言，无知无品败家园；
事情不明勿乱讲，没有根据口守严。
做事切记慎许诺，缜密思考另定盘；
说话清晰语速缓，让人明白心里安。

劝学诗（之二十）

是非长短谁讲清，勿关自己莫逞能；
品优善良众人仰，纵远渐跻用心争。
见恶内省善修养，有改无免警世钟；
德学才干兼本领，努力拼搏攀高峰。

劝学诗（之二十一）

衣服饮食不如人，切莫自卑应修身；
闻过愤怒闻誉乐，损友靠近益友分。
闻誉恐惧闻过喜，正直朋友结交深；
无意出错称为过，明知故犯属劣根。

劝学诗（之二十二）

知错就改真阳光，犯错掩饰罪孽长；
对待世人皆须爱，同享蓝天地球庄。
崇尚道德勿看貌，品质高洁大家扬；
才华出众皆羡慕，自我炫耀终必伤。

劝学诗（之二十三）

才华超群名自高，众所佩服业绩骄；
吾有能力乐奉献，人怀绝技美言褒。
谄富傲贫本质坏，喜新厌旧性情刁；
为人一生多直正，心态平和福昭昭。

劝学诗（之二十四）

别人忙时不添烦，心情错乱莫近前；
别人短处勿泄露，纵有隐私切忌言。
称赞他人品德美，对方听赞愈励安；
扬人恶行讲坏话，一味痛恨灾祸先。

劝学诗（之二十五）

好友规劝相互间，双方进步走在前；
闻过袖手选回避，品德亏损两人沾。
索取给予分轻重，崇尚奉献利靠边；
己所不欲莫任性，要求别人吾要先。

劝学诗（之二十六）

世上恩怨常相兼，圣人处方早在前；
抱怨需要短时过，坚持感恩心坦然。
身份高低古今在，位尊仁慈属下安；
用势压制表面颤，以理说服两相欢。

劝学诗（之二十七）

人类同住地球村，品德优劣自然分；
平流俗辈古今众，优秀之士若星辰。
修养高洁众人敬，讲话无忌不讨人；
能亲仁者无限好，少出差错造化深。

劝学诗（之二十八）

品行高洁主动亲，疏远终会害自身；
恶劣行为常萦绕，坏事有余罪上瘾。
死啃书本没实践，言之无物空口喷；
远离文化埋头干，深层道理不入门。

劝学诗（之二十九）

读书三到要记牢，心无二用认真操；
目不转睛仔细看，口齿利落不跑毛。
读书切记有方向，见异思迁学识逃；
时间安排宽为限，功夫到家困惑消。

劝学诗（之三十）

学习有疑记清单，借机求教莫等闲；
书斋清洁墙壁净，文房四宝位置端。
墨锭磨偏心走调，字体歪斜神不专；
虽有急事书归案，页码缺损修齐全。

劝学诗（之三十一）

放置书籍分类编，读后一定要还原；
查询资料容易找，节省时间效率添。
圣书之外莫伸手，避免损智心不安；
自暴自弃人生忌，发愤图强终成贤。

湖北诗人梁春云

【作者简介】

梁春云，湖北省作协会员，中华诗词学会会员，中国楹联学会会员，被中国散文网聘为高级作家、高级诗人。担任3部书籍的副主编，担任散文集丛书主编，个人出版散文集4部，以上书籍已由国家级出版社出版。有数十篇（首）散文、诗歌、诗词入编国家级出版社出版的书籍中，有诗歌在“学习强国”APP刊发，有散文被列为高考作文范文，多篇散文发表在省地市报纸杂志中，有散文在湖北省委宣传部等单位举办的“‘书香农家全面小康’喜迎建党100周年读书征文活动”中获三等奖，多篇散文在国际华人文学大赛中分别获得特等奖、一等奖和三等奖，有散文在中国散文网等单位举办的2021年“三亚杯”全国文学大赛中获得金奖。10余篇（首）散文、诗歌、诗词被湖北省教育科学研究院退休教师、现担任《冯站长一家》《一日一诗》《浮诗绘》特约评论员的左兵先生赏评和推送，有10余篇（首）散文、诗歌在地方电台《悦读枝江》栏目由一级播音员泓垚女士朗读。曾任经典文学网散文学院副院长，获得经典文学网授予的2020年度“十佳精英版主”和“每周一文”活动金牌教练称号，获得经典文学网授予的2021年度“十佳精英作家”称号。

词十一首

1. 定风波·倦鸟归巢

——观摄影师陈小聪先生一组鸟图感怀

风凛关城享静涵。鸟啼岭树野荒耽。
兼顾太阳和地僻。寻觅。飞檐走壁露淋酣。

戏弈丽珠殚技炫。表演。巧精布阵卷烟岚。
韬隐栖身储蓄满。金殿。睹观盛世净天蓝。

2. 满庭芳·守望

——为摄影师陈小聪先生专注拍鸟而作

眺望蓝天，登临紫陌，琼林繁茂生香。
摄凭在手，乐此汇云乡。
朝贺瑶池女使，有道是、济济锵锵。
耐心等，平生有约，笃定绾游缰。

任冬来暑去，啼莺慧日，落絮仙浆。
只盼得，鸿翔鸾起关厢。
皆报宏图之志，功夫到、刚傲青羌。
群称颂，善端兼具，唯妙耀清疆。

3. 临江仙·垂钓

——观摄影师陈小聪先生一组嬉鱼鸟图有感

翚翟六翮鲜亮色，禽伸鹤引湖边。
栖霞打盹貌安澜。
水中疑玉镜，波上似芸编。

长颈鸟喙幽鳞萃，扑棱风度妍翩。
鱼游虾蟹到跟前。
安居且隐儿，清诵有加笾。

4. 满宫花·觅食

——观摄影师陈小聪先生一组鸟儿觅食图片有感

风清幽，莼寂静。喜好茂林天性。
引溪作曲管弦全，尽是秉安荒憬。

晴烟迷，香露颖。形释心凝遐庆。
独怜茵草涧边生，沉醉锦衾仙境。

5. 点绛唇·秋雨微凉

秋雨微凉，斜帘密汇流洼拢。
花飘叶拱。锦毯铺开讽。

步履扶风，抛影权豪宠。
恐地痛。不甘愚弄。百鸟于飞凤。

6. 荷叶杯·满目玉盘宫服

满目玉盘宫服。翻绿。探头香。
并臻厮磨慰情兴。廉静。景和长。

7. 华清引·兰花仙子

悬崖俏长雅星徽。满岭葳蕤。
软黄金草仙玉，惊奇忘返垂。

朽雕俊举盛花晖。感恩新孕之瑰。
赞佳人楚楚，魁品正湄归。

8. 好事近·秋雨

秋雨沥尘埃，携手回南无镜。
除湿烘干凄苦，慰善忧心境。

酸甜提味强身体，顺自然风景。
不怨阴霾密布，享神安绣领。

注：广西南宁位于北回归线南侧，属湿润的亚热带季风气候，高温高湿，常出现“回南天”。

9. 柳梢青·赞松云白尖茶

翘楚长清。谈经霁月，鉴品披星。
政府欣推，深藏玉气，竞造金晶。

云台虎踞芳卿。居高处、观枝振兴。
香色稀珍，芝兰心远，麟凤诗精。

10. 东坡引·雨后游灵渠

圣皇山雨横。神功浪涛静。
湘江故道清泥泳。运河行驶盛。

崇朝任教，合璧更胜。可保水、须程敬。
漓湘陆海莺歌咏。中原丝路晟。

11. 望远行·赏巫山红叶

绚丽霞光溅溢江。悬崖坚壁叶岩浆。
幽屏陡峭步蹒行。身姿妖野媚铿锵。

遥天路，望琼芳。雾纱轻魅女神镶。
惊鸿流火傲霜蔷。灵山氤秀色清疆。

山东诗人时庆利

【作者简介】

时庆利，笔名济水风雨，军转干部。“当代影响力诗人”，大中华诗词论坛会员，中国诗词论坛会员，中华诗词论坛会员，中国诗歌网、中华诗词网、中国诗歌在线、经典文学网认证会员，中国词网推荐诗人。经典文学网和中华文艺微刊签约诗人。发表古诗词500余首。喜欢用诗词吟赋情怀，更喜欢在美律、绝句中认识朋友、寻找快乐！

七绝·冬韵十则

一

澹滟萧萧寄北风，寒鸦瑟瑟啭幽丛。
凄清对月惊鸿断，啼鸟争栖掩夜空。

二

寒侵翠竹秀严冬，日短霜残去影踪。
诗韵伤怀情未了，东篱满眼景方浓。

三

庭竹轻吟绿满窗，幽香倚醉梦春江。
冬寒赋客诗心寄，岁暮佳人对影双。

四

断梗枝残落满池，浮萍枯叶写寒姿。
云霞竞醉烟波晚，笑语吟怀总是诗。

五

一潭雁鹜见人飞，对岸烟波树色辉。
弄影枝残诗赋颂，满怀愿报念春归。

六

孤芳一弄谢芙蕖，幽韵清辉叶已疏。
莫道冬萧春未到，只身还在雪来初。

七

上冻残枝绿未苏，一茎孤叶树荣枯。
今时又到寒风瑟，映雪冰魂结玉酥。

八

萧萧树影朔风凄，寂寂寒枝月下嘶。
一片冬荣冰凛冽，清辉深处小桥西。

九

冬月霜残日影埋，枝头入画写诗怀。
红梅醉艳春先问，一笑寒芳韵自佳。

十

大雪吟窗万树皑，寒霜拥絮待花开。
春临岸柳南枝觉，月到庭梅境里来。

福建诗人郑南耀

【作者简介】

郑南耀，曾经军旅，中共党员，参加1979年中越边境自卫还击战，退役后就职于企业。爱好文学，习作诗词曲赋。作品散见原福州军区《前线报》、原武汉军区《战斗报》、精英军旅《铁血军魂》。入编《当代作家文选》《当代文学精选》《中国草根作家》《“经典杯”华人文学大赛获奖作品精选》《“盛世中华杯”国际文学创作邀请赛作品精选》等。曾多次参加大赛并获奖。

七律十首

1. 七律·《长津湖》有感

长津卧雪隐奇兵，赴战擎旗荡敌营。
血雨腥风呈本色，硝烟烽火显威名。
联军弃甲惊弓鸟，麦克丢盔败将怦。
抗美援朝扬浩气，保家卫国守安宁。

注：赴战山位于长津湖。

2. 七律·纪念秋收起义94周年

皓月高悬照碧空，中秋举义战旗红。
震惊恶势军阀帐，唤醒工农做主翁。

大浪淘沙英杰在，三湾整队鼓雄风。
古田会议明方向，闽赣罗宵万马匆。

3. 七律·缅怀巾帼英雄贺子珍

腥风血雨显英雄，铁马金戈百战功。
迎接朱毛根据地，勇歼白匪破围笼。
跟随领袖长征路，带队伤残过草丛。
许国威扬惊敌胆，立勋卓著后人崇。

4. 七律·怀念战友

出征穿插阻南夷，打援防逃抢战机。
雾漫班腮淋夜幕，烟熏荒野染旌旗。
越蛮围困枪林立，先遣挥戈血雨垂。
惊醒尖兵鸣号角，长怀英烈飒雄姿。

5. 七律·忆坚守班腮无名高地

春雨绵绵阵地涟，寒风拂拂堑壕穿。
昼修工事征衣湿，夜御残夷箭在弦。
寅丑摸营凶敌现，适时出击特工咽。
忍饥防守班腮固，饱受偷袭斗志坚。

6. 七律·忆沙县官庄军农

久别官庄百草茵，刚临沙县正逢春。
军农赏看群山景，放哨闲听夜鸟呻。
酷暑繁忙星月下，严寒整地雪侵身。

当年苦乐今难忘，来日欢余做旧宾。

7. 七律·赋镇南关

层峦叠嶂筑雄关，十里高台御外蛮。
古炮排横威力壮，旗楼矗立弹痕斑。
撕风挽雾青松伴，顶露凝霜将士艰。
烽火南疆皆往事，鸽飞边塞友谊还？

8. 七律·《东北抗日联军》观后感

屈辱沧桑弩箭张，悲伤难歇愤东洋。
穷沟雪海谋方略，原野丛林摆战场。
倭寇丧心华夏虐，联军气概九州扬。
和平建设怀英烈，兴国安邦壮武装。

9. 七律·冬至漳州

枫林落叶满坡陈，燕麦萌芽润土茵。
幽雅金英留艳影，淡黄海枣露凝身。
冬来秋去寒风拂，雨后云开万物新。
南闽花都姿百态，龙江两岸景如春。

10. 七律·赋首条高速公路

沪嘉破土奠先基，沈海延伸万马驰。
大道纵横星密布，天桥跨越彩虹姿。
举旗三秩神州变，造福千秋社稷怡。
华夏复兴歌盛世，中流砥柱树丰碑。

安徽诗人闫健民

【作者简介】

闫健民，男，现年49岁，中共党员。笔名从文，出身书香世家，受父辈影响，自幼热爱文学艺术，与诗书画篆印摄结下不解之缘，文学创作有一定建树，600余幅（篇、首）诗歌、小说、散文、杂文、曲艺、摄影、通讯报道、书法作品发表于各类媒体，多篇学术论文及创作成就屡现各级报刊，多次获奖并入编数卷名录。2018年被授予“中国跨世纪作家”称号，荣登经典文学名人榜。

先后加入中国当代作家协会、中国摄影著作权协会、中国古典书法研究会、中国书法艺术教育学会、文化部中国国际书画艺术研究会、中国法学会、安徽省作家协会、安徽省书法家协会、安徽省摄影家协会、安徽省乡土文化研究会、安徽省民俗学会、安徽省档案学会、阜阳市新闻工作者协会、阜阳市音乐家协会；现系太和县摄影家协会秘书长、太和县志愿者联盟秘书长、太和县作家协会理事、太和县诗词学会理事、坟台镇诗词协会会长。群众文化副研究馆员，安徽省书香之家、省文化系统劳模、省优秀二级群众文化辅导员，太和县优秀共产党员，太和县“十佳最美志愿者”，太和好人。现任安徽省太和县坟台镇党政办公室主任、综合文化站站长、诗词学会会长。

诗词二十首

1. 五绝·咏弱花

村边有弱花，开在木篱下。
相视微微笑，阳春聚一家。

2. 五绝·晨曦见蜂舞

晨曦初照处，夹岸育群英。
沙颍微波动，仰望诗韵生。

3. 七绝·初学律诗有感

稚文不厌千回改，拙句仍须万遍议。
初试诗词得赏誉，方游伊甸盼真意。

4. 七绝·农人小趣

古镇村头忆童岁，故园河畔听乡愁。
感叹我辈青春短，守望麦田意韵悠。

5. 七绝·桐花赋

弱桐本自少人知，静立路边尤木痴。
一度阳春风拂地，漫天灿烂把天欺。

6. 七绝·古镇新花

千年故地展龙脉，万朵奇葩依次来。

古镇今朝添异彩，凤凰台上百花开。

7. 七绝・路遇荷锄老人有感

春夏秋冬闲岂得？披星戴月醉耘忙。
如今父老虽辛苦，比起旧时尤梦厢。

8. 七绝・见洞中芦苇有感

奇迹又呈文硕家，水花洞里绽新芽。
经风历雨尤坚韧，古镇再开迥异花。

9. 七绝・颂丰收

喜看农家麦满仓，全凭科技有能量。
乡亲扛起金麻袋，仓廪尽储爱国粮。

10. 七绝・夏游坟台

千年湖畔添新景，文硕农场缀木亭。
桥下鸭鹅荷间戏，河塘野鸟啄浮萍。

11. 七绝・麦季即景

果成仿佛一餐间，昼夜催黄万顷田。
风鼓麦仁粮整垛，晒场沉醉乐丰年。

12. 七绝・坟台赋

千年古镇赋来历，太子湖边得契机。

十里长街现繁盛，坟台大地百花菲。

13. 七绝·农家冬梅

蜡梅一树多娇艳，开在农家庭院边。
遥寄视频邀雅赏，如闻香阵透心田。

14. 七绝·喜得县诗词学会大师指教

相逢恨短别匆匆，阔论高谈话意浓。
十里春风云作雨，千年古镇酿诗情。

15. 七绝·太子湖吟咏

莫道吟诗趁风华，千年古邑众方家。
乡亲十万皆欢悦，大镇美名誉海涯。

16. 五律·夏至偶感

携侣赏花果，芙蕖开路沿。
举头明倩影，俯首扫蒲鞭。
暮至荷锄去，晨来垂草怜。
夏天阳至热，伏梦夜听蝉。

17. 五律·小暑偶感

晨练赏田地，和风皱藕塘。
家餐品诗画，诸友拉家常。
乡里沐民俗，夜来醉卧房。
人皆苦炎热，吾爱夏天长。

18. 五律·野渡偶咏

欹棹残阳里，和烟看鹭鸶。
蜻飞荷影静，重落月光移。
堤暗柳眠早，宙清星睡迟。
醉深抛却缆，为钓半江诗。

19. 七律·梅花

冬晨庭院溢朝阳，一剪寒梅映绣房。
探首疑看枝若嫩，低眉微蹙土尤凉。
数天孕育花期绽，是夜引来星月光。
谁道冰魂多意蕴，早知雪里吐芬芳。

20. 七律·雪

蓦然一夜朔风殇，遍野雪帘垂殿堂。
北皂河沿蒙薄雾，故园湖畔染严霜。
冰清玉洁显清雅，水蔚天蓝仪万方。
何惧乡村冷潮袭，昂头绽笑向朝阳。

北京诗人胡时芳

【作者简介】

胡时芳，男，1945年6月出生于无锡市。毕业于对外经贸大学。华润（集团）有限公司退休干部。中共党员，高级国际商务师，国际诗词协会会员，中华诗词学会会员，中外文学艺术文学院终身院士。中国摄影家协会会员，英国皇家摄影协会会员，国际摄影家联盟成员。

著有《非常花影》摄影书。连续获2017年、2018年全球华人摄影十杰称号，获摄影金马奖、金华表奖，2019年央视第四频道有胡时芳摄影作品的专题介绍，获多个国内外摄影大赛金奖。获世界华语杰出诗人奖、百度等十大网站实力诗人奖、国际诗词协会诗词大赛铜奖、2020年第二届长江文学奖、2021年中国百年魅力诗人大赛金奖、2021年“蝶恋花杯”国际华人文学大赛一等奖。

诗词八首

1. 卜算子·梅

心扉常掩梅，且更幽香锁。
初识伊人雪纷纷，映雪梅红火。

今年梅又开，共引春风可？
岁岁芳馨树亦老，一任飘云朵。

2. 采桑子·残荷

纷飞金甲荷池瘦，尽展辉煌，
却又凄黄，让了芦花占断芳。

轮回四季人生异，几度春光，
几度秋霜，一逝年华余怅望。

3. 江城子·江南烟雨

江南烟雨万般柔，雾轻浮，湿田洲。
滋翠河山，墙白瓦青幽。
无限氤氲情满野，长眷恋，起乡愁。

村头黏露挺红榴，凝珠流，寄思悠。
树下楚腰，时别笑回眸。
伞底盈盈春水卷，无语处，鸟鸣啾。

4. 满江红·燕子矶

燕子矶雄，凌空俯，狂涛涌澜。
纷舟舸，远天阔水，烟锁青山。
帝子曾多临胜景，金陵也视作明冠。
越时空，隐列六朝皇，叮玉环。

请思想，悲壮看；阻英贼，此江南。
愤南京条约，失守门关。
日寇人寰凄案造，石碑铭罪不能瞒。
已当今，朱壁夕阳红，云彩间。

5. 满庭芳·携手徐行

水起涟漪，碧空云走，苇莺鸣叫春情。
野英花茂，多蝶舞缠萦。
记否相肩此处，蛙声静，携手徐行。
煦阳里，衣香体软，当乱了心旌。

山盟，连理去。颦眉翠黛，燕语清筝。
且今下欢娱，再展缘萌。
日暮匆匆走隙，无奈别，挥泪难宁。
频回首，娉婷渐隐，思绪付昏亭。

6. 菩萨蛮·秦淮河

秦淮波映千年月，桨声灯影时空越。
流水逝英雄，佳人老霓虹。

后庭花早谢，茉莉歌星夜。
两岸尽商坊，楼船阅彩光。

7. 摊破浣溪纱·秋暮

月正新钩桂树梢，幽香钩上袭人缭，
风过飘花静无影，荡心潮。

应记去年牵手紧，逝消今日共华韶，
灯火万家秋暮起，鸟归巢。

8. 忆江南·听秋雨

听秋雨，屋上沥声声。
小院梧桐零落叶，墙隅蛩蛰应螟蛉，时感淡然生。

辽宁诗人王金涛

【作者简介】

王金涛，男，生于1966年，辽宁抚顺人。1982年参加工作，笔下文字力争不雷同古人、不雷同今人。

诗词五首

1. 沁园春·秋月（新韵）

玉兔归穴，游子收心，明月有约。
看秋波顾盼，草虫轻唱；他乡桑梓，心手相携。
微信传书，神行高铁，科技兴邦才叫绝！
中秋夜，聚亲朋好友，共赏皎洁。

城乡完美衔接，建设者全都是俊杰。
品幸福家宴，酒香盈野；柴门开处，山水长街。
缱绻炊烟，缤纷五谷，美色烹出好季节！
聆天籁，任亲情倾泻，桂影疑歇。

2. 临江仙·咏陶翁（新韵）

将相王侯无语共，不识四世三公。
薄田两亩做牛耕。没人颁圣旨，自诩是陶翁。

身在红尘求本色，树师德见真功。
行云流水伴一生。花开阆苑里，香溢九州中。

3. 西江月·咏秋天（新韵）

玉米秀出双棒，稻菽晒到光鲜。
金风一缕绕桑田，香气连环扑面。

麻雀眼中盛宴，草虫碗里佳餐。
心宽体胖是秋天，五谷长成笑脸。

4. 御街行·春晓（新韵）

缤纷五彩描阡陌，日渐暖，虫声迫。
闺中花蕾正思开，柳叶眉青涩涩。
河车倒转，春华忽现，一夜风吹彻。

原上草绿门庭阔，大雁阵，穿空过。
登峰到顶看磅礴，醉在万山千壑。
红尘美色，淡烟疏影，全似蓬莱客。

5. 鹧鸪天·拜年（新韵）

瑞雪知时未误期，迎春一拜百福齐。

红红火火中国梦，龙的传人乐不疲。

邻里睦，两相宜。大国风范始如一。
家和万事都得意，一片新衣作旧揖。

福建诗人黄玉明

【作者简介】

黄玉明，笔名遥想天涯，福建省泉州市惠安县人，现为惠安县人民调解员协会副会长、惠安县孝文化交流协会副秘书长兼办公室主任。爱好旅游，喜欢古体诗词，现为福建省泉州市作家协会会员，惠安县莲馨诗社、崇武诗社社员，2015 年以来在《惠安文化》《莲馨诗抄》等发表诗作，10 首诗词入编《当代先锋诗人诗选》。

诗词十六首

1. 七绝·西安钟鼓楼

谁人不羡古都韵，墨客骚人云水乡。
暮鼓晨钟遥眷念，于今文武续辉煌。

2. 七绝·南京秦淮河

灯花璀璨桨声急，恬淡纷然显贵姿。
夜色秦淮多赋客，金陵如梦亦新奇。

3. 七绝·济南趵突泉

柳韵水光相映美，最佳写意画难及。
泉声应作古人听，悲慨江山离何急。

4. 七绝·泰山

吟鞭遥指上天门，日薄纱轻泰岱巅。
凌绝风光尊五岳，雄浑壮阔慕云烟。

5. 七绝·天涯海角

湛蓝一色接云空，踏浪踩沙逐海风。
常念天涯何处是，有缘相聚笑谈中。

6. 七绝·夏雨

刚闻窗外惊雷急，始见檐前落雨花。
人事从来多变化，柴门无客自烹茶。

7. 七绝·风花雪月（一）

晴耕雨读夜烹茶，秋丽春光灿若霞。
雪月风花皆入墨，薄情亦醉度年华。

8. 七绝·风花雪月（二）

年光飞逝如烟去，琐碎浮沉变幻多。
闲对风花痴万物，忘情雪月恋山河。

9. 七绝·风花雪月（三）

花明月静故园美，风泊雪飘梅压枝。
晓梦沉香温婉在，清欢禅处最闲怡。

10. 七绝·风花雪月（四）

兰亭远望风来劲，醉约冬深花落溪。
执笔录春雪上浪，惊澜尽去月初低。

11. 七律·雪

前尘封路雪飞轻，伴月邀梅踏屐行。
落暮起朝偷旧梦，眠霜卧叶度浮生。
遥思北国寒山素，常念南疆碧浪惊。
一夜春归芳满地，长歌复醉自多情。

12. 七律·梅花

时过冬至千红谢，吐艳唯君可慰伤。
踏碎冰径寻韵致，弄翻星域寄芬芳。
且陪松竹轻挥墨，更共云霞冷笑霜。
忽见数枝窗外发，凌寒不惧暗留香。

13. 七律·秋意

篱边远望雁归忙，入墨浅耕秋意凉。
喧闹不争虽简淡，繁华俱净亦浓妆。
暮耘霞落侍清茗，朝看菊花酿晓露。
满径拾英连碎步，红笺写尽寄谁乡。

14. 七律·故乡

无尘清夜意微染，素手抚弦心绪空。
雨织春容情更重，霞飞暮色韵尤丰。
一钩瑞月挂树上，数度祥云绕院中。
哪怕游人闯天下，乡愁执念梦频逢。

15. 沁园春·春归

岁末微凉，简素清宁，咸涩安闲。
盼他乡如梦，凡尘共味；伊人似客，浮世同欢。
雪色梅香，风长气静，无惧霜天高处攀。
可春酿，看满园锦绣，漫步舒颜。

烟霞意醉阑珊，让红瘦黄肥将树喧。
趁年华尚好，江湖染胜，心轮依旧，诗画熏禅。
恬淡萦怀，轻盈娴润，几寸芬芳浸眼前。
从头越，恋生辉大地，浅笑嫣然。

16. 西江月·井冈山

踏遍峰峦叠浪，流连瀑布千层。
江山如画号声鸣，今日生活何幸。

不忘硝烟弥漫，更思千象升平。
复兴路上正扬帆，且向英雄致敬！

四川诗人程德凯

【作者简介】

程德凯，达州万源人，系中华诗词学会会员、中国楹联学会会员、四川诗词协会会员、达州市作协会员、达州市老促会副会长。

诗词八首

1. 七绝·误会

忽闻室外有鸡鸣，惊起更衣欲出行。
细看时针才半夜，原来妻换彩铃声。

2. 七绝·回乡偶书

一别关山十五年，今回故地觅从前。
老街旧屋无踪影，唯听乡音可了然。

3. 七律·雪

夜雪纷飞到我家，晓看旷野着新花。
银披地起三分水，盐撒梅生一段霞。
且吻禾苗辞旧岁，可除病毒度芳华。
老夫最喜君清白，迎得春时见嫩芽。

4. 七律·话戒烟

纸烟兼有细跟长，离别须臾又感伤。
饭后抽支当玉帝，疲余吸口见金光。
年年未惧心熏黑，岁岁无忧脸染黄。
妻劝情深方觉悟，今除恶习志如钢。

5. 七律·冬游滨河路

依栏处处寒流浸，满目枯黄染一程。
徐走宽堤无鸟语，小停窄凳有风声。
莫言冬日冰霜逼，且待春时草木惊。
最喜蜡梅原野放，不同桃李竞芳名。

6. 七律·汨罗江怀古

汨罗江畔寄哀情，遥祭灵均敬畏生。
艾叶香飘骚体出，雄黄烟起楚田惊。
怜民济世存高志，疏善亲奸失永贞。
纵使忠臣先赴死，遗留天问久扬名。

7. 行香子·赴好友生日宴

枫叶红绸，桂子香迷。遇生辰、好友心怡。
秋阳妩媚，碧水涟漪。
定笛声扬，琴声亮，贺声弥。

金樽执手，丹霞扑面。
赞福多、尽是良辞。年年昌顺，岁岁康祺。

见满堂彩，满堂乐，满堂诗。

8. 苏幕遮·秋思难了

览云天，巡柳道。秋水生波，岸畔无飞鸟。
唯见纸鸢高又小。一线连牵，莫道痴情少。

叶徐飘，风尽扫。长夜孤灯，梦里同君抱。
游子何时归得笑。月下亭前，团聚千愁了。

湖北诗人钟广清

【作者简介】

钟广清，女，1947年生。大专文化，高级会计师。中华诗词学会、湖北省诗词学会、武汉市诗词楹联学会会员。诗词曲联作品、论文曾在省、市级专刊、《中华诗词》上刊登。曾获全国抗疫诗词竞赛“优秀诗人”称号，获“盛世中华杯”国际文学创作邀请赛散文二等奖、诗歌三等奖。

诗词八首

1. 七律·庆2020东京奥运我健儿凯旋

力拔山河东海酷，五环旗卷放歌声。
掠空似燕唐风送，入水如蛙奖罐盈。
艇激跃龙双桨搏，身轻飞步秒钟争。

气凌霄汉群心聚，大写中华破浪行。

2. 思越人·忆祖母

弱柔肩，慈祖母，善良刚毅勤耕。
日寇入侵夫被杀，六孤独自承担。

一生磨砺支撑志。盼来红日升起。
送走两儿参军队。金莲三寸根柢。

3. 凤凰阁·月光诞之际缅怀慈母

蟾光悠婉，浩宇长天洁魄。思亲泪雨倾宫驿。
谁忍星辰老去，枉顾圆拆。海潮刷、难疏阻隔。

寒门慈母，五典虞书尚德。助人精技尽心力。
魂系故园田垄，沟壑湖色。草庐梦、仙凡远匿。

注：

①中秋节翌日即八月十六为仙母生辰纪念日，时至冥寿九十八岁。敬以系之。

②五典：父义、母慈、兄友、弟恭、子孝。

③精技：母精通绘花、刺绣、古手摇机织袜、纺织、牵纱、裁缝及各种农活等，以其养家且无偿助人。

4. 醉太平·春

春泉泄霞，清风拂花。
猴儿嬉闹叽喳，搅深潭月牙。

苍生慕华，离人恋家。
几多梦呓难奢，拽云飞日斜。

5. 凤衔杯·江

江河万古奔潮烈。东海入、母儿伤别。
苦旅凡夫、空对他乡月。肩负重、心思切。

帝城风，峡门雪。山路险、纤夫攀碣。
蜀道青天雾锁、归鸿轶。漫漫长歌喋。

6. 御街行·花

漫天飞絮丝绦眷，质洁香妃袒。
万山过雨湿春衣，杜宇啼红蕙畹。
容颜惜暮，相思依旧，枉寄西楼怨。

廊亭冷月长风伴，夜色阑珊幻。
情痴梦醉百妍丛，寐醒力疲瘫蹇。
牧牛横笛，堆霜酿酒，只待仙姑返。

7. 满宫花·月

地蒙霜，江拍岸。残月始披罗幔。
替天行道播慈悲，却落鹊桥闺怨。

柳丝长，衾梦短。王母蟠桃颁宴。
灯红歌舞未曾眠，何日归来相伴。

8. 千秋岁·夜（通韵）

苏堤雪夜。虫二三潭月。蛇仙弱，雷峰烈。
天神常有理，民事偏无解。
波饮恨，飞来横祸琴声切。

雾暗阴云野，剑利寒光掠。冰凌化，春花谢。
此生希冀在，来日风华写。
时运掌，丛林深处苍鹰跃。

注：西湖湖心岛上立一“虫二”青石碑，据说字迹系乾隆下江南到此所书，寓意“风月无边”。

北京诗人耿汝侠

【作者简介】

耿汝侠，女，笔名暗香盈袖，1964年出生，北京房山人。中华诗词学会会员，中国楹联学会会员。作品散见于《崇文报》《燕山油化报》《江夏指画》《生活之友》《网络报》等报纸杂志及网络媒体，并入编部分书籍。

诗词十七首

1. 南歌子·相送

垂柳萧然立，晨霜漫若云。

谁人赏景岸边询，是否曾怜船尾绿纱裙。

往事随风去，空留豆蔻唇。
日高雾散又逢君，莫再折枝江畔立黄昏。

2. 卜算子·初雪

飘飘天地晴，万物银装扮。
曲径无人赏清凉，孤寂生期盼。

欲赏冷香梅，邀友溪桥岸。
凌厉寒风掠残枝，雪碎伤人眼。

3. 点绛唇·花溪

几树春花，粉枝漫展携风舞。
落红飘处，婉转低声诉。

恰似人生，回首青春暮，莫虚度。
若修禅悟，微笑花丛驻。

4. 相见欢·离别

夕阳斜照高楼，叶知秋。
慵懒时光无意惹闲愁。

旅人散，天涯远，未回眸。
唯有长留心底梦中游。

5. 行香子·只此青绿

——观由名画《千里江山图》改编的舞蹈有感

古画今生，水绿岩青，千里江山舞空灵。
髻高眸敛，裙素身倾。
似花中仙，云中鹤，梦中星。

峰峦叠韵，波光掩翠，锦绣神州复心惊。
少年智慧，才子豪情。
叹国之华，宋之秀，墨之英。

6. 渔歌子·窗前花

闲揽轻愁半倚窗，雁声才过已秋凉。
舒阔袖，点红妆，为谁舞蹈立斜阳。

7. 五绝·悬铃木（新韵）

疏木漏悬铃，悠闲寂寞生。
秋千何以荡？独自赏西风。

8. 七绝·寒梅（新韵）

雪覆红梅露半妆，初开花瓣尚无双。
娇羞不敢人前立，巧借清寒散浅香。

9. 七绝·野花（新韵）

曾夸山野花明媚，又恋乡渠草色痕。

谁惹青春风雨暮，雏菊竞放盼何人？

10. 七绝·黄花（新韵）

清风兰草两无猜，热闹雏菊竞绽开。
唯有黄花多寂寞，妖娆摇摆引蝶来。

11. 七绝· 山间（新韵）

开窗又见青山翠，雀鸟轻鸣绿水潭。
去岁相约君记否？新茶一缕共参禅。

12. 七绝·雪（新韵）

格子窗前似絮飞，悄然飘落覆庭楣。
老街树下红灯挂，远望枝头却若梅。

13. 七绝·早梅（新韵）

山野忽飘凛冽香，晓来丝缕入庭廊。
惊询河岸梅花放，为唤春天初染妆。

14. 七绝·末春

青天淡淡书高远，绿草茵茵展碧纱。
妙女未知春已去，闲来信步探杨花。

15. 七绝·春到陌上（新韵）

春溪侧畔草生迟，远野青丛亦未知。

只有妖娆红杏绽，争香聚艳惹人痴。

16. 七律·故乡

最是钟情六月天，朦胧晨雾似春烟。
荷塘祈雨凭花绽，岸柳摇风落日悬。
结伴读书高树下，呼朋游戏大堂前。
儿时好景梦中绕，能惹相思醉百年。

17. 七律·独守（新韵）

寒袭落木怨秋风，满地飘零愁意增。
旷野难寻花去处，青天少见雁鸣声。
伤心欲诉唯星月，把酒对酌无友朋。
转眼空庭多寂寞，敲窗夜雨醉孤灯。

浙江诗人陈成国

【作者简介】

陈成国，祖籍广东肇庆市四会市，1966年生于海南保亭县，现居浙江省嘉兴市海宁市盐官镇。中共党员，大学本科、学士，党校系列副高级职称。2000年–2002年参加《诗刊》社“诗歌艺术培训中心”“进修班”“高级研修班”学习结业。现为经典文学网、中华文艺微刊签约诗人（作家）；曾系世界华人作家协会A级会员、北方诗人协会会员、中国作家世纪论坛作家俱乐部特约作家、《九头鸟》杂志特约撰稿人、《扬子江诗刊》会员。已发表诗歌作品400多首；另有100多篇学术论文、数篇诗论面世。

诗词二组

（一）杭城月五首（新韵）

1. 五绝

寒云衣落木，冷月照枯荷。
归棹枕秋梦，亭楼荡晚歌。

2. 潇湘神

山月寒，江月寒，鸟啼秋碎落幽潭。
远望塔楼空寂满，凭栏独饮泪潸然。

3. 长相思

裁靓衣，裁靓衣。
巧匠精工点亮希，爱心暖梦依。

望T台，望T台。
尚舞钱塘月满怀，金秋有凤来。

4. 忆江南

桐心老，月冷照钱塘。
疫冠生威民怨满，年关梦涌透心凉。
乡恋泪茫然。

5. 天净沙

地摊楼宇巡游，晚秋落叶人流，夜路街灯晃酒。
梧桐哭瘦，月牙勾起乡愁。

（二）步韵诗十二首（新韵）

1. 天歌

喝多多，月下扭秧歌。
芳草亲丽水，归雁响天歌。

2. 五绝

林塘钓月光，秋思一打霜。
鱼茶香糯热，亲朋在哪乡。

3. 五绝

情苦泪三尺，魂孤傲星辰。
禅院修经语，菩提树下人。

4. 五绝

天涯思咫尺，孤月想星辰。
苦恋多诗语，吟成落泪人。

5. 五绝

竹丛栖鹭影，明月启窗扉。
寒雾漫天际，相思无路归。

6. 七绝

守望千年爱难平，塔铃威镇夜哭声。
断桥晨沐太阳雨，几多阴郁几多晴。

7. 七绝

蹲在石堤抽水烟，抬头远远望流船。
绥江无力扶芦苇，愁绪绵延山外边。

8. 七绝

琼崖一别难再见，音信多年苦探闻。
最是一年大潮景，乡愁劲泳倍思亲。

9. 七绝

槟榔椰子爬树取，果汁山兰用碗干。
每忆当年琼岛乐，长歌寄语佑平安。

10. 天净沙

乌篷夜雨寒鸦，竹林灯火人家，琼梦亭桥勒马。
千杯泪下，乡音回荡天涯。

11. 七律

寒气回旋草木衰，钱江幽盼早春回。
皑皑白雪心留下，漫沏山茶想未来。
肯用真情诚待客，何忧筑梦少平台。
精神抖擞理衣鬓，笑口常开更进杯。

12. 七律・山易林

胶林退隐魂归去，百果山居翠竹楼。
乡恋寻根踏浪返，相思泪涌漫飘悠。
青禾柔舞竞椰树，学子相牵过岸洲。
苦为功名驱半世，时光渐老让人愁。

湖北诗人文光清

【作者简介】

文光清，现年 65 岁，宜昌市新闻出版广播电视局原副局长、宜昌三峡广播电视总台副台长，副研究员职称。长期从事思想宣传工作，多次在全国性诗词征文中获奖。

词八首

1. 采桑子·西陵峡

钟灵毓秀西陵好，溪谷流香。
合院回廊，竹荫宝坪汉瓦房。

徐家冲港龙船美，旗帜飘扬。
呐喊声狂，桡手拼搏竞技场。

注：宝坪：昭君故里，现为昭君村。

徐家冲港：毗邻屈原故里和三峡大坝，是国家体育总局确定的龙舟训练基地和竞赛场。

2. 采桑子·西陵峡

神工鬼斧西陵好，峰峻峡孤。

马肺兵书，形象逼真天下独。

孔明碑刻黄陵记，字字珠玑。
蜀道奇殊，沫若留诗甚耐读。

注：马肺：牛肝马肺峡。
兵书：兵书宝剑峡。
黄陵记：即诸葛亮撰写《黄陵庙记》。
沫若留诗：郭沫若作长篇叙事诗《蜀道奇》。

3. 采桑子·西陵峡

山礴水漭西陵好，造坝围湖。
峡谷明珠，绿色能源送粤沪。

船闸五等扶摇过，上下轻浮。
飞棹闲凫，千里川江如坦途。

4. 浪淘沙·登至喜亭

水阔百舟争，浪静风轻。
西陵滩险变湖平。
凝睇欧公碑刻记，日映石铭。

两坝锁江横，重器工程。
高压塔线引千峰。
世界电都多旖旎，至喜成真。

注：至喜亭：始建于宋朝，欧阳修任夷陵县令时，撰写《峡州至喜亭记》，因船夫过峡九死一生，至此而喜题名“至喜”亭。历代多次重建。

两坝：三峡大坝和葛洲坝。

5. 蝶恋花·江豚

流线型体别样帅。双眼眯眯，微笑成常态。
天性机灵翻滚快，凌空表演涛澎湃。

昔日累累遭伤害。极度濒危，境况颇无奈。
保护长江无懈怠，江豚幸运新时代。

6. 清平乐·夷陵广场抒怀

茵茵小草，菊媚花枝俏。
团队徐娘齐舞蹈，鸽子飞稚子闹。

未酬天佑蓝图，峡江嬗变通途。
铁路坝烟云杳，宜昌高铁成枢。

注：天佑：詹天佑。1907 年詹天佑被聘为川汉铁路宜万段的总工程师。

铁路坝：夷陵广场原名铁路坝。1911 年清政府把铁路拱手交给帝国主义，激起了“保路风潮”，成为辛亥革命的导火索。

7. 采桑子·宜昌大家庭生态康养园

森林康养新模式，引领新潮。

枫曳松涛，花笑石歌鸟对聊。

栖身峡谷心宁静，烦恼全抛。
种菜疏苗，柴火炊烟袅碧霄。

8. 卜算子・胡杨

寒露染金黄，大漠参天树。
水岸英姿倒影斜，游客多留步。

古木几千秋，盘柢沙丘固。
绿色长城朔北关，暴雪尤风骨。

四川诗人陈雪梅

【作者简介】

陈雪梅，学名陈莹，笔名思伊。四川成都人，原籍重庆，现住北京工作。中华诗词学会会员，中国楹联学会会员，中国纪实文学研究会会员。经典文学网、中华文艺微刊签约诗人。北京红楼梦博物馆书画藏品微拍、文案策划主管，竹山书画院事务部主任。

作品散见于全国、省、市各级报刊和中国诗歌网、文学网、作家网、都市头条等网络媒体。作品曾获“金延安杯”百年辉煌回首延安新锐诗人奖、首届延川乾坤湾红诗朗诵会创作金奖及朗诵金奖、第二届“蝶恋花杯”国际华人文学大赛二等奖，《人间诗词》年度优秀诗人奖。作品入编《“蝶恋花杯”国际华人文学大赛获奖作品精选》等书籍。

格律诗十六首

1. 五绝·快乐每一天

开工第一天，红日照心田。
见面问声好，春天在眼前。

2. 五绝·福报真情

福种三生石，情真一世缘。
友邦同赏月，仁爱遍山川。

3. 五绝·立春

开岁沐春日，推窗飘暗香。
林中寻蜜果，山外已芬芳。

4. 五绝·冰雪激情

冬奥健儿到，中华战鼓敲。
雪乡同竞技，冰道友情交。

5. 五绝·冬情

霜寒催客行，冬至拥暖情。
叶落红枫瘦，梅枝白雪清。

6. 七绝·新年快乐

新窗剪影华灯亮，年夜浓情待客归。
快语吉祥同祝福，乐辞佳韵赋芳菲。

7. 七绝·元宵乐

合家点彩乐元宵，冰雪飞窗添热闹。
畅叙今年好运来，琼花满地开新貌。

8. 七绝·新咏

安石墙花诵绝句，梅坡雪地独芬芳。
远山导引折枝法，疏影临寒晚自香。

9. 七绝・梅咏

夜冷晨霜虬树白，银花粉蕊峭寒开。
远山幽径折枝返，梅影抱瓶香自来。

10. 七绝・偶宿黄龙古镇

远雪含烟山拥黛，风尘不易牧琴弦。
游来浅雨甘泉酒，偶宿黄龙似做仙。

11. 七绝・远游麦积山石窟

寻馥闻香山色近，采黄摘绿满红鸢。
君行数里诗千里，种愿修篱梦已圆。

12. 七绝・素心轩语

庭院琼枝翠落窗，一笺花语别情长。
素心轩待萧郎意，焦墨存香旧日光。

13. 七绝・神舟飞天展中华（一）

神舟十二太空傲，华夏雄鹰冲九霄。
搭载天和携手进，宇航引领五星飘。

14. 七绝・神舟飞天展中华（二）

宇航俊杰环球笑，科技超群做宇枭。
太极青穹任我意，风雷让路指云霄。

15. 五律·好日子

瑞雪入山川，丰年关酷寒。
铁牛擒病毒，金虎保平安。
烦恼旧声去，笑谈新岁欢。
今时话来日，未竟从心宽。

16. 七律·群芳会

相临玉府群芳会，邀得冰轮赏郁菲。
春意枝头银树绕，天香陌路白鸥归。
远游难舍梦中影，山水多情弦上飞。
抒韵流杯好时节，怀歌咏赋岁增辉。

湖北诗人彭运国

【作者简介】

彭运国，笔名老树着花，得名于宋代梅尧臣诗句“野凫眠岸有闲意，老树着花无丑枝”。曾经商海沉浮，现赋闲于山野之间。走山访水，玩文弄字，怡情养性，悠度余生。现为中华诗词学会会员、中国楹联学会会员，诗词近百首入编《黄浦江诗潮》《上海滩诗叶》《当代先锋诗人诗选》等书籍。

绝句一组

1. 七绝·辞庚子（十首）

（1）序

梅花案上候司晨，辞旧张新待旦辰。
子夜铃惊无俗客，鞠躬答谢送春人。

（2）廿三·祭灶

祀灶辟邪蓝尾酒，春饴作供奉财神。
廿三傩舞遗传久，千户欢娱谁请邻。

（3）廿四·扫尘

和风又放千山喜，廿四逢时整旧袍。
扫尽梁尘驱鼠闹，抱薪拾叶煮春涛。

（4）廿五·打豆腐

流年运幸淮南子，廿五鸡鸣弄豆荚。
磨砺渗浆成玉乳，铛中煮月滚琼花。

（5）廿六·炖年肉

幼小梦香涎一丈，天天廿六吃琼筵。
而今欲壑肴无餍，啖舐糟糠赛过年。

（6）廿七·宰公鸡

承天献岁期良吉，廿七操刀宰大鸡。
冷月无声谁报晓，忍听夜半子规啼。

（7）廿八·把面发

露瑶池舀汲甘润，白雪如花玉女赊。
廿八小姑筋面发，一团和气粉无瑕。

（8）廿九·蒸馒头

廿九抱薪蒸玉柱，笼中万马沸腾腾。
云开白素山头现，市井人家气运增。

（9）年三十·包饺子

盘中弥勒憨颜笑，指化云霞作玉衣。
子鼠烧锅更岁饺，月牙出水吻红妃。

（10）跋

酸甜百味研成墨，落笔青云对短檠。
庚子沉疴洇纸染，拙刀小字苦田耕。

2. 七绝·初衷（五首）

（1）

义聚红船黄鹄举，潇湘问道起惊嗟。
神州从此风云涌，百祀初衷有望赊。

（2）

惊风胡马云涛怒，强弩雕弓战冷戈。
玉骨忠魂成大道，一腔血泪祭山河。

（3）

拱挹指麾氛雾静，帐中画地定关西。
城头袖手三军令，万户千家唱曙鸡。

（4）

匣中宝剑夜鸣声，贼子兴妖国欲倾。
重借农工燃种火，精魂不朽再峥嵘。

（5）

茶余饭后臣工事，乡里巴人说笑中。
是盼大阳同一照，抱琴再咏满江红。

3. 七绝·旌魂（五首）

（1）

蓦地南昌起义兵，并刀恚怒匣中鸣。
惊雷唤醒千年蛰，落日江山换旆旌。

（2）

书生笑点燎原火，拈得愁云担弱肩。
立志大同因夙念，为民打下太平天。

（3）

写鞚扬鞭投大野，三江五水濯长缨。
旌旄指破风云阵，百万狼烟一扫平。

（4）

从来国乱东风软，无计苍生走塞垣。
否去泰回终大道，堪承盗火铸旌魂。

（5）

大道通天尸骨垒，虏廷喋血铸丰碑。
勿忘家国当年破，愿得初心永帐旗。

4. 七绝·九九祭（六首）

（1）

雨黯山遮延鹭堠，九筵絜酒八方祈。
金瓯万里群魔舞，带血啼鹃不忍归。

（2）

春秋易递荣枝茂，福庇荫垂振国声。
青鹭仰霄孤迴唳，参天古树倒江横。

（3）

天纲改写三元净，收拾河山归玉宸。

战罢喧嚣舒广袖，昊天不吊夺灵椿。

（4）
精魂号引千帆竞，鼙鼓麾旌百万兵。
玉砌雕栏身拂了，绳其祖武有新生。

（5）
城阙竖旗褰袖去，尘封凡间藏神明。
功过是否凭他说，天应轮回请旆旌。

（6）
大旐还飘元帅殿，邑中遍巷鬼烧钱。
堂台不见安魂印，东向长波哭逝川。

5. 七绝·情系高岚（五首）

（1）
雾锁迷云生绝巘，豁开银汉舞龙泉。
寒光倒泻晴烟紫，裹胁千峰下百川。

（2）
截断悬河一半来，飞湍泻瀑走惊雷。
向趋大海朝天吼，斩尽千关万象摧。

注：朝天吼，指朝天吼漂流。

（3）
艄公再摆情人渡，雁寄心笺一束书。

满纸都言儿女怨，昭君溅泪化桃鱼。

注：情人渡，情人泉有一景，名情人渡。桃鱼，传说昭君西嫁泪洒情人泉化作桃花鱼。

（4）
大肚朝天卧佛身，烟萝雨雪辩经纶。
去来过往寻芳客，都是风尘赶路人。

（5）
约宴昭君醉草堂，瓮头一盏馔珍尝。
席间只说桑麻事，不现和亲远嫁娘。

6. 七绝·袖满枫情（五首）

（1）
云魂共约祈安福，枫火飞炎喜一逢。
问了东风余几许，时艰再渡更情浓。

（2）
玄霜昨夜染丹枫，一步秾华万里风。
指望江山如有待，君临才肯十分红。

（3）
雁远风摧人字断，几回魂梦与君逢。
含羞欲语低眉笑，举案芳醪谢落枫。

（4）

不嫌陋席霞觞举，什锦千香沃野餐。
有请花仙同一醉，赐些余韵遗枫丹。

（5）

枫云似焰终非火，销化成泥作陌尘。
逆旅霜威唯一秀，千姿百态画中人。

7. 七绝·荆州访古（六首）

（1）

八月出城秋有约，金风顺我下荆州。
缁尘挟日征衣染，一释心中万尺忧。

（2）

座诵莲台千遍偈，烟霞簇拥杖头春。
炼成气度功名满，入定山僧为伯仁。

（3）

远近禅僧谁念佛，头肥肠满赛狐裘。
真经假咒凭香火，一数行藏坠俗流。

（4）

寻幽苦觅无彭祖，一地残黄柳市穷。
塔老凌霄宁屈己，千年故事付西风。

（5）

五尺飞花三叠浪，一帆水色半帆烟。

余生爱看渔舟晚，卖弄风骚学少年。

（6）

久有重游南郡志，东风怨我昔徘徊。
情催终入桃源境，一往心芳在古台。

8. 七绝·富裕山行吟（六首）

（1）

好入西山不厌远，秋风约我与朋游。
鹧鸪引唱天涯客，自在清凉扫旧愁。

（2）

取道盘山云水路，奇峰古寨旧烟青。
破旌斜立风前影，铁马金戈侧耳听。

（3）

暑气成霖知进退，秋风凭雁又归来。
慕名探访中军寨，原是今人垒古台。

（4）

一点嫣红撩薄雾，绡裳何必枕云孤。
林间似有轻烟起，欲向山人问藐姑。

（5）

十载寒窗如役苦，题名金榜露嵘峥。
求知学富先巡寨，信马长风作壮行。

（6）

魔盒已被谁人破，大厦犹存魄未虚。
应道苍生同富裕，九州安乐寄华胥。

9. 七绝·清明（二十首）

（1）

前生苦作多尘扰，宁卧孤村独自哀。
恨不凌天重九处，拏空半魄照灵台。

（2）

瑶池奉旨宣王令，野哭行歌最怆悲。
无憾儿孙娱膝下，晚萱有幸到期颐。

（3）

仰卧西陵涛拍岸，春江鸣调苦悲咽。
酴觞莫被东风错，家祀孤魂化杜鹃。

（4）

开天勿有长生药，到底浮华铸一殇。
未弭前思成永别，杜梁悲月祀灵光。

（5）

无端萱草招霜萎，一树留香遗桂容。
玉陨珠沉人已去，秦烟鹤翥水云重。

（6）

子夜杯空千丈影，西天敬盏递乡思。
横云竖岭亲何在，往后音书更寄谁。

（7）

冷节踏青东陌外，残烟袅袅绾婆娑。
扶槐忍看添新冢，未有真音哭薤歌。

（8）

吊古青山泪自潸，清风问我几时闲。
红尘何必论悲喜，一迈黄泉永不还。

（9）

应律乾坤三月节，传承孝善感恩心。
杜鹃声里清明雨，一炷焚香颂祖箴。

（10）

青烟未尽纷纷雨，缕缕相思两界魂。
欲借杏花图一醉，酒幡何处已空村。

（11）

梦醒魂惊钟漏歇，一炉香火芋兰盆。
几多愁绪凭谁说，几处蓬蒿竖玉幡。

（12）

三声礼炮呼慈母，一炷檀香祭案堂。
借道天梯寻彩路，椿萱聚首会潇湘。

（13）

萱椿大忌逢阳艳，紫陌青山祭祀英。
跪拜青碑三叩首，东风一缕蕙兰生。

（14）

雨若天瓢恸九垓，潇湘梦断国人哀。
三千大界还穷馁，御旨袁公赴帝台。

（15）

郁怅心存千点泪，胥芗齐备祭神臻。
设坛围坐中元夜，欲上天庭唤故人。

（16）

雨黯灵萱沉宝婺，风摧慈竹返瑶池。
他乡辞祖朝天去，笑对青山傲百罹。

（17）

一束寒英献祭台，水晶松柏动人哀。
九泉难敌幽心漏，情逐东风北雁来。

（18）

沮丧永夜云鸿远，自古元循造化生。
抱憾峭寒风约去，双淙滴泪世无兄。

（19）

久病沉疴成永逝，断桥一鹤落泉台。

灵堂击筑敲丧鼓，棺冷三更谩自哀。

（20）

灵台哭诉身前事，沽酒焚香寄寸衷。
指望缟仙能化羽，故人如在渺茫中。

10. 七绝·秭归行吟（十一首）

（1）

久宅安知夏已深，长吁夜半寄苍岑。
驱车结伴归乡国，不计缁尘染素衾。

（2）

前川侧畔飞鸿袂，红袖风歌展玉姿。
舞破江声千浪碎，路人击掌笑吁嘻。

（3）

曛风送暖归来又，且与江湖醉翠岚。
但得烟霞揉岁月，红尘知己两三三。

（4）

当祈蒲酒酬重五，角黍包金祭圣贤。
未挽汨罗三丈雪，冤魂千载伴鸥眠。

（5）

谁为解惑心中问，岸柳江艖各自癫。
堪笑遗风成竞渡，灵台旅次有谁怜。

（6）

岁月不平云水怒，两千四百尚存悲。
风云无定精犹在，八面涛声似旧时。

（7）

一读离骚痴病未，九歌合吟助悲些。
行间字里藏青女，三尺柔情向月赊。

（8）

霞雰素抹云中廓，一半新城作旧痕。
屈子忘归乡里路，孤魂可寄旧蓬门。

（9）

欲近潮头闻大鼓，扣弦吊古起悲歌。
杜鹃啼血苍天唤，子快回家饿了么？

（10）

细匝金丝长命缕，五粱酝酿八珍觞。
仁心感鉴千家姓，一别江湖上九阊。

（11）

瑶池虽好无根客，九万云中寄断蓬。
抖落一身尘土债，魂归故里作祠公。

河南诗人林英法

【作者简介】

林英法，网名 Linbaogui，出生于山东寿张，中华诗词学会会员、中国楹联学会会员。1975 年从河南台前入伍，1982 年大学毕业后，任陆院教员，继而在后勤部队工作。工作之余，发表论文 30 多篇。爱好格律诗词，现已创作百余首，书刊发表 60 余首。

诗词二十九首

1. 七律·黔岭金秋

冷雨蒙蒙百草黄，红枫片片换浓妆。
动车呼啸穿涵易，重卡轰鸣过寨忙。
恶水穷山成胜地，贫家困户入安康。
城乡热气蒸腾涌，军训风寒士不凉。

2. 七律·大观楼（新韵）

眼底滇池八百里，心头往事几千年。
联长不胫全球走，楼矮无言遍地传。
锦鲤来回亲翠柳，海鸥上下戏红莲。
旁观历代兴衰动，四处昌荣伴笑眠。

3. 七律·嘉峪关

冷气南征风雪烈，迎寒北进砾沙滩。
黄河上下披银套，大漠东西罩玉盘。
古老长城金马立，千秋华夏泰平安。
戍边飞将凌空笑，点赞铜门铁壁栏。

4. 七绝·风

四月人间香滚动，一园艳丽献豪餐。
从来绝代唯西子，处处群芳拱牡丹。

5. 七绝·雪

三九隆冬入大寒，炎黄后嗣换春联。
苍天降瑞银元撒，百姓躬迎压岁钱。

6. 七绝·月

玉兔登台星暗去，银铺洱海满湖霜。
雄鸡唱罢朝霞显，撒入长空伴月光。

7. 西江月·垂钓万峰湖

翠岭环围绿水，白云上举蓝天。
一湖接壤桂黔滇。浮起钓棚万片。

安坐胸无杂物，静思眼有渔弦。
身心净化近成仙。胜过修行禅院。

8. 行香子·登西山龙门

脚踏台阶，手握栏杆。更注意头上尖磐。
山高路窄，坡陡心宽。
醉风声啸，鹂声脆，笑声欢。

沿崖凿路，蜿蜒起伏，要看清坑洞机关。
齐心互助，协力攻艰。
愿走同行，重同负，济同船。

9. 七律·秋醉（新韵）

风清气爽朝霞近，霾遁空晴落日圆。
菽稻弯腰一脸笑，苹榴晃脑遍身甜。
花开花谢黄金地，云卷云舒碧玉天。
春种秋收挥汗定，拼搏闯入乐康年。

10. 七律·昆明

四季常如三二月，寒冬遍布夏秋花。
鸥飞大坝追游客，鱼闹滇池戏小虾。
日照西山仙女睡，风撩翠海圣湖麻。
迷人景色通身靓，美誉春城满世夸。

11. 七绝·少林寺

高僧名刹立嵩山，净地幽林向碧天。
佛助心灵真善美，功强五体脚拳坚。

12. 七律·雪（新韵）

雪花漫舞大如席，片刻甘区罩素衣。
涤荡雾霾烦恼散，容留清净顺心依。
麦苗暖润生而壮，瘟疫寒饥死可期。
脂玉长城祥瑞显，年丰世泰有人疑？

13. 七律·秋歌（新韵）

时值白露天高远，昼夜均分地阔长。
乐见风吹菽稻舞，欣闻汗润土泥香。
桂芳布场群蜂戏，菊彩登堂众蕊藏。
春种秋实成硕果，民殷国富话兴邦。

14. 七绝·蒙自秋甜

金秋蒙自刮甜风，云巧天高亮碧空。
黍稻弯腰迎远客，香榴抿嘴送绯红。

15. 七律·退休（新韵）

战场鸣金收宝马，尽忠退让孝居先。
鱼竿两把八方水，单反一尊四面山。
五六银杯尝古井，俩仨玉碗品毛尖。
附身热量如需要，奉献余温固阵盘。

16. 七绝·洛阳牡丹

洛阳四月满天香，富贵乘风漫远方。
绝代西施千古艳，芳魁绽放万民狂。

17. 七绝·南湖

南宁南湖妆古府，绿山绿水衬蓝天。
昼监宝日巡城过，夜映星辰伴月眠。

18. 五绝·野钓万峰湖（新韵）

一水分黔桂，双钩聚海鲜。
身心随钓净，昼夜两香甜。

19. 七绝·赏秋太公山（新韵）

众友重阳登顶坐，太公山脊叹沧桑。
春风纵使剪刀快，绿媚何如菊笑黄。

20. 七绝·登山小悟（新韵）

胸有阳光天地亮，宅心仁厚万方慈。
朝泼甘露一瓢去，夕见彩霞山顶依。

21. 七绝·策马芙蓉国（新韵）

细雨蒙蒙山渐远，寒风阵阵近身来。
精忠汗水频繁冒，汇聚天汁洗垢埃。

22. 七律·兰州（新韵）

甘肃明珠荣大漠，丝绸要纽补需营。
黄河南北一同润，铁道东西两面行。
可见飞天出莫洞，犹闻思汗过砂鸣。

金城处处呈祥瑞，烤串时时诱视听。

23. 七绝·观滇池

阳光入眼乾坤亮，乐善加身万物慈。
圣海能容烦恼少，神山寡欲有刚姿。

24. 七律·蛳子楼怀古（新韵）

山东阳谷世闻名，显位蛳楼霸相生。
奢侈不输青岛府，繁华堪比济南城。
西门仗势施威院，武二行侠除暴庭。
人善人欺天会报，依规正道夜谁惊？

25. 七律·梅花

暑去寒来雨雪狂，芳华褪下百花藏。
银装松叶无明翠，素裹枝头有暗香。
笑脸迎风颜若火，娇姿傲世气如钢。
隆冬丽影增心暖，俏引潮流向日光。

26. 七绝·延安

宝塔逢时放睿光，炎黄夜暗盼朝阳。
红旗舞处风雷动，润展民心笑脸扬。

27. 七绝·壶口瀑布

千涓汇聚见洪流，万马狂奔碾壑沟。
勇往前冲飞瀑下，随他是否宝壶收。

28. 七律·拉萨新唱（新韵）

跃上苍穹奔亮走，夕霞引到日光城。
风清气净拂身土，山圣湖名养善灵。
林卡宫凉祛暑院，布达殿暖御寒厅。
容云纳月羊卓措，立地擎天朗玛峰。

29. 五绝·朝天门（新韵）

泾渭两江汇，清浊一目收。
仙云亲万物，敢问画中游？

安徽诗人张兄东

【作者简介】

张兄东，男，曾用名王龙祥。1964 年生，安徽省铜陵市枞阳县人。中华诗词学会会员，中国楹联学会会员。曾获“精英杯”全国文学大赛二等奖等。爱好文学，作品散见于报纸杂志和网络媒体。爱好书法、古典诗词、郊游、健身等。

卜算子五首

1. 柳倦夜半雨

月廋秋已枯，柳倦夜半雨。
千般婉约梦如烟，风吹枫叶妒。

闲饮桂花露，寒蛩怨如故。
云中雁高传鸿愿，何时客邀主。

2. 又染红枫衣

清露湿薄衫，素月凉孤椅。
帘外西风犬吠醒，鸿雁和云挤。

郊野无人来，草瘦蝉蟋饥。
只道秋来本无事，又染红枫衣。

3. 末春偶成

凭栏看疏桐、露结寒蝉静。
晚唱长空雁南飞、舟卧垂钓影。

狄芦絮粘头、秋去谁曾省。
归径迷烟人渐稀、醉后蓝纱冷。

4. 冬日偶成

萧然云涌风，沥瑟身心省。
夜半尘寰雪满枝，梦里梅无影。

日月壶中幽，流水溪山冷。
玉树窗轩鸟轻叹，独把孤鸿咏。

5. 夏至偶成

雨润六月明，风挽千丝结。
雏燕成双难往来，总让春来别。

绰姿本苍茫，鹃语初虚惚。
异客他乡盼早归，断送韶华发。

宁夏诗人柳兆义

【作者简介】

柳兆义，男，笔名冷言，字二世鸿途，回族，1985年出生，宁夏海原县人。本科学历。系中华诗词学会会员、中国楹联学会会员、中国新诗学协会会员、中国诗歌网认证诗人。作品散见于报纸杂志和网络媒体。曾获“浩瀚杯·传承千年”诗词文化大赛三等奖；第二届“经典杯”国际华人文学大赛二等奖、三等奖及优秀奖。获得“当代先锋诗人”“当代先锋作家”等荣誉称号。作品入编《当代先锋诗人作家文选》《世界诗歌年鉴2021卷》《“经典杯”国际华人文学大赛获奖作品精选》等。热爱阿拉伯哲学，喜欢读书、写作、音乐、翻译等。

诗词二十首

1. 五绝·风

空处旋风转，翻桥两丈高。

荷花走街舞，树叶半腰逃。

2. 五绝·花瓣

花瓣满山野，萍欢迎接客。
冷霜无掩藏，妖艳自斜射。

3. 五绝·春雪

日日暴风吹，月间雪浪开。
一时轻悄度，春雪缓声来。

4. 五绝·腊月

北部狂风吼，南方细雨中。
两区差万里，气候不相同。

5. 五绝·忆亲

家乡山口间，域外命相连。
巧遇寒冬季，房中独自眠。

6. 七绝·域外思亲人

身前碎语时吹耳，卒后相思再续来。
晓谕亲人天国去，唯曾吾等信迂回。

7. 七律·巴比伦怀古（新韵）

古都坐落河流域，携友同行为助兴。

门外水湖迎贵客，房前土场送亡灵。
三层楼宇残缺壁，二世王国重建成。
穷富未尝人世乐，躯壳已入地堂亭。

8. 七律·思春（新韵）

寒光雪后何时落，故地田头尔辈欢。
冬月凝冰封四野，晚晴作雨注斜川。
双亲静卧石床响，游子高歌谷鸟喧。
春末未耕千里远，夜深愁坐老来闲。

9. 七律·游阿朵小镇（新韵）

芙蓉小巷落河湾，石壁空山绕岸边。
群士苦思星象意，庶民长忆美人娈。
层层园墅连桥市，处处乾坤覆水田。
菊满客来观月色，花香鸟语咏诗篇。

10. 七律·思乡情（新韵）

登机前往伊国土，只为穷家碾场人。
落地异乡灰暗路，抬头仰望蔚蓝云。
热风涛浪黄沙过，凉饮平息绿草芯。
忽嗅腥酸扑翘孔，双瞳咸泪越眉门。

11. 七律·西夏王陵怀古（新韵）

君王陵墓人皆晓，西夏东临塔状群。
青壁潘岩如莽兽，黄犄旋坐似团云。

九名至帝平天下，百位诸侯入地屯。
子女携同蹒谷壑，号啕哭泣阴森森。

12. 七律·梅花（新韵）

风花雪月山中吼，鸟鸽盘旋翱空翔。
携手摸爬陡坡间，散登冒顶独枝昂。
粉郎女黛唏嘘矣，五瓣蕊心香溢方。
呦咽叫鸣随意怅，簪簪自喜莫关长。

13. 七律·雪

白雪绵延遮遍野，海城郊外盖毛毡。
山峦起伏肩相靠，泥路坑洼器械连。
万片厚迎来月季，千层深送润梯田。
未知今日身邀入，家户闲谈嬉笑焉。

14. 七律·故乡（新韵）

小村地处陡坡根，山脉相连无路寻。
春夏绿林遮入口，雪霜白鸟恋同群。
五福领袖愁年月，几辈精神留古今。
褶皱满额迎净土，泪流遗嘱送亡人。

15. 七律·春节（新韵）

天寒喜报樱花落，横竖八街雪片裳。
环卫工人开去路，茂林春色入还乡。
小桥庭院修山顶，残照楼台种荷香。

两组楹联贴立柱，灯笼彩饰挂十方。

16. 水龙吟·盼亲

冬风吹破时光季，梅树开花鲜艳。
家乡虽远，亲兄常盼，叹观思念。
回看当前，业刚微立，岁年临点。
正壮健光阴，衰残筋骨，伤心碎、灵魂感。

兴起登山呐喊。问邻居，故人凶险。
叙谈因果，方能解苦，显明笑脸。
风浪渐消，月光昏暗，肃听幽暗。
任波涛大海，孩童哭泣，但心扉染。

17. 沁园春·情怀（新韵）

孤战独行，鹤立鸡群，凤举虎观。
看侍从终老，知名几世，佳人相伴，别久多年。
血泪情欢，孤忠酒醉，两眼蒙眬思帝湾。
呻吟体，奈怀兄夜倦，忆弟归仙。

深山客室长眠。雀鸟唱、引来黄杜鹃。
怕聚合群辈，斜飞故路，共谈时事，恰喜别弦。
寂寞奄奄，悠扬顿挫，弃守花园闻乐还。
微萍笑，更心如止境，梦欲山渊。

18. 西江月·赏冬梅（新韵）

鸟叫小舟河马，云飘残日山楂。

几株梅树必开花，冬末阳光照舍。

淑女抚筝儒雅，郎君乘雨风华。
雾云影水不分茬，谁又推知代价。

19. 行香子·忆故乡（新韵）

冬盖茅房，秋落瑶池。越龙山小院延迟。
行人相见，落日几时。
任家中舍，园中草，圈中食。

随时造访，清贫常乐，管谁家亲近旁讥。
霞光竹影，鸟语花迷。
正圈生羊，室生子，厕生机。

20. 忆江南·观香亭

冬入夜，楼下石人雕。
灼眼观山香悦立，美人弦奏雪飘飘。
吾剑杏台潇。

福建诗人巫长汉

【作者简介】

巫长汉，男，福建泉州永春人。中国诗词学会会员，中国楹联学会会员。有数十首格律诗词作品入编《新时代诗人作家文选》《永春县传统诗词选集》《“蝶恋花杯”国际华人文学大赛获奖作品精选》等书籍。2021年先后参加“丘峰岩杯”“蝶恋花杯”“经典杯”国际华人诗词大赛，均获三等奖。

格律诗词五首

1. 七律·仲春

乡间杏月闹农耕，垦地耙田稻种萌。
丽日和煦渠水暖，东风柔润草山荣。
惊雷阵阵龟蛇动，细雨丝丝燕雀鸣。
郊野春光无限好，村庄小院客宾盈。

2. 七律·残荷

西风凄烈柳梢黄，如血斜辉映藕塘。
败叶稀疏花不见，断枝突兀梗犹香。
一汪池水鱼翔底，九曲桥亭人倚廊。
根入淤泥方厚积，时机静待再昂扬。

3. 七律·中秋夜遐想

魁星闪烁碧空间，皎洁冰轮玉宇悬。
太白举头观皓月，东坡把酒问青天。
诗仙远客寻佳句，词圣幽居赋雅篇。
细数古今千百载，几多亲眷盼团圆？

4. 行香子·泉州东湖公园

南眺江滨，北倚清源。中国名园匾高悬。
花红草翠，波漾凝烟。
看池中鱼，林中鸟，水中莲。

七星拱月，千帆逐浪，二公亭里诵平安。
祈风阁外，桥栈相连。
愿湖常碧，树常绿，燕常翩。

5. 沁园春·泉州拍胸舞

鼓钹齐鸣，不见歌者，只现舞郎。
炫颤头顿足，扭腰摆胯，拍胸击肘，翻掌摩膛。
蛇状头箍，桶形腰裤，闽越遗风舞彰显。
高潮起，更如痴如醉，犹野犹狂。

溯源宋代音坊，梨园戏、《郑元和》断章。
见小生演唱，拍胸踏舞，民间流入，乡里传扬。
善子观天，蟾蜍出洞，唢呐铜锣声激昂。
逢盛世，幸非遗保护，得以流芳。

黑龙江诗人陈淑红

【作者简介】

陈淑红，中华文艺学会高级会员，黑龙江省诗词协会会员，桦南县诗词协会副主席、诗协办公室主任，桦南诗协诗刊副主任。作品多次获奖，并在各大平台发表。

水调歌头·桦南高铁喜连产业

红笺传喜报，绿水泛祥光。
桦南铺轨，千年圆梦帜旗扬。
山峻千峰竞秀，土沃百花争俏。胜地赞家乡。
高铁雄姿壮，小镇盛名强。

分外娇，无限好，几多香。
紫苏远畅，携手世界赴康庄。
致富条条共建，改革时时同创，经济耀辉煌。
独占鳌头上，永胜最前方。

云南诗人廖宇豪

【作者简介】

廖宇豪，笔名豪播，汉语言文学专业毕业生，爱好文学，多个平台签约作家，多次在市、省、国家级别比赛获奖，作品散见于《普洱诗联》《丽江文艺》《华文作家报》《中国青少年作家选集》等，现为某高中教师。

秋夜月下赋

玉阶生凉，丹桂飘香。皓月当空，照乾坤之清朗;星河璀璨，迎岁序之秋光。金风荐爽，万家灯火三杯酒；银蟾泻素，千里寒光一月汪。兰馨菊绽，花好月圆，悲欢离合古今恒驻，阴晴圆缺无论汉唐。清风徐来，忽引情愫翻涌；佳节恰至，又祝人间安康。

月莹莹出兮清风起，江滚滚流兮蛰虫吟。皓月千里，映草露之晶润，指征客之行途；丹桂满庭，飘清夜之馨怡，引诸客之心音。月徘星云，穿梭斗牛，金光漫撒，旷宇辉金。于是推杯换盏，品食观月，和歌以舞，吟诗鸣琴，不虑夜寒露重，却叹倏尔之光阴。

临轩阁，倚高楼，步田陌，月色恒。此月与苏子互唱，此月与太白称朋。曾见三变执手泪眼，又观若虚江畔潮生，证多少海誓山盟，见几次万里思请？是江南桃李春风河畔柳；是边关金戈铁马刀枪鸣。一月何奇，传爱耶，相思耶，载多少情意？

喜乐乎，愁苦乎，缘众人心生。

夜月何曾幻变，幽梦几转蹉跎。当年明月银汉驻，曾经竹马今在何？怎忘寒月照青衿，流水年华；常忆月下不归客，蛙鸣青荷。今时长忆当年梦，何日再寻今日歌，昔日风流畅清狂，此夜明月洒江河。且举杜康，任梦婆娑。

月移西山，秋霜梦寒，人存尘世，少谈虚幻。临渊流则润泽，居山巅则俯瞰，遇挚友而欢愉，别故土而愁颜。悲苦愁乐盖由心起，阴晴圆缺自由流转。莫在今夜长叹往，且共月色观银汉。昔者秉烛夜游不愿光阴匆匆，然千百年岁月幽幽散。人之悲欢于岁月瞬耳，莫言人生尔尔，岂以一时之喜乐，劳一世之悲欢。

东方既白，槛菊影胧。醉梦渐醒，四顾临风，月色已落，烟霞渐浓。岁月悠悠，我步从容。

北京诗人宋双元

【作者简介】

宋双元，北京人，本科学历。人民摄影报社特约摄影师，中国最大图片社全景视觉签约摄影师，中国楹联学会会员，中华诗词学会会员，北京楹联学会会员，北京写作学会会员。

七律四首

1. 七律·四次驱车进藏

千岭之巅万水源，高原四入变心宽。
珠峰巍峨连天耸，墨脱艰难失路寒。
阿里神奇消古格，林芝秀美赏花冠。
多仙此地聚何故，不染纤尘修道安。

2. 七律·鲁迅故居怀古

鲁公故宅西城馆，五四烽烟似眼前。
执笔代诛投匕首，弃医从教为民权。
清风傲骨垂青史，醒世雄文昭历年。
运动浪潮撼天地，甘抛热血谱新篇。

3. 七律·雪

万树梨花林素裹，孤鸿寒日饿遥啼。
临风有意冰魂绽，踏雪寻梅食物栖。
此景无诗缺骚客，名家展画露端倪。
久知苍挺属松柏，今见银装头始低。

4. 七律·梅花

飞舞玉龙风啸叫，猩红点点味馨芳。
冷香傲骨赋诗赏，幽艳丹心看客忙。
俯瞰神州京奥运，远观雪岭冀兵场。
蜡梅绽放冠军献，手捧金牌斗志扬。

浙江诗人方定中

【作者简介】

方定中，字林森，网名森林云烟，浙江省杭州人。从业于医药和矿山机械工作，质量管理工程师。设计试制成功“三相半控可控整流机床”，参与“半自动镗床”批量投产、“双面铣和端面铣”生产制造、“平面导规淬火机”制造等，负责电气设计。“综合评价工厂危险等级划分”等工作为负责人。曾编写职工培训教材《凿岩机组知识》《机电常识》。在省行业期刊发表《加强职工教育发展市场经济》等论文。喜爱散文、小说、诗词等创作，偶发表于书刊、报纸。作品归集在《花卉集》《紫荆集》。现为衢州市诗词楹联学会会员、衢州市柯城区诗词学会会员。《百花吟》共152篇，形式见附例。《金灯藤》在《三衢道中》推为佳品荐读。

《百花吟》节选八首

1. 百合花

温恭胜瑾琳，红白抚幽琴。
俯首期憧憬，含珠理凤音。
月移齐嬉笑，衣正共长吟。
相伴扶孤棹，同行合寸心。

2. 桐花

桐华覆好阴，寒食近登临。
花白芬芳道，枝垂馥郁林。
巫山云雨梦，楚鄂镜潭喑。
遇乐当知返，清明越古今。

3. 红花檵木

绵连致密翠云乡，交错琼枝聚锦堂。
屈曲萦回花叶发，幽深浩渺蔟茎强。
两身倚靠摇轻影，万朵绒牵透远香。
丝柳春光同映照，雨帘垂落点铿锵。

4. 黄鹌菜花

细小金黄点点花，生来漂泊走天涯。
无须道论高文赞，岂用诗词隽语夸。
人屋圆周常作客，田原旷阔可为家。
幽然自在春风里，莺燕齐飞共彩霞。

5. 山茶花

冬至琼葩住雪宫，共梅傲骨历霜风。
生来富贵无妖态，愿助春桃孕子丰。
过客相逢留画里，骚人惜别付诗中。
山茶耐久为吾喜，又放如霞一片红。

6. 蜡梅花

志刚寒冽作前驰，疏影纵横翠碧池。
蜡塑荧荧亲壁月，柔肤薄薄聚凝脂。
渐开玉瓣心初忆，雅逸幽香梦筑时。
何惧雪飞琼屑厚，冰晶轻裹美人姿。

7. 六月雪花

绿郁浓枝花点点，如梅洁白世稀珍。
山河雾雨无常态，日月星辰自转轮。
大丽雍容呈敬意，小英璀璨乐纷缤。
关卿何写冤娥恨，飞雪炎天可是真。

8. 十大功劳

绿叶横空带刺生，青珠笑语待君倾。
既为尚药除陈痼，愿付良方受鼎烹。
出塞一朝思秭女，功劳十大忆韩彭。
人间自有英豪在，露洒乾坤日月莹。

河南诗人牛俊杰

【作者简介】

牛俊杰，男，河南省郑州市人，曾任江汉石油管理局公安处处长，湖北省江汉油田公安局调研员。江汉油田诗词学会会员。

诗词十一首

1. 喝火令·中秋之夜

把酒邀明月，凭栏慢举杯。万家灯火正交辉。
丹桂水杉轻曳，秋气爽心眉。

钻塔牵心久，驰神万里归。老朋新友紧相随。
笑逐颜开，笑逐雅情飞，笑逐玉箫天籁，入梦久萦回。

2. 虞美人·李煜（南唐后主）（新韵）

荒淫无度朝纲滥，转瞬江山陷。
囚居无泪遣忧伤，回顾雕栏玉砌断肝肠。

春花秋月何时了？徒把离愁扰。
慧思倾血润吟毫，一首哀词千载领风骚。

3. 忆少年·贺龙授党课（新韵）

一盘小米，一盆鱼水，一双鞋子。
从中释大道，累牍何堪比。

党与人民舟共济，倒山海、骇俗惊世。
力行不钓誉，自可芳青史。

4. 菩萨蛮·太空安家（新韵）

晴空万里云帆动，神舟满载熏风送。
四海仰三英，银河开绿灯。

先锋承使命，逐日探蹊径。
华夏住天宫，笙歌漫宇空。

5. 日来月往梦留香（新韵）

人生易老莫迷茫，皓首尤须断利缰。
野鹤闲云无记挂，牵眸亮嗓梦留香。

6. 牛年迟开的八月桂（新韵）

重阳已过再登台，鸟语杉风纵眼开。
丹桂应知霜露冷，清香漫溢暖心怀。

7. 太空授课观感（新韵）

三英授课太空间，竟把新奇映眼帘。
万物飘浮无羽翼，遥牵幻梦入云端。

8. 老来乐（新韵）

静养心田勤练体，邀朋会友品香茶。
偶敲逸趣成诗句，笑逐云开赏晚霞。

9. 梦回小学校（新韵）

逐梦依稀返少郎，书包斜挎上学堂。
寒窗虽苦身心乐，汲取新知笔墨香。

10. 一块面板（新韵）

坦荡胸怀最可人，跟随南下数十春。
酸甜苦辣皆无悔，默默传承父母恩。

11. 晒香肠（新韵）

满挂银蛇韵味长，风熏日浴溢芬芳。
欣迎鸟雀频繁顾，别样丰盈共品尝。

四川诗人刘兴福

【作者简介】

刘兴福，生于1947年，四川乐至县人，内江市高级技工学校语文高级教师（退休）。四川省诗词学会会员，四川省老年诗词学会理事，四川省楹联学会会员，内江市诗词楹联学会副会长兼《沱风》杂志主编。作品散见于《内江文学》《内江日报》《西南文学》《沱风》等。

汉语文字赋

鸿蒙初醒，人兽相争。奴役之人，劳作起兴；欢愉之徒，移步发音。博采诸物于远近，兢绘直觉而象形。勾画了了，书契代结绳。于是乎，笔画线条出，描摹指事兴。合二为一相会意，音义同体作形声。自然情状，人际繁氛；化抽象于具体，集情思于象征。竹签横竖，通神明之昭昭；氂[①]悬蠕动，类万物之惺惺。车同轨，书同文，甲金篆隶楷行生。洪荒漫野涌轩豁[②]之波澜，国家情怀铸华甸之文明。江河舒碧，山岳抚膺！

而今提笔赋文，不在其繁，不在其荣。巴比伦泥版刻画，埃及人芦苇字呈。而今安在？悄然于荒野，罹难于嶙峋。璀璨一世，玛雅文明，西寇汹汹而至，哀哉岌岌湰[③]痕。唯我汉字，活勃勃辉洒在宇，硬生生盘亘于嵚。同为表意，因何辍行？同取象形，何又别程？失壤之草木难经风雨，得时之垒培[④]炫目耀旌！疏于地，别于天，大浪淘沙，适者方存。

观我汉字，堂堂正正，工工整整。横平竖直，人之立坐；钩圆角方，体态见棱。方正显诚壹⑤之态，棱角溢兰桂之芬。忽如蓝天播彩，又似挥戈连营。究其形制，去婀娜于体，凝方格于心；立体承山岳之志，行步得江海之情；聚天地之灵气，汇日月之峥嵘。嗟乎，思维集感观施奋，文字承理念飞升。论其推演，形象撬动认知，指事点石成金，会意勾连物我，形声音义互陈。直觉思维凝四海之波，拟迹象征绘五岳之尊。标音会意，状思维之基；婉转曲折，寓观念之魂；天人相依，正反同行。故志意修，智虑明。精思慎履，寰宇缥缥以应骋；严装素裹，人际纷纷而甫程。追其实也，轻重有别，主次连根;思维致，理念增；共性与个性同振，对抗与依赖互存。重重喧自意，嘘嘘⑥识鸟音。九万汉字，琳琅锵鸣；音义交会，思辨等身。横牵经纬而羽奋，竖顶天地而景升。波翻浪迭，洗牧野之尘埃；前呼后拥，毓华夏之文明。挽山岳莽莽雄姿留步，疏江河滔滔清波吐韵。

此绝矣，是精灵。形探玉宇，义表我心。天人合一，形义归真。纸墨衿附，青骢与蛟龙竞舞;笔砚相聚，金镂伴彩虹同行。天书缈缈人不识，文字切切土生金。崇山峻岭锁不住，流水汤汤扬和声。坚硬，柔和；高远，深沉。博大应典坟⑦，涵肆透坚贞。八鸾五凤纷在御，王母欲上朝元君。何哉?字为细胞言为体，结节组合智慧申。春卵夏笋，秋韭冬菁。眼观与情思一致，耳闻与物道同行；缠裹交融，字漫心声。国魂昭彰而字显，字显历历表国魂。汉语文字，是包容，是凝聚；是团结，是抗争。协作由此始，共赢得温馨。山石相依同聚宝，形义连根共潮声。君不见，狩猎耕田，群策群力群奋杵；君不见，望烽勤王，聚众聚资聚斧斤。五胡乱华孝文汉化，蒙语满文融会连根。嘉定三屠，扬州血腥，多尔衮撞破国门，撼不动华夏文明。日寇汹汹，犯我中华，落得来丢盔弃甲，顿首逃命。征服者反被征服，顽强者终究长生。此结果，缘何因？啃不动汉字，吞不下汉文。汉文凝结成块，族人交臂搏膺。风萧萧南北一体，齐整整上下同声。源远流长琭如玉，顶天立地珞献瑛。

噫吁嚱！思维模式，垫文明之基；理念意识，固文明之本。思维理念凝而弥坚，文明睿智华而蓬生。悟我汉语文字，呈诗歌之趣，绘圜道⑧之精。别西夷，铸心经。衍东方思维之定式，表华夏群体之魂灵。星斗闪烁，纨质蕙心。浩浩乎长江黄河，威威乎泰山昆仑。不厌其高，不计其深。九州腾跃托汉字，凤凰涅槃拜祖恩！抽肠沥胆，唯望南通北达昭日月，出疆载质万世勋。

注：

①髦（máo）：长毛，作笔用，这里代指笔。②轩豁（huò）：高大敞朗。③瀁（yàng）：在水波中动荡。④垒培：壁垒。⑤诚壹：心志专一。⑥嚄嚄（huòhuò）：鸟鸣声。⑦典坟：三坟五典。⑧圜（yuán）道：天体运行规律。

吉林诗人刘杉

【作者简介】

刘杉，笔名不老松。1992年毕业于吉林省延边农学院（现延边大学）。热爱生活，追求于有多愁才有善感、有闲情才有逸致的自我陶醉中。酷爱宋词，用自己的灵感和想象，抒发情感，歌颂生活。作品多用于自赏，散见于《嫩江文学》微刊等。

正所谓余生：修我千年，谱千千阕，无悔余春！

咏长城十三关

1. 雪梅香·长城感怀（新韵）

恰龙舞，翻山越岭御西东。
瞰蜿蜒绵亘，穿峰戏壑飞腾。
宏伟磅礴势雄踞，筑城关隘鬼神工。
东方屹，历历风云，啸傲苍穹。

恢宏。驻足处，望远遐思，慨怅盈胸。
岁月沧桑，露霜雨雪千重。
御阻胡蛮显奇迹，灭歼倭寇在平型。
心中记，筑壁雄关，追梦飞鸿。

2. 江城子·山海关（新韵）

傍山襟海势如龙。啸苍穹。贯长空。
扼海屏疆、执剑宇寰惊。
烽火狼烟多战事，驱外虏，灭贼兵。

第一天下誉佳名。海山雄。美楼亭。
虎踞龙盘、依水九重宫。
海晏河清坤朗朗，迎旭日，唱霞红。

3. 江城子·黄崖关（新韵）

洵河横断卧颠峰。曲绵延。蓟雄关。
隘扼京津、执剑保家园。
天险黄崖横百里，飞鹰过，胆犹寒。

晚迎金壁映关山。锁云烟。咏当年。
衔泪巾帼、浩气九宵间。
漫卷帜旗声猎猎，缨灿灿，战敌顽。

4. 江城子·居庸关（新韵）

第一天下号雄关。岭相环。绕云烟。
浩荡川原、岚溢太行山。
千里蜿蜒疆土守，天险列，巨龙盘。

两旁山峻险峰巅。古溪间，水潺潺。
烂漫山花、幽雅惹人怜。
久负盛名抒壮丽，盈喜气，满人寰。

5. 江城子・紫荆关（新韵）

内三关隘紫荆关。守平原。阻胡鞍。
紫塞荆城、烽火写诗篇。
凭险雕弓驱悍虏，执剑戟，拒敌蛮。

必争之地险崖环。岭东南。北深渊。
西面犀牛、山脉紧相连。
傍水靠山嗟朗月，经百战，啸坤乾。

6. 江城子・倒马关（新韵）

路艰山险马失前。内三关。水城环。
北面唐河、南面傍层峦。
千里疾风风不止，昂首望，泣寒山。

闲怀经岁战辽蛮。六郎贤。好儿男。
镇守边疆、忠孝两节全。
雨打废颓非面目，思过往，赋词篇。

7. 江城子・平型关（新韵）

岭关苍漭岁峥嵘。地如瓶。正方形。
险峻雄关、南北峙峰横。
荒草萋萋生怒气，风飒飒，隐英雄。

忆昔烽火染平型。战倭兵。恶狼惊。
一役歼敌、贼寇近千名。
大胜日军青史颂，谁犯我，必诛凶。

8. 江城子·偏头关（新韵）

地偏独特大河边。晋屏藩。盛名传。
东仰西伏、半壁水一湾。
汹涌黄河涛曲曲，军重地，首偏关。

万家烟火壮家园。弃前嫌。放疆边。
蒙汉通商、互市喜空前。
将士戴盔歌盛会，吹鼓角，庆康安。

9. 江城子·杀虎口关（新韵）

伫凝城堡悚天然。扼三关。控川原。
虎口长廊、一目在心间。
雄伟苍凉多战事，经岁月，满尘寰。

御拦蒙古虎狼蛮。弑胡番。凯歌旋。
可泣可歌、怀古壮诗篇。
刀剑沉沙边塞血，关度月，堡悲天。

10. 江城子·雁门关（新韵）

外三关隘雁门关。阻辽蛮。御敌前。
九塞为尊、依险傍山峦。
叠嶂巍巍凭险峻，催战鼓，啸当年。

报国忠胆护家园。守疆边。战狼烟。
宋代杨家、保土勇争先。
后继前扑抒壮烈，怀浩气，义云天。

11. 江城子・阳关（新韵）

枕沙荒寂漫关城。劲长风。黯云空。
把盏倾杯、西去故人伶。
曾御蛮夷凭水隘，川据险，挚长缨。

丝绸商贸路西中。古扬名。景悲情。
断壁残垣、一曲诉曾经。
带路助推同命运，今倡议，踏征程。

12. 江城子・娘子关（新韵）

九关娘子设边防。女铿锵。忆平阳。
战火连绵、威镇战辉煌。
古道蜿蜒通燕赵，关险要，史留香。

百团兵士震穹苍。赴疆场。灭贼狼。
凝伫楼头、千载历兴亡。
险塞拒敌人飒爽，天妒女，美名扬。

13. 江城子・嘉峪关（新韵）

古关雄壮寇生寒。阻夷蕃。啸云天。
锁钥连陲、来往旅商欢。
思绪茫茫嗟漠壁，天渺渺，泪潸然。

纵深悬壁耸云颠。势雄关。怅颓垣。
嘉峪驼铃、天际渐声还。
带路丝绸今倡议，撸袖子，誓争先。

14. 江城子·玉门关（新韵）

苍凉悲壮玉门城。影孤零。望凄清。
断壁残垣、犹显势恢宏。
笛韵沧桑经乱世，沟壑纵，古生情。

丝绸之路倡心声。贸商通。舞升平。
北玉南阳、重现再争鸣。
带路互通同命运，歌盛世，共繁荣。

柳梢青·岁月絮语（六阕）

（一）
岁月如烟。时光蔓延，几度华年。
聚散悲欢，无痕枫落，幽忆绵绵。

听风漫过窗前。看雾散、流云满天。
云卷云舒，花开花落，静谧安然。

（二）
岁月悠悠。时光荏苒，感慨凝眸。
落叶潸潸，浮华痴梦，残月如钩。

曾经挥斥方遒。意气处、杯觞舞楼。
秋月春华，红尘阡陌，流水孤舟。

（三）
岁月匆匆。寒冬已至，逝水流东。

念那嫣红，幽思姹紫，怀望天穹。

来来去去空空。怅怯怯、寻它梦中。
灯火阑珊，凄然回首，云卧听风。

（四）
岁月无痕。飘飘落叶，一啸风尘。
水木清华，倾情过客，收魄藏神。

清风一缕还魂。又是那、翻陈易新。
修我千年，谱千千阕，无悔余春。

（五）
岁月迷离。红尘有梦，落笔吟词。
万里霜花，银装素裹，玉树琼弥。

梅花点点疏枝。望远处、神痴意驰。
北国风光，冰封千里，笺赋情迷。

（六）
岁月如歌。垂杨细柳，摇曳婆娑。
沧海桑田，流年烟火，逐浪扬波。

风华百转千磨。只道是、红尘奋戈。
许我清欢，三生三世，纵逸山河。

辽宁诗人高雁宾

【作者简介】

高雁宾，铁路丹东站退休。中国铁路文协会员，酷爱读书写作，多篇论文及文艺作品在路内外发表。先后荣获“全路振兴中华读书积极分子”及“全路优秀工会工作者”称号。退休之后，笔耕不辍，获评《夕阳红报》优秀通讯员。作品《鸭绿江赋》先后在《鸭绿江晚报》、中国诗歌网发表，作品《感谢您——毛泽东》《丹东，我最爱最美的家乡》《我向生辉的晚霞致敬——晚霞生辉读后感并祝贺“夕阳红”创刊十周年》被选入大型文集《晚霞生辉》《闪光的足迹》中。其创作的朗诵诗《鸭绿江畔一座英雄的塑像》《我敬仰——路徽在战火硝烟中闪光》等6篇作品先后在《喜马拉雅》《中国朗诵联盟》发表。2018年入选第三届全国书香之家户主推荐名单。

鸭绿江赋

长白垂爱，赠我丝带，
化作绿江，绵延入海。
美哉此江，如诗如画，家乡为之增色；
壮哉此江，可歌可泣，华夏因之添彩！

江水荡荡，遥想当年景象；甲午风云，炮声隆隆，黄海怒掀巨浪；敌舰猖狂，鬼魅伎俩，突袭进犯嚣张；大敌当前，同仇敌忾，“致远”战旗高扬；重伤弹尽，视死如归，直向“吉野”

冲撞；不幸中雷，二百官兵，共舰沉江阵亡。——民族英雄，邓公世昌，屹立边陲，守卫海疆，游人赞叹，子孙瞻仰，忠心赤胆，万古流芳！

江桥巍巍，宛然历史丰碑。抗美援朝，硝烟滚滚，大军跨江，奋勇自卫。雄赳赳，气昂昂，军歌浩浩惊敌寇；保和平，卫祖国，战功赫赫显神威。烽火列车，铁道卫士，中朝军民携手并肩，铸成钢铁运输线，看国门断桥弹痕累累；德怀受命，岸英报国，英雄儿女前赴后继，谱就壮丽交响诗，望英华山上业绩永垂。——青天响雷敲金鼓，绿水扬波作和声，英雄赞歌代代唱，壮我河山壮我魂！

江花灿灿，装扮风光无限。绿扮银杏，红点杜鹃，水秀山清，夏凉冬暖。“七山一水分半田，半分道路和庄园”，探幽访胜游古庙，爽心健体洗温泉。异国情调，方见港城秀美；民风淳朴，尤显环境怡然。故老根驻足，大为放歌，小刚借景，晓庆赠言……俊杰嘉宾纷纷集结流连忘返；况吕远寄杯，翅翩书意，陆地吟咏，燕子呢喃……游子墨客悠悠情思魂绕梦牵。

江景好，最爽是清早。鹤发率队太极妙，青春对阵毽球巧。雾里现缥缈；江景佳，近午最喧哗。游艇涌动碧浪诗，风筝点缀蓝天画。鸽群逗童娃；江景艳，最炫属夜晚，彩灯舞扇鼓欢笑，虹桥倒影水斑斓，处处歌伴弦。

江鸥翩翩，把酒临风陶然。会友何须远顾，江滨佳地首选。乃有江鲤海蟹、银鱼黄蚬、莓红栗褐、米香瓜甜……数道道海味山珍，当地特产；至若重庆火锅、朝鲜冷面、日韩料理、满汉大餐……列家家中外美食，南北俱全。天朗气清，惠风和畅，推杯换盏，观鸟尝鲜。美酒美肴美心境，丽山丽水丽人文。有朋自远方来，不亦乐乎！人生一大快事，谁不称羡！

江路长长，任我驰骋翱翔。佳岛依偎，獐鹿献瑞；青山叠翠，龙凤呈祥。喜老城改造，新区构想，贯通干线，拓宽路网，精美布局，更新气象；乐高速公路，“黄海”出征，长龙越江，边贸兴旺，东港繁荣，巨轮远航。沿海沿边沿江，发展可期；好山好水好地，腾飞可望。集贤同兴振兴，群英荟萃；聚宝金山金海，前景辉煌。走进中国，同心同德，尽展跨越画卷；奔向世界，群策群力，大书锦绣文章！

浙江诗人范树立

【作者简介】

范树立，笔名小林，浙江省桐乡市人。曾供职于桐乡市文联，担任《崇福镇志》编辑。中国散文学会会员、浙江省民间文艺家协会会员、嘉兴市作家协会会员、桐乡市诗词楹联学会会员。作品《水乡情趣》获中国散文学会全国散文大赛一等奖。已出版《崇德古韵》《小林童趣》等多本著作。

语儿棹歌（三十首）

——唱和朱彝尊《鸳鸯湖櫂歌》

1. 语溪夕阳

语溪桥洞夕阳斜，细雨春风弃泥沙。
绿荫满街车行少，燕穿杨柳见桃花。

2. 孟举老屋

孟举愚居古镇存，残留老屋透光昏。
酒坊空地曾探望，昔日繁忙黄叶村。

注：孟举即吴之振字，愚居是其故居守愚堂。黄叶村即黄叶村庄，是吴之振写作、会客之雅舍，地处崇福西门，曾热闹非凡。

3. 春风茶楼

春风楼上三临窗，迎候来宾远长江。
丝茧畅销生意旺，喝茶商议价升降。

注：旧时崇福春风头临河建有茶楼，室内设施考究，常有客商在此洽谈生意。

4. 含山蚕花

自古含山佳节过，蚕娘蜂拥讨花多。
宝儿饲养清明后，欢喜如狂唱爱歌。

5. 迎恩桥下

冬日天空屡见鸦，北风劲吹彩旗斜。
迎恩桥下回流水，映出几枝腊月花。

注：传说乾隆皇帝曾五次乘船路过崇德迎恩桥，故留此桥名。迎恩桥下是北沙渚塘、跃进港、大运河三条河流交汇处，因此有回流水。

6. 茅墩鸡鸣

五彩斑斓锦羽鸡，茅墩巢内晓晨啼。
轻舟停泊山门外，歌舞高台石岸西。

注：传说古时西施在崇福歌舞庙练歌习舞，庙对岸茅墩长满茅草，旧时有锦鸡啼叫，河上有座茅桥相通。

7. 槜李醉人

醉李香甜半透红，西施印迹万年通。
上门购得超优六，味美轻尝勿说中。

注；醉李即槜李，成熟后香甜略带酒味。

8. 扑水告状

南下乾隆圣帜飘，龙舟浩荡远离遥。
村民告状飞跑去，扑水申冤三里桥。

注：民间传说在乾隆皇帝游江南时，有一天崇德村民曾在南三里桥扑水告状。

9. 春风古楼

楼曰春风客少眠，闲观笼鸟最堪怜。
岸边船挤甜瓜贱，卖掉回乡种稻田。

注：旧时春风楼在崇福镇上，供应茶点，楼房两面临河，生意兴隆。春风楼初建于宋代，现已毁，仅留有地名春风头和新建春风大桥。

10. 运河九弯

舟进城区快板梢，三塘水急狗弯坳。
向东摇至青阳岸，河狭船多莫泊抛。

11. 留良故居

吕氏先人福勿停，友芳园美草香青。
忽遭冤案家财尽，今又装修现故庭。

12. 福严禅寺

禅寺高雄遍树林，进来院里绿遮阴。
殿堂邻接燃香烛，罗汉威严镀满金。

13. 横街旧市

昔日横街大卖场，霎时商市店停凉。
莫言此地城池小，车马人来尽不妨。

14. 南北沙滩

西去塘边两古汀，初停夏雨草儿青。
鲈鱼肥鲜黄梅熟，船过长安七里亭。

注：崇德西门外现今留有南沙滩和北沙滩两个古地名。

15. 崇德城墙

崇德城头望远遥，船行帆布百桅条。
乘舟摇橹塘河水，北过圆形三里桥。

16. 城隍庙殿

崇福西门遍树林，城隍庙内水池深。
寺观热闹看人挤，拜佛烧香要有心。

注：崇福城隍庙内原先有仙池，池中放养红鲤鱼。

17. 北三里桥

三里桥和虎寺齐，沙滩南北语溪西。
晚村亭靠塘河畔，石马朝天日夜嘶。

注：三里桥指崇福北三里桥。虎寺指崇德虎啸寺。沙滩指崇福南沙滩和北沙滩。

18. 吴滔故居

拜访吴滔值中秋，宫前河水已不流。
忆云来鹭看难足，移步轻登绘画楼。

注：吴滔故居门前的宫前河已填入泥土，成了道路。忆云草堂、来鹭草堂均是画家吴滔的厅堂。

19. 石补奇钟

天中山峰有瑞云，钟镶石补铸奇闻。
阴阳铜镜看相似，人世仙堂两不分。

注：崇德福严寺有石补钟，相传声响十里。

20. 语儿亭联

司马高桥行走疏，千年东寺水边居。
语儿亭中婴啼叫，今岁楹联难觅书。

注：春秋时语溪（今崇福）南门外有语儿亭，相传有儿一岁能语，系西施所生。

21. 友芳遗迹

优雅芳园难觅踪，留良故屋被查封。
尚存灵秀梳妆石，东狱堂前两古松。

注：友芳园为吕留良府内庭园。梳妆石为留良祖母郡主房前遗物，“文革”时被毁。

22. 万岁古桥

万岁桥墩水转徊，镇东沙渚三塘隈。
春风楼上飘香酒，店北河滩绽雪梅。

注：万岁桥在崇福古运河上，相传为唐代尉迟公所建。春

风楼在今日春风大桥处。沙渚三塘，崇福城东有南、中、北三条平行的沙渚塘。

23. 五桂芳弄

莫氏房前草木蹊，芳名牌座遗留谜。
桂冠五子传佳话，故屋原居寺院西。

注：崇福现有五桂芳弄，原是南宋莫琮五个儿子先后考中进士，名曰“五子登科”，当年崇德县官员奉旨在此建造“五桂坊”牌楼。寺院指崇福寺，俗称西寺。

24. 范山祖坟

星石桥边水洁皔，吾家高祖范山坟。
亚元考中光宗耀，耸立旗杆日月曛。

注：我家高祖范奉章清同治四年浙江乡试考中亚元，家中悬挂“亚元”匾额。其坟葬于星石桥范山坟，墓前竖有高大石旗杆。

25. 鹞子古墩

吴越争雄鹞子墩，著名南宋中夫村。
如今不见风筝影，稻米飘香富裕门。

注：鹞子墩，在桐乡崇福中夫村，是吴越古战场所在地。南宋时钟夫人为康王治马瘟立功，曾建造钟夫庙纪念。

26. 黄叶村庄

黄叶村庄显上乘，竹篱楼阁少鱼罾。
小桥浅水堆山石，果树繁花绕草藤。

注：黄叶村庄，是清代吴之振（字孟举）崇德城西的家园，内有小桥流水、楼台亭阁，环境优美，系当时的浙东文人经常聚集之地。

27. 足球健将

崇德宫前语水流，人来客往从不休。
麟经国足头场冠，教练功留戴宅楼。

28. 自华赠金

崇福徐家大院开，吟诗迎客酒新醅。
鉴湖女侠骑行至，慷慨捐金上阁台。

注：秋瑾和徐自华是真心好姐妹，秋瑾起义急需钱，徐自华将自己的嫁妆金银首饰和积蓄，兑换成黄金三十余两，全部赠给秋瑾。

29. 其美学徒

其美终生大作为，少年当店学分卮。
中山得力身前臂，崇德乡民共敬之。

注：其美，是陈英士的别名，湖州人。他 13 岁时来崇德横街善长当作学徒，后一直跟随孙中山先生。陈英士是中国近代

民主革命家、中国同盟会元老，于辛亥革命初期与黄兴同为孙中山的左右股肱。

30. 总管起立

陈氏书生住语湖，家贫刻苦志不孤。
感知总管尊身立，成就功名展锦图。

四川诗人傅运国

【作者简介】

傅运国，男，1945年生，四川内江高中1963级毕业，1965年进棉纺织厂，1996年病休，2016年12月入四川省内江市诗词楹联学会。少爱体操，好步行，常途中即兴，聊娱鹤年。

思帝乡·四游记

春游

春日游，菜花黄陇丘。
采蜜蜂争香道，蝶悠悠。
陌上桃红李白，满枝头。
燕舞莺儿唱，好神州。

夏游

夏日游，藕塘花露头，
叶隐鸳鸯嬉水，荡清流。
树上金蝉竞语，噪无休。
一片田园美，画中留。

秋游

秋日游，惠风和畅柔。
昼赏黄橙金橘，菊花稠。
夜看星空朗朗，月光幽。
处处农家乐，话丰收。

冬游

冬日游，朔风吹白头。
萃聚同侪弥少，寿难求。
忆昔宏图共与，运良筹。
岁月流金惜，梦长留。

湖南诗人孙斌

【作者简介】

孙斌，男，江西萍乡市辞赋学会常务副会长。

诗赋六首

1. 侥幸获奖感赋

一篇廉洁赋萍乡，瞽目猫逢死易肠（1）。
浪得虚名居二等，挣来彩币计三张。
含羞面泛桃花色，放浪身浮芦苇航。
何幸安源参盛会，顿教鄙老竟沾光！

注：（1）易肠指鼠名。

2. 冬日挽友

雪冷枫林月黑天，凶音乍报友长眠。
自惭难做龙头客，君忍偏为鹤上仙？
百结愁肠无法解，频挥老泪有谁怜？
未能拨冗登门悼，徒寄哀诗当挽联。

3. 八旬初度缅怀先母

辰逢母难罢称觞，饮水思源曷敢忘？
十月怀胎尝象胆（1），终身劳瘁履羊肠。
指期老健长延寿，心痛萱凋永隔阳。
马齿徒增当八秩，竟将阡表续泷冈。

注：（1）象胆为中药芦荟之别名，味最苦，窃闻母怀孕儿时患连番吐血之病。

4. 萍乡学院建校八十周年誌庆

萍身泛海钓鳌鱼，乡化惠人扬美誉。
学士三千沾夏雨，院师几许授经书。
建功高拔泰山顶，校正清犹广济渠。
八秩春秋皆举寿，十方弟子尽成玙。
周传薪火欣无数，年遇丰登乐有余。
誌取采芹思泮水，庆膺不息类居诸！

5. 竹赋

坚心斗雪，劲节凌霜。生来兮骨瘦，老去也阳刚。崖借润，月生凉。夜雨潇潇，鸣淇园之凤；晓烟漠漠，腾嶰谷之蘘。锦苞也凝绿，缃实而翻黄。闻夫福报平安，叨劳青士；仰止侯封潇洒，不让萧郎。娟娟净，细细香。斑初脱，碧乍长。戛玉筛金，云母舒其倩丽；迎风弄月，龙孙著以檀章。子孙好，朋友良。更羡须牙对出，字画分行。于焉瞻尔严青，博得七贤赞竹；摇其劲绿，招来六逸歌篁。玉版也谈禅，促写龙吟之辞赋；缃枝也按曲，欣闻凤啸之清扬。

6. 兵圣孙武墓园赋（以题为韵）

遥闻孙子，雅号长卿。兵家之武圣，麟阁之精英。博得吴王拜以为将，子胥尊之曰兄。且立身洁，执法明。报国忠心贯日，斩姬铁面无情。最是冲云剑气，吹月角声。雄风足式，武德堪旌。更羡伐谋，以攻强国之敌；尤欣不战，而胜屈人之兵。

于焉西破楚强，北威齐晋。博众庶之欢心，得群雄之信任。强兵之法推典范，似鹰扬；旷世之文著连篇，如玉润。拜读声声，贯耳如钟；仰看字字，照人若镜。岂徒吾族独敬武公？更喜全球皆崇兵圣。

漫道斯人已远，应钦浩气长存。光昭前哲，德裕后昆。于是亢宗多士，接武有人。假溪流而洗耳；谋泉石以养身。景初氏悬壶，济人济世；智谅公筑室，炼气炼形。巨源浑如贾谊，莘老不让苏秦。仲谋位镇江东，拂仁风而敷朝野；赤壁火烧魏北，施德泽以被兵民。且孙誗平乱有功卫国，封侯无愧戍垠。遥瞻典范，大启子孙。

缅怀旷世元勋，中山国父。废封建之王朝，救灾黎于乐土。以大道为公，替群黎做主。爱民若子，众人颂救国之亲；醒世如雷，遗嘱乃兴邦之语。真同日灿寰球，岂止光昭祖武？

屈指先贤，尤多良傅。相马遥闻伯乐，冀北群空；医鳞久仰邈公，龙宫独步。况乎嘉淦勤而治学，宗圣虔心；敬翁苦以攻书，悬梁闭户。作育人才济济，西汉风高；栽培学子菁菁，东吴帜树。且举公赋绍天台，（1）力伯才雄计幕。（2）博得人人虹吐书丹，个个花生题墓。

今值风淳俗美，堪欣正本清源。获悉文光辉雪案，逸韵撼苏门。公为三世之祖，我乃八旬之孙。苏州营表墓，福地妥英魂。虔焚香楮，敬献鸡豚。聊酬如天之德，欲报似海之恩。尾随寰宇兄弟，膜拜武公墓园。

欣造车合辙，筑来万古佳城：集腋成裘，耸立千秋望柱。值公墓竣工，蒙熏风相顾。赢来麦秀青畴，梅肥红树。竞借墨仙之毫，争题丹篆之句。传兵圣以千秋，念武公于万古。鱼鱼末学，难书绣梓之文：鹿鹿庸才，敢写辉先之赋？

注：（1）举公指由赣迁湘之基祖孙志举公。

（2）力伯指师级军干孙发力伯父，文家市官陂上人。

甘肃诗人李泽锋

【作者简介】

李泽锋，甘肃岷县人。中华诗词学会会员，甘肃省诗词学会会员，天津市诗词学会会员，岷县作家协会会员，岷县诗词学会会员，黑龙江省依安县诗歌协会会员，中国乡土文学长期会员，岷县诗词学会理事，主编都市头条《民间诗苑》。有诗作散见于《定西日报》《甘肃诗词》《江浙文艺》《渤海风》《当代百家经典诗歌选》《中国精品文学作品选》等各种诗选本。出版诗集《静心低吟》。

七绝十一首

喜赞十九届六中全会召开

贺赞京城喜讯扬，千帆竞发再巡航。
初心不变擎天柱，共筑繁昌著锦章。

冬至夜抒怀三首

阳生数九大如年，素面瓢盆动灶烟。
堪笑忧心归路远，牵肠慈母苦熬煎。

塞外孤身自遣闲，来生惘渡有千般。
荣光几许何须怨，鹤性飞天怯仰攀。

花开富贵命知天，乐圣闲携遇俊贤。
淡漠横回皆远顾，苦其心志再扬鞭。

寄语留守女人感吟五首

寒云远雁荡山巅，游子思乡半空悬。
贫舍晚成行路难，女人留守实哀怜。

迭雪几时怨告天，声声羌笛吹呜咽。
冻沙黏土坚如铁，无力搓挪拽大拳。

朔风寒雪裹衣单，谄笑颇多讨胁肩。
情面无私呵斥令，邻家犬吠恐惊眠。

隔空望月问苍天，贫富因何不两全。
流落异乡倾尽力，几时嘉许当归年。

慨吾生计恨摧肝，惊闻扬言见咳叹。
孱弱无能为设难，世人笑我下眼观。

雪梅初绽

飞天琼粉下瑶台，遒劲梅枝任尔裁。
谁说人间无瑞草？幽香萦绕醉蓬莱。

题图《胖谷梁寒雾裹山巅》

寒云缭绕逐波翻，浮气连绵走蝠蜿。
更喜群山银练舞，凤鸾阁下立琼轩。

陕西诗人刘春华

【作者简介】

刘春华，笔名秦风，号子富，曾用网名棍海雄风。生于1971年，陕西省诗词学会会员、中国实力派书画家协会会员。

一剪梅·春怨（外二首）

院柳青青孤梦囚。踱步长庭，樱灿红楼。
花间蜂戏几时休？腹磊重生，何赏春悠？

梦断人生知命羞。心已无形，情亦难谋。
此生无计可消除，和也伤头，离也添愁。

七绝·咏窗纱（新韵）

从来方正性通明，常使千家净气生。
功满全勤风化去，谁识圾筒粉身轻？

五律·过山寺（新韵）

花芳栏玉立，柳浪岸婆娑。
紫燕追风絮，白鸥戏水波。
僧钟空寺静，林唱隐樵歌。
何处宽心事？山高向远河。

山东诗人张沛其

【作者简介】

张沛其，山东临沂人。1998年加盟中国人寿，现在中国人寿河东支公司工作。爱好文学、诗歌，喜欢古诗。诗作在《世界汉语文学》《都市头条》刊登发表，临沂市作协会员，临沂市兰山区作协会员，沂蒙山编辑部副秘书长。

古风五首

1. 井冈山

看山唯有井冈美，烟雾缭绕竹叶翠。
龙潭瀑布直流下，云海遥望生壁辉。
公路蜿蜒曲折展，细雨再润芳草醉。

号角巅峰擂战鼓，军魂永存彩霞飞。

2. 建党百年

一碑耸立万人敬，七月流火热血腾。
烟雨雾蒙平地起，银花盛开千柱明。
曲曲红歌伴云飞，点点落下祭英灵。
霓虹在把广场灿，党建百年染赣城。

3. 秋景

秋染银杏黄金身，红色枫叶陶醉人。
十月花香翠菊秀，彩云旖旎怎芳芬。
瑶池揽月观雪树，沧海茫茫白浪吟。
堪称天地独一绝，难比人间寸草真。

4. 国庆游

漫步踏秋桑梓游，国庆长假尽眼收。
河水涟漪云下动，雁飞人字苍穹走。
秋风萧瑟绿柳狂，红枫尽染蒙山留。
田野稻谷千重浪，柿柿如意缀枝头。

5. 春暖花开 万紫千红（藏头诗）

春去春来又回首，暖风细雨润田头。
花香争艳鸟鸣啼，开遍华夏染神州。
万物复苏萌芽柳，紫气东来沂河秀。
千丝翠绿添锦色，红杏枝上蜜蜂游。

山西诗人乔喜明

【作者简介】

乔喜明，男，曾用名乔生洁，本科学历（汉语言文学专业），中共党员，在山西省临县临泉镇后麻峪九年制学校工作，担任该校的副校长兼党支部副书记职务，任教语文已23个春秋。从小酷爱文学，先后被评为优秀共产党员、模范教师、市级教学能手等。

昆仑（外一首）

龙脉横空渺万山，岭寒壑肃甚难攀。
凤凰鸾鸟怡其所，王母瑶台据此关。
绝妙风光成胜地，凛然浩气撼尊颜。
春秋更迭寻常事，千载风云吐纳间。

泸州老窖

醉卧湖山玉罍空，疏狂饮者古今同。
刘伶酩酊参玄道，张旭淋漓悟圣功。
飘逸谪仙恒作杰，浓香鼻祖每称雄。
泸州醇酿天公羡，诸子摇旌唱大风。

注：

1. 玉斝：古酒器。
2. 颔联用刘伶贪杯、张旭醉书之典。
3. 唱大风：化用刘邦的《大风歌》表豪情。

山东诗人邓文章

【作者简介】

邓文章，男，1947 年 11 月出生于山东省郯城县马头镇，企业退休干部，诗词爱好者。

七绝·山东临沂著名景区诗作七首（新韵）

1. 凭吊郯城马陵山古战场

残骸不见化尘烟，血沃花红鸟语甜。
唯有马陵山上树，依然飒飒笑庞涓。

注：公元前 341 年，齐魏在马陵山交战。孙膑设奇谋，指挥齐军以少胜多，一举歼灭了庞涓所率的魏国十万大军，创造了山地伏击战的典范。

2. 游临沂书圣王羲之故居

绿柳婀娜学撇捺，园宅漫溢墨汁香。
鹅池似有鹅声唤，苦盼呼回练字郎。

注：书圣王羲之很喜欢鹅，他认为养鹅不仅能陶冶情操，还能从观察鹅的动作形态中悟到一些书法理论。其故居内就有其昔年养鹅的“鹅池”。

3. 望沂蒙云龙瀑布

银河或在倒倾时，既落庐山又落斯。
终致谪仙留悔恨，未游此处未题诗。

注：沂蒙云龙瀑布，在临沂市费县沂蒙洞天4A级旅游区内，遥望似银龙从云中腾飞而下。

4. 观临沂银雀山汉墓竹简馆

研读竹简询孙武，耳畔传来告诫声：
不战屈人为善善，和平未必血凝成。

注：银雀山汉墓竹简馆厅的玻璃展柜内依次摆放着从该汉墓中发掘出土的经过技术处理的兵书竹简，其中《孙子兵法》竹简233枚；《孙膑兵法》竹简222枚。在《孙子兵法》中，孙子曰：“不战而屈人之兵，善之善者也。”

5. 游沂水天然地下溶洞

神奇景致竟天然，阆苑琼阁梦境间。
缥缈蓬莱谁见过？置身此处就为仙。

注：在临沂市沂水县内，有百万年造就的“天然地下画廊”，是国家4A级旅游区。

6. 题沂南智圣汤泉

诸葛当年泉内浴，方得功盖定三国。
劝君务必来濯澡，谋略能追智圣多。

注：在智圣诸葛亮的故居——临沂市沂南县境内，有闻名遐迩的“智圣汤泉”。

7. 题蒙山“指动石”

百吨巨石童叟戏，一戳就动惹人怜。
娲皇起始将天补，着意差君到世间。

注：“指动石”，在蒙山天蒙景区，系自然天成，庞然大物重达百吨。游人只需手指一戳，即可使其上下颤动，故名“指动石”。

贵州诗人杨章英

【作者简介】

杨章英，贵州省剑河县人，中华诗词学会会员，黔东南州诗词协会会员。闲暇之余，喜欢写诗，诗歌、通讯作品等曾发表于《中国林业》《贵州林业》《黔东南日报》《黔东南诗词》等报纸杂志。

诗观：绘之心曲，净之灵魂。

格律诗五首

1. 七律·梅花

皑皑白雪裹梅枝，凛冽西风扫砚池。
傲骨冰肌疏影秀，多情笑蕊暗香奇。
凌寒独放牵君梦，过眼偏能惹客痴。
欲绘早春嫌笔笨，偷来几瓣捻成诗。

2. 七绝·罕见菜花迎雪开

满园春色撒金黄，疑是邻山梅蕊香。
哪有菜花迎雪舞，寒冰未退自芬芳。

3. 七绝·倒春寒

春雷一夜若癫狂，树挂琼枝雨洗墙。

遍野新芽呈翡翠，推门眺望两茫茫。

4. 七绝・春绘

半树枯枝半树芽，鹅黄点点着新花。
春风最解江南意，彩墨轻描尽吐华。

5. 七绝・春雪

立春未见暖风巡，二月时光瑞雪频。
长睡东君今不醒，错将冰汁润芽唇。

上海诗人马长华

【作者简介】

马长华，笔名（网名）长骅，1949 年生于齐齐哈尔市，毕业于中山大学物理系，分配到贵州的三线企业，后来到深圳外资企业工作，2001 年到上海市从事质量、环境、职业健康安全管理体系咨询直至退休。喜欢诗词曲，喜欢创作，多首作品在《中国当代散曲选粹》《秋枫心曲》《庚子抗疫》《辛丑记诗》《华夏诗歌新天地》《中国当代散曲》《第四届“中原杯”全国诗词创作大奖赛作品集》等书刊发表。

诗词五首

1. 水调歌头·不再借他钱

西国忒潇洒，四处驻兵车。
中东战事稍歇，非北再扬沙。
万亿金钞抛掷，飞弹洋船耀武，借贷显骄奢。
可惜我劳瘁，节省予他花。

挺身出，抛债券，不相赊。
随他喊打呼杀，长跪又称爹。
屋漏登梯补瓦，债重多销游艇，外宅撤回家。
无力养儿女，休向八方夸。

注：读《新民晚报》2011年8月9日A4版《恐慌引发全球股市“跳水”，避险成投资市场主旋律——奥巴马：美国永远是3A国家》深深感到；我国购买的美国国债和公司债券应尽快抛出收回美钞，不能再持美国政府国债，免得美国花我们的钱在全世界耀武扬威。

2. 小重山·游桂林龙脊梯田有感

伴月星星似玉盘。蜿蜒龙脊背覆青山。
万阶彩磴入云端。谁挥翰，绘就此奇观。

避乱近千年。祖先逃绝地造梯田。
游人如织寨民潸。栽禾苦，君视可生怜。

3. 唐多令·春游上海桂林公园

葱茂桂林园，嶙峋怪石山。傍荷池厅榭牵连。
楼阁双虹相掩映，亭碑立，四箴言。

平地起华轩，疏塘植柳莲。是金荣抛洒银钱。
不置专机夸世界，留佳景，后人玩。

4. 七律·鲁迅先生

先生铁笔斥沉沦，揭弊披肝为觉民。
呐喊声声呼庶众，朋僚伙伙跪仇宾。
茕军鏖战当知苦，暗矢频来每避身。
恶俗平庸深似海，一人苏醒唤千人。

5. 七律·观“杜甫很忙”视频有反感

诗圣一生爱故乡，时逢叛逆几遭殃。
周身才干君难识，百姓饥寒心内装。
挥向苍天皆怨泪，遗留大地仅衷肠。
翻歌杜甫忙如此，孽气孳萌岂任狂？

第三部分　散文小说

福建作家张荣

【作者简介】

张荣，退休教师。近几年以写回忆录来打发时间，作品有《沧桑老人的童年故事》六十篇，以及其他散文、小说四十篇，其中有些参加全国散文比赛获过大奖。

沧桑老人的童年傻事

——沧桑老人忆往事

我的童年傻事弥足珍贵，因为傻事里面有我稚气的身影和成长的脚步。更重要的是，傻事让我明白了很多事理，丰富了我生存的智慧。倘若你不信的话，请看下列几则我的童年傻事。

盲目逞能，丢了面子

小时候，我特别喜欢跟母亲到河边去玩水，特别是夏天的傍晚，游泳的人很多，给我带来了不少乐趣。我们一到河边，母亲立马脱去我身上脏兮兮的衣服，把我放在浅水的地方，让我自娱自乐。我时而学习大人的游泳动作，时而捕捉小鱼儿，时而拍水玩耍，乐得合不拢嘴。我母亲是洗衣娘，要洗的衣服很多，因此我每天至少都要在水里泡上一个多小时，然后光着身子，屁颠屁颠地跟着母亲回家。

年复一年，我不知不觉地练就了蛙泳、潜泳、仰泳等本领。一个懵懂小孩，根本不知天高地厚，为自己的这点小本事就沾沾自喜，以为很了不得。我经常不顾母亲的劝阻，私自游到对岸去采野果吃，每次都是在母亲气愤的叫骂声中游回来。父亲知道后，曾告诫我说："溺水而死的人，往往是自以为水性好的人。你刚学会游泳，尚未入门，还没有多大的本事，务必注意安全，千万不能游到水深的地方。"信心满满的我，只把父亲的话当做耳边风，根本听不进去。后来，我在女孩面前逞能，丢尽了面子，也印证了父亲的那句话。

这事发生在我小学毕业的那一年。同学们拿到了录取通知书之后，都感到非常轻松愉快，有说有笑。女同学不再像过去那样羞羞答答的，而是大胆找男同学聊天，或给男同学送相片，或邀请男同学外出游玩。

我出身不好，且家境贫寒，身材矮小，和同学们在一起，总觉得自惭形秽，担心被他们瞧不起，因此我和同学们很少有来玩。特别是女同学，我从来没有正眼瞧一下她们，偶尔在校外遇见她们，就像遇到老虎一样，避而远之，如果躲闪不及，我就会方寸大乱，不知所措。可我万万没有想到，和我同桌的女同学李贞清与另外两个女同学，居然约我到溪塘的男同学家玩，真的让我喜出望外。为了给自己挣一点面子，我表面上佯装不好意思的样子，其实内心美滋滋的，好像吃了人参果一样，全身每个细胞都活跃起来，恨不得马上就出发。

在出发前的那天晚上，我心里乐开了花，喜盈盈、乐洋洋的，一夜不知笑醒多少回。我家没有时钟，每次笑醒后，我都会跑到屋外去看天到底快亮了没有，总觉得那一夜特别漫长。那种迫不及待的心情，真的无法言表。当东方现出一片柔和的浅紫色和鱼肚白时，我就怀着兴奋与激动的心情，急如星火地来到了约定地点等她们。

在前往溪塘的路上，我想：“和女同学有如此亲密接触，还是头一次，这种感觉真的妙不可言，我得好好地表现一下，让她们知道，平时沉默寡言的小个子的我，也是挺活跃的。”我这么想也这么做，不是帮助她们提行李，就是搜肠刮肚地给她们讲故事，以示我知道的故事多，也很能干，让她们都喜欢我。我一味地讨好女同学，却把“爱在女孩面前逞能的男孩，往往会失去理智，做出愚蠢的事情”的道理抛到九霄云外了。

溪塘是个小镇，有一条泛着蔚蓝色涟漪的小河绕着它，缓缓地向远方流去。我们到同学家，必须要过这条河。我想：“这正是展示自己的好机会，何不露一手给她们看看！”于是，我便对她们说：“你们坐渡船过去，我游过去。”女同学也觉得这样危险，异口同声地反对我这么做。但是，好表现的我难得有这样的逞能机会，哪里肯放弃！她们说服不了我，只好同意我跟着渡船慢慢地游。

我将上衣和外裤卷成一团，放在头顶上，一手扶着它，一手游泳，以站游的形式，紧跟在渡船的后面。3个女同学同时死死地盯着我，让我尝到从未有过的受女同学注视的快感，我游泳特别起劲，还不时向她们微笑。

没有任何安全设施的渡河，是非常危险的。正当渡船快到对岸的时候，我觉得脚好像被什么缠住了，身体顿时失去平衡，将要往下沉。我惊慌失措地惊叫一声，就失去了知觉。我醒过来时，发现自己躺在船上，就知道发生了什么事。我自知面子已丢尽，不敢吱声。而后从女同学那里得知，她们看我体力不支，快要沉下去了，立马大叫起来。还好船夫反应得快，他一听到叫声，迅速跳下去，把我抱上来，并捡回了我的衣服。女同学都很懂事，她们只讲得救过程，一点都没有伤及我的自尊心。

我没有带换洗的衣服，只好把捡回的衣裤拧干后再穿上，让它们在我的身上晾干。当然，我自作自受，有什么话可说呢？

在下船后的一段路程，我变得谨小慎微，不敢多说一句话，多走一步路，和原先相比，判若两人。女同学采取了种种办法，想让我高兴起来，不是逗我乐，就是让我吃东西。即便如此，我还是闷闷不乐，高兴不起来。到了同学家，我依然抑郁寡欢，影响了同学们的心情。盲目逞能害得我狼狈不堪，太丢人了。

回到家里，我把这次遇险之事告诉母亲，她被吓出了一身冷汗，不断叨念："祖宗有灵！祖宗有灵……"第二天，她买了几个鸡蛋，怀着感恩之心，带我到那渡头去谢恩。船夫告诉母亲："不管孩子的水性有多好，水下的深渊、旋涡、水草，都会使人丢命。你要教育好孩子，到一个陌生的地方，不了解河床情况，千万不能下河游泳。你的孩子把衣服放在头上站着游，水性是不错，但脚被水草缠住了，无法摆脱，如果不是女同学及时发现，那肯定没命了。"接着他用严厉的目光看着我说："水火无情啊，小鬼！我们这条河，几乎每年都有死人。今后，你千万不可盲目逞能了，知道吗？"还没等我回答，他就撑开了船，向对岸划去。母亲看着他远去的背影，反复说："谢谢，谢谢……"

盲目逞能让我丢尽了面子，但它却使我明白了这么一个道理——一个人的能力是有限的，不管做什么事，事先都必须要度量一下自己是否力所能及，有没有危险，万万不可贸然行事。不然的话，定会闹笑话，甚至还会让你付出生命的代价。

没责任心，做了傻事

记得我读小学三年级的时候，班主任老师为了培养学生的责任心，在班里实行了"小组长轮流制"。全班分成六个小组，每组七人，按天轮流当组长。平时觉得小组长的工作很简单，可做起来才知道，这"小官"也不是好当的，真的很费时费力：早上要先到教室，监督组员的行为，收发作业，处理邻座关系，做同学的思想工作……如果出现什么问题，被班长扣分了，组长要负一半的责任，稍不留神，可能还会招来一片责备声。

这样的工作，对我来说确实勉为其难了，因为我的家庭成分不好，个头矮小，穿着又很破旧，常常受调皮生的欺凌，怎么可以"当官"呢？我没有自信，工作起来总是惶惶不安，经常出错。

有一天，我不小心把墨汁倒在一个女同学的作业簿上，紧张得不知所措，诸如"如果要赔钱，我就会挨揍了"，"如果被老师知道了，我就死定了"等各种可怕的想法纷纷冒出。经过激烈的思想挣扎，我毅然决然地做出了"让作业簿永远消失"的决定，于是就把它扔进了茅坑里，并用竹竿把它压到最底部。这下子问题反而闹大了。我的小组有一人"欠交作业"，被班长扣了一分，组员们骂骂咧咧的。我问心有愧，怕得魂不守舍。她受了很大的委屈，哭哭啼啼地找班主任老师告状去了。

老师是灵魂雕塑师，处理孩子这样的"小把戏"，当然拿捏有度，不会信口雌黄。她经过调查了解之后，便利用班会课的时间，给同学们讲了几则有关责任心的小故事，让我们在娓娓动听的故事中得到启发教育。当老师讲完美国第一任总统华盛顿，在六岁时砍倒了家里的两棵樱桃树，但能勇于承担责任，向父亲承认了自己的错误，反而得到了表扬的故事时，班主任老师用关爱的眼神，看了看我，并语重心长地告诫我们说："一个能为自己的过失行为负责的孩子，将来一定会有出息的。"老师动之以情、晓之以理的谆谆教导，对学生的人格成长，起到了潜移默化的作用。我茅塞顿开，知道自己该怎么做了。

班会课后，我向老师承认了自己不小心把女同学的作业本弄脏，害怕赔偿，索性把它扔掉的错误，并主动向那位女同学赔礼道歉，得到了同学的谅解和老师的表扬。

我尝到了诚实的甜头，于是又向老师说出了自己的另一件傻事。

那是一个星期天的下午，屋外下着蒙蒙的梅雨，我和堂兄弟们都无法外出玩耍，只好在屋内做“捉迷藏”的游戏。我躲在伯母家的衣架后面,这时意外的事情发生了。她的衣架很精美，高 1.8 米，长 1.2 米，两面的造型一样，都是朱红色的，且用金色镶边，显得非常豪华。离地面 10 厘米还有一个花格的鞋架，做工精细，看上去就像一件艺术品。那天架上刚好挂了一件伯父的风衣，我就踩到鞋架上，整个人躲到风衣里。“啪嗒”一声，鞋架断了，我顿时惊恐万状，慌忙躲到伯母的床铺底下。事后，我不是去向伯母承认错误，而是把自己关在惊恐不安的樊笼里，就像怀里揣着一只兔子，心儿忐忑，跳个不停，时时关注着伯母家的动静，这严重地影响了我的学习与生活。

几天之后的一天晚上，突然从伯母家传来了哭闹声，我的心一下子提到了嗓门上，急忙跑到屋外，侧耳细听，原来是伯母在责问堂弟。

“说不说，是不是你踩坏了鞋架？”

“我没有，不是我踩断的。”

“不是你，那是谁？”

“我不知道。”

“好，你不说，我就再打。”

“啊——疼啊——疼啊——”堂弟的阵阵哭声，不断地拷问着我的良知，让我感到愧疚与不安，但因我不敢承担责任，没有勇气承认错误，堂弟受了皮肉之苦。

在老师的鼓励下，我向伯母承认了自己的过错。长辈对孩子都是很包容的，只要你知错就改，敢于担当，就一定能得到谅解。果不其然，伯母并没有责备我，只是轻轻地拍着我的肩膀说：“每个人都有犯错误的时候。关键在于，你如何面对自己的错误，如果你死不认错，那就错上加错了；如果你知错就改，那就是一个好孩子。”伯母那和蔼的态度和充满哲理的话语，让我茅塞顿开，当即就悟出了一个道理——如果你想享受生活的乐趣，就必须做一个有责任心的人。

随着时光的流逝，人生积淀的深厚，我对责任心的理解也越发透彻了。虽说人不可能做到十全十美，但只要有了责任心，就可以使你的生活更充实，生命更美好。

胆小怕事，经常逃学

我从小受家庭的影响，养成了一种胆小怕事的懦弱性格，常常会为一些鸡毛蒜皮的小事而逃学，比如，同学叫我“地主仔”，我就不敢上学；老师说我“不礼貌”，我就怕见到老师；考试成绩不好，我就不想念书等等。不过，诸如此类的逃学，时间都比较短，最多两三天就被老师带回学校。但有一次逃学，时间竟然多达十来天。到底发生了什么事情？孩子逃学那么多天居然会不露痕迹？

那一次，我犯下了“滔天大罪”。一天中午，我和几个同学在班主任宿舍外面，靠着木板壁挤来挤去。让我们始料不及的是，板壁“轰隆”一声倒下了。正在午休的班主任老师受到极大的惊吓，而且还负了重伤。校长闻讯赶到，把我们几个肇事者带到校办公室，严厉地批评教育了我们，并说：“按《学生守则》‘损坏公物要赔偿’的规定，你们一人要出五分钱的修理费，没带钱的明天就不要来上课了。”这一下祸闯大了，五分钱于我而言，是个天文数字，我该怎么办？思来想去，还是采用老招数：逃学。

打那以后，我每天照常上学放学，家里人看不出一点破绽；学校那边因班主任请病假，其他老师对我的情况不甚了解，没有来家访。我每天和往常一样背着书包，装作上学的样子，躲过熟人的眼睛，偷偷摸摸地来到离学校不远的河边消磨时光。我在那里，不是看来来往往的人，就是听潺潺的流水声，既单调乏味又担惊受怕，一旦看到有点面熟的人，我的心里就跳个不停，唯恐避之不及。我天天如此狼狈不堪，可谓度日如年，十分想念自己的老师和同学，恨不得马上回到学校，可一想到那五分钱，我就惊恐不安，不知该如何是好。

是福不是祸，是祸躲不过。十天后，班主任老师伤痛稍好了一点就回校了。我的那个小伎俩，能躲得过家里人，但躲不过班主任老师的眼睛，逃学之事彻底败露了。母亲按照班主任老师的指点，叫姐姐带着我到校长那里去赔礼道歉，并交了五分钱的维修费，结束了我的“逃亡”生活。

孺子可教，姐姐在带我上学的路上，结合我的错误，帮我分析了“知错就改”和“知错不改”的利与弊，让我明白了一个做人的道理——当你犯了错误，最好的解决办法就是坦率地承认与检讨，并尽快地进行补救，不然的话就会错上加错。

我恶作剧，吓昏奶奶

一天上午九时许，在天井旁洗衣服的母亲，听到奶奶的房间有动静，就赶忙把早饭端了进去，安排好她就餐之后，又回到天井旁继续洗衣服。

大约过了几分钟，奶奶尖叫起来，“龙啊！龙啊！”母亲听到叫声，立马放下手中的活儿，紧张地跑到奶奶的房间里。此时此刻，她被眼前的一幕惊呆了，奶奶昏倒在床上，不省人事，饭碗里有一条水淀鱼。母亲怕得脑袋嗡嗡地响，手心都渗出了冷汗，赶忙叫来了左邻右舍的伯母和婶婶们。大家经过一阵忙乱，总算把奶奶抢救了过来。奶奶没事了，她们开始七嘴八舌地指责母亲。

“你明明知道婆婆长年吃素，怎么可以把水淀鱼放在她的饭里面呢？”

“如果把她吓死了，你怎么办？”

“做媳妇的人，怎么可以这样子！”

……

母亲很委屈地小声辩解道：“天可作证，我看她在睡觉，就把饭菜放在锅里。九点的时候，我知道她醒了，才把饭端到房间里。饭里怎么会有水淀鱼，我真的不知道。”

“不是你，还会是谁，难道是出鬼了？”大伯母一口咬定是母亲所为。母亲有口难辩，只好默默地承受着这忤逆的罪名。

这件事有一个人心知肚明。这个人就是躲在屋角瑟瑟发抖的我。那年我才六岁，个头矮小，大家也没想到小孩子会干这种事情，因此没人会怀疑到我。那时，我的内心很纠结，那紧张抢救的场面、无情的责备声，把我吓得惊恐万状，神不守舍，根本不敢吱声。眼看着爱我疼我的母亲委屈成那个样子，我于心不忍，想把真相说出来，但又没有勇气和胆量。

当天傍晚，在农村当民师的姐姐回家了。对于小孩的恶作剧，她见过很多，像我这样的“杰作”，怎么可以瞒得过她的眼睛！她向母亲了解了当时家里的一些情况后，胸有成竹地把我带到门外，给我一粒糖果，然后蹲下身子，双手放在我的肩上，温和地对我说：“小弟，我已知道了，这件事是你干的。是吗？”她看我沉默不语，就接着说：“一个人应该要敢作敢当，如果你能在她们指责母亲之前，就勇于承认自己的过错，大家不仅不批评你，反而还会表扬你，母亲也不会受委屈。当然，你上午也被吓坏了，不敢说是可以理解的，现在说出来也不晚。这样母亲也就不会被奶奶她们误会了。”听了姐姐的话，上午奶奶昏倒、母亲受指责的情景，像走马灯一样，不断在我的脑际出现，后悔和愧疚一起涌上我的心头，泪水像雨点一样落下来，我断断续续地说：“我是想——和奶奶开个玩笑——当我看到母亲——把奶奶的饭——放在锅里——我趁她走开的时候——就偷偷地——把一条水淀鱼干——放到奶奶的饭里边——只是想和奶奶开个玩笑——没想到会成那样子。”

我说完后，姐姐把我拥入怀里，小声地给我讲了一个和我的恶作剧如出一辙的故事：“有个年轻人，胆子特别小，若晚间单独一人，他绝不敢走夜路。有一天晚上，他和几个哥们到酒馆喝酒，其中有一个朋友想和他开一个玩笑，以活跃聚会的气氛。那朋友戴着‘白无常’的面具，偷偷地走到他的背后，两手摁在他的肩膀上，大叫一声：‘拿命来。’他仰头一看，就瘫倒在地，再也起不来了。”

姐姐略停一下，又接着说：“这位只是想开开玩笑的朋友，且不说他自己面临牢狱之灾，父母也被巨额赔偿金折腾得倾家荡产。常言道，人吓人，吓死人，像这样恶作剧吓死人的故事何止一个？弟弟，你听明白了吗？你知道了吗？过分的玩笑是开不得的。”姐姐没等我回答，就带着我去向奶奶、伯母、婶婶等人一一认错，消除了她们对母亲的误会。奶奶平时对我疼爱有加，知道是我干的“好事”，就不再追究了。伯母她们就不一样了，她们不但把这件事当作笑料，作为茶余饭后的谈资，而且常常吓唬我说：“如果你把奶奶吓死了，你就没有奶奶了，也没有人会疼你了。”什么叫怕，当时我真的不懂，事后确实有点害怕，如果奶奶果真被我吓死了，那后果就不堪设想。

前车之覆，后车之鉴，这个“案件”给我留下了一个深刻的教训，影响了我的性格。在小学的六年里，我不仅自己不敢，而且还反对其他同学开这种玩笑。只要是发现谁挪开同学的凳子，想让同学摔个四脚朝天；或把毛毛虫放在女同学的笔盒里，想让同学吓得惊恐万状；或把有棱角的东西放在凳子上，想让同学被刺得屁股流血；或把女同学的马尾辫绑在椅子上，想让女同学洋相百出……我都会立马告诉老师，让恶作剧的同学受到老师的严厉批评。

当然，我们的生活需要幽默，平时开开玩笑，让大家乐一乐，也未尝不可，但一定要看对象，且必须掌握好分寸。如果你的玩笑开过头了，以至于欺凌他人或使自己犯罪，那就变为令人憎恶的恶作剧了，很可能会产生始料未及的害人害己的严重后果。

出于好奇，差点死了

小孩子涉世不深，对社会、自然以及周围的一切大都是迷迷糊糊的，每当遇到新奇事，必然会产生强烈的好奇心，总喜欢亲自去体验，以期弄个明白。然而，好奇心是把双刃剑，它既能调动孩子主动观察事物、思考问题的积极性，又能激发他们的创造性思维，促进他们健康成长，但它有时会给他们带来危险，甚至是伤亡。我小的时候，因好奇于电灯头，差点触电而死，便是一个典型的例子。

我刚上小学的那一年，看到班级的天花板上悬挂着两个黑色的东西，和我的小拳头一样大小，中间是空的，内壁可以看到金黄色的铜片。奇怪，这到底是做什么东西？我想知道，但又耻于开口，不敢问老师。有一天，轮到我值日，趁扫地之机，我爬到桌子上，仔细地观察起来。起先，我只是用眼睛观察，手不敢去碰它，担心会有危险。我左看右看，总是看不出所以然，心里很焦急。在好奇心的驱使之下，我干脆用手去拨弄，将食指往里头插。说时迟那时快，还没等我把手指完全插进去，就像被什么咬了一口，瞬间全身麻木，眼前一片乌黑，我失去了知觉，从桌子上滚了下来。我苏醒时发现自己躺在老师办公厅的双人椅上，但脑子一片空白。老师当即就告诉我："还好电压不高，你又站在桌子上，没有和地面接触，不然的话，你被电打死了。"老师的话让我感到非常害怕，但又不明白，这摸不着看不见的东西，怎么会打死人呢？

无知酿成错误，错误提供教训。第二天，老师利用课前几分钟的时间，披露了我触电之事，给其他同学敲响警钟，并给我们讲述了有关电的常识。从那天起，我才知道，在我们的身边，有一种能源名叫电，它可以用来照明，带动机器等，使我们的生活锦上添花，发生翻天覆地的变化。但是，如果你不懂得它的"脾气"，就可能会引发人身伤亡、火灾等灾难。至今，我还清楚地记得老师给我们讲的"四不"：一是不能用手触摸电线或电灯的开关；二是不能在电杆附近放风筝，钓鱼，或爬上电杆掏鸟窝；三是不能把东西挂在电线上；四是不能用手去拖触电的人。如果能早点知道电的这些常识，我就不会去冒这个险了。

被我认为是稀罕物的电，现在已被广泛地运用于生活的方方面面，作用越来越大，人的力量就像插上了翅膀，可以上天入地，无所不能，让孩子感到稀奇的事屡见不鲜，但因种种原因，类似于我身上发生的事依然存在，像小孩子手伸进电风扇里被刮伤、头被电门夹住、孩子被卡在洗衣机里等，时有耳闻。就在前两天，我听到一则更为悲惨的事件。有一个小孩子，觉得从电冰箱里拿出来的东西都是冷飕飕的，他很好奇，想去感受一下，于是便将自己塞到冰箱里，结果窒息而死了。当家里人发现的时候，孩子已成了一团肉疙瘩。这些活生生的事例，无不告诉我们，在科学高度发展的今天，依旧有防不胜防的安全事故，给孩子带来了生命的危险，务必引起家长的高度重视。我想，只要监护人有了防范意识和安全举措，就可以给孩子提供一个相对安全的生活环境。

据说，生命力颇为顽强的猫有九条命，却往往死于自己的好奇心。显而易见，虽说好奇心是孩子们发明创造的起点，但往往也是他们遇险之源，我们既要保护孩子的好奇心，又要因势利导，尽量避免危险的发生。

嘴馋贪吃，中了圈套

我的家乡有一条小河，河水清澈明亮，缓缓地从我家门前流过。河边满是晶莹细小的沙子和白色的鹅卵石，是孩子们玩耍的好去处。我最喜欢玩的是，约几个小伙伴，同时往水里扔石头，看谁扔的最远，溅起的水花最大，以此取乐。石头扔过水无痕，很难决出一个“臂力王”，因而时常为远近之事，大家争得面红耳赤。

有一天傍晚，小朋友们都管他叫圆目的“小鬼头”神秘兮兮地对我说：“阿龙，你个头矮小，和他们玩扔石头没有优势，很不划算。我和你玩变戏法好吗？”

“很好，很好！”这么新奇的玩法，我还是第一次听说，出于好奇，便欣然答应了。

“那好，我把沙变成糖，让你吃个饱。我叫你怎么做，你就怎么做。好吗？”

“沙变糖，我不是有东西吃了吗？”我是个忍饥挨饿，成天饥肠辘辘，特别贪吃的孩子，听说有糖吃，没有多想就欣然答应了。

圆目在宽 1 厘米，长 30 厘米的篾条下面，放一块方形的小石头，做成跷跷板的样子，然后在低的一边放上细沙，叫我把嘴张大，对着它吹气，并强调说:“你越卖力吹，它就变得越快。”为能早点吃到糖，我便张着大嘴，使劲地吹起来。说时迟那时快，正当我张开眼睛，伸出舌头，想看看沙子是否已变成糖的时候，高的一边被圆目重重地敲一下，我的嘴和眼睛里全是沙子。我“哇”了一声，两手捂住眼睛，放声大哭起来；他见势不妙，立马逃之夭夭了；其他小朋友见此情景，个个惊恐万状，都飞快地跑到我家报信去了。

母亲很快就赶来了。她看到我被人欺负成这个样子，心中的苦汁迅速地涌到脸上，抱起孩子仰天长叹，泪水像山中的溪流，汩汩地在面颊上流淌。母亲明白自己的家庭成分和社会地位，每次处理生活中的一切矛盾纠纷，她都是采用“息事宁人”的办法，从来不说一句伤害他人的话，而且还常常告诫我说:“我们出身不好，遇事都要忍让，即便有理也要让三分。”她这么说，也这么做，没有带我去找圆目的父母说理，只是把我抱到河边，叫我憋住气，脸朝下进行冲洗。她在帮我洗脸的过程中，以及抱我回家的路上，不是指责圆目对我的伤害，而是反复责怪我说:“谁叫你贪吃，谁叫你贪吃……”我们都已过惯了委曲求全的日子，对于被人欺辱的事情，也都习以为常了，再加之我家的生活很困难，所以我听到的全是安慰之言，至于“是不是找人评评理”“是不是到医院检查一下”等，没有一人提及。

穷孩子就是贱骨头，在河里洗过后，眼睛还是睁不开，第二天早上醒来，发现自己的眼角边粘着不少沙子，但眼睛可以睁开了，只是有点红，没有什么大问题。母亲高兴地对着苍天，不无感慨地说：“老天开眼了。不是人养人，而是天养人啊！”

在回忆“贪吃惹祸”的往事时，我正遇上中央电视台播放《电信诈骗大揭秘》，感触颇深。不是骗子的骗术高明，而是被骗人太贪了。骗子就抓住人性"贪"的这一弱点,使许多人受骗上当,甚至连一些高智商的教授和企业家也被骗子玩得团团转。显而易见,不管是小孩贪吃受骗,还是大人贪财上当,究其原因,都可归因为一个"贪"字。

我担心刚走上工作岗位的孩子经不起利益的诱惑,成了骗子的猎物,立马发短信提醒他:"不管是电信还是亲朋好友所提供的'赚钱捷径',都一律不予理睬,哪怕是抱着试试看的思想也要不得。"并告诫他,永远记住"流辛苦汗,吃明白饭"这八个字。

浙江作家吴月娥

【作者简介】

吴月娥,女,笔名诺斯尼。终生以教书为业,讲坛耕耘三十春秋,现安度退休后的闲暇时光。

生于黑土地履职于江南。钟情文字,以文为友,记录、抒怀、励志、解忧,几十年来积累百万文字。纵情山水,恣意诗文。以文养性,自写自乐。更乐于网上笔耕,在多家网站担任主力写手,乐在其中。

北方的冬天

徐志摩的"北方的冬天是冬天"似乎将冬天的专利毫无争议地给了北方。其实不用诗人授权,人们不会去抢冬天的专利。春天以万物复苏的美好,让人们对此"爱不释口";夏天百花争艳得热烈，成为文人笔下的宠儿；即使秋愁也是文人“为赋新词强说愁”的矫情，秋天以其多色、多产常常拔得文坛的头筹。只有到了冬天，文人们几乎一致性地选择了“封口”，一切以天地为家的生命都毫无例外地执行着“冬眠”的指令，难道才情也如此这般进入了冬眠？北方的冬天，以超乎生命承受极限的冷酷，让人们唯恐避之不及。恰恰就是在这个季节，我选择回家，回到全国体温最低的城市，与冬天来个不约而至。

漫天大雪飞舞之时，你走到旷野，雪花抹平阡陌，所有的参照物披上了白色，完全没有东西南北的概念。雪连着天地，没有了上下之分，云重天低，你突然有了高大之感。雪似天降屏障，阻隔了所有的声音，连风都悄悄地退却。你有幸倾听心脏的韵律，感受血脉走过的路径，来一次没有任何干扰和支撑时，人的能量和信心的考量。这是喧哗中难得的静穆，燥热中难得的冷却，感受风搜尽了你裙衫的所有经纬，清扫许久的积垢，来一次彻底的荡涤。虽然肃穆中难免有些孤寂，清静中少了温馨，那种爽朗真的酣畅淋漓。雪暂时阻隔了你与世界的连接，获得了一次真正的独处，慢慢咀嚼一个人世界的味道。

北方的冬天是寒冷的，但绝不是萧条。你走近人群，这是冬装的展示舞台：各种造型的帽子，像极了落在白色海洋中的降落伞，有尖顶的，圆顶的，方顶的，多边形的，花卉的，动物的，科幻的，抽象的，写实的……五彩缤纷，超出任何调色板。每一顶帽子下边，是一张张红扑扑的脸，这是典型的冬天表情，没有沮丧，没有冷漠，有的是欢畅，有的是自得。羽绒服争相斗艳，早已将厚厚的棉衣逼退到箱子的一角，成为未来服装博物馆的展品，讲述当年北方寒冷冬天的故事吧。女人脚上的皮靴，让人感叹鞋子设计师的足够想象力，几乎没有重样的，无论纤细还是宽大都踩出了优雅的韵律，走出一路风光。就连夏天风行的高跟鞋，同样占据着冬天的舞台，雪地上留下的一个个点，让人想起野鹿雪地上奔跑的英姿，寒冷一点也没有吓退爱美的北方人。随便走出一个女子，高高耸起的毛线帽子，两只温暖的绒球，在蓬松的羽绒服后边荡来荡去，登上细巧的皮靴，咯吱咯吱踩在雪地上，简直有了T台的味道！让那些没有机会穿冬装的人艳羡，女子在冬装的衬托下，才会将娇小、柔弱、妩媚全部透发出来，比起夏装的薄、透、露，冬装展示的是收敛之美、含蓄之美、怜爱之美。而且冬装还有一个极大的优点——掩饰。它将人们包裹得严严实实，无法判断年龄、胖瘦，一身如白雪公主打扮的女人，让你眼前一亮，夸张的靴子，憨态可掬的帽子，如孔雀开屏的斗篷，抢尽了冬日的风光，那不一定是一个妙龄少女，可能是年过半百的大妈，冬天可以让她们与姑娘、少妇一起抢镜，北方人的敢美可是出了名的，尤其在冬天是爱美之人最公平的季节。

冬天关闭了一些通往外界的通道，家人经过了三季的劳碌，有机会坐在温暖的室内，讲那些古老的童话。这是奶奶的奶奶在冬天里讲过的故事，故事里有热炕的温暖，故事里有几代人的天伦之乐，这是只属于冬天里的故事，是在春天播种、夏季耕耘、秋天收割，储存在冬天才能启封的故事。周遭是团团的温热包裹着，人们从或远或近的地方浓缩到这样一个有限的空间，感觉到家人从来没有的亲近。平时由于忙碌没有仔细看过的孩子，声音有了变化；细数父母脸上的皱纹又增加了几条；就连那只每天在桌子下钻来钻去的猫儿，也端详着一屋子里的人，辨认着父亲母亲兄弟姐妹，然后讨好似的喵呜喵呜打个招呼。冬天是亲情大聚餐。

冬天夜长。下午5点早已夜色渐浓。漫漫长夜怎样打发？北方人有北方特有的方式，邀三两亲朋，烫上一壶白干，天南地北，摆开龙门阵，从小日本侵占东三省，到牲畜出栏，从东家小子保媒，到西家姑娘要彩礼，话题广，议题宽，夜长着呢，可以从古说到今，直喝得面红耳赤，五脏六腑升腾起热浪，直喝得顺着桌腿躺下，嘴里呢喃着：咱接着喝。冬天是酒季。

北方的下半年是生孩子扎堆的季节，不信你留意一下北方同事的生日。知道为什么吗？因为冬夜漫长，是一个最适合孕育的季节。冬天的太阳自己放假了，过了 7 点钟，还懒懒地慢慢腾腾地探出半个脑袋，召唤家家户户用炊烟签到。孩子们有了赖床的权利，将被子掖一掖，继续着白日梦。瞧着窗上美丽的窗花，掏出一把爆米花，躺在被窝里，咀嚼冬天的香甜。北方人与冬天达成的和谐与默契，是外地人无法理解的，很少听见抱怨冬天的寒冷。小孩子可以光着脑袋,在雪地里嬉戏,打“冰嘎”，自制冰鞋打“滑出溜”，套上狗拉着冰爬犁，屹立在冰爬犁上真有骑士出行的威风，有胆大的女孩子随行，更让男孩子多了些得意。冬天是孕育的季节。

整个世界在冰雪的武装下，少了污秽与杂质，少了沟坎与不平。大地就这样平静地睡去，歇息一下疲惫了三季的身躯。树木将叶子深埋雪中，就像安顿好家眷之后，淡定地没有任何后顾之忧地，赤裸着迎接寒风的撕扯，接受冬天的洗礼。常常让我想起北方汉子，想起他们面对灾难时挺直的脊梁，想起他们粗声大气地说：有爷们儿在，天塌下来也不用女人顶。那种豪迈与担当，是否沾染了冬天树木的品性？冬天是勇敢者的乐园。

北方的冬天，风是凛冽的，冰是锐利的，音乐是火辣的。无论是滴水成冰的黎明，还是寒风透骨的傍晚，公园里传出一阵阵的音乐声，从绵密的雪缝中钻出，四散开来，爱好运动的北方人，没有被寒冷挡住健身的脚步，整齐的方阵，随着音乐的节拍，踏出北方人的刚劲与力量，豪情在没有路的雪地，融化出一条路。置身在白雪垒砌的雪墙之内，四壁银装素裹，头顶满天星斗，恍惚之间穿越时光，仿佛置身在神秘的城堡，自己也成了童话世界的主人公。这是我看见过的最壮美的舞蹈：一团团热气，恰似舞台上释放的气雾，眼睫毛上结起透明的水珠，怎样的化妆师也描摹不出这样美丽的眼睛，举手投足之间，演绎出冰清玉洁的风情。此时的冰雪成了天然的背景，风有了韵律，雪有了节奏，刚柔并济，冷暖和谐，跳着跳着会甩掉大衣、手套，后背上结起薄薄的清霜，让人想起“斧头与皮大衣”的故事。冬天是冰雪的盛典。

这块冰冷的土地，从来不缺少温情，生命在这里有了超常的温度，人性在这里，有了神奇的能量。少有的痛快，少有的神清气爽，浑身充满了能量，才发现自己并不单薄，寒冷中彰显的意志原来是如此博大！人生不经过冰雪的洗练，那有多遗憾！冰雪与寒冷实在是大自然对北方人的馈赠。北方人如此心领神会，欣然接受这份礼物，将其发挥到极致。经历了北方的冬天，性格剔除了些许怯懦，人格中多了些豁达硬朗，那些曾经的纠结郁闷，在寒冷中显得微不足道，只要在雪地里舞过、蹈过，人生的哪一段路程不能走过！

吉林作家伊永华

【作者简介】

伊永华，女，吉林省长春市人，中共党员，中华诗词学会会员，中国楹联学会会员，长春市作家协会会员。在第二届“蝶恋花杯”国际华人文学大赛中荣获一等奖；在“经典杯”华人文学大赛、“当代精英杯”全国文学大赛荣获二等奖；在第五届、第六届“相约北京”全国文学艺术大赛中荣获一、二等奖；在多次文学评选活动中，荣获“中国跨世纪作家”“当代散文先锋人物”“当代百强签约作家”“二十一世纪作家、诗人”等称号；经典文学网、中华文艺微刊签约作家；2019 年度、2020 年度、2021 年度被评为经典文学网十佳人物。作品散见于报纸、杂志，并入编《中国跨世纪作家大辞典》《当代文学先锋人物大典》《当代百强签约作家文选》《当代文学经典》《当代文学人物大典》等数十本书籍，由国家出版社出版。著有文集《琴声与倾诉》、散文集《永不言弃》。

冰上小飞燕

“冰上小飞燕”的美称，还要追溯到六十三年前那寒冷的冬季。自小爱运动的我，跳房子、跳皮筋、踢毽子、踢口袋、跳大绳都是我的强项，然而我最酷爱的运动却是速滑。那时的冬天寒冷无比，十月下旬就已冰天雪地，气温达零下三十多摄氏度，冰上运动就成了当时大众的最爱。

记得小学四年级时，学校要成立速滑队，教我们体育的大李老师和小李老师到各班挑选队员。也许他们还记得学校运动会上，那个扎着两个发髻的小姑娘遥遥领先跑在最前面，获得第一名的缘故；也许在全校踢毽子比赛，那个小姑娘又获得第一名的缘故吧，于是我被选拔到学校速滑队。

速滑队男女生共20余人，每天放学后，由小李老师带领速滑队到长春胜利公园滑冰场进行训练。那时长春胜利公园体育场是大众运动的地方，我们学校给每人办了入场证，每次来只要把入场证出示给门卫就可以。

长春胜利公园体育场场地有几千米。花样滑冰场地在中间，外道是速滑道，一圈是四百米，西侧是冰球场地，四周是水泥砌筑的台阶看台，台阶上方是一排排办公室、更衣室和宿舍。滑冰场每天都有许许多多的人来滑冰，长春胜利公园滑冰场就成了我儿时的乐园。

滑花样的小姑娘们穿着美丽的短裙，头上盘着一个发髻，轻盈地起跳、旋舞，像冰上的天使供人们欣赏，又漂亮又优美。跑道上的人们，老的、少的、姑娘小伙子们牵着手在冰面上自由滑翔，那么娴熟，那么自如，真的好羡慕他们。也有的和我一样，趔趔趄趄的，只能在滑道的边缘上练习。

初学滑冰，如蹒跚学步的孩儿，东倒西歪，站不稳，跌倒了，爬起来，和其他跌倒的同学对望，不禁都笑了起来。那时妈妈给我做了两副棉手套，一天换一副，因为每天练习结束后手套都是湿漉漉的。

不知跌了多少跤，摔了多少次，摔倒爬起，再摔再爬起，终于可以站稳了，终于可以滑动几步了，终于可以脱离老师的庇护了，我好开心。自此，我天天到冰场来滑冰，即使没有集中训练。那年代天气冷得出奇，可寒冷并没吓退我，我还是坚持天天到体育场滑冰。

儿时的伙伴，华——在长春朝鲜族小学上学，滑花样，是我的邻居；赛——我的校友和队友，我们结伴同行。我们在冰场上驰骋，每天都到近晚九时，方恋恋不舍回家。从滑冰场到家有四五里地远，没有车，全是步行。路灯也少，在漆黑的马路上往回走，却不惧怕，那时社会治安好。尽管又累又饿，我们却依旧兴致勃勃。

转年，冬季又来临了，训练一个月后，学校要参加市里组织的速滑比赛。我好兴奋，练了这么久，终于要上战场了。我和赛分到少年队丙组，经过轮轮角逐，赛获少年队丙组第一名，我获第二名。赛个子高，弯道技术比我好。自此吴淞路小学速滑队在市里挂了名。我也明白一个道理，有付出就有收获，我告诉自己，还要继续努力，不断给自己鼓劲加油！

还有一学期我就要小学毕业了。寒假期间，市里组建速滑队，要参加全国速滑通讯赛。我和赛被选拔上来，在体育场一排红房住下，进行集中训练。领队是袁教练，一个既和蔼又严厉的教练。我们每天早晨起床后进行陆地训练，跑、跳、压腿、做陆地动作等活动，虽然在寒冷的冬季，可是我们总是汗津津的。早饭后就上冰了，滑行中，教练不断地纠正着我们的姿势，并做示范给我们，那次集训是我们进步最快也最大的一次训练。大运动量付出，体力消耗特别大，好在市里特别重视这次比赛，给养供给特别好，饮食花样繁多，不知从哪儿聘来的厨师，做出的饭菜让我们这些小家伙品尝到世间最香的佳肴了。那时我们国家刚刚经历过三年自然灾害。

一个月很快就过去了，我们在紧张和期盼中迎来了全国通讯赛。我和赛依旧被分到少年队丙组。当我站在起跑线前，全神贯注地倾听发令枪响。“砰”的一声，我如离弦的箭，迅速起跑，奋力划动冰刀，向目标冲刺。一分耕耘一分收获，500米、

1500 米我和赛均获得较好的成绩。在 1500 米预赛时，我整整超过同组那名女孩一圈——400 米，当我接近她时，竟对她说了一句：“加油！”完全忘了她是我的对手。经过决赛，我获得全国通讯赛第六名，赛获第八名，是全市最好的成绩，并都获得了奖章。尽管奖章那么小，可我还是为自己的成绩高兴。事后人们说我像小燕一样在冰场上飞翔，听后，我好惬意！

那次速滑比赛成绩，我们为长春市、为学校带来荣光，人们也给我赋予了“冰上小飞燕”的美称。此后，我和队友赛双双登上 20 世纪 60 年代中国冰雪运动名人榜。

有付出，就有收获。寒冷的冬季，锻炼了自己的意志；艰苦的训练，增长了自己战胜困难的勇气与毅力，在后来的人生起到了至关重要的作用。一个甲子过去了，曾经的“冰上小飞燕”，真想再做一回“冰上老飞燕”……

湖北作家梁春云

【作者简介】

梁春云，湖北省作协会员，中华诗词学会会员，中国楹联学会会员，被中国散文网聘为高级作家、高级诗人。担任三部书籍的副主编，担任散文集丛书主编，个人出版散文集四部，以上书籍已由国家级出版社出版。有数十篇（首）散文、诗歌、诗词入编国家级出版社出版的书籍中，有诗歌在“学习强国”APP刊发，有散文被列为高考作文范文，有多篇散文发表在省地市报纸杂志中，有散文在湖北省委宣传部等单位举办的“‘书香农家全面小康’喜迎建党100周年读书征文活动”中获三等奖，有多篇散文在国际华人文学大赛中分别获得特等奖、一等奖和三等奖，有散文在中国散文网等单位举办的2021年“三亚杯”全国文学大赛中获得金奖。有10余篇（首）散文、诗歌、诗词被湖北省教育科学研究院退休教师、现担任《冯站长一家》《一日一诗》《浮诗绘》特约评论员的左兵先生赏评和推送，有10余篇（首）散文、诗歌在地方电台《悦读枝江》栏目由一级播音员泓垚女士朗读。曾任经典文学网散文学院副院长，获得经典文学网授予的2020年度“十佳精英版主”和“每周一文”金牌教练称号，获得经典文学网授予的2021年度“十佳精英作家”称号。

残荷之魅

近一个月以来，我已经领教了绵绵秋雨的执着，而秋荷经过凉凉雨水的洗礼后，表演着“快闪”，立马呈现出水长草黄、香消荷残之态，让人感觉到已是“影孤怜夜永，永夜怜孤影”了。

风吹绿荷萎，不觉寒意浓。秋日激增的浓情，终将荷花仙子的外衣褪去，静静的荷塘中矗立着一株株残荷。靓丽眼前的是，每株残荷的间距显露出来，似乎盈余出更加宽阔的水面了。

一阵秋雨一阵凉啊。我担心身体单薄的残荷，会感到寒意和孤独。带着这个疑问，我前往离家不远处的公园一探究竟。那里有一个荷塘。

当移步荷塘堤埂上时，放眼望去，那荷塘岸边浅滩处的水草，一改往日在荷田如盖的遮挡下小心翼翼的样子，一直不离不弃地陪着残荷呢。还有那随风飘逸的浮萍，现在也自由散漫了许多，可以随意地漂移到残荷的根部，亲热一阵儿呢。

那荷塘岸边成片的芦苇，在塘边围成了一道屏障，从叶片、茎秆，以至或白或灰的花絮，都附和着残荷的生长节奏，终于有机会把倩影投射在平静的荷塘水面上，像是一道剪影铺在上面。一阵儿微风拂过，这剪影便缓缓舒展开，随之又叠加。我也借助这剪影的余韵，任由我的身影在荷塘水面上随潋滟的波光拉长，又随其晕圈荡回聚拢。

秋日的阳光终于驱散淅淅沥沥的细雨，悉心观照着矗立于荷塘中的残荷。这残荷恰似风韵犹在的时尚小伙儿或妙龄女郎，沐浴着暖阳的光辉，蹲腿、顿足，在波光粼粼的池水里“泡脚”，寻求养生之道呢！

凋萎的残荷，依然堪称“水中佳人”。远远望去，在那一亩方塘里，那些在水中央的残荷，一律着装古朴，都精精神神地做着热身运动，或是在表演节目，也或许是在竞技比赛呢。近前观摩，这一个个“运动员”均保持着高度的热情和集中注意力，有的在打太极，有的在做高抬腿训练，有的在拳击，有的在做健身操，有的是有氧舞蹈，有的在跳街舞，还有韵律操呢。

有的还运用不同器械健身，像哑铃、举重等，可谓是形式多样、丰富多彩啊。我暗自庆幸，欣赏了残荷的专场表演啊。

秋风和秋雨堪称一对“孪生兄弟”。秋风的“肆无忌惮”，将荷花花瓣的妖艳褪去后，水分渐少，颜色枯黄，已经失去往日的浮华。但就是这色枯叶黄、水分渐失后的残荷，看似身体尺寸收缩的“标本”，却有一半不屑、一半含笑的美丽，这是它积淀一生精华的浓缩，也是它的精气神以另一种方式呈现出来的风貌，正好比素描淡写的人生，在极强的适应力中求得生存的质量，在平淡中蕴含顽强的生命力一样。

残荷离不开脚下的淤泥，就像一个孩子，即使已经长大成人，但在父母面前，依然还是个孩子离不开父母一样。因为残荷的脚下有无染的基因，有肥沃的泥土，有牢实的根基，它就像一个个磁性巨大的强磁场，将残荷紧紧地吸附在一起。水上水下，爱至深，情之切，难舍难分，矢志不渝。

残荷知我意，温馨陪伴度秋冬。我在残荷跟前徘徊，猛然觉得它是一种幻化的憔悴与苍老，有谁堪摘一株两株？我寻寻觅觅，举头忽见，一群大雁飞过头顶。啊，原来这千株万株残荷，像定海神针一样坚守，是要用它坚韧不拔的意志力抵御严寒，感动上苍啊！这是一种高尚的气质和风骨，这是生命的绝唱。和眼前的残荷相比，我们还要懊恼和自弃吗？

眼前的残荷，教会许多人生道理。人的一生会经历很多，请相信，无论你的境况如何，这都是上天最好的安排。一个人在处于顺境时，不要沾沾自喜，不要扬扬得意，不要目空一切。当处于逆袭时，要学会坚强，学会坚守，学会忍耐。请自信一点，相信自己，善待自己，宽容自己，终归自己的路是自己走的。

“闲云潭影日悠悠，物换星移几度秋？”残荷兀自在荷池里呼吸清新的空气，虽玉容寂寥，华姿翠减，但始终秉承“不乱于心，不困于情，不畏将来，不念过往”的宗旨，续写一份真情，怀揣一个梦想，在一次次时空转换中，共赏满月清辉，静等春的气息。

“过尽千帆皆不是，斜晖脉脉水悠悠。”目睹残荷的雅姿，令人浮想联翩。花谢自有花开日，光阴逝去无少年。无情风雨会带走岁月的尘垢，而飞逝的岁月也会催人老去。但在残荷的眼里，这是冬天里的春天。

“竹坞无尘水槛清，相思迢递隔重城。秋阴不散霜飞晚，留得残荷听雨声。”时下已是秋霜满地，颇为虔诚的秋雨又来了。那芦苇、水草、浮萍、池水，和残荷一道静听雨声，静赏雨趣，静观雨变了。这正是诗人李商隐笔下韵味深长的意境，令人遐想……

田园里的花色

我的同学高考落榜后，一门心思扎根田园，植播花草，侍弄庄稼。去年金秋时节回老家，我特意去看了她。一个被她打理的果蔬花园，外带养猪、养鸡养鸭、饲料加工、生活日用品零售等，一切都井然有序。她那银铃般的笑声在满园回荡着，我的心情也随着田园里的花色明媚着。

这是一处背靠巍巍的长江大堤，每天聆听惊涛拍岸的地方，东、南、西三面便是一望无垠的原野。通村公路从她家门前蜿蜒而过，道路两旁的鸡冠花、长春花、兰花花开正艳。

上午时分，没有遮挡的阳光，照得这些花儿像孩儿的脸庞，满面丝滑富有弹性，粉扑扑地可爱。一阵风儿携带花的清香向我袭来，花儿也笑盈盈地点头迎我，我感受到了这些花儿生命的脉动，感受到了“酒不醉人人自醉，花不迷人人自迷”的滋味。“长春花最好养，几乎从开春到年底都花开不断，结籽后入地，来年又生长开花。这样，它越长越茂盛。倘若直接栽到路边，遇风雨捶打的植株会倾斜，影响车辆通行。像我这样，在紧靠路边栽兰花，再栽长春花，就不会影响交通了。”她的话语将我从迷醉中唤醒。可见，她是一个心怀大家的人。

长春花和兰花高矮互映，煞是好看。眼前的长春花，呈长方体花丛铺展开来，株株错落有致，每一株上下都有花，那粉红、粉白、淡紫、梅红、红色五瓣花儿混现，鲜亮地开着，丝毫不杂乱，倒是清新了我的双眼，我一下子喜欢上了这像五角星样的五瓣小花。它红的、白的花蕊，也是微型五角星形，亦如画家的泼彩点缀其上，实在清爽。想想长春花的名儿中有个“春”字，想想她绵长的花期，原来她是要把桃红柳绿的春景拉长，让人们尽享她灿若繁星的灵韵啊！

不远处那闪亮着鹅黄光亮的小篮球，堆满了路南的一片柚园，像磁石一样吸我而去。它的枝条都俯身低垂与地面拥吻，我急于捧起劲鼓鼓而又光滑的柚果，要她拍照。当我还在选角度、摆 POSE 时，她将一盘掰开的柚瓣端来：“先尝尝吧，看感觉怎样。”我看这柚子表皮下的海面瓤薄而光润，轻轻撕开爽滑、白膜样的皮，晶亮、柔软、多汁的果肉激发着我的味蕾，我急于尝鲜，竟然没有一点苦涩，只有清甜里透着清香，还有一丝清凉沁润到胃里……我连连点头：“嗯，好吃！”她说这是存放几日的蜜柚，经过了后熟作用。我领悟了其意，就像酿造的粮食酒，愈存愈香啊！

我久久地驻足，无论是那满树的老叶，还是如球的柚果，都散发着浓郁的芳香，好一派绿叶阴浓金秋爽，满架柚果一园香啊！我做深呼吸，这香甜的“空气清新剂”一次次冲洗着我的肺，我顿觉神志清怡、双目炯亮。

还有那依次向南推进的菜园、橘园、棉园，还有我不便参观的鸡鸭鹅园、土猪园，那园中一个个鲜活的生命，便是她心中的骄子啊！她天天精细呵护，为其添减衣服，为其料理饮食，为其驱虫治病……她用汗水，用爱恋，用快乐，用幸福，用希望，把心中的骄子调成了七彩花色，一茬接一茬，一年又一年，青翠着，缤纷着，艳丽着……而她自己，便是那绵延不绝的长春花，从生命深处绽放出了怡人的馨香……

我陶醉于这片田园里，土壤的朴质，草木的圣洁，花卉的纯真，我觉得没有距离感，很踏实，很安全。我的思绪自由放飞，我的灵魂自然融入泥土，我随意地在泥土上奔跑，似乎屁颠屁颠地尾随于父母身后，我觉得没有拘束感，很亲切，很快乐。

我陶醉于这片田园里，我可以时不时地喊几嗓子，正好让自己的个性得到张扬，有如“久在樊笼里，复得返自然”的欣喜自得，有如“心无物欲，即是秋空霁海；坐有琴书，便成石室丹丘”的空灵。我的心宁静了，身体也轻松了许多！

我陶醉于这片田园里，我仿佛成为这田园里的一种花色，或许是一朵怒放的心花，我有花瓣，有花蕊，有喜欢的各种颜色，感觉需要阳光，需要风雨，像太阳每天都以它自己的方式，驱散阴霾，抗击雷电！随之，我的心儿如溪水般柔韧，我的眼波如春天般明媚，我悠悠忘返……

河南作家王文松

【作者简介】

王文松，出生于黑龙江省林区，退休于河南省濮阳市。经典文学网、中华文艺微刊签约诗人、作家，2020年度、2021年度经典文学网“十佳精英作家”，《“华语杯”国际华人文学大赛获奖作品精选》编委，在第二届“蝶恋花杯”国际文学大赛中，作品《白杨树下》荣获散文一等奖，多篇（首）诗歌、诗词、散文在全国文学大赛中多次荣获二、三等奖，并入编国家级出版社出版的书籍。现为中国诗歌学会、中华诗词学会、中国楹联学会会员。

漫话清丰

清丰，位于河南、河北、山东三省交界处，地势平坦，土地肥沃，属于黄河冲积平原。面积828平方公里，现有耕地85万亩，常住人口59.5万人。境内有马颊河、潴泷河、卫河、徒骇河等河流蜿蜒而过。地热资源丰富，地下矿产有石油、天然气、煤等，储量丰富。清丰盛产小麦、玉米、棉花和花生等，是全国粮食产量稳产高产县之一。

清丰，历史上属于古观国之地。相传是五帝之一的颛顼故里。西周时为顿丘邑，汉高祖时设顿丘县。东汉灵帝建宁（公元168–171），政治家、军事家、诗人曹操任顿丘令。

清丰，隋朝时境内出一大孝子，姓张名清丰，专以打烧饼为生，孝敬父母，远近闻名，被朝廷举孝廉。张清丰为侍奉双亲，屡次应诏不赴任，被百姓称赞。朝廷闻奏，在唐大历年间（公元722），为表彰其孝心，遂将所在县顿丘更名为清丰县。

清丰之地，民风淳朴，人民勤劳、勇敢、朴实、孝道、善良，具有中华民族传统美德，尤以孝道闻名于世，是中华民族唯一一个以孝子之名命名的县。2009 年被中国民协命名为“中国孝道之乡”。

清丰，具有悠久的历史文化，《诗经·卫风·氓》记载：“送子涉淇，至于顿丘。”清丰的古建筑，别具风格。古玩、古墓葬、瓷器、铜器、字画等，时有发掘出土。县城内曾建有学宫一处，学宫内建有大成殿、明伦堂、文昌祠、名宦祠、尊经阁等。民国时期，学宫内设简易师范学校。学宫内亭庑廊宇掩映于苍松翠柏之间。碑刻、牌匾林立，景致蔚为壮观。然而，学宫在清末年间开始败落，日寇侵略中国时学宫被毁，一应文物被掠夺和销毁。

“普照寺”，原名“圆明寺”，始建于唐上元元年（公元674），建有大殿、禅房等百余间。1938 年，园内建筑惨遭日寇破坏。新中国成立后，人民政府多有修缮，现为河南省文物保护单位。

位于县城老十字街中心的“宝台寺”，也称“宝书塔”，塔高 20 余米，顶端四周刻有红旗、五角星图案，塔身下部四面各雕刻三朵向日葵花，共 12 朵，象征着清丰人民红心永远向着共产党，永远忠于毛主席。塔身雕刻着 11 个金光大字：“团结起来，争取更大的胜利！”“宝书塔”是 1968 年清丰人民在开展学习毛主席著作的活动中修建的，是当时清丰县标志性建筑，后被拆除，现有缩小仿制的建筑，建在清丰县的葛营村。

如今的清丰，新建有景观大道、明月湖公园、曹园、易园、孝园、叠翠园、南园等供人们游览、观光、缅怀历史，也是人们休闲娱乐的场所。而依托“中原红都”单拐，建起了红色旅游基地，更是吸引了众多的国内外游人参观旅游。

清丰，又是一处忠勇之地，人杰地灵。历代忠臣良将、英雄豪杰人才辈出，数之不尽。

拨乱刚豪李彪，南北朝北魏孝文帝时顿丘人。家世微寒，但年少有大志，笃学不倦，后官至御史中尉，领著作郎。为国勤于政事，忧天下之忧，敢于直言上陈，被孝文帝称颂为国家之基。其著作有述《春秋》和三传，合计十卷，诗赋杂笔百余篇。李彪在任时，修史未竟，然区分书体，皆彪之功。

南霁云，唐代将领。唐安史之乱时，随钜野尉张诏起兵讨贼，屡立战功，被封为开府仪同三司，再赠扬州大都督，并置头像于凌烟阁。旧时的清丰建有南将军庙，今天的清丰，建有南园、南将军雕像，以纪念其爱国精神。

朱冠，明神宗万历乙未科进士，后授安阳知县。为官清正，政绩清明，体恤民情。在任期间，督导民众凿井数千眼，开挖、修建水渠河道数十条。灌溉农田，为一方百姓造福。百姓感动之余，为其修建了祠堂，门额题曰："朱邑侯治水救民处。"

抗日英雄傅学阶，在抗日战争的艰苦岁月里，他无私无畏，有勇有谋，带领战友们神出鬼没，常常给日寇出其不意的打击，在清丰一带成为家喻户晓的传奇式英雄人物。

战地记者柳朝琦，清丰大屯集人。1937 年被推举为抗日救国团团长，曾在住室里写下了"抗日不惜七尺躯，救国只仗一丹心"的豪壮诗句。后任冀鲁豫日报记者，于 1943 年 12 月 4 日壮烈牺牲，今大屯乡中学内建有柳朝琦烈士纪念碑，以供后人凭吊、纪念。

阎增龙，1981 年光荣入伍。1985 年 3 月，在对越自卫还击战中的两山轮战时受伤。当战友们要把他抬下阵地时，他说："我不行了，你们走吧。给我留下一颗手榴弹，我要与敌人同归于尽。"

他为祖国的和平与安危壮烈牺牲，是不折不扣的人民英雄。

孟瑞鹏，当代优秀大学生，清丰孟焦夫村人。在寒假回乡期间，遇见两名落水儿童，他奋不顾身跳入冰冷的湖水中救人，生死关头，他将生的希望留给了孩子，献出了年仅 24 岁的生命。他是一位新时代的好青年、好榜样，是新时代的英雄。

清丰，具有光荣的革命传统。早在 1927 年 4 月，河北大名师范教务主任晁哲甫（清丰六塔集人），第一个加入中国共产党，并把革命的火种传播到清丰。1928 年秋，中共清丰县党支部成立；1929 年春，中国共产党清丰县第一届委员会成立。从此，清丰人民在中国共产党的领导下，开展了一系列反帝、反封建、反剥削、反压迫的斗争。抗日战争时期，清丰人民和八路军一起，团结奋战，抗击日本侵略者，取得了一个又一个辉煌的胜利。1940 年 3 月 14 日，清丰县抗日民主政府成立。1944 年 5 月 29 日晚，清丰县抗日武装配合八路军主力部队，发起了解放清丰县城的战斗。击毙、俘获日伪军 2000 余人，取得了重大胜利。5 月 30 日，清丰县全境光复。

在土地革命时期、抗日战争时期、解放战争时期，清丰人民付出了巨大的牺牲，为中华人民共和国的成立做出了突出的贡献。截至新中国成立，全县共有 12673 人先后参军入伍，2532 名将士战死沙场，被追认为革命烈士；组织、动员了民兵、民工 28640 人次支援前线；出动担架 3580 副、大小车辆 395 辆，支援粮食 1750 万斤；选拔了 500 多名优秀青年开赴延安，保卫党中央、保卫毛主席；抽调 122 名优秀干部随军南下，支援全国的解放战争。

王什乡庄胡村的庄文明、庄振岑、庄振富，一门三烈士先后牺牲在抗日的战场上。

瓦屋头乡东梁村的梁作干先生教育子孙“宁做刀下鬼，不做亡国奴”“好男儿为祖国拼命疆场”的革命精神，永远激励着后来人。其三子一孙梁鸿图、梁鸿宾、梁鸿建和梁克允，先后参加了八路军和抗日团体，在抗日的战场上为国洒尽了最后一滴血。

在清丰西北的梁村，曾经是中共直南特委、八路军四支队、黄河支队及清丰、南乐、大名边区人民抗日救国会的诞生地；是中共直南特委、清丰边西县委、卫河县委，卫河基干大队、冀鲁豫边区后方医院等机关的驻地。是抗日救亡运动的组织、指挥中心。被周边地区的革命群众称为直南地区的“小延安”。

双庙乡单拐村，具有“中原红都”的美称。在抗日战争年代，单拐是中共北方局、冀鲁豫分局（平原分局）、冀鲁豫军区和军区兵工厂所在地，也是八路军兵工史上第一门大炮的诞生地。八路军一二九师政委邓小平及中共冀鲁豫军区领导人曾在此居住，并直接领导了中原人民的抗日斗争。

早在新中国成立前的1946–1948年间，清丰就已经进行了土地革命，所有的农民均分了土地，彻底废除了土地剥削制度，解放了生产力，农业生产得到了恢复和发展。

新中国成立后，清丰人民在党的领导下，轰轰烈烈地开展了农业生产互助合作运动。西韩村韩进宝、陈庄陈希仁带领的互助组，在1950年被推选为全县特等互助模范。1952年，全县最早建立农业生产互助社的库韩村的张学修，在县委、县政府的扶持下，率先成功办起了全县第一个具有半社会主义性质的农业生产合作社——前锋农业初级生产合作社。

在20世纪五六十年代，在新中国社会主义建设时期，清丰县涌现出众多的先进模范人物和先进集体。例如勤俭持家的陈香云、赤胆忠心为集体的孟进之等人先后被省人民政府评选为劳动模范和先进工作者。这些模范人物在各自平凡的生活、工作中创造了不平凡的业绩，他们以实际行动实现了自己的人生价值，塑造了一个时代的社会主义新风尚，值得人们学习和纪念。

新中国成立初期，清丰县的工业基础一穷二白。全县只有十几家砖窑、窄油、食品、草编等小型手工作坊。新中国成立后，在党的领导下，以这些小型作坊为基础，先后发展壮大，建成县办砖瓦厂、木器厂、粮油加工厂、副食品加工厂、草编厂等十几家国有或集体企业，进入五年计划时期后至1976年间，清丰县又先后增建猪鬃加工厂、五金工具厂、机械厂和纺织制药等企业，并走出去在异地兴建了清丰煤矿和水泥厂。1970年，汤阴、濮阳窄轨铁路至清丰延伸段工程建成通车。1978年，清丰县猪鬃加工厂被河南省政府命名为“大庆、大寨式先进企业”；清丰五金工具厂生产的“剑鱼”牌砌砖刀，在乌兰巴托国际优质产品展览会上获得好评。该厂产品远销欧美等27个国家和地区。

1985年，清丰县制药厂被提升为濮阳市第二制药厂，省二级企业，先后荣获“河南省经济效益百强企业”“河南省科技先进企业”的称号。

改革开放后，特别是党的十八大以来，清丰县在招商引资方面取得突破性进展，“南方”“全友”等知名企业先后落户清丰，并建成投产。相继建成了食品工业园区、家具制造工业园区、食用菌工业园区等，一座座现代化工业企业如雨后春笋般拔地而起。

清丰的草编业，具有300年以上的历史，其产品具有花纹精美、质地柔软、色泽光洁、热不变形、冷不发脆等优点，享誉中外。1966年，清丰县草辫业厂生产的“仙庄”牌草编产品出口6153包，出口创汇，创历史最高。1986年，清丰县被文化部命名为“中国草编之乡”。

清丰的麦秆画，是中华绝技之一，久负盛名。高堡乡刘秀敏发掘制作的巨型麦秆画《虢国夫人游春图》，于1998年被人民大会堂收藏。

清丰，还是一个戏曲之乡。豫剧、柳子戏、大平调、二夹弦等深受广大人民群众的喜爱。街头、广场、公园等地常有戏曲爱好者自发地为广大市民献艺献唱。清丰的民间艺术，如唱秧歌、背阁、高跷等丰富多彩。清丰的杂技艺术，多次走出国门，为国争光。

清丰的美食，更是令人垂涎欲滴，如清丰烧饼、双庙凉粉、七宝安驴肉、李记猪蹄、王记五香熏猪手、阳邵灌肠等闻名遐迩。

清丰交通便利，四通八达。三纵两横五条高速公路、106国道、郑济高铁贯通全境。全县实现了村村通公路，是中国小康网县之一。

清丰的体育事业蓬勃发展。2019年，成功举办了国际滑板公开赛，27个国家和地区的选手同场竞技。

清丰的教育事业稳步发展，全县共有93个教育网点，在校学生达12万余人，教职员工9900余人。

清丰，具有广阔的发展空间，以“项目为主”“产业兴县”为理念，努力建成“创新清丰”“生态清丰”“孝道清丰”“富裕清丰”为奋斗目标。2014年以来，清丰县先后荣获“全国文明城市提名城市”“国家园林县城”“国家卫生县城”“全国绿化模范县”等荣誉称号，是河南省首批百城提质建设示范县、乡村战略示范县。清丰大有可为。

一个繁荣的清丰，如一颗耀眼的新星，正从中原大地上冉冉升起。

清丰，正以雄伟的姿态，跨入一个伟大的新时代！

清丰，必将为中华民族的伟大复兴，做出新的贡献！

清丰的明天，更加美好！

内蒙古作家郑经龙

【作者简介】

郑经龙，汉族，1964年出生，成长于内蒙古土默川。1987年毕业于内蒙古警官学院，一直在内蒙古警界工作，曾被国家《法制日报》聘为特约通讯员。现为呼和浩特作家协会会员，中国阴山作家网作家、副主编。目前已有近百万字的诗歌、散文、小说在各种刊物和网络媒体发表。2020年出版新书三部曲《回望阴山》。

心路

童年到现在的经历，蜿蜒连绵像条路走到现在，应该就叫心路。

心路一路走来，也许有人说经历不外乎就是上学、事业、婚姻几类吗？其实，心路不可归类，因为它是一种感知。社会现象有多少，在人的心里就有多少烙印。有的烙印就像脚印在心里走成了路。社会有善恶之分、愚智之差、美丑之别，所以，每个人的心路都有各种的样书。这些样书往往伴随着你走过童年、少年、青年、中年、老年，影响着你一生的思想、性格、志向，也在潜移默化地改变着你一生的相貌、气质、修为。

十几岁是刚懂事的阶段。有一次和一个一起长大的同伴步行走在家里到学校的路上。开始我们还说说笑笑地走着，没多长时间，十来里的路就让我们累得谁也不说话了，感觉越走越远越累。骄阳似火，我们热得心里和嘴里也冒火。刚才还被路边的柳树摇摆得有点绿色舒心的感觉，现在看见柳树都无精打采地低头了。脚下的沙子也越来越发烫了，烫得人就想脱下鞋来光脚走，可是，我们知道，土公路上的沙子可不是闹着玩的，就是穿鞋走路也要防着硌脚，光脚更是寸步难行。远望田野，怎么原来感觉有红有绿的大地怎么都晒成黄色的土地了？原来，草木都被晒蔫了。后背上的书包也感觉越来越重了，只能左右膀子换着背。路上，偶然有鸟儿一飞而过，心里羡慕那些鸟儿的轻松。

其实，最羡慕的还是路上的骑自行车的人。看人家骑着自行车那么轻松，兜着小风，吹着口哨，一晃而过，好惬意哪！可惜，自己家里没有，不是自己一家没有，全村有自行车的人家也不过十来八家而已。所以，自己从来也没埋怨过父母没有本事。但是自己不知道为什么，那个时候就感觉到将来应该什么都会有的！可能就是少年心事当如云吧？

我和同伴都走不动的时候，只顾看路边骑过来的自行车，来一辆，扭头看一下。因为骑自行车成了最好的风景了。再过一会儿，我们累得只能慢慢挪步而行了，汗水湿透了衣服，又热又累又渴。此时，自己盼着骑自行车的人要是我的亲戚多好呀！带我一截儿路也行。可是，又想，就算是亲戚骑车带我走，我也不能坐上就走啊！必须和同伴同甘共苦。我走了，把他扔下一个人走，这不符合我交友的初心啊！应该是自己坚决不坐车，和他一起走，方显男儿本色！尽显为人情义！

自己正为自己的崇高的思想境界自我陶醉的时候，果真有个自行车来了。一个认识的中年大叔捏住了车闸停在我们俩面前，我以为这个好心人看见我们累，要带我们走！那时候自行车一前一后坐两个娃娃是常见的。心里别提多高兴了！这世上，就有好心人啊！让我们给碰见了！心想等我长大有本事的时候，我会滴水之恩，涌泉相报！可是，却看见这个骑车人面无表情地和同伴说：看累得，快上车吧！我认识这个人，是同伴的本家伯伯……同伴紧跑了几步一屁股就跃在后架上，坐着走开了，丢下了路边孤单的我，我刹那间感觉被这个同伴给抛弃了！不，是被友情拒绝了。好无助可怜的娃娃我呀！眼泪突然快流出来了……但是必须噙着，不能让它流下来。

再走开的时候，不知道为什么自己也不热不累不渴了，心中憋着的气让自己反而越来越有劲儿了！步伐越来越大，脚下大一点的沙石让我恨恨地边走边踢都踢到路沟里了！自己想：唉！何时自己有辆自行车啊？遇上路上步行走受累的人，一定要不管认识与否让坐上一起走。也就是从那天起：同伴来找我一起玩一起上学的时候，我再也不愿意和他去玩了，他伤了我小小的自尊心。自己感觉我们不是一路人了。

初中毕业那年。家里终于有了一辆二手自行车了。有了自行车那年，从毕克齐回家，刚出小古城，自己就看见前面走着一个背着书包的女学生模样的人在步行前行，看样子好像是刚从毕克齐下火车，女生走着路气喘吁吁，一步一步地走在了毕克齐往南的公路上。

自己知道走路的难耐之处。尤其是长途跋涉，那是需要耐力却又无可奈何的事情。自己受过的罪自己能体会得到。如果路上有车给捎一截儿，那是啥运气啊！最起码兴奋三年。于是就自然地走到她旁边说：你去哪里呀？走吧！我骑自行车带你一截儿路。我叉在车的大梁上，自己脸向前方的路上，都没好意思仔细地看看她的脸，骑过的时候侧面看见她的脸蛋绯红，汗水滴在了下巴上。略略停顿了几秒钟，车子一沉，就感觉她慢慢自然而然坐上了。自己就脚蹬踏板借力骑上了车座,走开了。

一路上杨柳依依，清风徐来的感觉真好！田野在望。自己的心情好像飞在天上的鸟儿一样，自由快乐。女生问我几句啥话我也没听清楚，就知道一个劲儿地骑着走路上的平坦好路，别把人家摔下来丢自己的人。也没有问她到哪儿下，就像歌中唱的一样：小小少年，没有烦恼，眼望四周阳光好……

二十多里的路程好像走了一小会儿就到了，车到了乡政府该拐弯到自己村了，一路上不知道是羞怯还是出于一种讷于言而敏于行的生性，没有和女生主动说一句话。女生还没有说她去哪里呢，我有点不知道该怎么办了，不由得减速了。这时候听她的声音像莺歌一样好听地说：你是不到了你们村了？我说：就是。你在哪个村呢？我要不把你送回你们村我再返回来。女生低着头说：不用了，我也到了我们村了。她说话的时候耳根都红了，我想我们都是不喜欢多说话的人。尤其是在那个年代，她是羞怯，而自己只是出于一种单纯男人的义气而为，没有任何功利性的思想。

我怀疑女生的家不是在这个村里，因为她一直没有说她去哪里，所以我有点好事情没做到位的感觉。其实，这是从小到大耳濡目染的一种处世原则，在心里有了萌芽，那就是长大后明白的一个道理：送人送到家，救人救到底。

望着她亭亭玉立的背影袅袅而行离我越来越远的时候，自己没动地方望着她走的方向，如果她顺路再往前走，那就是她的家还在前面的村子，我就决定索性再送她一程，望着她下了大路转到村后的一排村民房后了，这下自己才把一颗悬着的心放在肚里。村民的房子中间有一个巷子，她应该就是这个村子的人，外村人是不熟悉别村的巷子的。望见她马上转入那个巷子的时候，突然，她回转过身来向我笑一笑，那笑开的脸庞分明就是北方阴山坡上的红红的山丹花，眼眸盈盈放着光像湖水一样清澈望着我，自己少年的脸情不自禁地红了，心跳加速了……她转身走的瞬间自己突然留恋起在一起的时光……

多年之后，这幅画面一直存在心里，不知道为什么，自己以后路过这个拐弯的地方，都在偷偷品尝这一幕带来的甜蜜、兴奋、惬意。心情朦朦胧胧无法言表，直到后来发现有首唐诗把这种美好的心境给叙述出来：

去年今日此门中，人面桃花相映红。

人面不知何处去，桃花依旧笑春风。

心路历程走过四季春秋，数年后再回首，自己已是首府的一名警官了。再回故乡的时候,故乡的路虽然比以前平坦一些了,路上的汽车自行车也略略多了起来，但是，在城里回乡下的人仍然是愁不堪言。交通运输建设落后,乡下仍然是土路坑洼不平,没有现在的乡乡通公路,更别提村村通了。所以也少有车辆通行。

那天周末下午太阳快落山的时候，自己驾驶单位挎斗摩托车回故乡，从三两乡拐弯的时候，就看见一天跑一趟的呼市到托县的班车下来两个学生模样的娃娃，步行走在乡间土路上。同样，下车的时候还有说有笑，走几步就是那种准备长途步走的孩子。不由得就想起自己小时候走路的样子，一模一样啊！

小朋友，是不是回北什轴呀？走在他们身旁的时候我停下来车问他们，不知道是自己的警服还是貌相让这两个孩子特别对我没有敌意。小不点的弟弟向大一点的姐姐说：警察叔叔问我们话呢！姐姐就笑着看我，不说话，但是大大的花眼中的眼神是等我下面要说什么的。我说小妹妹小弟弟想坐叔叔的车就上来吧，叔叔回老家，顺便送你们一截儿。

小不点弟弟噌地一下就坐在车后座上了，因为车斗里有自己给家里买的物品，姐姐一时不知道该怎么坐，就看着我，我给把东西填进斗子里面，腾出座位，姐姐才坐上去。挎斗摩托本来很稀罕，这姐弟俩坐在上面开心地合不拢嘴地笑着，手舞足蹈着……

虽然十几里路，可是摩托十分钟就到了，到了站弟弟还不想下，估计是还没过坐摩托的瘾呢！！姐姐说你要是不想下我就自己回呀！让叔叔把你拉到公安局去吧！弟弟才恋恋不舍地下来，随后，姐姐懂事地问我：叔叔，你是哪里的警察呀？你叫什么名字呀？我们在呼市念书，你送我们早早回家，爸爸妈妈就不用再担心我们天黑也回不了家了！那种童年无邪的话音眼光让人感觉是那么惬意，我不由得低笑着说：叔叔叫雷锋！说着就开车走开了，姐姐喊我：雷锋叔叔，再见！雷锋……说着说着感觉不对劲儿了，于是就改口喊叔叔再见！警察叔叔再见！我心里快乐得已经一溜烟走远了……

又一个十年之后，再回故乡的时候，随着时代发展，已经开始驾着自己的轿车走在呼市到土左的路上了。路宽了，车也多了，各种车辆跑在乡间公路上。

那天从白庙子拐弯走到路上的时候，看见一个六十岁左右的乡下老婆婆吃力地背着一大袋子东西猫着腰从东往西走着。快中午了，头上的汗水哗哗流着，老婆婆边走边擦汗水。自己估计现在的交通发达了，不会是走长途路的人，应该就是附近村里的人吧！但不像是地里劳动的人。一个老婆婆，如此吃力步走，和自己同向而行。不由得让人担心。于是，停车下车想问个究竟。

一问，才知道老婆婆是从呼市回老家前朱堡村的，由于耳朵背，听错了报站名，提前下了公交班车，没办法只好自己背着城里儿子给买的东西往回走。自己走这条路多年，知道这上午的班车去城里的多，下午的班车回乡下的才多。这个节点是空点，班车几乎没有。不说大路有十里路，老人所住的村子离大路还有几里路呢！如果一路走回去，会累坏这个老人的。于是，自己义无反顾就准备捎老人一截儿路了。老人看见我车里有警服，就说：哎呀！还是军队的人好！自己就说：大娘，我是警察，不是军队的人！大娘说你们的衣服我也分不清，反正能送大娘这种老百姓的人都挺好！一路上小车子溜溜地走了多少辆了，人家谁管呢？我盼着有个人发善心拉我呢！可是边走边等也没看见一个人停下来问我一句话。唉！人老了，没用了，没人看了。遇见你这么个好后生，看见脸相就是厚道人！

我不知道该和大娘说什么，我能说现在的社会风气不如原来的吗？我能说现在的人老人跌倒都不敢扶吗？只好说：大娘，天底下好人多！大娘说：遇见你这个好人大娘就管够了！

走了十来里路，把大娘放在村里家门口的时候，大娘说你在哪里工作呢？大娘该咋谢谢你呢？我说我在呼市工作，不用谢，这点顺路的小事请，不要客气。我关门上车的时候，听见大娘喊我：我的儿子在内蒙古医学院工作，你们要常来往的，叫个闫……车开走了，名字没有听清楚。其实自己就不打算听清楚。自问：听那么清楚干啥呀？

又过了数年了，一个警察同事又是同乡，因为制止打架被打架双方把手筋砍断了，自己去医院看望他。一个专家医生正在给同事做手术后的检查，这个同事和医生惯熟了，就把我介绍给医生说，这也是土默特老乡，来看我的！这个医生停下来工作就端详起来我了，问我家在哪个村住、老走哪条路回家。开始我以为是闲聊，没想到他突然说，要是我没猜错的话，你就是前几年送我妈回家的那个警察吧？我的心路历程里一直有这个记忆，一下就想起了这件事，就说你就是前朱堡村那个大娘的儿子，你姓闫还是啥来着？他说就是啊！你没有留下姓名，我们家人一直在心里感激你啊！我在给警察看病的时候，特别关注！因为有你，我以后对警察也越来越有好感了！以前一直觉得警察横、冷、硬，不懂人情世故，油盐不进，后来慢慢感觉到了一种美的力量，一直在净化着这个社会行业。

天底下的巧事有时候真的就像戏剧情节，但这不是编的。这是自己心路历程中的真实故事。说起写作，自认为作品来源于真实的生活，尊崇自然和现实才有美的生命力。用文字的花里胡哨，不如用美的故事材料去写作。没有生活可以去体验，乱编的、脱离生活的作品没有生命力。

今天的散文，灵感来自回故乡走在路上的回忆。童年和少年时代的一条心路，今天突然铺开在散文中了。

心路依然会走下去，天下的风景放眼望去，但愿还是那么美。

湖南作家方福顺

【作者简介】

方福顺，1962年12月出生，本科学历，湖南衡阳县渣江人。喜爱读书，与书结缘，卖了40年书。童年、少年住过部队营房、大院。当过工人、经过商。生于农村，骨子里流淌农民的血液，下乡驻村工作20多年，生活追求平平淡淡才是真。

我的青葱岁月

读初中时，我打过寒暑假小工，就是养护马路的短工。那段做工的日子非常煎熬。也许是人生即将步入老年，对过去的经历越来越不容易忘记，以至于回忆起当年的情景，仍旧心有感慨！曾经的那份艰辛与磨难，虽然只是我人生一段小小的插曲，却在我生命中留下很深的烙印。

一

早晨，父亲领我来到一个工地上，一群正在做工的学生，见有人来，便停下手中的活儿，朝这边张望。看上去他们的年龄比我大不了多少，我打量着他们，心里却暗自窃喜："有这么多的小伙伴为伍，打小工一定是件很开心的事情。"来时一路满脑子的惶恐早已烟消云散。父亲与工段长打过招呼，用手在我的头顶上来回抚摸后，头也不回地走了。尽管我能感受到一向沉默寡言的父亲那一刻有多么不舍与无奈。15 岁的我，望着父亲远去的背影，脑子里一下子感觉自己懂事了许多。

工地上，碎石机在冬日微弱的阳光下发出沉闷的轰鸣，从组长手里接过帆布手套和口罩，我被派工在送料组。如果碎石机不被石料卡住造成停机，只须简单重复、不停从成堆的鹅卵石中，挥铲往碎石机的传送带上装填石料。寒风凛冽，小工友们汗流浃背地喘着粗气，洁白的口罩上，鼻孔部位蒙上一层黑色灰尘，每个人的头顶上都是热气蒸腾。我舌干口渴，只要稍微停下来一会儿，被汗水浸透的背部和胸口的衣襟，就会有一种透心刺骨的冷，让人直打寒战。最难受的莫过于汗水沤得人睁不开眼睛……一整天，除了中饭和两个小时的午休，十来堆鹅卵石在四台碎石机的运转中全部粉碎成小块的石子。经过一天的试工，我被告知第二天早上 7 点半在此工地集合。

二

我们十来个小工在领队的带领下，纷纷爬上一辆突突冒着黑烟的拖拉机，一路颠簸后停在郊外汽车站。这是公路段的一个工班所在地。出工点名时，队伍里又多出好几张新面孔，除了领队和组长，大多是寒假打小工的中学生。领队和组长交接完毕，把大家带到其中的一个工作点，只见一台手扶拖拉机的拖斗里，架着一只炉火正旺的大铁炉，炉上是一口硕大铁锅，铁锅黑乎乎的沥青咕噜咕噜地滚着热气泡，被煮过的沥青冒着令人窒息难闻的青烟。七个熟练工给我们反复地做示范，有分工往锅里添加袋装的沥青，负责炉子的添柴烧火；有分工用钢铲在锅内来回搅拌；也有分工从铁锅的一侧抽出铁栓，将煮沸的沥青从锅的开孔处流入斗车。然后拖至一块 0.6 厘米厚、长 2.4 米、宽 1.6 米的钢板上，钢板堆放一定比例的碎石料，把斗车内冒着热气的沥青倒在碎石料中，四人相互交错，用钢铲一人一铲地来回翻铲。石子与沥青充分搅拌均匀平铺在路面，用碾压机反复地碾压，一小段沥青马路才算完成。原来笔直宽敞的柏油马路是这么简单地铺成的！“这样太容易啦！”有人不以为意，“让我来试试！”有人跃跃欲试。

经过一轮现场培训，领队开始布置作业，人员被分成四组，每组七人。为了安全起见，组长由一个成年人担任，几个女生被分插在各组，四组人马被带到各自的作业面，各就各位，各行其是。俗话说“万事开头难”，正式操作起来大家还笨手笨脚，只几个来回每个人就掌握了其中技巧，小伙伴们情绪高涨，速度也比先前快了不少。瘦高个的领队在四组间来回巡检施工进度和质量，手里的扩音喇叭不时地提醒大家注意施工质量和安全。我在第二组，用铲翻搅沥青石子的四人之中。其实，只坚持不到一个小时，就人困马乏、精疲力竭、叫苦不迭。且不说腰酸背痛，握铲的手掌也磨破了皮，负责添柴烧火的大头一不小心手背烫起了血泡。其他三组人马，情况比我们好不到哪儿去，领队见大家累得不行只得宣布休息。趁着休息时间，工长详细地说明了工作任务和工作流程。听完工长的动员，我们才知道车站与城里的主要马路必须在年前铺上沥青路面。为了赶工期两边同时施工，另一面人马是公路段的施工队，而车站这一队人马除了几个领队、安全员外，都是打寒假工的童子军。

离年关越来越近，工期时间紧任务重。为了保证工程质量和按时完成任务，领队宣布沥青石子混合料搅拌质量标准和铺路质量要求，按规定：每板原来是 0.15 元提高至 0.20 元，组长按我们每天 40 板工作进度初步测算出：8 元一天，每组 7 人，大约每人可以领到 29 元多工资。除去每日的中餐费 8 元，公路段与小工各出一半的工作服费 7 元，每人每月实际到手的工资 15 元左右。这对于打小工来说已经是相当不错啦！ 20 世纪 70 年代在工厂上班三年出师的学徒工每月才拿 18 元。而我第一次靠自己的能力赚了 17 元 8 角。26 天的寒假务工生活很快就结束了，也许是大家相处的一段日子的缘分，小伙伴们已经混得很融洽。劳动的日子过得既紧张又飞快。

寒假即将结束，临到结工资的那天下午 4 点多，大家一边等待会计最后结算领工资的消息；一边等待晚餐的会餐，却不见平日里的嬉戏打闹。大头打破一时的沉默：“暑假你们还来吗？”声音有点沙哑，明显有些不舍，几个年龄相仿的男孩相互之间都不说话，只是用眼神对视，像是有些迟疑地回避这个问题。之前，大家对食堂的饭菜难吃提出过意见，还有对个人出一半工作服钱的做法认为不公平，特别是工作强度大，扣除伙食费和劳保用品的钱、迟到早退的罚款，实际到手的钱少得可怜！赵麻子经常模仿公路段某某负责人召集员工开会时做报告的口气:“修路工人的工作有多么的重要，虽然辛苦但很光荣！既伟大又神圣！”他的声音和神态多少有戏谑和自我解嘲的成分,“你们作为修理地球的人是工人阶级先锋队最了不起的人！”面对现实，我们这些家境贫寒的学生又能怎样呢？大家还是不想放弃这份艰苦而又微薄的劳动收入。见无人回应，同组的赵麻子提高嗓门:“我还是要来，读完这期书我就初中毕业，再干两年我就 18 岁，可以去参军入伍啦！”大伙一时兴起，纷纷约定暑假还来公路段打工。为了不爽约,赵麻子又提议拉钩。于是，七只无名指勾在了一起，那份少年稚气与纯真无邪，至今留在我的脑海里——记忆犹新！

三

冬去春来，寒来暑往，又是一年暑假。父亲所在部队曾驻守过福建前线，与福建人翁参谋在黎川、抚州共事多年，又先后调到南城武装部，两人十分投缘、关系又非常好。翁参谋弟弟从福建老家来江西，翁参谋与父亲聊天，提起亲弟有几年不曾见面，估计要住一个多月，想在南城找一份短工做，赚点生活费和来回的车费钱。恰好父亲帮我在公路段工班联系好暑假小工，第二天就可以结伴同去。晚上我俩见面，翁参谋弟弟叫翁德照，30 岁出头还没有结婚，个子虽然矮小，但全身肌肉发达，是个典型的闽南乡下人，一口难懂的闽南方言，与他沟通既麻烦又纠结。不是他听不懂我的南城方言，就是我听不懂他的闽南话，两人交流不得不口手并用，说上几遍才能听懂意思。小时候我经常想不明白，都是中国人却说起话来口音相差太大。后来见识多了，才明白一方水土养育一方人的道理，才晓得这个世界大得令你难以想象，神奇的东西多了去啦！那次暑假我们去了离县城有 15 公里左右的株良公社，即现在的南城县株良镇。

凌晨5点天色尚黑，黎明前的星星仍在不停地眨巴着眼睛。翁叔和我各自背着一床卷席和被单、一个装着换洗的短衣短裤的军用挎包、一个军用水壶，沿着株良方向的一条公路步行三个多小时。我们在马路上遇到工班正在修路的工人，其中就有赵麻子和大头，一见面，三个老朋友兴高采烈地相拥在一起，打过招呼后，我与翁叔放下行包即投入修路。为了节省时间，提高工作效率，午饭一般都是送到工地上。

烈日之下，大家懒洋洋东倒西歪躺在路边的树荫下休息。触景生情，赵麻子眯着似睡非睡的双眼，吟起了一首《修路》诗：“修路日当午，汗滴脚下土。谁知吾命惨，沥沥皆辛苦。”大家被赵麻子由古诗《锄禾》改编的《修路》逗得一阵哈哈大笑，此情此景大家一致认为真是改绝了！

四

我们住在离马路有200米距离的一个村庄，村子里居住着20来户人家。一条宽不足5米的麻石板街道，看上去有些年代，石板路面有些凹凸不平，却不影响来往的行人通行。两边的房子错落有致，大多是用土坯垒成的屋子，只有一处用青砖砌筑的基础，上面用松木板做墙面，厚实的松木大门，左右各开一扇格子窗户。听说这种房子是村里家境最殷实人家才能拥有的。两边房屋中间形成的小街巷，阳光照射不到的街边墙角，被滋生的青苔所覆盖，村子除了有鸡鸣狗吠声之外，也还算是宁静祥和。初来乍到，我好奇地从小街巷的这头走到另一头，感觉不足50米。小街巷的两头便是一片稻田，各有小路向远方延伸……

我被安排在一处土坯垒成的屋子的东房，光线差，大白天显得很暗，若是晴天，只要打开后面的木窗，屋里才有几缕阳光照射进来。翁叔住在堂屋的后间，西面是一位身材瘦小、40

来岁的中年人，平时大家都叫他周老师。房东是一位看上去 70 岁的小脚奶奶，走起路来摇摇晃晃。第一次见到她时，只因好奇，我长时间地盯着她粽子形状的小脚，生怕她走路时一不小心就会摔倒。老奶奶的身子很硬朗,走路战战兢兢却不用拄手杖。就这样我住在这个小村落里整整度过一个暑假，这个典型的江西农村小村庄，至今我已经记不起村子的名称，而这个村子——给我的少年时代带来许多的生活体验，有快乐也有痛楚。我们每天重复着繁重简单的工作：用笨重的铁筛子筛河沙，拿锄头、耙子拌鹅卵石和黄稀泥，日复一日没完没了地修补破损的路坑。最无奈的事——用重夯石反复夯实修补的地面，15 公斤重的夯石拴着四根大麻绳，需要五至六人奋力不停地提举，待路面夯实，人已经累得似全身骨头散了架，甚至有时瘫倒在地上，令人长时间才能缓过劲来。吃南瓜，吃苦瓜，吃豆角，吃青菜，吃红薯，青椒倒着吃。偶尔吃上一顿用味精煮的面条和豆腐都是一种奢望和享受！菜里没有一星点的油水，生活极度地枯燥与清苦。

白天修路累得精疲力竭，晚上黑灯瞎火没有电灯，只能点煤油灯或是蜡烛。晚上，人们早早地上床睡觉 。刚来的几个晚上，我不是被蚊子叮咬，就是常常被其他屋子里的人如雷般的打鼾声搅得整夜失眠。回家拿了一床蚊帐，时间一长也就习惯在鼾声中入睡了。

周老师的女儿周娟，19 岁，高中毕业就来到父亲身边打工，听说在工班一干就是两年，喜欢用红绳扎着一根齐肩辫子，工友们习惯叫她娟姐。厨师辞工后，娟姐便负责大家的伙食，她煮得一手好菜。为了让大家吃上满意可口的饭菜，她会把南瓜、苦瓜、长豆角、豆芽菜、红薯、凉薯等采用多种做法，比如：豆豉烧青椒，子南瓜炒田螺，红烧老南瓜放点糖。田螺是娟姐一个人悄悄地顶着烈日在村子附近的水塘边摸来的。有时摸了满满的一脸盆，足够二十来个工友吃上两顿。夜宵辣椒、味精调味拌面条，每碗一个香煎荷包蛋，鲜味与辣味十足是大伙最爱吃的。但不是每个工友都能享受到这般美味，只有赵麻子、大头和周老师我们五六个人才能享受专属的待遇。当然，是要在工钱中扣除伙食费的。久而久之，便能从工友们的口中零星杂碎地知晓周老师过去的一些事情，听说他“文革”前曾经是某市公路局的一名工程师，只是被揪出来批斗，后来竟打入“牛鬼蛇神、地富反坏右”之类被下放到这里劳动改造。同住在一个屋檐下，我对周老师没有一点敌意，其开朗乐观、待人和善，既吹得一口好笛子、口琴；又拉得一手好二胡，他拉的二胡《二泉映月》如泣如诉，听得我们如痴如醉。工友们也对他抱有少有的尊敬和好感。只要是下雨天不出工，我们一准往西房跑。有时晚上哥们儿几个会赖着周老师说《三国》，讲《水浒》《封神榜》中的故事，不到晚上 11 点绝不会散场离开。他把“少年看水浒，青年看三国，老年看西游，女看红楼”常挂在嘴边。多少年以后，我时常想起周老师遇到如此的人生不公平的对待和残酷的逆境，却始终保持着内心的平和，从未表现过对现实的冷漠无情，以至于看这个世界，眼睛里都没有白多黑少的那种目光。心里的善良和对美好生活的向往始终不曾泯灭。

听大头说过，娟姐去年冬天为了除掉头上的虱子，用了几滴农药“敌敌畏”洗头，被人发现昏倒在家门口，工友紧急用拖拉机送到县人民医院抢救，才捡回一条命。那个年代，周老师与女儿周娟的处境竟落魄到如此不堪。为了不连累妻子和儿子，周老师毅然决然地与深爱的妻子离婚，最后妻子依依不舍等了他三年，最终在周老师的坚持下，被迫带着五岁的儿子改嫁他乡。

五

雁过留声，人过留名。这段经历已经过去43年，那些曾经与我一起修补地球的少年是否还安好？和蔼可亲、身材瘦小的周老师是否还健在呢？可惜他们音信全无。

时光荏苒，岁月悠悠。曾经入住过的那个小村庄，那些人的面孔，那些经历，那些事情，那些零零碎碎的记忆总会在我的脑海里不经意地回放。在那个西面昏暗的屋子里，周老师从床底下带锁的小木箱里，拿出单薄淡黄色的《增广贤文》手抄本递给我。那一天，他看上去精神状态很好，脸上露出久违的笑容，沧桑且布满皱纹的额头似乎有点舒展开来，当他从另一本书页中拿出一张崭新如初的纸张又一次递给我时，一张武汉大学毕业证书呈现在我眼前，白纸黑字红印章，那一刻我豁然明白了周老师的意图。他和蔼可亲的样子令我感动得不知所措，“我在报纸上看到国家很快将要恢复高考，你们这些中学生不能再出来打工啊！要把以后的时间用来读书，记住我的话，只有读书才能改变自己的命运！”当年的我真不懂这句意味深长的话，直到我高中毕业进厂参加工作才明白那句话的含义。年华似水，如今的许多学生和当年的我一样，肆意挥霍青春年华、大好时光，却总是对未来充满了不切实际的幻想，习惯于放纵青春美好的瞬间，活在自己狭小的世界里……

崀山游记

我登过秀丽的南岳，爬过险峻的华山，游过幽美如画的庐山，踏过如仙境的新疆天池，也去过迷人天堂般的九寨沟，领略了她们各自独特的美丽风景。直到去了崀山，我才品味到另外一种惊绝意境。

第一绝：游风神洞——天坑。5月2日晨曦初露，我们一行32名青年组团开始了崀山之旅。从衡阳县出发坐5个多小时的汽车，中午来到风神洞。离洞口还有10多米，大家就感觉到了一股清凉之风习习袭人，这里位于新宁县回龙镇近郊1864省道两公里处，距湘桂铁路50公里。该洞长2000米，大家随着导游小刘与小周鱼贯而入洞口，一下子就被洞内气势雄伟壮观的景观所迷住——神秘莫测的洞中有水面3000平方米，溪水湖泊蔚为奇观，天泉“飞瀑”宛如李白诗句中的“疑似银河落九天”，光怪陆离的“神风”无不让游人击掌称绝！正在大家回味无穷时，迎面又扑来一条腾云驾雾的飞天“黄龙”，大家身处华光四射的彩楼绣阁中，依着飞瀑来的“聚神台”，伴着惟妙惟肖的“天宫诸神”，脚踏玲珑剔透的水上莲花，瞠目眼前的“天下第一柱”鬼斧神工，无处不夺魄销魂。天坑长306米、宽213米，最高处到最低处垂直深度108米。坑的四周全是险峻的悬崖绝壁，底部是一个巨大的锅状，其间布满似女娲补天时所遗留下的七彩石。传说天坑里还有巨蟒，夜里出没游动时身上发出绿光。每当暴雨降临时，天坑的绝壁上有尊“弥勒佛祖”栩栩如生。人们在缥缈虚幻中感觉洞中一日仿佛人间千年。

第二绝：登天下第一巷——天一巷。一登上天一巷，我就被她的奇景所征服！天一巷为两石缝陡崖夹缝形成，东西走向全长238.80米，两边石壁高100余米，最宽处0.8米，窄处0.33米，巷道弯曲，游人身处其中，向后看，不见来处；向前看，也望不到尽头，唯有见山顶一线青天，绝壁对峙中，丝丝缕缕的一米阳光射入巷底化成满目的赤橙黄紫绿，令你神往、宛如隔世！

第三绝：爬上辣椒峰巅，极目远眺与之遥相对应的骆驼峰，好一个石海桑田云雾缭绕，游人在青山绵绵之间犹入缥缈仙界。最令人称奇的要属辣椒峰了，一根擎天柱冲天而立，高入云端，整块巨石高达 180 米，头大脚小，恰似一只硕大无比的辣椒，难怪湖南人有吃辣椒的喜好！原来是上天赐予他们有别于其他省份的人们所独有的火辣性格吧！ 2002 年 9 月 14 日，法国“蜘蛛人”阿兰·罗伯特曾徒手登上过辣椒峰,让它的不凡凸显于世!

大家经历了一番奇境历险后，阅尽了崀山精华，便开始了扶夷江漂流。那是我们一生值得回味的一次经历，我们四人一组分乘八个竹筏顺流而下，每个竹筏上都有一名当地的竹筏手，江水时湍时缓，两岸奇峰异石倒映江面，碧水、绿树、翠竹、白沙、水鸥、蓝天、艳阳相映，如诗如画。沿岸的笔架山、军舰石、啄木鸟石、龙口石、剑劈石、将军石、公婆岩、柳岸长堤、竹涛涌江尽收眼底，不由得你心潮澎湃！

竹筏一到江中，一场水仗随即就拉开了序幕，大家仿佛有了进入古战场般的豪杰壮气，不分敌友互相用竹筒制作的水枪对射。有人嫌不过瘾，干脆改用塑料水瓢开战，于是江中笑闹声传到对岸，引来游人停步驻足观战。分不清敌友，挑战声不绝于耳，毫不示弱！好一场酣战过后，个个已成了落汤鸡，但谁也不服输，心中充满悠悠的豪气荡肠！不免有了赤壁怀古之感！又真有点像水泊梁山中的英雄好汉！

崀山之美，美得令人信服！她的美丽，你得慢慢去回味！就像是一位深藏在山里的水灵水灵的秀美村姑，让人难以释怀！就像人的初恋，久留心底不曾忘记……

去过崀山的人们有谁会否认这一点呢？雄、奇、险、秀、幽、旷，集于一体；山、水、林、洞、巷、泉、谷，叹为一身。难怪著名诗人艾青把她与桂林相媲美，留下这样的题词：“桂林山水甲天下，崀山山水赛桂林”，就连乒坛世界冠军邓亚萍也把崀山称为“世外桃源”。

鄱阳湖赏雁

在绮丽迷人的鄱阳湖畔，第一次近距离接触大雁，心情无限地放松，有一种被放飞的感觉。来自雁城衡阳的我，从小对大雁就有着浓厚的兴趣和敬意。

20 世纪 60 年代末，父亲在江西抚州军分区农场就职，记忆中的一切像是在昨天。农场远离城市在偏远的农村。夏末秋初，秋风阵阵，一望无际的田野，沉甸甸的稻穗翻起金黄色的稻浪。一群群大雁有排成“一”字形，有排成“人”字形，从一伙玩耍的幼童、少年的头顶飞过。“大雁要去哪里？又从哪里飞来？”这个好奇的问题留在了驻足观望大雁的 6 岁孩童的心里。

落叶归根，随军旅半生的父亲回老家衡阳，当年雁阵下带着好奇心的孩童，已经是 17 岁的青年。当我徘徊在回雁峰下，似乎找到了答案。相传“北雁南飞，至此歇翅停回”，因此，衡阳又称“雁城”。

选择走进大自然，与大雁零距离接触，鄱阳湖注定是你和大雁亲密相约的地方。鄱阳湖是我国最大的淡水湖，鄱阳湖区是我国候鸟迁徙越冬的栖息地自然保护区。这些都是我对鄱阳湖最初的印象。据记载：每年 10 月，从俄罗斯西伯利亚、蒙古、日本、朝鲜以及中国东北、西北等地，飞来成千上万只候鸟，直到翌年 4 月，才恋恋不舍地离去。

保护区内鸟类已达 300 多种，近百万只，其中珍禽 50 多种。在这里发现了当前世界上最大的白鹤群，最多越冬总数达 4000 只以上，占世界白鹤总数 95% 以上。因此，这个珍稀的候鸟天堂被称为“白鹤世界”“珍禽王国”。鄱阳湖也是世界上最大的候鸟保护区。

2015 年 11 月 26 日，我们 7 人自驾两辆车从景德镇瑶里古镇出发，晚上9点左右抵达鄱阳湖边小镇的一个村庄，入住一家农家客栈。第二天清晨，天气晴朗多云，朋友驾船出湖捎带我们前往观赏候鸟的目的地。湖水清澈，天空蔚蓝，船行至湖心，举目远眺，远处的村庄、湖水与天相连，蓝天白云与湖水相映成趣，大家的心情也随着碧波荡漾起来。大约半小时，机动船送我们登上一个小岛，步行20分钟，一尊醒目的白底红字“鄱阳湖国家湿地公园”石刻标牌就在眼前。

一进入候鸟栖息地，大家如入梦里仙境，湖滩连片的水草似金橘橙黄；在水一方的候鸟成群结队，悠闲嬉戏。我放慢脚步悄无声息地靠近，手中的相机抓拍每一个动人镜头。见有人走近，群鸟旁若无人，稍稍警惕地抬起头，向我们张望，活像一个个大大的“？”。“嘎嘎……”的尖叫声急促而刺耳，似乎在探视陌生人来自何方，又像是在质问不速之客的造访，为何打扰它们平静的生活。人与鸟几秒钟的对视后，见我们并无敌意转而平静下来，近处看得真切。灰翅白纹的大雁在欢快地鸣叫，远处长脚单顶白鹤在翩翩起舞。大雁时而追逐跳跃，时而在湖滩上闲庭信步、憨态可掬，令游客心动不已、浮想翩翩。大雁展翅四散，屏息之间我们面面相觑、惊叹不已。

观雁飞雁落，悟人生沉浮，如同人生的密码，大雁的一生同样有其轨迹和使命！在鄱阳湖生态湿地公园候鸟自然保护区博物馆，我认识和掌握了候鸟方面的知识，特别是针对大雁，我有了进一步的了解和感悟。大雁属鸟纲，鸭科，是雁亚科各种类的通称，又称野鹅，天鹅类，大型候鸟，属国家二级保护动物。中国常见的有鸿雁、灰雁、豆雁、白额雁等。雁队呈6只，或以6只的倍数组成，雁群是一些家庭的聚合体。雁寿命较长，平均寿命8~9年，最长的23年。大雁的繁殖能力较强，一对大雁每年夏天能孵出好几只小雁。

古时的七十二候里，大雁的物候多达四个。"小寒一候，雁北乡；雨水二候，候雁北；白露一候，鸿雁来；寒露一候，鸿雁来宾。"是入物候最多的动物。大雁被历代文人骚客写入古诗词中的经典名句不胜枚举。王勃的"雁阵惊寒，声断衡阳之浦"、范仲淹的"塞下秋来风景异，衡阳雁去无留意"、高适的"巫峡啼猿数行泪，衡阳归雁几封书"，"鸿雁传书寄相思"是人们非常熟悉并喜爱的大雁文化意象。

金朝元好问为殉情的大雁写的《摸鱼儿·雁丘词》:"问世间，情为何物，直教生死相许？天南地北双飞客，老翅几回寒暑……"年复一年，大雁迁徙，日夜兼程，长途飞行，上万公里，平凡之举，方显本色，非凡伟大，今古传奇。人生如雁！大雁必定是人世间永恒的话题。

北京作家耿汝侠

【作者简介】

耿汝侠，女，笔名暗香盈袖，1964 年出生，北京房山人。中华诗词学会会员，中国楹联学会会员。作品散见于《崇文报》《燕山油化报》《江夏指画》《生活之友》《网络报》等报纸杂志及网络媒体，并入编部分书籍。

苏州拙政园

在一堵清水砖墙上挖出一个两米见方的洞口，管它叫大门，这么简单的开端在苏州这种精磨细琢、雕梁画栋的所在简直让人忍无可忍！还好，大门上方一条黑色砖雕匾额内，金色书法“拙政园”三个字夺人眼目，才感觉到此地的不同凡响，而并非一眼望去的那么简单。或许这就是主人的智慧，不显山不露水，平平实实的外表却内藏乾坤！

这是第二次来，每次都被它极具江南韵致的园林设计及文人雅士的诗词对联所召唤，想尽情地在巧夺天工的雕刻和诗情画意的亭台楼榭间流连，而每次又在回来后追悔，没有把独具造型的建筑用最好的角度留下来，很有点“总是在考试以后才知道该学的都还没有学”的遗憾。

名园的华丽与清雅只有走近它才可慢慢体会。

园子分三部分，曾经归属不同的人，有着不同的名字，新中国成立后统一恢复了“拙政园”的称谓。拙政园始建于明代正德四年（1509），御史王献臣因官场失意还乡，把大弘寺址拓建为园,园名是据西晋潘岳的《闲居赋》中“此亦拙者之为政也”之句缩写而成，并刻意营造了一种隐退于林泉，把种花种树当成事业来做的氛围，就有了这个貌似谦逊的名字。

拙政园不似北京的故宫，以严谨的对称著称，它大多是因地制宜，于是错落有致，意境深远就成了它不可复制的特色。

东园

东园是附属园，内有形态各异的假山、枯黄叶子的荷池、岁寒三友之中的松竹，还有一大片耕种的场地，凸显田园气息。

中园

把园子的东部与中部连接起来的是一条白色游廊，所谓白色是右侧围墙的颜色。一般人家院子外的围墙是实的，没有窗，这里的围墙有着25扇带花纹的小窗，花纹的形状各异，却都由水纹构成，代表江南水乡，而窗的另一面隐隐约约地有景色出现，这样的设计是有些含义的，暗示此墙后还别有洞天呢。走进前面的月亮门，果然有“山重水复疑无路，柳暗花明又一村”的惊叹！

这里才是拙政园的精彩部分。一潭不太宽阔的深绿色的湖水倒映着有些褶皱的天光云影，围绕在四周的各色建筑就以它为中心分别映入眼底。站在小湖的一端抬眼远望，随意堆起的假山错落着视线，亭台楼榭定格在假山或水面之上，有着飘忽的美感。楼阁与亭台相连的是曲曲折折的小桥，人在桥上走，影在水中游，动感十足。小桥的那头是一个写有“四壁荷花三面柳，半潭秋水一房山”的小亭子，灰瓦飞檐，有鸟儿欲展翅高飞的寓意。亭畔桥上，远远地有座高高的砖塔，与园内景色遥相呼应，误以为是园中一景，其实，那是园子之外苏州的北塔，在这里只是借景而已，这种得来全不费工夫又能达到很好效果的手法在园林建筑中经常使用，算是高超的点睛之笔了。

这种借景的手法在园中还有一处，一个白墙灰瓦平顶翘檐的扁形亭子立在水的一方，旁有绿树翠竹山石衬托，极有韵致。平静的水面将它们尽收水中，随便从某个角度看，都是不错的风景。从正面望去，身后有个瘦瘦高高的亭台正好挺拔在平顶之上，与之契合，不注意还以为是一体的，无形中就又多了一个“得来全不费工夫”的妙笔。

小湖的一侧，从红色的格子窗望出去，假山上飞檐欲动的小亭、沿着白色花墙延伸并有些依附感的长廊就尽收画面中。深冬时节，褪尽翠绿颜色的树木与水中模糊的倒影相映相依，增添了画面的美感。

雷厅阁，是一个临水的深红色建筑，是园中最经典的雕刻所在。暗红色的门框上喜鹊登枝的镂雕是在同一根古老银杏藤上完成的，镂雕的可贵之处在于正面反面都成像出相同的图案，比一面成型更有难度。喜鹊登临梅花枝，昂着头似飞未飞，仿佛有一种激情在体内鼓荡着——我要飞向蓝天！房内陈设古色古香，浮雕和竹雕和谐成趣；墙角一个敞口的青花瓷器，放着几幅书法字画；桌上嫩绿清白的水仙，与房内高处绿色的“雷厅阁”相映衬，在深冬里泛着幽香的同时，也有一抹清雅的书卷气，真是难得的好地方！

它的好处还在于，门外小湖中夏季植满荷花，傍晚三两好友坐在门前浮雕小椅上，手持丝绸小扇，欣赏红花绿叶，谈诗也好，画画也罢，该是怎样的惬意啊！还有，还有，若是到了深秋，花残叶败，不是还有句诗叫“留得枯荷听雨声”吗，是另有一番意境啊！

园中处处是风景，移步景致不同，各有妙处，青山载绿楼台秀，碧水映桥塔影深，好一幅诗情画意图！

不仅建筑美妙，文人墨客也在此留下了或清雅或随意的诗词对联。

“与谁同坐？明月、清风、我。”这是苏东坡的诗句，在一个蜿蜒的水廊旁，有个叫作“与谁同坐轩”的地方，苏夫子所表达的是孤芳自赏的心情，园主借来表示自己的清高，既文雅又有妙趣。

“远香堂”的楹联可以说是园中之最，早先是乾隆年间著名学者沈德潜的手笔，因已丢失，由近代书法家张辛稼补写：

旧雨集名园，风前煎茗，琴酒留题。诸公回望燕云，应喜清游同茂苑。

德星临吴会，花外停旌，桑麻闲课，笑我徒寻鸿雪，竟无佳句续格村。

西园

拙政园的西园是在一个“别有洞天”的小门外边，西园的建筑有别于中部的诗意盎然，多以实用为主。“留听阁”和“倒影楼”就是其中的两个重要部分。“留听阁”门上有楹联，是出自唐代李商隐的“秋阴不散霜飞晚，留得残荷听雨声”之句，与中园里秋季荷花枯败的景致遥相呼应，意境尽显。

“倒影楼”是文徵明和沈石田先生纪念馆，文徵明是明代“四大才子”之一，拙政园就是他亲自设计的，也是他的代表作。沈石田先生是文徵明的绘画指导老师，他们对拙政园的建设有着重要的贡献。

拙政园每个景点都有它的来历与深意，都可以用诗一样的语言来形容，而单单把“诗情画意”搬出来，远远不能将这里的意境表达透彻——那只是一些静止的画面而已。这里的一花一草一楼阁、一山一水一倒影都有其移步换景的功效，可谓妙趣无穷美不胜收，吸引人心甘情愿地去探寻领略，沉湎其中。

同里有个“退思园”，是一个贪官退下来之后，担心有朝一日皇帝抄家，黄金白银可以随时拿走，如果建成房子搬走就难了，于是有了“退思园”这个江南很有名气的私家园林。当初王献臣建拙政园时是否有这种想法不得而知，或许吧，要不怎么大门这么简单而内部却有着如此丰富的内涵呢？

如今的拙政园，位居中国四大名园之首，比同是世界文化遗产的北京皇家园林颐和园还多了一项“全国特殊游览参观点”的称谓，比皇帝的行宫承德避暑山庄多了些灵巧的建筑与江南的秀气，比同属苏州的留园多了一些大气的风韵和人文内涵，总之，中国四大名园之冠它得的是理所当然。

北京潭柘寺

在京西不算太高却很清秀的群山中，有一处幽静的所在，门前参天的古柏与四周的绿树融合成大自然的颜色，难分你我。两座有些年头的石狮蹲守在两侧，透着古老神圣的威严。一块洁白的祥云图案石碑向东而立，上书“盛世祥和”。旁边那棵粗壮的老松树，枝干横斜着伸向前方，酷似东方图腾龙的造型，粗糙的树皮更形象了这种感觉，取名卧龙松当之无愧！一座高大的彩绘牌楼理所当然地成为这座寺院的门面，正面中间的文字被风霜打磨过，在阳光下泛着模糊的光，老树与牌楼相依相衬，更充实了这古老静谧的意境。寺未到，禅已浓。

走过一座汉白玉石桥，一个青砖灰瓦的建筑上赫然几个字：敕建岫云禅寺。听这名字有点满族味儿吧？对了，这是康熙爷二游这里时钦赐御名并题写的，它还有个民间的小名：潭柘寺。

“先有潭柘寺，后有北京城”，这句古话道出了潭柘寺历史的久远。潭柘寺始建于西晋愍帝建兴四年（公元316），是佛教传入北京后修建得最早的一座寺庙，当时名嘉福寺。佛教在中国经历了几许跌宕后，逐渐兴盛起来，潭柘寺经历代扩展修葺，到了清朝，已成现在规模，名字也是几经御赐，但民间一直亲切地呼唤着小名：潭柘寺。

潭柘寺悠久的历史积淀出一些真实的故事。

帝王树是寺院中最古老的一棵银杏树，1400多岁的高龄仍枝繁叶茂生机勃勃，粗壮的腰身4米多，要五六个成人才可合抱过来。据说，清代每出一个新皇帝就会从根部长出一棵小树，然后慢慢与主树融合在一起，为这棵大树增加新能量。后来乾隆爷把这棵老树封为“帝王树”。皇帝御赐的瘾一上来便收不住，顺便把西侧那棵树龄稍短的银杏也御封了，为“配王树”，意思是雌树配雄树，却不知两棵都是雄树，虽然闹了笑话，可“配王树”的叫法还是流传了下来。如今，这两棵树的底座上挂满了凡人的心愿，红红的“有求必应”。

寺院里多植银杏树，又叫娑罗树，是佛门圣树。当年释迦牟尼带领弟子向北走，在两棵娑罗树之间停下来休息，弟子用绳索拴一个吊床，释迦牟尼就在上面涅槃了，后来的卧佛就是佛陀涅槃时的样子。于是，原产于印度的普通的娑罗树就随着佛教的引入中国而遍植于寺院中，成为圣树。

这里的流杯亭是北京城内七个中唯一一个在民间的亭子，除了和珅的恭王府有一个外，其他五个都在皇家或王爷家。流杯亭是传承兰亭的“曲水流觞”而来。一个正方的亭子里，地面上有很多相连的凹槽，这些凹槽形成的图案，南看似龙北看像虎。酒杯顺着凹槽的水流动，漂到谁处谁就作诗饮酒，很雅的文人游戏。当年王羲之的《兰亭集》就是这么来的，只不过不是在亭子中，而是在兰亭的山野中罢了。

还有一个不能不说的地方，观音殿。元世祖忽必烈的女儿妙严公主，为了替父赎罪，皈依佛门于此，终日在观音殿内跪拜诵经，在她经常跪拜的一块方砖上，竟磨出了两个深深的脚窝，心之虔诚天地可鉴！至今，观音殿内还留有这对“脚印”，已成为寺内一件非常珍贵的文物。后来，妙严大师终老于寺中，其墓塔就在寺前的塔林中。后人有诗赞曰：

积日成月月成时，积时成岁岁成劫。

如是积渐难尽言，水滴石穿心力至。

故事还不止这些，曾辅佐燕王朱棣起兵从而夺取皇位的明朝重臣姚广孝，也曾在这里隐居修行，朱棣曾来看望他。姚广孝深受潭柘寺建筑格局影响，在设计修建北京城时借鉴了这里的建筑风格，故宫的太和殿就是仿照潭柘寺的大雄宝殿而建的，只是更大一些。后来，姚广孝奉旨主持编纂《永乐大典》才离开潭柘寺，他修行时的住所少师静室尚有遗迹可寻。

还有太多的故事……

潭柘寺在北京的寺院中首屈一指，不光是年龄，还有历史及历史人物的所作所为带给它的荣辱兴衰。如今的潭柘寺早已成规模，庭院深幽、殿宇巍峨、古树参天、绿竹清雅、梵音幽幽、古韵绵绵。前有深潭鸣溪水，后倚青山绿柘林。古老的潭柘寺在繁华的京城西南方，静静地悠远着、肃穆着，续写它未尽的历史。

壶口瀑布

“君不见黄河之水天上来，奔流到海不复回。”一千多年前的大诗人李白对黄河还是不太了解，黄河水不是从天上来的，它是从离天很近的青藏高原巴颜喀拉山北麓的卡日曲河谷和约古宗列盆地来的。又以全长 5464 公里的仅次于长江的恢宏气势流经青海、四川、甘肃、宁夏、内蒙古、山西、陕西、河南，在山东垦利县平和地注入渤海，完成了孕育中华文明、哺养中华子孙的千年使命。

本以为，如此汹涌的黄河，源头肯定是浩瀚的皑皑白雪所化作的宏大水域，却原来只是由几个终年不枯的泉眼汇成的涓涓细流，这清澈孱弱的溪流绕开碎石沙砾后汇集在一起，在流淌的过程中又接纳了上千条河流的加盟，顺便带走黄土高原上的泥沙后形成了这条浩浩荡荡的黄色大河。

从山西到往壶口，不太宽阔的道路两旁是无尽的山峦和连绵的黄土高坡，冬季里满眼都是枯黄与干燥，完全不能把它们与浩大水系联系在一起。不知从什么地方开始，车辆行驶的道路侧旁与大山之间出现缓缓流淌的黄河，我知道，壶口到了。

黄河一路流淌下来在各地形成了众多壮观景点，壶口瀑布毫无争议地成为黄河上一颗璀璨的明珠。滔滔河水从300米宽的上游下来，到壶口时河床骤然收紧，形成50米宽的窄流，接着又是几十米的落差，本来稍显平缓的水域瞬间变成一股强大的洪流，拥挤的河水狂奔而来势不可挡，又怒吼而下形成气势磅礴的瀑布，水流相互撞击溅起的细小水滴弥漫上来，如烟似雾，欢腾不息。河岸一侧，奔腾而下的瀑布激起的水花停滞在对岸的下方，被寒冷的气体包围，形成一排排冰冻的瀑布，尖尖的垂在水流上方，为冬日的壶口增添了壮观一景。中午时分，一道优雅的彩虹从天而降，映在水流之上冰瀑之下，与澎湃的水汽静动相映、色彩相谐，如诗如画，如幻如梦。仿佛一个纤柔美丽的天女恋上了人间的威武汉子，小鸟般伸展羽翼飘飞而来，温柔地依偎在心上人的身边，脉脉含情又恋恋不弃。不禁令人心生感叹，真是天与地的完美合作，堪称奇迹啊！彩虹无论如何不能现身在照片中，有些奇怪，有些遗憾。

离开壶口，那湍急的瀑布依然在脑子里回荡，"风在吼，马在叫，黄河在咆哮，黄河在咆哮……"激昂的歌声唱出了黄河的雄浑气势，也曾激荡起千千万万中国人的爱国热情。我想，这澎湃的激情就来自这汹涌的气势与奋不顾身的执着吧！

寒山寺

月落乌啼霜满天，江枫渔火对愁眠。
姑苏城外寒山寺，夜半钟声到客船。

寒山寺的钟声在这首脍炙人口的古诗中发酵了千年后依然回荡在枫桥的夜色里，为芸芸众生去除烦恼带来希望。对寒山寺的向往也缘于这美妙的文字，很想体会千百年前唐朝落榜才子在经历了巨大的打击后听到夜半钟声时的心情，当然，这种失落是外人都无法体会的。可寒山寺夜半的钟声对我依然有着强烈的吸引力，这寄托了千百年愁绪的诗词也让我对遥远的寺院充满了好奇。

寒山寺的正门很隐蔽，一般寺院的大门都在很显眼的地方，比如道路或开阔地的旁边，这里的正门是在一个写有“寒拾遗踪”高大牌楼后面那个宽阔的柏油路的尽头拐角处，好拗口啊！确实，不知道的还真找不到呢。

眼前一座石桥名“江村桥”，高大宏伟的单石拱桥在这个小巧秀气的苏州显得很有气魄的样子，身下的这条南北流淌的河就是有名的京杭大运河，难怪是这般威武呢。另一座在铁铃关的古桥名“枫桥”,同样横跨在大运河上,与“江村桥”遥遥相望，诗中的“江枫渔火对愁眠”应该指的就是这两个地方了。

江村桥的东北侧，一堵由黑瓦和深黄色组成的高墙环绕在寺院外边，墙体中部嵌有浅绿色的字“寒山寺”，旁边一个不太宽的门，供人进出，两侧墙体上都写有古诗，这装扮使寺院外围充满着淡雅的色调和浓厚的文化氛围。日思夜想的寒山寺就这样来到眼前了，第一感觉是简单平实，这或许像名家设计的服装，简单中蕴含着不一般的内涵。那这平实的外表下不一般的内涵，应该是那遥远的夜晚从张继心底流出的绵延不绝的伤感气质吧。

走进不太高的山门，前方就是著名的钟楼，很多人来寒山寺就是冲这里的钟声来的。平日里晨钟暮鼓是僧人例行的生活，现在又增添了新的内容，除夕夜善男信女来到这里，倾听从钟楼里传出的 108 响钟声。这钟声是有说法的，一说是为了去除佛教中列示的人生的 108 种烦恼，钟声在耳，所有的不愉快就随着那声声撞击飘向远方了。另外一种说法，一年有 12 个月、二十四节气、72 候（5 天为一候），合计是 108。钟响 108 下，表示一年的终结，旧岁已辞该迎新春了。当年张继夜半听到的传到客船的钟声就是从这里发出的，不知诗人纠结了很久的失落情绪听到钟声后是否有些平复？

寒山寺占地面积不大，只有 1.6 公顷，却密集地排列着不可或缺的佛教建筑，大雄宝殿、藏经楼、钟楼、碑廊、枫江楼、霜钟阁等。在一座大殿外侧拱起的房脊上雕刻有“和合二仙”，这“和合二仙”可是雍正皇帝御赐的封号，指的就是寒山和拾得二位僧人。此寺建于六朝时期的梁代天监年间（公元 502—519），原名“妙利普明塔院”，因唐代高僧寒山来此住持，遂改为寒山寺。传说，寒山和拾得是好朋友，因为婚姻之事而大彻大悟，在苏州城外相见时，手中拿的分别是荷花和装有素食的篦盒，笑意盈盈。后来的许多地方都有这样的画面，象征着和气吉祥。

此寺因寒山而得名，日本人因拾得而喜爱寒山寺。拾得后来远渡重洋去到日本，讲经说法弘扬佛教，很受日本人爱戴。寺内也有一尊全身铜像，是来此修行的日本高僧空海法师的，可见让中日之间在唐朝时期就相互往来的佛教在民间流传之兴盛了。而张继的这首脍炙人口的诗也早已漂到日本，那种透彻心扉的愁绪也倍受岛人喜爱，几乎家喻户晓，甚至小学生把它当课文一样讲解和背诵。时下每年的除夕会有很多日本人来到这里倾听这悠悠钟声，感受佛教的智慧及诗词的魅力，宗教文化无国界！

碑刻也是寺内不可或缺的文化，碑廊里珍藏着自宋朝以来很多名家的墨宝。那清秀的金字“碑廊”是本寺住持性空法师的手笔，性空法师的墨迹在寺内其他地方也有珍藏，如钟楼外有一石名“听钟石”、普明塔院入口处石碑上的“普明塔院”都是性空大和尚的亲笔；宋朝抗金名将岳飞手书的一副对联“三声马蹀阏氏血，五伐旗枭克汗头”就嵌在北墙上；西墙上有明代苏州才子唐伯虎撰书的《姑苏寒山寺化钟疏》石碑及明代文徵明所书的“夜泊枫桥”的残碑。

要说最具本寺特色的碑刻还要算俞樾的手书《枫桥夜泊》了。在一组大型的有关佛祖诞生及成长的雕刻前伫立一个两米高的碑刻，内容就是那首和本寺有着千丝万缕联系的诗：“月落乌啼霜满天，江枫渔火对愁眠。姑苏城外寒山寺，夜半钟声到客船。”其实，谁书写的并不重要，重要的是内容。此碑刻的好处是对诗词中漂浮的意境的一种停驻、诠释和延续，给游人无处安放的情感一个寄托的所在，人们千里迢迢来拜访的，不就是这满含愁绪的文字及经久不衰的意境吗？

普明宝塔始建于何时又毁于何时已无从考据，此塔是 20 世纪末性空法师发宏愿重建的，落成于 1996 年。高 42 米砖木结构的仿唐宝塔，在这小巧的寺院中显得雄伟壮观，现在是寒山寺的标志性建筑。

钟是寒山寺最突出的宗教、文化的标志，大小不等的身肩上都藏有不同的故事、披有不同年代的标记，静静地匍匐在碑廊的脚下，悄无声息地挨着岁月，似很老的老人于冬日里蹲在墙角低头晒着太阳，一副与世无争的样子。寒山寺的钟与文化之间的牵连是诗词，自踏进寒山寺起这牵连就不曾从心里离开过，似高飞的风筝，远远看去好像是自己在飞，其实，它与主人的联系是握在手中的不曾被人看到的线。寒山寺与历史文化之间的线就是《枫桥夜泊》。

雪中游前门大街

站在前门大街最南端放眼北望，宽阔的步行街因游人寥落而显得尤为清净。雪下得正大，片片落地成水，终究是五九时节，不再有踏雪游玩的情景了。

脚下是步行街最中间的车行道，偶尔有巡逻车开来又开走。车行道两侧是两条铛铛车轨道，现在人少也不见它开来了。最外侧是两行树木，正以实际行动展示着“有风空动树，无叶可辞枝”的景象，枝条上挂着大红的灯笼，算是为这萧瑟的冬天增添一点喜气。

走在中间的好处是，两侧的建筑可以等距离地观看。北京的建筑格局就是对称，这个特点随处可见。我的脚下就是子午线也是北京的中轴线，它一直向北，可穿过大街北口的五牌楼，穿过前门楼子，穿过正阳门，再穿过天安门端门午门，然后穿过整个故宫。所以，在北京不要小瞧了任何一个不起眼的地方，它背后隐藏的含义是你无法想象的宏大。

这条大街是一条古老的街区，从明朝开始，就是皇帝去天坛祭天的御道，亦是清帝数次南巡的必经之路，依稀还能想象出当时声势的浩大，之后慢慢发展成一条商业街。

在树与树之间，不时出现一个高高的路灯架子，架子上悬挂着两只鸟笼子。这设计太好了，既能照明又让人想起老北京八旗子弟手中摇晃的时光，一举两得！

走不了多远，还能看到放大了的拨浪鼓，这本是老北京一个哄小孩儿的玩意儿。大人们拿在手中左右旋转，旁边绳儿上的小鼓槌便打在鼓面上咚咚响，如今立在这里，总浮现着儿时的记忆。

在这条800多米长的大街上，恢复了很多北京的老字号，红红火火的。有以烤鸭闻名的“全聚德”,有做点心的“稻香村”,有“都一处”烧卖、“张一元”茶叶、“长春堂”药店、“中国书店”、“大北照相馆”,等等,一家挨着一家,古老大街的繁华可想而知。

大街两侧各有一条胡同,也是非常出名,西侧的“大栅栏”,名声似乎比前门大街更响亮一些,老字号也是一个挨一个。卖丝绸的“瑞蚨祥”、卖千层底布鞋的“内联升”、卖药的“同仁堂”等。胡同尽头有一家电影院,中国首部电影《定军山》就是在这里放映的,如今它也同新装修的大栅栏一样,重新焕发了光彩。

另一条朝东的胡同是“鲜鱼口”,听这名字就能想到和吃有关,对的,这是一条美食小吃街,上百年的老字号和新字号共存,勾引着游人的胃口和目光。

大街最北侧的五牌楼,因其造型为五间六柱而得名,横跨整个大街,建造及装饰内容既美观又丰富,北京像这么大规模的牌楼,已经不多了。

此时已到中午,雪渐小,游人似乎多起来也热闹了不少,有大人的叫声和孩子的笑声。观光车也活跃起来,载满乘客从身旁走过时,故意发出当当当当的响声,宣示着它的存在。这声音真切也透着悠远,仿佛要把人敲进岁月深处。

北京作家郑书晓

【作者简介】

郑书晓，女，中国诗歌学会会员，中国楹联学会会员，中华诗词学会会员，有作品发表于《参花》《散文诗》《绿风》《当代文学精选》《当代实力派作家文选》《当代文学百家》《中国诗歌范本》《“精英杯”文学大赛获奖作品精选》《“华语杯”国际华人文学大赛获奖作品精选》《“盛世中华杯”国际文学创作邀请赛作品精选》《“蝶恋花杯”国际华人文学大赛获奖作品精选》等杂志和选本。荣获经典文学网2019年度“十佳文学精英”、2021年度“十佳精英诗人”。已出版诗文集《我的花园》《时光吟》《时光诗册》等。

色彩的随想

说起冷色调，有听说蓝色是冷色调。依稀记得小学的一次美术课，美术老师说蓝色是所有颜色中最冷的冷色调。但是，也许每个人的感觉和心理是不一样的，我虽然明白蓝色是冷色调，可是，我自己看到蓝色时，却感觉那是暖暖的。比如:蓝天。如果蓝色是冷色调，有一种淡漠的素寒，在清晨里泛着深冷的光辉，那么，承载蓝天的天空，就是最冷、最寒的天穹。可是，仰起头时，看到蓝天、白云，我还是本能地喜欢着，觉得那是最干净、最亲近的颜色，高得可以称之为理想。又有一次去旅游，看到深蓝的湖泊，总觉得那样的湖泊无论如何不能使人联想到危险。这浅蓝与深蓝的颜色里，我并不觉得有多么冷或深寒。

小时候，用钢笔写字时，我总是喜欢用墨蓝或纯蓝的墨水，觉得清净而隽永。都说蓝色墨水写的字不容易长时间保存，可是，小时候用金城墨水写的作业本，现在翻看时，字迹依旧清晰，丝毫没有褪色。而这些小时候的作业本，则是随意堆在阳台的，没有刻意保存。有时，一时兴起，小时候的我就用毛笔蘸上蓝色的墨水，在 A4 纸上涂鸦。这与绘画完全不搭调，可是，那时的自己，在画心中童话里的风景时，就是喜欢用蓝墨水替代墨汁。这虽然看上去没有半点“绘画细胞”，可是，父母看见之后，也没有因浪费纸张而责备我。我觉得这颜色之下的人生，我最初接触到的便是慈爱的宽容，所以，一直记得。

如果纯粹只是按照自己“门外汉”的感觉来分类，我倒觉得黑色才是最冷的冷色调，比蓝色还要冷。因为，那样的浓黑里，有潜伏的恐惧，是真实的距离。所以，会有人怕黑，心寒，害怕一个人赶夜路。那寂静的黑，如墨漫延开来，即便是正常的黑夜，总让人联想到黑暗处的不安，但实际上，这些不过是一个胆小的人心中胡乱幻想的。所以，即便是一幅画，那上面的宇宙，黑得像永夜，可是，凸出墨色天穹的，必是一颗颗星星，以及，具有科幻题材的宇宙飞船——那些可以称之为有亮光的事物。当黑色成为一幅画的背景，普通而没有越建越漫延的神秘，人的视线就被那些散发光亮的事物吸引了过去，如此，也就不那么感到孤独和恐惧了。所以，赶夜路时，这天地之间，无论多么寂静，黑夜多么深浓，这些都没关系。只要这浓浓的黑里，还有一束光钻进来，就可以让人不那么心头泛冷。所以，黑夜里的灯光、星光、月亮光是那么美好，要用这样的美好驱逐映于眼中、心上的黑色的夜。这不同于蓝色，倒是蓝天、白云、蓝色的湖水与海洋看上去更使人愉悦，并不觉得要屏蔽这样的蓝，也没有必要。也许是爱屋及乌吧，我甚至觉得青色也是一种暖，而非是冷。我喜欢蓝色，在我的心中，这淡淡的蓝，抑或是深深的蓝，都渐渐地暖了。

周末小记

周末。我坐在书桌前，冬日的太阳将屋子晒得暖暖的。一切如诗一般静谧，我在写日记，阳光拂过，我的日记像涂了一层金色的暖。一切尘封的路上（日记本上的,我翻阅以前的日记）都像开启了一盏盏灯，它们，点亮了记忆里的每一幅拼图。一个人的宁静与环境有关，也许与一颗心有关吧。此刻，相较于周围的喧闹，我也只限于自己的专注。我专注在日记里，专注在自己一个人的静里，仿佛关上窗与门，就无人能走进属于自己的心之屋。

再看窗外，窗外的风景除了有阳光，还有一只小狗飞奔而过。它肉嘟嘟、毛茸茸的，像极了冬天里的雪——越厚，越吸引一路目光。它的主人因为它跑得飞快，赶不上它了，怕它消失在视线里，于是喊着，让它不要跑，再跑就不要它了。可是，这似乎没什么效果——因为主人的语音语调里分明充满了宠溺。这只小狗飞快地、来回地奔跑，所行之路，往返多次，简单的快乐之下，一切节奏即使相同，却也并不单调。

屋里，屋外，是明朗的冬日，而我在屋内，丝毫不觉得冷。我给自己泡了杯茶，茶的清香顿时让小屋的空气里有了一丝清醒的味道。茶水冒出的水蒸气升腾，向四周散去，每个方向都是出路……

于平常的风景中萃取一份平静与闲适，在周末，是一件惬意的事。风来，风往，都是自由自在的，不为霜雪落花束缚心中的光。若想知道一枚叶子的归宿，就去问脚下的泥土与来年的春天。不为境所执，伤春悲秋就如烟而散，不复存在。

四川作家黄忠和

【作者简介】

黄忠和，笔名灵犀一指，中国当代诗人、作家，现任中外散文诗学会会员、中国《星星》诗刊杂志社特约记者、四川作家协会会员、大型诗刊《中国风》杂志社副总编、《国际文学社》副总编、《国际诗语》副总编、大型诗集《新时代诗歌大观》常务主编，先后在国内外各大网络媒体和报纸杂志发表诗歌、散文、小说等 200 多万字，且多篇作品获奖，部分作品被译成英日韩三国文字在国内外各大网络媒体广泛传诵。

浓妆淡抹总相宜

情深深，意蒙蒙，绵绵细雨游西湖；白天盼，夜里想，梦幻西湖眼里飘。西湖哟，你是上帝镶在大地的瑰宝，你是神灵嵌入沃土的翡翠。多少人为你销魂，多少人为你垂涎，多少人为你倾倒，多少人为你膜拜！触摸你是我多年的梦想，拥抱你是我一生的愿望。我想你想得发呆，我恋你恋得发狂！白日里读你的故事，夜里品你的传奇！梦里吻着你滚烫的嘴唇，梦醒咀嚼着你缠绵的芬芳。柔嫩的肌肤温馨着我的心灵，滚烫的血液温暖我的魂魄。幸运之神哟，终于把我降临到你的身旁。虽然天公不作美，飘洒着蒙蒙细雨，但我心里特别惬意。

站在西子湖畔，眺望西湖美景：那绵绵的细雨，轻轻地划破西湖的宁静，唤醒湖里浅睡的莲荷，那丝丝缕缕的细雨，像数也数不清楚的银丝，轻轻地轻轻地飘洒在湖面上，发出细细的声响，宛若天籁之音轻缓抒唱；那岸柳柔枝在微风细雨里微微逸荡，仿佛是在慢舞霓裳；那无数的缕缕银丝，仿佛是茫茫的雾霭朦胧在天地间，弥漫在童话里；那远处时隐时现的绿波，不时地变幻出缕缕的色彩……放眼望去，仿佛是从那天边薄云里透出的点滴星光，给西湖添几分神秘的色彩，那一只只游船轻轻地驶过，长长的船尾像白色的刀剑，微妙地把湖水分割为两半。湖里的鱼儿跃出水面，海鸥绕着天空往来飞翔，湖岸峰峦叠嶂的山被层层薄雾吻抹着，雷峰塔和玉女塔若有若无、时隐时现，尽显出它们的阴柔之美和阳刚之气。

雨停了，影影绰绰的群山，宛若睡意蒙眬的仙子，披着蝉翼般的薄纱，含情脉脉，凝眸不语；那一朵朵出水的荷花轻轻地舒展她柔美的腰姿，展示出她那迷人勾魂的风韵，并掺杂着那缕缕野烟把西湖妙曼成如诗如画、如梦如幻，美妙极了。

雨后的西湖，暖暖地依偎在群山的怀抱里尽情地享受轻风的吻抹，尽情地享受群山的抚摸。那湖岸的柳丝停止了欢乐，静静地清洗着被雨雾润湿的秀发；那湖里的荷花停止了呓语，让彩蝶任意狂欢舞蹈；那微波荡漾的湖水停止了呢喃，让蜻蜓任意嬉戏；那鱼儿也停止了游动，静静地凝望天空，任鸟儿展翅飞翔。徜徉在西湖的四周，满世界的花草、满世界的山峦都缀满了闪闪发亮的珍珠，那满眼的晶亮闪烁四射，把西湖打扮得妙曼迷人，把西湖装点得多姿多彩，把西湖幻化成迷人的仙境，把西湖缥缈为诗意童话。

站在船头四望，思绪像鸟儿一样飞翔，眼前的美景在脑海中浮现飘移，天籁之音在耳畔回荡，远处的苏堤像长长的巨龙酣卧在湖岸，那一排排翠柳、一串串絮丝，拌着微微的轻风轻轻舒展她袅娜的身姿，像吉祥如意的哈达漾荡轻飘，妙曼极了；那高高耸立在山峰上的雷峰塔，在夕阳的吻抹和拥抱下，散发出火一样燃烧的红光，染红了天边霞彩、染红了湖水，给西湖增添了无限的诗情和浓浓度画韵。那许仙和素贞谈情说爱的断桥还依稀留下厚厚的残雪，还仿佛还听见许仙与素贞的软语温存；和绵绵的呢喃呓语，仿佛还散发着情的味道和爱的芬芳。那用诗刻成的南屏晚钟仿佛还隐隐约约在湖中缠绵悠唱，那用文字和音符堆砌而成的三潭印月，在眼前飘荡……

哦，西湖就是一部浪漫的抒情诗，西湖就是一幅妙曼柔美的画卷。

福建作家王小艾

【作者简介】

王小艾，福建省南平市建阳区弘贤书院党支部书记、院长，南平市建阳区文联副主席，中国散文家协会会员，福建省作家协会会员，人民文艺家协会会员，福建省报告文学学会顾问，福建省自然科学协会会员，南平市建阳区女子书法家协会副主席，经典文学签约作家，中国作家联盟签约作家，几十年笔耕不辍，在全国各报刊上发表散文、小说、杂文、诗歌、报告文学等数百万字，多次荣获文学作品奖；国际华人文学大赛一、二等奖，荣获“当代散文名家”称号。出版有小说《爱情》、报告文学《我的感动》、散文集《这个世界我爱过》等。其作品语言文字朴实无华、简洁生动、清新自然、雅俗共赏，深受广大读者的喜爱。

乡间情思

每次回到乡村，总要到田野里走走，喜欢一个人在乡间的小路上，静静地感受着浓浓的乡土气息。

走在乡间的小路上，我都会感觉到，空气是那样清新，小鸟是那样俊秀，乡音是那样亲切！小路在脚下延伸着，弯弯曲曲，看不到尽头。风儿微微地拂动，处处可闻得鸟啼虫鸣，让乡间的小路静谧而生动，也让我拣拾起了小路上生长的童年。

那时，小路两旁总是有浓密的青草。草丛中，散落着各种各样的野花，有的像白玉，有的像水晶，有的金灿灿，有的红艳艳，一朵朵、一簇簇，大的、小的，含苞的、初开的、怒放的，都像一只只色彩斑斓的蝴蝶，飞翔在天地间，虽叫不出它们的名字，但儿时的乐趣就藏在那里。逮蚂蚱，捉蜻蜓，扑蝴蝶……忘情时，还会将一束野花插在头上随蝶飞舞。常常，我们会惊跑草丛里小憩的青蛙，惊飞一群在田野里优哉游哉的麻雀。就是脚下这条泥巴小路，将花儿草儿蝶儿鸟儿召唤和连接在一起，托举了乡村孩子童年的快乐。

桃红柳绿，泥土芬芳，流淌着故乡人生生不息的故事。有牧人守着的羊儿牛儿，一份悠闲，一份甜美，一份诗意，让人自然追忆起多年前耳熟能详的歌曲："走在乡间的小路上，暮归的老牛是我同伴，蓝天配朵夕阳在胸膛，缤纷的云彩是晚霞的衣裳。荷把锄头在肩上，牧童的歌声在荡漾，喔喔喔喔他们唱，还有一支短笛隐约在吹响。笑意写在脸上，哼一曲乡居小唱，任思绪在晚风中飞扬。多少落寞惆怅，都随晚风飘散，遗忘在乡间的小路上。"不过，黄牛、牧童已成了遥远而美丽的回想。如今的孩童不在牛背上，牛背上也没有他们的歌声，田间地头，很少有劳作的农人，自然也就少了面朝黄土背朝天的沧桑。机械化，解脱的不仅仅是他们的沉重。他们的心思已随袅袅炊烟飘向了远方，他们的乐趣也远离了路边的草色青青以及草尖上隐隐约约的清香。那片稻田、那座果园、那条溪水、那绿油油的青菜、那簇簇的野花，都化作了坚固的钢筋水泥，谁都不能否认，今天的村庄已不再唱着过去的歌谣。

走在乡间的小路上，会遇到田野里走来的笑脸，敦厚、纯朴，只是总会有"相见不相识"的尴尬。此时，只能用同样的笑容回应他们。只那么相视一笑，便有一种温暖在心间涌动；与那些能认出彼此的，总会有番"乡音无改鬓毛衰"的感慨，然后便热乎乎地询问彼此的状况，一段家常，方知走出小村是他们常挂心怀的渴望,也是寄予在孩子们身上的厚望。然而面对他们,我却无法坦言：乡村的宁静与平和，不知是多少都市人的向往；在那暖意融融的春日里，不知有多少人从蜗居的城市涌向乡野。一如我，脚方才踏上这熟稔的乡间小路，便抛却了红尘纷扰、远离了熙攘喧闹、卸掉了几多刻意。

路边，一间简易土房里，飘起了如雾的炊烟，也飘出了农家饭菜特有的香味。混着泥土的清香，一家人围坐桌前的场景便在眼前呈现：简单、安静、平和、温馨，小屋里弥漫着从田野里带回的阳光的味道,分享着劳碌过后的满足。让我好生羡慕，真想融入那一桌简单的粗茶淡饭之中。

虽然我的童年不像现在的孩子这么幸福、甜蜜，我却依然十分怀念自己的童年时光。那时，穷似乎算不了什么，亲人们浓浓的亲情更加难能可贵，也更使我们感谢大自然慷慨无私的馈赠啊！很多时候，我反感了现代都市里的“鸟巢”般生活，反感随处可见的汽车拥堵现象，讨厌那些把音乐变成噪声的人，非常不习惯现代都市人的“冷漠”特性。我怀念童年,怀念乡村，多想无忧无虑地生活在乡间，种几亩薄田，看看书写写作，与树木野花一起，与大自然不离不弃，相爱永远。

湖北作家刘启艳

【作者简介】

刘启艳，笔名叶子，湖北五峰人，曾任中学英语教师，后入行政机关工作。简简单单，平平实实。喜爱诗歌、散文，作品散见于报纸杂志和网络平台。热爱生活，勤奋上进，立志将自己的余生献于笔耕。

享受五峰（外一篇）

我生在五峰，长在五峰，生活在五峰，工作亦在五峰。五峰的一草一木、一土一石、一沟一坎、一情一景，都让我感到是那样亲切、那样享受。不由得让我怀想五峰的四季。

315 省道，我来来往往已经 35 年。每次经过，都是一次美的享受。白溢寨的塞上江南风光让我流连忘返；后河河谷的涓涓溪水、莽莽丛林让我如痴如醉；千丈岩的鬼斧神工、天堑绝壁让我惊魂叹奇；柴埠溪的三千险峰、百里幽谷让我心驰神往。一路往来一路景，一路穿引一路情！

春天，万物苏醒，河边的杨柳悄悄地吐出幼芽嫩叶喜迎春的到来，河里的小鱼偷偷地探出头来向春天招呼问好，铺天盖地的迎春花、杜鹃花姹紫嫣红，遍山遍野的樱桃花争奇斗艳。如果你驱车沿着 315 省道缓缓前行，打开车窗，一股清新气息立马就会迎面扑来，随车辆徐徐前行，美如画卷的自然风光更迭变换，由近至远、由明及幻，美不胜收，顿时你全身的细胞就会活跃起来，你的心情定会爽极了。这时，你会忍不住停下车来情不自禁地飞奔到鲜艳夺目的杜鹃花前，捧着它深吸它的芳香，或许会飞向满树盛开着粉红色花的樱桃树下，拉着树枝，亲吻花朵，与花合影留念。此时的你早已和大自然融为一体。鲜花绽放于枝头，心花怒放在眉间！再往前行，一个由一排排坐落整齐、典雅古朴的小洋房组成的村庄会闯入你的眼帘，白墙青瓦、飞檐翘脊，古香古色的花格门窗、造型别致的门庭走廊，既含欧式风韵，又富土家特色。门前是清一色的庭院，庭院前是清一色用灰色石块白色石柱砌筑的花园，花园里栽种着各种花草和盆景，红的、白的、黄的、紫的、蓝的、粉的、高的、矮的，漂亮极了。花园前，是既连成一片又分块成垄的肥沃田园，田园里的庄稼郁郁葱葱，各种农作物生机盎然，蓬勃向上。你如果玩过开心农场游戏，那就是开心农场的现实版，看着就舒心！田园前，是笔直而宽敞的大道，大道穿越在田园之间，如果你经过此地，就仿佛已经到了欧洲的格吕耶尔。

夏天，热浪袭人的时节，酷暑难耐。夏天的太阳像火一样烘烤着大地，当你不得已外出时，你就得头顶烈日，脚踩蒸笼，那太阳的强烈直射，那脚下路面高温的烘蒸，定会让你皮肤焦疼，如坐针毡，你不敢有半点停留，恨不能立马跳出这偌大的火海。如果离开空调，你会日不能安神，夜不能入睡。但是，你如果置身五峰，那这一切都不是问题了。五峰是盛夏的天堂、清凉的世界。五峰有着天赐的自然空调，那悠悠凉风微微习来，会让你每个毛孔都感到舒服，那种享受，真似神仙一般！在炎日的闹市，人们晚上睡觉，空调须得噗噗地吹，关了受不了，开着怕着凉，还怕吹出个啥毛病，时常不能安心睡个踏实觉；然在气候适宜的五峰，那可就让你美了，晚上不仅不用开空调，还须盖着薄被子呢，睡得香，睡得实，舒舒服服做美梦！

五峰的金秋又至。五峰的金秋，山色皴染，这才是真正的金秋！秋高气爽是当然，但更为凸显的意境却是两个字：迷人！迷在何处？迷在“金”！五峰的金秋，不是一般的金秋，是迷人的金秋、诱人的金秋！春华秋实，时节轮换，转眼间，昔日的青山变成了此时的金山。那漫山遍野的黄树叶红树叶，交相辉映，浑然一体，近山的，远山的，山下的，山顶的，这山的，那山的，汇成一片巨大的金色海洋，让你仿佛进入了一个浩大的童话世界。如果你在五峰境内徒步旅行,那享受真是美滋滋的。人行道上的松针厚厚的、软软的、黄黄的；路边的枫叶飒飒的、红红的；农家小院里正在晒的玉米亮亮的、灿灿的；坡上坎下的柑橘红枣、核桃板栗香香的、甜甜的……若能夜宿农家，“明月松间照，清泉石上流”的美景定会让你梦语连连：好惬意啊！好享受啊！

五峰的冬天是冰雪的世界，白雪皑皑，玉树琼枝，银装素裹。清晨，当你从睡梦中醒来，推开大门，那眼前的景色，不仅是让你惊喜，更是让你眼睛发亮，操场上、原野间铺上了白茫茫的地毯，屋檐下挂满了透亮的凌钩。再抬头看看山上，原本挺拔的树都穿上了洁白的羽绒服，枝条都被积雪压成了抛物线，稍矮些的小树，看着貌似无数个圣诞老人。晶亮亮的白雪，就像白砂糖一样，会让你忍不住捧一把塞到口里尝尝。再当你沿着公路前行时，走着走着，你就会看见从山崖顺延而下的冰柱，还有岩石壁上的“冰墙”，冰柱和冰墙，晶莹剔透，你一定会忍不住要去抱一抱、摸一摸，或拆一根冰柱放在手中尽情把玩。吃过早饭，日头正红，孩子们出来了，老人们出来了，漂亮的姑娘、英俊的小伙也出来了，孩子们打雪仗、堆雪人、滑雪橇，尽显童趣；老人们书雪字、作雪画、咏雪诗，尽抒情怀；帅哥靓妹们嗨雪歌、蹦雪舞、咔雪照，尽释浪漫。若兴致未尽，更有成群结队的勇者会奔向五峰国际滑雪场，在那里来一场冰雪大战，尽享大自然赐予的无限福分。

五峰，时时有风景，处处是享受！

原来山沟沟也可以如此这般

仲冬时节，太阳早早就让到山的后面去了，按照约定分工，夜色粉墨登场来管控地球的另一半，职责分明。如是在夏日，此时正是阳光绚丽的时刻。我和姐从新城南区出发，沿着河岸一路往老街方向散步，我俩一路聊着，一路欣赏着眼前的美景，沿途整齐划一的夜光灯，朦胧柔和，岸上的灯柱倒映在水中，交相辉映，水岸一色。水面微波荡漾，如片片鱼鳞，金光灿灿。不觉之间，我与姐就来到了一桥边，广场上欢快跳跃的舞曲已经响起，我的脚步也随着那振奋的节奏，舞一般地踏在青石板上。姐姐得赶快了，要不就迟到了。姐让我坐的士回家，我说不，正好借此锻炼身体，随后便与姐挥手相约再见。

我独自一人继续往前走着，继续欣赏着河边灯景，心里惬意得很。一会儿就来到了一个名为“庙岭”的隧洞。徒步洞中的感觉很奇妙，带跟的鞋踏在主道一侧护栏内的人行道上，发出“咚咚”极具节奏感的回音，就像打击乐中的花鼓声，突然间，打一个喷嚏，其声高，响彻整个隧洞。徐徐有车辆经过，延绵不断的轰鸣声，就像我们童年时偶尔听见天空飞来飞机的声音。小时候，在家正刮着土豆，突然听见天空传来轰鸣声，立即丢掉手中的刮子和土豆，冲向屋外，仰着头，循着轰鸣声在天空中搜寻，一旦发现目标，立马欢呼，用手指着那个由远而近银灰色的大“燕子”高喊：“看见了，看见了，在那里，在那里！”闻声出来看飞机的弟妹，顺着我手指向的方向，也欣喜地欢叫着：“看见了，看见了。”“燕子”由小变大，由大变小，两只眼睛跟随那只“燕子”一路追踪，直到那个银灰色的“点”消失在远远的天际。洞中有时又特别寂静，当无车无人时，静得只能听见自己的呼吸。

猛然间，一抬头，啊！好漂亮啊，好美呀！洞口前方两个巨大的圆形建筑，灯火璀璨，光彩射目。瞬间，即被眼前的美景惊喜得不能自已，眼神呆了，双脚也被困住了，由成千上万的彩灯构成的艺术造型，光芒四射，灿烂炳焕，让我从洞中走出的一瞬，感觉是到了另一个天地！

我盯着两个庞然大物瞧个没完，这两大建筑也真是别具匠心，既像一个巨大的喜饼，又像一个硕大的大盖帽，还似一个庞大的礼帽，我真佩服当初的规划人、设计师！我见的世面小，它处我不知是否还有如此独特别致的建筑。我在方圆欣赏徘徊许久。一散步人见我驻足不前，眼睛发亮，欲罢不能，猜想我可能不知道这两大建筑是什么来着，便一一给我介绍说：“上面这个大圆是县广电中心，下面这个大圆是体育馆，还准备修建第三个圆。”我一听，着实一惊，两个已经够雄伟的了，够高大上了，还修第三个？这时，他竟然骄傲地给我来了一段顺口溜：“新城渔关变化大，交通四通八达，处处高楼大厦，环境优美香喷哒，发展新建一茬接一茬，旧貌新颜铁树开花，日新月异万象佳！”另一散步人听见我们的谈话，接过话说：“听说还在南区那边建啤酒厂，办啤酒节呢！”他们俩你一言我一语，兴奋地畅谈着五峰的未来，我谢过他们，也继续着我的未来！

往前数步，更有盛景闯入眼帘，在这两座貌似巨帽造型的大楼中间，一座宽大、设计独具创意的大桥延伸过去，望不到尽头，四台八角大花轿栖息于大桥两边的人行道上，我忍不住飞奔过去，饱赏眼福。花轿既极具古朴风格，又不乏现代品位，红木轿脚，金色轿顶，两层轿身，飞檐翘脊，古风花格窗，轿楼边沿，精雕细刻龙凤图案装饰，轿腰两排光彩撩人的彩灯，环绕其身，一楼大门行人借过，二楼才是真正的轿娘屋，楼上楼下，金碧辉煌，灿烂夺目，既彰显大气，又显尽富贵豪华。这四台花轿，可也不知羡煞多少过客，不时有人驻足观赏，不时有人留步咔照。我暗自思忖，桥上别出心裁地矗立四座花轿，寓意着什么呢？哦……花轿是办喜事用的，喻示五峰人民，时时吉祥相伴，天天喜事临门；那金色的轿顶，喻示头戴皇冠；那富丽堂皇的轿身，喻示土家人民不断走向辉煌；那飞檐翘脊，喻示四方进宝、八面来财。当初规划设计师的初衷是什么，我不得而知，肯定有更深厚的寓意，姑且先这样理解吧。

大桥的设计，也是让人感到富有文化气息和底蕴。四车道的桥面主干道，4 米宽的双边人行道，人行道上每间隔 10 米就有一处菱形图案装点，桥的护栏，清一色的青石雕花，桥上立杆，红旗招展，“绿水青山就是金山银山”“包容创新，敬业奉献”等励志育人的宣传语，醒目清新。桥上还有一道吸睛光景，即是桥的内护栏。内护栏比外护栏低矮许多，似由漆着黄金色的砖和钢管构建而成，钢管呈“一”字直伸而去，一眼望去，就像千丈金条搁置在千块金砖上，特别吸人眼球。桥上没有像大城市那样车如水人如织，只是一分钟左右悠然流过一两辆，这虽然少了大城市那川流不息的场面，但却也是大城市人之向往之梦境。

远远望去，体育馆和广电中心就似两个戴礼帽的轿夫，抬着这四台大金轿，又似两个威武的警察，守护着大桥与花轿。

花轿的灯与大楼、大桥的灯，浑然一体，天地一色，辉煌了大半个渔洋关。

夜幕降临灯辉煌，金红光照显阳刚。五颜六色玲珑轿，七彩梦幻映桥上。万千灯花开，灿烂如金海。此景只应城里有的美丽画面，一个华丽转身，跃入你的眼前，当你还没来得及仔细端详，它已经将你紧紧环抱。灯火辉煌、五彩缤纷已不是大城市的代名词；摩天高楼、千米大桥，也已不是大城市特有，我们山沟沟也一样可以如此这般美轮美奂，也一样可以如此这般灿烂辉煌。亲爱的，这是我们的福分，这是我们的自豪，我们好好珍惜吧！我们好好享受吧！我们好好爱她吧！

河北作家杨庆丰

【作者简介】

杨庆丰，女，笔名墨雨，河北省张家口市赤城县田家窑镇上斗营村人，曾荣获第二届“蝶恋花杯”国际华人文学大赛优秀奖。获奖作品被纳入《“蝶恋花杯”国际华人文学大赛获奖作品精选》出版。

画眼泪

弗郎斯先生是一位孤独的画家。他的心中隐藏着各种眼泪，他喜欢将这些漂亮的东西镶嵌在卷着金发的美女的睫毛上，或者悬挂在闪着神秘感的瞳孔边缘。

“你不会不知道眼泪吧！”弗郎斯先生抡起画笔严肃地说。说实话我十分嫉妒他多愁善感的性格，我问道：“你在为这种痛苦的东西黯然神伤？”他耸了耸自己高傲的肩膀回答：“作为朋友，我可以告诉你。”弗郎斯先生抬起他那张过于激动的脸，做了这样的解释：“眼泪来自心灵深处，释放出一种情怀，有时候眼泪会让人崛起。”在这位伟大的画家心中，竟能得到如此对眼泪的赞美，我发出按捺不住的惊叹。凝视着弗郎斯先生的画，我慢慢靠近了他。

“当一个孤苦伶仃的生命呱呱坠地时，他的眼泪可以洗刷掉辛酸磨难。”提到这幅画时弗郎斯先生完全沉浸在幸福的遐想之中。他兴致勃勃的讲解并没有满足我对眼泪产生的浓厚兴趣。我迫不及待地走到另一张面孔前，仔细寻找隐藏在眼泪深处的全部细节。

什么也看不出来，像是一颗珍珠镶嵌在睫毛上。弗郎斯先生忽然神情淡漠，发出令人不快的言语：“这是冷漠的神情所表现出的绝望，就像早年失去我心爱的妻子一样心痛。”他忧郁的心境让我感觉到弗郎斯先生绝不是一个意志薄弱的画家。我有意避开他冷酷的目光，安静地说：“你喜欢这种冰凉的感觉？”弗郎斯先生把手伸上去，抚摸着那颗白色的泪珠喃喃地说：“这些眼泪并没有隔开我们的灵魂！”

一会儿工夫，弗郎斯先生陷入了沉思。我琢磨着该怎样做才能让他从悲痛中走出来。显然他很坚强，一种新的力量代替了阴暗的情绪。我们来到另一间画室，他掀起一块红布，我立马被这尊与世隔绝的画像震撼了。略带温柔的美丽女子，镶嵌着令人心痛的眼泪，我几乎不愿看见那颗影响她容貌的眼泪。弗郎斯先生激动地说：“这颗眼泪是最漂亮的，她的眼睛是蓝色的。”弗郎斯先生微笑着，眼泪这种辛酸的东西挡在今生与来世之间。

弗郎斯先生的大部分时间都在画眼泪。他告诉我这些画都是妻子的杰作，而他只负责镶嵌漂亮的眼泪。

湖北作家魏炎城

【作者简介】

魏炎城，男，己丑年生，1968 年毕业于武汉第一师范学校。1969 年至 1982 年在湖北恩施县教书。1982 年至 2009 年在武汉市服装工业公司工作。2009 年退休。现旅居滇西古镇喜洲。

我的紫砂壶

二十世纪八九十年代，邻居小叶还在长江上跑船。一次，带回一把紫砂壶。她知道我喜欢喝茶，于是送给了我。这把壶虽然是极普通极普通的那种，既无书画，又无款识，只是生产厂家成批量生产的，我却是喜欢得很，有时甚至是爱不释手。不光用来泡茶，有时专为欣赏、把玩。那时，也仅仅只是喜欢，对紫砂壶知识的了解，却是全无。

后来，市场上出现了紫砂壶的专卖店。各种类型，各种式样，各种泥色的；普通的，精美的；半机械制作的，纯手工制作的，都有卖的。其花色品种，令人眼花缭乱、目不暇接。更有那些收藏品市场店主骄傲地展示他们手中据说是大师们制作的精品紫砂壶。报价却是令人瞠目结舌，动辄成千上万元人民币。这类精品紫砂壶，对于我等小民，好处呢，是可以大开眼界、增长知识。不过，我们也只能过过眼瘾，武汉人叫作“开眼睛荤”罢了！

不过，我还是喜欢得空便去逛逛这样的市场。比如崇仁路的收藏品市场和茶叶市场的紫砂壶专营店，还有江边花鸟市场的几家专营店。我到这些地方，主要是去看，去欣赏，去品味，去学习。间或有特别喜爱的，花钱不多的店主能够让价的，我也会买一两把。几年下来，我也买了一二十把壶。其中有十多元的，有二三十元的，甚至还有五六十元一把的。最贵的两把壶都超过一百元了！其书法不错，刻画精美，虽非名家之作，却有大家风范。管他呢，忍痛掏钱吧！我也不知道这是否就是“收藏”，反正自己喜欢，性之所至，情有所钟，哈哈，心胸愉悦！

再后来，女儿投吾所好，在北京大生堂买了一把纯手工制作的紫砂壶送我，名曰“龙珠壶”。据证书证明，制作者是获有专业技术职称的助理工艺师。这把壶确实制作精良，选泥也很细腻。店主开价颇高，经过讨价还价，最终以其半价五百元成交。这是我所有的紫砂壶中最昂贵的一把。不光是因为它价高，女儿还从网上下载了一些有关紫砂壶的知识、信息等资料，使我获益匪浅。时隔不久，儿子也步女儿后尘，买了一品盒装套壶，说是送给我过年的礼物。花钱虽说不多，我也喜欢。

壶逐渐增多了，摆放的地方就显得狭窄了，而且擦拭浮尘也是一件烦心的事。妻每每有些微词，但总还是细心地、一件一件地、小心谨慎地擦拭干净，摆放整齐，然后静静地欣赏这用劳动换来的大放异彩的工艺品。

嘻嘻，花钱不多，买来快乐！

身游与神游

读万卷书，行万里路。

旅游是读书，能丰富阅历、增长知识。

旅游是体育，能锻炼体魄、磨炼意志。

旅游是修行，能敬畏自然、净化心灵。

女儿与女婿是热爱生活的人。他们热爱大自然，热爱旅游，就像他们热爱读书热爱学习一样。神秘的西藏，佛国首府加德满都，是他们早已向往的地方。这次利用国庆长假，终于成行。从 9 月 28 日晚乘飞机出发，经重庆转飞拉萨，再由拉萨乘车到中尼边境樟木口岸入尼泊尔境，乘车往加德满都。然后原路返回，10 月 10 日晚安全返回上海。历时 12 天。

众所周知，青藏高原，世界屋脊，一片圣洁神秘的土地。古往今来，引无数探险者向往与探寻。青藏高原平均海拔高度 4000 多米。拉萨 3600 多米，日喀则 4000 多米，拉龙拉山口 5000 多米。他们这次游历的两个主要城市是拉萨与尼泊尔的加德满都，正要经历喜马拉雅山南北两面的两重天。在经历这壮美山川喜悦的同时，也必须经历高原反应给身体带来的严重不适的痛苦。女儿与女婿一到拉萨便开始有了反应，随着海拔越来越高，反应便越来越强烈。头痛欲裂，恶心呕吐，难以进食。这种痛苦几乎贯穿于整个游历的全过程，总有五六天吧。早在他们出发前，我们已经预计到他们必然会有这种反应，这种反应是高原空气稀薄、缺氧、气压低造成的必然结果。因此，我们叮嘱他俩要带些西洋参，每天服食一点，培元固本，增强体力，最好是能带一个便携式氧气袋，需要时，便可吸一点。也许他们过分相信什么红景天的作用，结果被忽悠。不管怎样，他们经受住了考验，心理和生理都经受住了考验。

他们这次旅行的全过程，我们虽然不能与他们同行身游，但我们总是紧随其后，与之神游。他们到了拉萨，我们的灵魂似乎也跟随他们一起走进布达拉宫，与他们一道虔诚地礼佛。他们到了米勒日巴山洞，我们也似乎心他们一道向着尊者修行的洞口朝拜。他们到了喜马拉雅山脚下，我们也似乎跟随他们一起，瞻仰这世界最高最圣洁的女神。他们到了樟木口岸，我们似乎也跟随他们一起欣赏中尼边境的壮丽景色。他们来到了加德满都，我们也似乎紧跟他们一起，走进这世界著名的佛教古城，到每所寺庙去参拜、去礼赞。我们和他们一起，感受到了大自然的无比神奇与伟大，感受到了世界屋脊无比壮美的风光。也与他们一起承受了高原反应带来的痛苦。他们的心灵得到了净化，我们的心灵也受到了洗礼。

啊！他们回来了，他们成功了，他们胜利了！

我们的神游也随之结束了。

河北作家齐洪珍

【作者简介】

齐洪珍，河北省张家口市怀来县印刷厂职工。闲暇之余只想用文字弥补大脑的空白。曾有多篇散文发表在县《怀来文艺刊物》及《白鹭文苑》《雪绒花原创文学》《星辰有声微刊》《茶香漫话》《中微诗刊》等多个网络平台。自娱自乐，心静如水。

酒情传承

中国的酒文化历史悠久，博大精深，源远流长。其中有唐代以酒为诗的诗仙李白的《待酒不至》“玉壶系青丝，沽酒来何迟。山花向我笑，正好衔杯时。晚酌东窗下，流莺复在兹。春风与醉客，今日乃相宜”曹操的“煮酒论英雄”“对酒当歌，人生几何！”以及杜甫《饮中八仙歌》，故而有李白斗酒诗百篇，以致“天子呼来不上船，自称臣是酒中仙”之说。就已经证实了，酒也是一个文化符号，是一种礼仪，一种气氛，一种情趣，一种信念！

自当黄河东来水，滋润九州之圹埌，便有沧海桑田之五谷，哺出华夏灿烂之文明。于是，酒这液体的精灵，便应运而生。

我想说的是：与共和国同龄，坐落在家乡著名的酒城——河北省张家口市怀来县官厅湖畔沙城镇的沙城酒厂，也就是如今的长城酿造（集团）有限责任公司的前身。该公司是中国第一瓶干白葡萄酒的诞生地；该公司拥有集生产、检验、包装、检测、实验、品尝于一体独立装配的生产线；该公司不仅酿造白酒，还酿造干红葡萄酒系列上千个品种；该公司生产的“沙城老窖”有着近 800 年的历史，并一度成为元清两朝御用贡品；该公司的产品曾获得无数次的荣誉，并长期畅销大江南北；该公司曾在 1994 年中国国际名酒博览会上获得“中国酒王”称号；该公司是一家专业酿造白酒的老牌企业，遵循“以质量求生存，以信誉求发展”的宗旨，生产出的白酒口感纯正、香甜可口、余味悠长，深受广大消费者的喜爱。

“龙潭大曲”就是以优质高粱、大麦、豌豆为配制原料，酿造的水质是甘甜的老龙潭泉水，要求清蒸辅料，低温入池，缓慢发酵，发酵期越长，酒就越醇香。并采用砖池、水泥池、人工老窖的不同发酵期的措施，进行分类贮存，承袭传统的工艺，以确保风味纯正，精酿而成。在 1962 年河北省评酒会议上被评为河北省地方名酒。

康熙十一年（1673）皇帝出巡，途经怀来至沙城，看见到处都是“烧缸流珠，酒香四溢”，于是品尝后说“酒甚佳”，并赐名“沙酒”，定为贡酒。驰誉遐迩。

而"青梅煮酒"则是选用"龙潭大曲"为基础酒，加入青梅、藿香、檀香、当归、藏红花等十二味中草药与糖共煮，经过回馏煮制、调配、贮存、过滤、装瓶而成，是独具一格的植物类露酒。每道工序都必须稳、准、细、净，经过认真严密地层层把关酿造出的"青梅煮酒"，色泽脆绿、透明清亮、香气芬芳，是滋补露酒的珍品。沙城的"青梅煮酒"（绿）和"活络酒"（红）曾在 1914 年、1929 年、1931 年荣获巴拿马万国博览会金奖，1963 年被评为河北省地方名酒，1985 年被评为河北省优质产品。

长酿集团的前辈们为中华白酒的传承与腾飞，做出了卓越的贡献，同时也诠释了长城酿造集团七十年的风雨历程。

作为员工的家属，我每天都与酒厂的邻居们聊天畅谈，陶醉在酒香四溢的环境中，也熏陶成半个酒厂的人了。

我不会喝酒,但喜闻酒香。上下班每每走到往返回家的路上，远远就被迎面飘来的酒香甜了喉咙，醉了心头，一天的疲惫早已抛至九霄云外。

记得在我们小时候，父亲最爱喝酒了，而且只喝沙城酒厂的酒。平时舍不得喝，但逢年过节必备一瓶龙潭大曲，当父亲打开瓶盖时，一股纯正的清香扑鼻而来，满屋子都漫溢着酒的幽香和欢乐温馨的喜庆年味，醇厚甘洌，绵润适口。饭后父亲还回味无穷，摇头晃脑地酣唱"何以解忧，唯有大曲"，父亲滑稽的表情逗乐了我们全家。平时父亲轻易不表露喜怒哀乐，为了这个贫困的家，父亲如一个拉船的纤夫，任凭风吹日晒、波涛汹涌，一直奋力拼搏，用自己的血肉身躯承载着全家的命运，任凭岁月变迁、沧海桑田，披荆斩棘，负重前行。

这杯龙潭大曲的酒香此时此刻让父亲尽显孩子气。这欢乐的笑声伴随着酒香回荡在充满浓浓节日气氛的房间里，久旋不散。这既尽兴又美到骨子里的清香，已成为父辈们美好的回忆，更是我们儿女思念父亲的情结。也因为这传承了800年的酒情，尊重父亲的愿望，我如愿嫁给了酒厂的职工，终于成为一名骄傲、自豪的员工家属。让老公继续为经历了70年风雨兼程的长酿酒厂把好品尝的质检关，敬业尽职，再做贡献。

如今在续写辉煌岁月的现任长城酿造集团有限责任公司董事长王海龙，再次肩负起了复兴长城酿造集团的历史使命。

2019年9月间，重任在肩的王总带领着他的团队，以丰富的酿造经验及过硬的酿酒技艺，在华北以强劲的东风，袭占了大半个市场。

“沙城双龄”正如在华北市场上冉冉升起的一颗新星，填补了华北白酒市场次高端品牌的空白。“沙城双龄”不仅丰富了新商务市场的需求，还意味着双龄白酒拥有更大的上升空间。“酒是陈的香”，并以“酒龄+窖龄”的双刃剑，打造出一条以浓香型老酒为主体的白酒品质。在传承了800年酿酒历史的基础上焕新推出，不仅是沙城数百年酿造史上的积淀，更是“沙城双龄”沿袭酿造好酒的传承。

“沙城双龄”上市后就备受经销商和客户的青睐，也是婚庆礼席上一饱口福的佳酿。“沙城双龄”正以迅雷之势从众多白酒品牌中脱颖而出，畅销海内外。近日，在素有“酒界奥斯卡”之称的美国旧金山世界烈酒大赛中，长城酿造集团有限责任公司出产的“双龄”“陶藏”等狂揽六项大奖。

未来的酒厂将会打造更专业的研发团队，引进更一流的精装设备，为中国精酿行业输送更多的优秀产品。长城酿造集团正以稳健的步伐跨进了“沙城双龄”时代！

也许，一盏茶可以苦后明智，一壶老酒可以醉后释怀。酒在杯中，情在心中，愿更多的旧友新朋，共饮饱含浓烈友情的“沙城双龄”。愿“沙城双龄”香飘四海、出口五洲。

新加坡作家童赵驰

【作者简介】

童赵驰，湖北人，退休教师，现旅居新加坡。其作品发表在各网站及纸质杂志。

家乡的红枣树

立冬日，好友发来一支《红枣树》舞蹈的视频，编舞优美，服装典雅。这支舞是她新学的。她跳得很认真、很投入，动作流畅，演绎细腻，只是背景是赤道风光的椰树，少了些许情景交融的美，于是，我便打开APP准备给视频换换背景。

首先考虑的背景当属红枣树，上网一搜没有找到我心目中的那棵红枣树，于是打电话给朋友，要她找一找红枣树图片。不久，她发过来几张红枣树的图片，都是一些只见枣儿和细枝绿叶不见树干的红枣树图片，朋友还说红枣树就是小树。她这么一说我迷糊了，难倒是我的记忆发生了错误，心目中的那棵高大的红枣树根本不存在？是当年年纪尚小而产生的错觉，还是我老年痴呆了？

小时候，我家前院有一排果树，最前面的那棵树便是红枣树，在这些果树中数红枣树最高最大，绝对高过我家屋顶。二十世纪六七十年代，在我老家的农村院落，红枣树是很常见的树，多数人家都是种在前院。在我幼年的记忆里，枣树树干粗壮，深褐色，树皮皲裂，像经历了风霜被岁月刻画后的老农的脸，虬枝错杂映衬天幕，落叶后的细枝像有刺儿一般，一不小心会划伤皮肤。

春天，枣树不像桃树那样，早早就满枝粉红，给大地报春，而是要等桃花谢了，枝繁叶茂了，才慢吞吞地吐出嫩芽，然后淡黄色的枣花细细翠翠不甘落后，迫不及待地绽放枝头，和芽叶比美。一树的枣花，引来一树的蜜蜂，弥漫一村的清香。

夏天，茂盛的枝叶挂满了翡翠般的果儿，阳光照耀下明明晃晃的，煞是喜人，有的枝丫不胜重负，弯腰下垂，整个树冠就像一把大绿伞。我和小伙伴们常常在绿伞下看书、玩游戏，讲一些偷枣儿的屁事，惊险又刺激，自然也少不了秘密谋划今年如何偷摘枣子的宏伟规划。

深秋，黄的、酱红色的枣子缀满了枝丫，秋风吹过，满树抖动，摇坠欲落，引来许多灰喜鹊。放学后总是有嘴馋的小猴孩来到树下，先是摘低矮枝丫上的枣，然后就是哥哥姐姐们顶着弟弟妹妹们摘高一点儿的枣，最后像猴子一样爬上树，使劲儿地摇树枝，枣就像雨点般落下，掉下来的枣子个个都长了酱油麻子，甜甜脆脆好吃极了。只要是有人摇枣，我都会加入望风、捡枣的行列，屡遭母亲大人的责骂。一日，我们一行才走到我家屋后竹林，母亲就叫来堂哥，拿着一根竹竿爬上树打枣子，满地的枣子，任小伙伴们塞满口袋和书包。

冬天，树叶落尽，那高高的树枝上却总是挂着几粒红红的枣，喜鹊不来，它就在寒风凛冽下轻轻晃动。也许这几颗枣，是枣树为了感谢灰喜鹊捉害虫而特意留下的。

大年三十，母亲会准备一小盅鸡汤，要我喂枣树喝汤，说是枣树喝了我喂的鸡汤后，会给我多结枣。开花期，伯父会在枣树适当的位子给枣树开口，然后用青布将伤口包裹好，让伤口慢慢自然愈合，愈合后留下一个环状的口。我捧着鸡汤来到枣树下，很容易就找到了那个圆圆的大口。我很认真地一汤匙一汤匙地喂它，我常常都是哭着鼻子收场，母亲和伯父总是咧着嘴笑。

母亲说我家的枣树是一棵雌枣树，记得那年大哥（堂哥）准备提亲娶大嫂，母亲说要让我们家的枣树生一棵小枣树，等大哥的新房盖好了，就种在大哥新家的前院。这年早春，伯父拿着铁锹，我也好奇地拿了小铁铲，跟着伯父来到枣树下，在离枣树主干不远处的地方找枣树根。没挖几锹就找到了根，伯父砍断树根，在根的原地方挖了个长坑，却不拿出树根，只要我将肥施进坑里，然后又把挖出来的土回填。吃粽子的季节，那个地方果然长出了一棵枣树苗，我用竹枝给小枣树织了个小篱笆围着，以防我的小伙伴们踩到它。隔年春天就将小枣树移栽到了大哥的新房前院，大人们都叫这棵枣树为枣子树，我们也跟着叫枣子树，一连叫了数十次不曾叫错。大人们笑弯了眉，脸上见牙不见眼。

而今，一个甲子过去了，家乡现在早就不见过去的农家小院了，变成了排排小洋楼，高大的枣树便成了稀罕之物。

找不到那棵红枣树的图片，于是按照思乡梦境，找了张木质结构的黑瓦屋照片，屋旁配上细细碎碎的花朵，远方景观纳入水榭亭台，再添加一点灯光滤镜，折腾到深夜两点难以定稿。

原来，家乡的那棵雌枣树始终长在我心里，今日又生出许多乡愁……

海南作家包世旺

【作者简介】

包世旺，海南省海口市人。曾下乡当过知青，喜欢写小说、散文、诗歌和知青故事。作品散见于报刊、微信公众平台、知青网等。曾在全国文学作品大赛中多次荣获短篇小说、散文随笔、诗歌等大奖。其中：2019 年荣获“中国知青作家杯”全国征文散文一等奖、“新中国 70 周年巅峰诗人作家”“当代神州优秀文学家”大赛一等奖、“当代精英”全国文学大赛散文随笔三等奖。2020 年在二十一世纪诗人作家评选活动中，荣获“二十一世纪诗人”荣誉称号。

现为中华知青作家学会会员，海南省海口市作家协会会员，《作家前线》签约作家、诗人，经典文学网、中华文艺微刊签约诗人、作家。曾出版长篇知青小说《玫瑰情缘》。

海的女儿

四年前的一个夏天，我和几个朋友来到三沙。有一天，将近傍晚，五彩缤纷的晚霞洒满了北京路、海南路、宣德路及三沙的每个角落。夕阳在树林那边渐渐下沉，团结林、将军林、士兵林，在夕阳的照耀下，倾斜的光线照进叶丛里，都成为古铜色。树下一抹一抹的阳光，像金色的巨大的台布摊铺在那里。远处湛蓝的大海，渐渐地淹没在一种墨蓝的寂静之中。

因为还没到饭点，趁着太阳还没下山，我便独自一人，迎着夕阳，在海南路悠闲地漫步，想寻找一些心灵里从没有过的瞬间。

正巧，不远处坐着一位少女，晚霞映红了她的半边脸，眼睛望着我走来的方向，好像在等什么人。看我走来，腼腆地冲我一笑，我本想躲过，但已经来不及了。出于礼貌，我只能回她一个微笑，一个不怎么自然的微笑。可能是出于对长者的尊敬吧，她迅速起身，很礼貌地退到一边，脸上依然是挂满笑容，显得很纯很美……

当我走近时，眼前一亮，把我整个人给吸引住了。这姑娘上身穿着一件碎花白夏布短衫，下身穿着黑夏布长裤，头上扎着两条粗大、油黑的辫子，这样的辫子，在城市里已经很少见了，但看起来有一种文雅朴素之美。当她站起来时，辫子弯弯地搭在她丰满的鼓起的胸脯上，刘海细细地垂在前额的正中，像一绺黑色的丝带。她的鼻子和嘴都是端正而小巧的，有一对不大不小但是黑得异乎寻常的发亮的眼睛，脸蛋儿泛着天然的轻微的红晕。

……从侧面，看到她的脸颊丰满，长着一些没有扯过脸的少女所特有的茸毛，在她微圆的脸上，有一双睫毛长长的墨黑的眼睛，她的肤色微黑透红，恍如一朵含苞待放的黑牡丹；神态里又带着一种乡间姑娘的单纯与稚气。显得非常健康与俏丽，好看得使人惊叹。

"大哥，您是来采风的吗？"她微笑着轻声细语地说。

"小姑娘，你是在问我吗？"

她点点头，笑了笑，眼睛在闪闪发光，好像在回答我。

"小姑娘，你叫我'大哥'我太高兴了，但你不应该这样叫，像你这般年纪，能有我这么老的大哥吗？你应该叫我爷爷才对啊！"

她张开小嘴，欲言又止，只是一个劲地微笑着。我不知道她爷爷是否比我还年轻。

我见她有些心神不定，把脸朝向刚才我走来的方向张望着。我说："你在等人吧？我就不打扰你了，我走了。"

"没有、没有……大哥，您是来采风的，请您不要把我写进您的采风日记里好吗？"

我说："我来旅游不行吗？为什么一定要来采风，你知道什么叫采风吗？"

这时，她笑得更美。瞬间，脸蛋像开始成熟的苹果，眼睛又一闪一闪地说："以前也有好几拨人来过，都说是文人，是来采什么风的。你和他们一样，穿着打扮都很斯文，一看就是喝过不少墨水的人；不像我们渔民，都是喝海水长大的。不过……"

"不过什么？"我急忙问。

稍停片刻，她瞄了我一眼，说："你和他们有些不一样。"

"有什么不一样？是不是我很老？"我笑着问。

"不是的，他们都很严肃，没有您面善，像我爷爷。他们都不敢看我，更不会和我说话，只有您……"

"哦，原来是这样。我想，他们可能看你是个小姑娘，不知道该怎样和你说话吧。"

"怎么，您叫我小姑娘？我今年都十六了，也是读过书的，礼貌还是懂的。可能是因为我长得又土又丑吧，都不敢正眼看我，我长得很丑吗？"

"不不，你一点也不丑，你太漂亮了，真的！仿佛是天上的仙女。刚才我也不敢正眼看你，你说我一个满脸皱纹、又黑又丑的老头子，怎么敢眼睁睁地看一个姑娘呢？不知道的还以为我有什么非分之想呢。"

这时，她原本有些红晕的脸，显得红扑扑的，更像是熟透的苹果，煞是好看。她把脸扭向一边，有些娇羞地说：“您真会说笑，真不愧是文人，我真的有您说的那么好看吗？我……我……我们三沙才好看呢！”她笑了，笑声中带有一种清纯、可爱、自豪的感觉，巧妙地把话锋一转，眼睛又一闪一闪的，用手指着前面的树林和大海，似乎在期盼着我的回答。

我笑了笑，说：“当然好啰，这里有蔚蓝的天空、湛蓝的大海、有那清爽柔和的海风，还有那郁郁葱葱、青翠欲滴的树林，像一幅巨大的彩色水墨画，还有一座座多彩绚丽和你一样美丽的水下珊瑚花园，还有……”

突然，手机响起来，她急忙掏出手机看了看，笑容满面地对我说：“不好意思，接个电话。”她接完电话又满脸笑容地朝我走来，显得十分柔美、幽寂、楚楚动人。

“爷爷，对不起，真是不好意思，我妈打电话喊我回家吃晚饭。”她的声音犹如白云似的飘爽，又若流水似的清亮，笑容十分温和纯净。

“哦，那你就快回去吧，要不我送送你。”

“不用了，谢谢！再见！”

然后，她扯了扯衣服，斜着脸微微一笑。踏着清脆的步子，前胸微微挺起，两手匀称地、富有弹性地摆动着，两脚很有节奏地、轻盈地向着晚霞落下的方向缓缓走去……真的是“梨花带雨、楚楚动人”。

我蓦地睁大眼睛，望着她的背影，愣了许久，此时，时光仿佛凝固了。啊！这世上居然还有如此美如年画上的少女，恰如天仙下凡尘。

我发现，在她身上闪现着温柔的美丽，她似乎创造了完美的真实。这无疑给美丽的三沙增添了无穷的魅力……

突然，一阵凉风吹来，我瞬间清醒了。急忙地大声喊：“姑娘，你还没有告诉我，你叫什么名字？”

她停住脚步，对我极其友好地回眸一笑，大声说：“我是海的女儿……海的女儿……海的女儿！”她这清脆悦耳的声音，一直在我心间荡漾、在耳畔回响，在三沙的晚霞里自由地绽放……

……啊！三沙，您是那么宽厚、美丽和热情，您更是年轻、阳光、充满希望和朝气的啊……

三沙啊！您就像那位美丽可爱的渔家姑娘——“海的女儿”，叫人喜爱、迷恋、神往……

广东作家赖维斌

【作者简介】

赖维斌，深圳市工业和信息化局综合法规处调研员，深圳市作家协会会员。1962 年 12 月生于福建龙岩，1984 年 7 月毕业于厦门大学中文系。2018 年 3 月开始创作，21 篇散文已刊《工人日报》、中国散文网等 4 个媒体，被人民网、新浪网等 121 个媒体转载，并上今日头条。获颁《中国诗文书画家名作金榜集（2020 卷）》特等奖、《中国当代作家书画家名作典藏》特等奖、《建党 100 周年全国文艺家精品大系》特等金奖、2021“华夏杯”中外诗歌散文大奖赛“十篇最佳散文奖”（第一名）等 18 项奖。入编《“中华情”全国诗歌散文作品选集》（2018 年卷）（2019 年卷）（2020 年卷），《相约北京·全国文学艺术精品集》（第六卷）（第七卷）（第八卷），2019 年、2020 年、2021 年《中外诗歌散文精品集》，《“华语杯”国际华人文学大赛获奖作品精选》《当代文学百家》《“当代影响力”诗人作家文选》《“盛世中华杯”国际文学创作邀请赛作品精选》《新时代诗人作家文选》《当代先锋诗人作家文选》《第二届“经典杯”国际华人文学大赛获奖作品精选》《岁月之歌——全国青年作家优秀作品选》《青青子衿——全国青年作家优秀作品选》《2021 年度全国文学精品选》等 23 部书，由团结、九州等 5 家出版社出版。获授“中外诗歌散文领军人物”“2021 年度十大文学人物”等 17 项荣誉称号。创作词条被收入《中国当代杰出文艺家大辞典》。《厦大人》《深圳特区报》《深圳商报》及新景界旅行、经典文学网、中华作家网先后专题报道其文创成绩，点评并寄语：“隽永而又开阔的篇章”“铭刻生活记录时代”“创作力喷涌一发不可收拾”“成为深圳文化事业蓬勃热潮中的一朵浪花”“为深圳的散文写作大花圃点缀光彩”“沉甸甸的荣誉将激励一生”“更好诠释出独具匠心的谋篇布局和非凡的才艺及语言驾驭能力”“发现美捕捉美，记录生活诗意的存在，祝您在散文的世界开创出一片新天地！”。

万家乐聚庆云村

——铜梁区小林镇春节行

田间地头菜色青，瓦上竹梢炊烟萦。
池水空明风起绸，山峦延绵雾隐形。

水电气信入农家，川渝城乡一体化。
屋旁犹现柴火堆，场上围炉话桑麻。

峡谷水田如镜连，疑是银河落人间。
庆云村连圣灯村，更像白云上九天。

桃花李花暂不开，让与油菜先绚彩。
且待阳春三月至，八方宾客慕名来。

2022年春节，寒凝大地，我在重庆市铜梁区却感觉热满心扉。走访妻子在小林镇庆云村的四家亲戚，处处让人如沐春风。素闻川渝好客，亲戚远来，家家兴高采烈，倾情接待。五天下来，体验切实。看到每家主人忙前忙后，终于端上热气腾腾的饭菜，我不禁感到：他们的心，就像火锅汤一样滚烫……

一代一代的儿女，从这片丘陵走出，通过婚嫁、生育，开枝散叶，而当春节省亲，带回来的已是四海新亲。辞旧迎新之际，伴随爆竹的轰响、焰火的闪亮，“地无分南北，年无分老幼”，觥筹交错，其乐融融……

过年，是中国人最重要的一段生活。在贵比黄金的一周中，多少中华儿女结束全年工作，不论多远，不惜奔波，都要来到父母或岳父岳母（家公家婆）身边，欢度佳节，乐享天伦。“虽千万里，吾往矣。”来自广州医疗器械企业的贾锦昭，一语道出他赴重庆铜梁小林镇庆云村岳父家过节的感受。去年春节，他携妻女回河南老家与父母团聚。两口子议定：今后轮流到对方父母家过年。在昆明创业的陶文杰，与妻儿赴怀化同其岳父家人过年，正月初一驱车回铜梁区小林镇探望母亲。孟子曰：“道之所在，虽千万人吾往矣。”（《公孙丑上》）“道”即真理。孝道，作为人伦真理，蕴含强烈情感，彰显因缘法则，为中国文化精华之一，值得千秋传扬，亦值各国借鉴。

从小林镇北上一公里，左转进入一条村道，可往山水秀美的庆云村。当年地质队勘探石油时，在莽莽丛林中开辟出这条公路，把偏僻山村与外面世界连通起来。未见石油，地质队撤了，但留下交通基础条件。庆云村前任党支部书记叶兆良带领群众奋发图强，先把这条土石公路打造成水泥公路，并建观景台，再发展李花桃花荷花观光和李子桃子莲藕销售产业，引水电气信进农家，使村庄面貌焕然一新。车行平坦光洁的村道，目视两厢新起的民房，我体会到：乡村的进步是累积的成果，一代一代共产党人不忘初心，重视农村，回馈农民，接续奋斗，终于使农村补上短板，使农民得到实惠，缩小了与城市的差距，逐步迈向全面小康。广袤的农村，是中国革命的坚实基点。星星之火，自此燎原。千山万壑，鏖战敌顽。英嫂乳汁，救活伤员。百万民工，小车支前。中国革命胜利了，中国共产党人深情回眸“千百万真心实意地拥护革命”的农民群众，长期以来，以有效的政策、顽强的毅力帮助广大农村脱贫致富，成就空前。

年前节后，辗转多家。亲戚们的房子散落在山水田园之中，远看像朵朵蘑菇生长在岭上田间。或靠近村道，错落两厢；或背依山峰，俯瞰田园；或坐落峡谷，拥有后院。房前都有宽阔平台，餐桌在此一一摆开，万家团圆在此实现，鞭炮焰火由此喧天。家家都有菜园，房前屋后养眼：蔬菜碧绿，映日生辉，油菜花开，独秀风采。客人来了，主妇笑靥如花，真诚写在脸上，招呼客人喝茶后，就步履轻盈转去田地拔菜。印象最深的情景，是妻子的堂姑肩挎一个竹筐，悠然走向百米之远的后山幽谷，在郁郁葱葱的田地拔出各色蔬菜，并将蔬菜装满竹筐，然后背上竹筐欣然回家。跟其往返的“娘子军”队伍不短，笔者与一中学生都当了一回“党代表”。《赤足走在田埂上》《小背篓》两支民歌唱响两岸，今又回放重庆乡间。妻子的堂姑家，背依青山，前瞰梯田，左右峦列，树木茂密，山风聚气，环境清静。房前凿有两眼水井，一眼用于饮水，一眼用于洗菜。一家亲戚住在瓦房，房瓦之后是高大的山峦，山峦之上古树参天，白雾萦梢；瓦房之前平地开阔，平地下连一块一块水田，粼粼波光把客人视线引至远方，落在丘陵草木之上。主人手指叠放一隅的一堆木柴，对来客说“它们可以节省燃料”。另一家亲戚则将杂草收束整齐，扎成一捆一捆的草料，竖立瓦房后墙，与层叠木柴错落有致，洋溢古朴风情。在自来水、天然气已进农家的时代，一些村民仍保留着传统的生活习惯。一家亲戚扎栏宅边，与山岭竹林隔出区域，让六只鹅聚在一处，偶尔“曲项向天歌”。另一家亲戚养鸭水田，鸭子时而“白毛浮绿水”，时而双足立田埂。

冬春交替，天寒地冻。庆云村能开花的树，都含苞未放，只有几枝油菜花在菜地中间亭亭玉立。不过，徜徉田间地头，山光水色仍令人流连。水田空明，倒映青山，“风乍起，吹皱一池春水”。该村丘陵地貌，盆地较长，婉转山间，深入腹地。腹地宽广，多座小山分布其间，民宅建在山麓上下，形象华美，像朵朵彩云散落人间。这里空气清新，民风淳朴，山水秀丽，风光旖旎，可谓环境友好，别有洞天。过去，青壮年大都外出学习、工作；近年，他们中的一部分积极回村创业。逢年过节，村里热闹非凡，特别是每到春节，万家乐聚，亲情澎湃，呈现出壮观的乡村生活图景。若问庆云村有何季节特征，答曰：阳春三月李花飘雪，漫山遍野桃花飞红。

新加坡作家陈秀元

【作者简介】

陈秀元，女，笔名冰秀，新加坡公民。退休教师。新加坡作家协会理事。作品散见于报章副刊、各选集和文艺刊物。著作《小河与一串记忆》(1994)、《心的呼唤绿的回响》(2015)。

结霜桥跳蚤市场走一回（外一篇）

走上结霜桥观河景，三轮车队浩浩荡荡地驶过，汽车、货车、脚踏车络绎不绝。结霜桥无声地负荷着，河水缓缓地流淌着。

送走天边最后一抹晚霞，夜色慢慢地从四面八方聚拢。梧槽河映着两岸的灯火，闪闪烁烁。河水已不再是黑的，空气也不再散发腐臭味，小鱼儿快乐地探出头来，河面泛起了圈圈涟漪。

清清的河水慢慢地流，宛若苦尽甘来的长者，娓娓地向人倾诉如烟般的往事。

河边徘徊，结霜桥跳蚤市场的喧闹声已沉寂，然而刚才见到的一幕幕镜头又重现了。

狭小的空间里，人群熙来攘往。琳琅满目的二手货牢牢地吸住了观光客和挖宝者的目光。

一沓沓旧书和一堆堆手工艺品横七竖八地躺在地上，一幅幅字画和一件件衣服随意地挂在篱笆上。有些旧光碟上附着尘埃，有些旧鞋子还沾着污渍。满地的旧货，在夕阳残照中悄悄地诉说着悲凉的身世——被主人遗弃、被主人变卖，或与主人失散了。它们似乎在顾影自怜，不知几时才能找到新主人或是知音！

我望着一个铜喇叭留声机出神，它勾起了我儿时的记忆，使我想起以前房东家的大喇叭留声机。当年年纪小，还以为唱闽南歌的歌者是藏在留声机里的呢！

我身旁的一位挖宝者拿着一块古老的怀表左看右看，一副爱不释手的样子。他与摊主嘀嘀咕咕，生意终于成交了。买者兴奋，卖者开心，看到的人也为他们感到高兴。

与坐在牛蹄豆树荫下的一对乐龄夫妇闲聊，他们埋怨这份“职业”已到了山穷水尽的时候，惋惜那么有历史性的景观即将烟消云散，对将来要何去何从感觉茫然。一名外劳突然出现，他一直称赞摊主夫妇上回卖给他的长裤不但好穿，而且便宜，想再买一条。女摊主说没货了,他的眼里不由得露出失望的神情。

一名老迈的女小贩蹲在摊位前，用呆滞的眼神爱怜地看着那些卖不出去的货，默默无语。在她眼里，那些货每一件都是宝贝呀！

不要拍照！不要拍照！拍了有什么用？这里已经被征用了！我们就快没饭吃了！一个脸上布满岁月痕迹的老伯唠叨着，嚷嚷着。

老伯激动的话语一再地在我耳际萦绕。呵！为了更繁荣、更进步，没办法，有 80 多年历史的结霜桥跳蚤市场——国人的一个共同记忆，不得不让位给 2017 年通车的惹兰勿刹地铁站（Jalan Besar MRT Station）！

物换星移，城市跳动的脉搏，快得使人窒息！梧槽河附近遗留下来的古老建筑，唤起了零零星星的记忆，但是那些记忆已无法拼凑出昔日充满古早味、人情味的坡底（市区的俗称）。

对老村庄的无尽思念

每当大叶相思树的黄花穗在风中摇曳时，我总会想起那个自小生长的美丽村庄——甘榜彰德（Kampong Chantek）。

年底，河边的一排相思树已缀满了金色的小黄花，我又思念起那个消失了的老村庄。我们驾车到香港花园旁那条通往村庄、名为明才园（Binjai Park）的柏油路去。记忆中，我曾在那条柏油路行走过无数次。几十年过去了，足迹仍留在心里，永远洗刷不掉。

狭窄的柏油路弯弯曲曲，车子在两排行道树之间穿梭。许多洋房静静地伫立在约一公里长的小路旁，其中一栋洋房曾住着一位白发苍苍的医生。他时常健步如飞地在我们的山村疾走健身，遇到村民总是热情地挥手打招呼，看得出他也深深地爱上了我们的美丽村庄!

拐了个大弯，看到山村的重要地标——白色大水管，山村已在望。

我在山坡上溜达，山村已完全改变了模样！母校、神庙、戏台和相思树早已荡然无存，取而代之的是一片杳无人迹的野草丛林。山顶上的慕南蓄水池被围了起来，铺设慕南水管连接南部供水网络的工程正如火如荼地展开。

一群燕子在山坡上回旋飞舞，往事一桩桩、一件件在脑海里涌现……

母校与戏台

母校坐落在半山腰，每次上学爬上石级，两棵常年开花的大叶相思树便在山坡旁迎接我。细细的小黄花挂在枝头，卷曲的荚果露出黑褐色的种子，弯弯的叶子像一把把小镰刀，风吹过，叶子便唰唰作响。

1945 年，海南乡贤们本着兴学办校的理念合力把母校建起来。自 1957 年入学时开始，牌子上的六个黑色大字“公立益群学校”已深深地根植在脑袋里。三座简朴的校舍（包括戏台）是木板屋，即便没有风扇也没关系，亚答叶盖成的屋顶使课室变得很凉爽。学校从无到有，仿佛每一块木板、每一片亚答叶，都在诉说乡贤们热心教育、为公益事业奔忙的故事。

由于学校没有多余的课室，补习课都排在晚上。我们这群乡下长大的孩子，做完白天的功课后，就会跑去爬树、捉鱼、跳绳、打棒球等。晚间上补习课时，我们一个个还是生龙活虎的样子。谈笑、追跑和捉弄同学是我们的拿手本领，但是只要钟声一响，老师拿着藤鞭，一脸严肃地走进课室时，我们的神经就紧绷起来，怕只怕老师的责骂声和那不长眼的藤鞭会落在自己的身上。

读小五小六时，我们在龙显山宫前的戏台上课。活泼爱闹的我们总喜欢在戏台上边走边跑，使木板铺成的地板“砰砰”作响。两米高的三夹板把戏台分隔成两间课室，两边的声浪互相交会激荡，老师们每天都在斗声量，喊破了喉咙。学校举行庆祝会时，我们就在戏台上唱歌跳舞、演话剧，那是多么愉快的回忆呀！

神庙上演酬神戏，学校停课的那几天，戏台前摆满了高高低低的长凳，全村的人扶老携幼来看戏。戏台周围有许多古早小吃摊。晚上，在臭土灯、汽灯照明下，燕窝水、切片水果、冰球、罗惹等小吃像磁石一样吸引着大人和小孩，冰淇淋摊位上还有转轮盘的游戏呢！可惜口袋里没有半毛钱，只有垂涎的份儿！

学校虽然简陋，办公室旁却有一个小小的阅读角落。书架上的《南洋儿童》《世界儿童》《儿童乐园》等期刊都是我们的精神食粮。《格林童话》里的儿童文学作品特别吸引我，引领我走进了梦幻的世界。

好景不长，20 世纪 70 年代初期，我们居住的地方被政府征用了，田主同时把没被征用的地段卖给了私人发展商。邻居们陆陆续续搬到政府组屋去，华文学校学生锐减，仅 34 年历史、孕育数千名学子的母校最终逃不过被关闭的宿命！

母亲与红头巾流过的血汗

1956 年建竣的慕南蓄水池伫立在山顶，与武吉知马山毗邻。那是一座有盖的蓄水池，半圆形拱起的盖一个连接一个，巍峨壮观。

当年母亲和邻居，还有一群三水婆（红头巾）在慕南蓄水池当建筑工人。三水婆戴着红布折成的帽子、穿着蓝色粗布上衣和黑裤的模样还深深地印在我的脑海里。

那时家贫，七岁多仍未入学的我没事做，时常跑去山上看母亲。

混凝土搅拌机的滚筒不断地转动着，石子、沙、水泥和水碰撞在一起发出轰隆巨响。母亲挑混凝土走下很陡的梯级，每走一步都让我胆战心惊。我感觉到那两桶混凝土有千斤重！午餐时间，母亲仅以自备的冷便当和茶水果腹，生活十分清苦。

担心的事情终究发生了，母亲在工作时摔倒，手腕严重骨折。工头来看母亲，除了补贴几天工钱以外，没有其他工伤赔偿，我们一家人的生活从此陷入了困境。

母亲拆石膏后的手腕已经变形了，拿东西时使不上力，在家里疗养了一段长时间，慕南蓄水池早已建好。后来，屋后的那条长长的红石子路要修建成柏油路，巾帼不让须眉，母亲和一群红头巾又当起筑路工人来。

有一天放学后，烈日当空，看到汗如雨下的母亲挑混凝土，心很酸，忍不住跑过去帮母亲挑。我还记得那两桶混凝土很重，比挑两桶井水重得多，才过了几分钟，年少的我已无力支撑了！

山村之美

我们住的村子处在丘陵地带，所有的房子都依山而建。山坡上有几条分岔路，岔路两旁都有住家。

马来村在较高的山坡上，那里住着好几户海南人家。他们的屋子四周都以植物做围篱，大红花和仙丹花热热闹闹地开着。记忆中的马来村有浮脚屋，有凉棚，有小教堂，有椰树，还有很多“峇遮厘”树（南美假樱桃）。傍晚吃饱了，就和住在那里的兰约好，到黄土操场看马来村民玩藤球和陀螺，感觉到有一股浓浓的马来甘榜味。

山坡下有一条小溪，小溪的源头在原始森林里。那森林真大，可通往麦里芝蓄水池。那年头住在乡村，家家户户都以木柴生火，做饭时，厨房窗口总是炊烟袅袅。为了生火，我们时常结伴到森林里捡枯枝，有时也带锯子去锯小树。偶尔被树林管理员发现了，一声吆喝，吓得我们拔腿就逃。

蜿蜒的溪水从森林深处沿着山谷慢慢地流淌。小溪的上游有山泉，泉水淙淙响个不停；下游有藤厂，洗藤工人蹲在高出水面的木板上洗藤。溪水变成泥黄色，可爱的“龙沟鱼”（野生孔雀鱼）都躲在溪水两旁的草堆里。等到放工时间，工人把堵住溪水的木板和麻包袋移开，浑浊的溪水往下流，野生的“龙沟鱼”纷纷露出头来，我们几个童年玩伴就相约一起抓鱼。

小溪的两旁有几个长满水葫芦（布袋莲）的池塘，池塘上建有简陋的茅厕，水葫芦长得特别茂盛。风姿绰约的紫蓝色花朵在池塘里盛放，蜻蜓静悄悄地翘起尾巴停在翠绿的叶片上，豆娘在叶子下悬停，三星鱼在水里游弋，养猪人家不时到池塘边捞水葫芦回家。

最喜欢帮房东的女儿阿月剁水葫芦和煮猪食。我们先把去掉根的水葫芦剁碎，放进大铁锅里，与米糠、水掺和，以木柴生火。火舌狂舞时，我们用大木铲不断地搅拌，煮出一大锅热腾腾的猪食。喂猪时，饥肠辘辘的猪只大口大口地进食，“啧啧啧”的进食声在猪圈里荡漾。

小溪边有两口井，一口在10米外的简陋公共冲凉房里，供人们冲凉；一口在离小溪不远的藤架旁，供村民食用。井边是村民聚集的地方，有的打水，有的搓衣洗衣。劳作之际，大家自然而然地闲话家常。没有自来水之时，村民们都共用共饮同一口井的水。那清凉甘甜的井水，蕴含着浓浓的乡情，教人怎么忘得了！

鸡犬相闻的世外桃源

尽管山村消失无踪，往事如烟似梦，但总有些事、有些人，隐藏在记忆深处，无法忘怀。

村子里的人向来都门不闭户，大家相安无事。可是有一天傍晚，小溪的对岸响起一阵阵敲打锅盖面盆的嘈杂声，原来有个陌生人闯进邻居家偷东西被发现了，很多村民冲进邻居家捉贼。警察的吉普车来了，我看到伤痕累累的窃贼低着头被带上了警车。

早期村里有很多人养猪，有一户人家宰猪。每天清晨，可以听到猪被宰杀的嚎叫声。村子里有人卖鱼，也有流动小贩用小罗厘载鱼虾和蔬菜来村子里卖，因此鱼、肉、蔬菜村子里都买得到，我们根本不用老远跑到美世界巴刹去买了。

每天下午3点多，一名骑着脚踏车的印籍面包小贩会来村子里卖面包。他穿着白色短袖衬衫和黑色短裤，带着满脸笑容来到村子口，按响喇叭，嘟嘟嘟……在一旁等待的村民们便一窝蜂地跑向前。他掀开装面包的木箱，取出刚出炉的面包，利索地将面包放在砧板上切片，涂上牛油和咖椰酱，香喷喷的面包味道便扑鼻而来，直叫人流口水。

村子口有一间咖啡店，除了卖咖啡和咖啡粉，还卖糖米油盐等杂货。难忘陈老板利用手摇的传统滚筒工具翻炒咖啡豆的样子，还有那一阵阵随风飘荡的咖啡香。

难忘住在屋后的潮州嫂，她是个纯朴勤劳、沉默寡言的妇女，为了一家八口，每天起早摸黑，拿着干粗活用的竹扁担和藤篮到村子外的工地去打工。有一天黄昏，她在下巴士时身体失衡，整个人从巴士上摔下来，伤到后脑勺，再也回不来了。

难忘住对岸的海南阿婆，她是养鸡人家，为了节省 5 分钱车资，每次都走山路去美世界巴刹卖鸡蛋，或是挑小鸡去打疫苗。回来时路过我们家，就会找母亲话家常。

难忘林伯伯每天下午挑着黑糯米粥到村子里叫卖，天黑回家时，把卖剩的黑糯米粥送给我们吃……

思念在心头

1973 年，我们搬到北部的新镇去。离开住了二十多年的村庄，心里万般不舍。

如今，我站在山坡旁缅怀被埋葬在泛岛快速公路下的房舍和小路，倍觉伤感。小溪隐藏在快速公路旁的丛林里，再也不是原来的样子；老家不见了，原址建了一间豪华别墅。以前长在我们家鸡寮旁的那棵波罗蜜被砍了，现在看到的是一棵粗壮的海红豆树。虽然盛花期已过，树上残留的卷曲荚果还露出几颗血红的相思豆。我随手捡起一些掉在地上的相思豆加以收藏，聊以慰藉我对老村庄的无尽思念！

新加坡作家周通泉

【作者简介】

周通泉，笔名乔舟人，祖籍重庆。重庆大学毕业，日本横滨国立大学工学博士，曾任日本清水建设公司研究员，首位拥有新加坡专业土木工程师执照的中国新移民，设计了世界上最大的海水淡化厂和新加坡最大的垃圾焚烧再生能源发电厂等。现任新加坡某土木工程顾问公司董事经理。

2015 年以笔名乔舟人发表在新加坡出版的长篇纪实小说《野心蓝图：一个“工程大侠”的真情告白》，其经历与所获成就获新加坡《联合早报》大篇幅专题报道。该书也由中国大陆出版社用《重庆小子下南洋：一代“工程大侠”创赢新加坡》书名发布，在海内外流传，在中国大陆文章吧里颇获好评。两本书名均已被百度百科收录为词条。《野心蓝图》也被收录在新加坡新华文学大系长篇小说集内。

一座来了就不想离开的城市

——成都

有则笑话非常传神地这样描述成都的民风：

外星人第一站降落首都北京，看到长得这么反动的家伙，朝阳区街道上警惕性蛮高的居委会老太太立刻报告公安抓人，外星人只好拔腿远走高飞；

外星人第二站逃到魔都上海降落，经济挂帅的上海阿拉们，马上盛情难却地邀请外星人投资，袋中羞涩的外星人只好绝尘而去；

外星人第三站选择广东降落，广东人见猎心喜，马上召唤大厨师研究怎么把这奇珍异宝的外星人烧来吃，吓得外星人落荒而逃；

外星人最后降落到成都，看到大街路旁有三个人围着一张桌子坐着，就走近，想看看怎么回事，成都人马上说："你站着干啥子？格老子的，三缺一！快点坐下来打麻将啥！"于是外星人就欢天喜地在成都定居下来了！

哈哈，这就是地道成都人的天性——悠闲散淡。

诺贝尔文学奖得主川端康成的小说《雪国》关于"界"与"界"的描写非常简洁极具美感，让人印象深刻。"穿过县界长长的隧道，便是雪国。夜空下一片白茫茫。火车在信号所前停了下来。"

异曲同工地，成都位于川西平原腹地，东接龙泉山脉，南临云贵高原，西靠邛崃山，北依秦岭山脉。成都地理状况让她也有这样的地方。驱车2～3个小时，你就可以完成从"冬季恋歌"区域进入"仲夏夜之梦"的区域的界与界的奇妙转换。这对忙碌的现代都市人来说，是无法抗拒的诱惑。

在清朝时的大规模移民——"湖广填四川"则更加丰富了成都丰厚的文化底蕴，让博大精深的古蜀文化更加发扬光大。

如果要用诗歌来形容川菜，恐怕找不到比李白《将进酒》更合适的了。"君不见黄河之水天上来，奔流到海不复回。"那种摧枯拉朽横扫千军的气势，与辣子鸡一上桌那红彤彤的辣椒压倒一切的阵仗绝对有异曲同工之妙。

川菜的七滋八味则是人类味觉上的彻头彻尾的创新和革命！没有川菜，真不知道怎样解释什么是"酸、甜、苦、辣、麻、香、咸"七滋。

"鱼香、麻辣、酸辣、干烧、辣子、红油、怪味、椒麻"八味则把川菜推上了世界饮食业登峰造极之位。

单以下色香味美、软硬兼施、雅俗共赏的川菜名已把人类对美食之追求表现得淋漓尽致：麻婆豆腐、回锅肉、宫保肉丁、樟茶鸭子、葱烧乳鸽、锅巴肉片、鱼香肉丝、酸辣蹄筋、蚂蚁上树、玉笋鸭舌、水煮牛肉、东坡肘子、粉蒸牛肉、酸菜鱼。

"成都，今夜请将我遗忘"（慕容雪村）则以超过十亿总点击量，也被译成多国语言，创造了中国软文化的奇迹，把成都推向了全世界，作者入围亚洲最高文学奖——曼式亚洲文学奖！

警告！年少未婚男子不宜去成都。俗话说"少不入川"。婚姻不稳男子不宜去成都，俗话说"去了成都才后悔结婚太早"！

漫步成都街头，虽说"五步一个林青霞，三步一个张曼玉"乃夸大其词，但成都美女比北京美女身材好、比上海美女丰满、比江南美女壮实、比重庆美女温柔则不可否认。成都美女以自己的麻、辣、烫，娇憨、俏皮的态度，在中国美女风景百花版图上，独树一帜，傲视群卉。

成都的确是一座现代都市风情与古蜀文明和传统文化交融生辉的城市，是一座来了就不想离开的城市。

小说三篇

恋人解禁重逢

他与她都是外地人，一个住在岛国的东边，一个住在西边，但俩人都同在一个跨国公司N集团工作。碍于公司的规定，他们没有公开他们的恋情，属于地下情。但是在她的闺密眼中，他们俩是不折不扣绝配的金童玉女。这一次在横行全球的疫情之中，俩人都是居家办公。按照N集团的规定，居家办公的员工在工作之余也不可以私下见面。

三个月后，终于盼来了解禁的日子，在回办公室办公的第一天下班后，俩人在城市大厦的“黄昏一杯”西餐店约会，他满心欢喜带着一朵玫瑰花先到达店里。一会儿，她身着一袭黑色长裙，飘然而至还是那么高挑清秀让人莫名疼惜。入座后，她欲言又止地低头讲道：

“对不起，我怀孕了……”

你若打伞我便下雨

一个风和日丽的早上，拜伦医生一如往常地把他白色的阿斯顿马丁跑车停在伊丽莎白专科医院停车场他的专属车位，转乘搭电梯来到他的妇产科医疗诊所“恩赐天使”。

“医生早。”一进诊所，五官精致又干净利落的短发护士袭人，从旁擦身而过，在忙着准备各种例行器具时不忘扔过来一句问候。

“袭人早。”玉树临风的拜伦医生，在跨进内间医生房时也微笑着回了一句。

作为妇科医生执照行医十年左右，拜伦医生已经对女人熟视无睹几乎达到众生平等的佛心境界。但是今天当他见到新患者戴芳妮时，不由自主怦然心动，而与此同时，按业界规矩站在旁边观察的护士袭人可爱的小脸则露出了似笑非笑的调皮表情。

OMG，拜伦一下子想起了他与袭人之间那个，“你若打伞，我便下雨”的君子协议……

不久前的一个下午，当最后一名患者离开诊所时，另外一个女同事也收工回家后，袭人关上了诊所的大玻璃门，将门前的牌子翻到了“今天不营业”的一边。

然后她做了两杯香浓的卡布奇诺，放在小茶几上，与拜伦医生两人面对面开始喝咖啡。

"拜伦，在我今天早上上班的路上，当我从薛尔思桥驶出东海岸 ECP 高速公路并驶入市区时，一辆卡车鸣喇叭从我的车旁擦身而过。

"可能是刹车失灵了吧，差点让小女子挂了，哇，好危险……"

"OMG，袭人，你不要紧吧，你今天早上怎么没告诉我？"

拜伦担心地问道。

"没事了，事情已经过去了。只是鉴于人生这么无常，我觉得有个事情我应该给你深刻地坦白一下比较好，不然哪天小女子一命呜呼，小小香魂漂在黄泉路上，也会遗憾还没有来得及实现我的梦想。"

"嘿，有趣，让我们听听，看看我能不能帮上忙。"

英俊的拜伦带着意味深长的微笑回答道。

"拜伦，你三年前是驾一辆深蓝色的玛莎拉蒂开篷跑车是不是？"

"哎，你怎么知道？"

"你每次来 KPO 玩时，把跑车停在乌节购物中心马路对面那间 KPO 夜店大露天停车场，我可是亲眼看到不少美眉上你那辆蓝色跑车，呵呵。那时候我在 KPO 做收银员，那个玉树临风又多金帅气的你哪里会有空注意到那个戴着平光眼镜的收银女孩子呢。

"不过自从第一次看到那么帅气的你，又慢慢打听到你是高智商的医生后，我就认定你就是那个我未来小孩的'爸爸'了。我是不相信婚姻的，也没打算结婚，但是特别喜欢小孩子。后来我就趁你缺护士时上门应聘，为你做护士了。"

"哇哇，袭人你小小年纪，连唐伯虎卖身为奴泡秋香的招数也会呀？给我一个理由，我为什么要答应你呢？呵呵。虽然现在高富帅们都喜欢约炮而不怎么约会了。”

“拜伦，你是医生，按行规是不可以与患者发生关系的，但是你又是正常男人，碰上绝色女生又难免心猿意马，甚至出现生理反应，例如你紧绷的白色牛仔裤那里难免会像打伞一样绷紧，呵呵。

“拜伦，咱们俩打个赌好不好？俗话说银行一贯做法就是‘晴天打伞，雨天收伞’。咱俩就来个‘你若打伞，我便下雨’的君子协议，就是说你若见色起意，冲动打伞了，你就必须与我云雨一番……”

狮城丽人日记

——蓝袖添香

维纳斯歌舞城，第二红牌歌星，娜娜之二战狮城的故事。

初战江湖

时光如水，往事如风。去年我在狮城的维纳斯歌舞厅之“上海娃娃”五人表演队做了六个月的“伊豆的舞女”后，因“上海娃娃”们的表现未达指标，即给公司上缴利润未达到能让老板愿为我们把六个月签证转换至二年签证之内部标准，两个月签证到期后，我只好光荣地退隐江湖，返回中国成都，继续修炼，等待半年后新的“跑单帮”之歌星签证，再卷土重来。

图谋复出

失之东隅，收之桑榆，首战狮城，在扣除中介费用后，我六个月在狮城做“上海娃娃”所赚的钱，使我有能力在成都的“枫叶亭”楼盘订下了一小户型，交够了头期，还可以多应付几期按揭。我终于在成都拥有了一席之地，这对我去狮城前，辞掉成都幼儿园音乐教师职业而言，乃是在可预见之短期内“不可能的任务”之一。

因此，如今当务之急，我必须未雨绸缪，制订出一套完美的“再战狮城”计划，以保证我能顺利地供完房贷，真正“地久天长”地拥有这套房，而不只是过眼烟云般的“曾经拥有”。

前车之鉴

痛定思痛，我严格地反省了第一次做“上海娃娃”的经历，对照参考了狮城维纳斯歌舞厅第一当红歌星婷婷的完美表现，深刻地认识到我吃亏在于有点“吃大锅饭心态”，且低估了作为一名歌星的难度及技术含量。

指点迷津

素有“青城卧龙”之称的慕容表哥混迹于天府之国学术及商界两道，小有名气，他花了整个星期六和星期天为我导读了《蓝海战略》，并且替我开出了下列八套必读之书及其理由。

歌星必读书籍清单：

1.《蓝海战略》：到处都是腥风血雨的红海洋，不面向蓝海寻出路，我们又能驶向何处？

2.《做对一件事，你就赚翻》（史上100个最棒的商业点子）：杰洛米·寇迪著。这些点子用在商场犹如段誉的六脉神剑时灵时不灵，但用来作为谈资以此忽悠MBA类“三多”男人则百发百中。

3.《杜拉拉升职记》《杜拉拉年华似水》：李可著。谈论办公室政治及现代管理各式各样好玩要素。

4.《东城西咎》：蓝药师的亿万点击率的风尘小说。坦白到无耻，但升华到哲学层次的诠释，发人深省，启迪男人女人，如何解放思想，成就大业之旷世奇作！

5.《数字城堡》《天使与魔鬼》《骗局》《达·芬奇密码》《失落的秘符》：美国丹·布朗著，荣登纽约流行榜五部巨著，把宗教、人文、高科技、历史等要素完美地糅合在一起，极度人性化作品。启示：不用仰望天空，等待上帝……我们就是造物者！

6.金庸的全套武侠小说。中华五千年文明精髓尽在其中。不读金庸，你就永远读不懂华人男人心！

7.《男人要的三份礼物》：台湾张小娴著。它是你想了解男人必读之书，也是你不想陷入爱情必读之书！

8.《世界换你微笑》《外遇》：亦舒著的至少五本书。让你有想谈恋爱的冲动，同时让你了解上流社会优雅规矩之必读书。

大计初成

我闭门读书三个月后，最后闭关三天（顺便也给自己一个有限饥饿美容疗程，呵呵），经过场景模拟、细节分析等步骤，我终于对症下药地思索出了下列“蓝袖添香计划”，为再战狮城做好了充分准备。

歌星工作背景模拟解析：

歌星每天晚上 9 点半开始，轮流单人上中央歌台唱歌表演，午夜 12 点至深夜 1 点全员约 30 位歌星齐登台，伫立台上，轮流单个表演。深夜 1 点后众星解散，再一个接一个单人表演至深夜 2 点半收工。

歌星收入来源模拟分析：

在整个表演过程中，坐在大堂沙发座直接观看表演的客人，或分布在各 KTV 房间透过第二台电视屏幕观看的客人，如果他们欣赏歌星的歌声或美貌，就给歌星“挂花”，金额从新币 50 元起跳，常用花带金额有 50 元、100 元、200 元、300 元、500 元、

1000元等，以斜挎歌星胸前的各色彩带，标明金额显示，若上千元则另配头冠及放鞭炮示意，所得挂花赏金，公司与歌星按三七、二八或一九分成，视赏金多少而定。

同行竞争度分析：

午夜12点钟是“花后”（“挂花”斩获丰厚）歌星们的天堂时光；12点无疑也是无花果歌星们无地自容的地狱时段。每天歌星们都怀着忐忑不安的心情迎接这个比花时段的到来。真的是月儿弯弯照九州，有人欢喜有人愁！

关于挂花：无人知道客人什么时候给多少，凭什么决定给哪位歌星挂花（歌声、容貌、幕后交易……），就此而言，客人真的好似上帝，一切全凭他们高兴！偶尔也会有两位客人给同一歌星竞标般地挂花比富的插曲，呵呵！

据说新加坡是全球快速滋生千万富翁的温床之一，有钱人真不少。但狮城声色犬马场所太多，同等类型歌舞厅，小小新加坡有上百家。另外，金沙和圣淘沙两大赌场也吸走了太多客人，因为喜欢来歌舞厅玩和喜欢涉足赌场的往往是同一拨男人。

而且即使来歌舞厅玩，多数客人还是去KTV泡陪酒妹妹的多，因为捧歌星妹妹的确是要很富有才行。再加上，相对于客人的有限人数，歌星人数又多，真的很竞争！

另外，按公司规定，歌星每天都必须上班，缺班一天必须上缴公司800新币罚金。每周必须争取至少有三台客人为你消费，每台客人最低消费400新币或等同金额的挂花赏金。

世人总认为歌星比坐台陪酒妹妹容易，只要扮相美艳地站在台上引吭高歌就好了。大错特错！七十二行，行行都很竞争，但歌星这行竞争尤其厉害，说歌场如战场，毫不夸张。

蓝袖添香计划之 ABCDE

A. 读万卷书，挂万朵花

虽说小妹我天生丽质难自弃，嗓音不俗，但每个妹妹都是国内各区甚至各市小有名气业余歌手，况且个个如花似玉、青春靓丽，要想在万花丛中脱颖而出，还真须另下功夫才行。

第一招，博览古今中外群书，提高内在气质。宋朝文学家黄庭坚说“三日不读书，面目可憎”。那么反过来，多读书，让书卷气给小妹我的南国佳丽外形加分，同时登台表演时讲两句得体可爱之话，争取更多眼球率，让客人对我有好感，那么就把新客人第一束挂花的小概率事件转换成大概率事件了。

例如客人传短信跟你讲“平时相见早留心，何况到如今”，那么你至少要知道这是出自黄药师想泡梅超风徒弟时之内心纠结。

又例如客人问你为什么喜欢他，你若用张小娴的话冷饭热炒：“爱一个世界大一点的男人，你也会变得海阔天空。爱一个小世界的小男人，你只会退步。”你必得高分。

原来，男人最喜欢的礼物只有三份：一顶高帽、仰慕的眼神、生命的安慰。

他收到这三份礼物，就会送你很多礼物。张小娴对男人真了解啊！

B. 博采众妹长，抓住客人心

一旦被新客人挂花，歌星事后必须亲临大堂沙发座或登 KTV 房间，向客人当面道谢。

在虚拟网络博客世界里，男人们可以分文不花地获得真假美女（凭照片而已）关注，但在真实歌舞厅世界里，男人们要想得到天生丽人或人工美女的较体面的关注，至少要花 1500 元人民币（300 新币）。

为了把临时饭票的新客人，转化为长期饭票的忠诚顾客，第一次致谢时的举手投足、措辞造句、握手轻重力度等变得非常重要。真的是"不成功便成仁"的头等大事！

第二招：虚心学习上海妹妹之"嘻、嗔、怒、怨、嗲"，火候的掌控，力度的拿捏。学习大连妹妹大度、宽容、华丽的北方佳人气质。在此基础上调试成成都妹妹所固有的麻辣烫、娇憨、俏皮程度。

不管怎样聪明,精似鬼的多金多情多才的"三多"狮城男人，在集"南北中"佳丽特质于一身妹妹面前，不身陷情网才怪。

C. 利用新浪网，不费一兵一卒，创建知性兼感性歌星形象

狗咬人不是新闻，人咬狗才是新闻。同样道理，如果一个女研究生很知性，没有什么大不了。但如果以美貌及歌声讨生计的歌厅歌星，能在适当场合和适当时间，给客人以知性形象，那么对客人情感的杀伤程度就难以言喻。

今时今日，在中国及海外有亿万中文博客无怨无悔、没日没夜地、免费地创作着人类文学史上空前浩大的各种题材、各种类型的文学作品，以争取那虚无缥缈的认可感，连 16 世纪欧洲之文艺复兴时代也无法与之匹敌。

因此在新浪网，这种多媒体操作平台完善的网站，只要顺手开个有文学味的博客昵称，再建立几个附庸风雅的分类档案名,例如《风花雪月》《商场风云》《天下事了犹未了》《家事春秋》《读书·行路》之类的，你就几乎可以称得上"风声雨声读书声，声声入耳；家事国事天下事，事事关心"的知性女性了；再搜索几篇比你自己亲自动笔还要表达得透彻的博文，往分类档案里一转载，再用九宫格，放上自己搔首弄姿的几张玉照，写两句不咸不淡、深不可测、亦真亦幻的话。虽然凭此在新浪里永远无望升级为“风云博客”，一个完美狮城歌舞厅歌星充满知性及感性的博客就诞生了！

第三招：在与客人打情骂俏之余，把你的博客名及链接网址往客人手机一送信，你的知性兼感性歌星形象工程就大功告成了。因为你与众歌星不同的形象，客人自然不好意思挂出与自己身份体面度不吻合之花。

D. 流行名牌　长话短说　制造浪漫

因为我们的终极目标是“三多”男人们，所以作为歌星必须学会他们圈子的休闲谈资，例如流行时尚，各种男式名表、名鞋、领带、欧洲名车甚至限量版产品等。例如，你如能在适当场合讲出顶级名表百达翡丽之经典广告：“您永远没法拥有百达翡丽，因为您只是为您下一代保存它而已！”必引来你客人刮目相看。

长话短说。

因为我们有精心学习，积累各种对我们有用的知识，因此才可能让我们在上班时间内，穿梭于中央歌台及周旋于数位客人之间游刃有余，而且能长话短说，且句句显得量身定做、切中要害，绝无隔靴搔痒之感，以此才能秒杀每个客人之忠诚度。甚至能炮制出包括“我真的很想你，甚至见到你也还仍然想你”这种让文学家们汗颜的句子。

制造浪漫。

若较熟的客人要约你出去吃饭，作为歌星，我们就要动用我们一切知识及文明优雅的身体语言，营造那种让客人觉得“不在乎天长地久，只在乎曾经拥有”的浪漫感觉。客人除了得代我们付给公司 800 新币罚金外，客人也全凭感觉再给歌星至少 500 新币以上小费哦！

E. 闻鸡起舞　群发信息　乱枪打鸟

天道酬勤！不管多完美的计划，必须脚踏实地去一步一步地实行才行！所以每天入睡前，深夜 3 点半左右，有针对性地在手机里预备好数种问候短信，然后早上 7 点左右，就闻鸡起舞（闹钟），把预制短信用群发信息方式传给早起的客人们，希望能乱枪打鸟。然后再重新入睡。下午 3 点左右起床后，又再乱枪打鸟（对其他客人）。日积月累，必能网住一批有忠诚度之客人。

（此处省略 9 个月之日记……）

娜娜已经转化为两年歌星签证。

娜娜那套小户型已被她天长地久了。

娜娜已成为维纳斯歌舞厅第二当红歌星了。

娜娜（正当 25 芳龄）正在策划

书中自有黄金屋之第一个五年计划……

存在就是合理的。阳光底下没有新鲜事……

广东作家李明宇

【作者简介】

李明宇，男，生于1980年5月，毕业于漯河市大华艺术学校，补考兰心学院，深圳市华儒科技有限公司销售经理。目前在“百家号”“今日头条”写作发稿共有10万多的阅读量。

父亲的护佑，让我不再感到恐惧

父亲是我们乡里的中学老师，他多才多艺，喜欢唱歌和拉二胡，在他36岁那年，母亲怀着我才5个月左右的时候，为了给家里找过年的粮食，他外出到南坪大山里找粮食，遇到大雪封山，饥寒交迫的他在路上感染风寒，引发旧疾，在医院里去世了。

父亲走了之后，母亲便含辛茹苦地一个人照顾我们四个兄弟姐妹，他的离开对于我们家来说不亚于晴天霹雳，家里所有的重担全部落到母亲的肩膀上，她一边要干地里的农活，还要照顾我们兄弟姊妹四个。母亲默默地撑起了整个家，可是她很坚强，从来不在我们面前显露出对失去父亲的悲痛，有时候偷偷在无人的角落里独自伤心落泪。

在我的记忆中，每次做饭的时候，母亲便在锅里煮上红薯，再蒸一小碗米饭，母亲和哥哥姐姐们都是吃的红薯和玉米，那一小碗米饭就是给我留的。母亲对哥哥姐姐说：“弟弟还小，要给他补充营养。”就这样日子一天一天过去，一转眼我也6岁了。

打记事起，我在整理房间的时候见过父亲的照片！照片中，古朴典雅的房间里，他坐在椅子上，旁边茶几上面放了一个十分考究的花瓶，虽然花瓶里是一束假花，但是看着像真花一样。他梳着大背头，脖子上戴着一条深色的围巾，英俊的脸上露出慈祥的微笑，我觉得他是这个世界上长得最帅的男人！可是我却永远地与他无缘相见了……

在我7岁那年，母亲和哥哥姐姐都出去赚钱去了，只有我一个人在家。可能是单亲家庭缺少父爱的缘故，再加上经常一个人待在家里，小时候，我的胆子非常小，白天还好，到了夜里就是最难熬的时候，整宿整宿地担心害怕睡不着！恐惧的噩梦一直笼罩着我，让我夜不能寐，寝食难安！

有一次和堂嫂去打猪草，一边干活一边说话，我央求她给我讲个故事，堂嫂对我说：“你知道吗？我的亲姑姑就是在我家楼上的房梁上吊死的，死状非常凄惨恐怖，死的时候面色发青，舌头都伸了出来。”她描绘得绘声绘色，听得我毛骨悚然，后脊背里直冒冷汗。

漆黑的夜里，四周一片死寂沉沉，恐惧占据了我的全部身心，睡意全无，我用被子盖住脑袋，大气都不敢喘一口，大脑里就浮现各种怪物的影像，它们一会儿张牙舞爪，一会儿又满目狰狞，我害怕极了，就默默地哭泣起来……

第二天，一整天我都精神萎靡昏昏欲睡。下午放学了，我还是有点精神恍惚无精打采，我来到了父亲的坟前！他的坟是用石头堆砌起来的，石头与石头之间还有缝隙，那时的我充满了好奇心，眼睛凑上去想看看能不能看到他的棺材，或者能看到其他的……

当然，最后什么也没有看到，我在坟前待了很久很久！天色渐渐暗了下来！我靠在他的坟头上，和他说话！把我多年的委屈一股脑儿地全倒了出来，我问他为什么要丢下我们这个家，丢下哥哥姐姐和妈妈，现在让我独自一个人面对漫漫的长夜！独自面对恐惧折磨的煎熬，我泪流满面无法控制住自己。

也不知道过了多久，天完全黑透了，我还在父亲的坟前，周围是个大坟场，这里的坟头上全都是荒草萋萋，树木遮天蔽日，就是大白天经过这里，我也会感到阴风阵阵后脊梁发凉冒冷汗，平时我都是一路奔跑从这里掠过的，可是今天为什么我一点都不感到害怕呢？是不是冥冥之中，父亲在背后默默地保护着我，在给我力量呢！

后来仔细想了想，其实恐惧是我的心魔，是我凭空想象出来的，是违心的东西，世界上哪来的鬼怪！只要我转变思维，往好的方面想，恐惧就会消失得无影无踪了。

后来我回到家很快就睡着了，夜里也没有再做噩梦，因为我梦见了我的父亲！他用一双充满慈祥的、充满爱意的眼睛看着我！我知道他的在天之灵一定在护佑着我，让我充满力量，不再感到害怕，不再感到恐惧与彷徨。

父亲！您在天堂里是否没有病痛的折磨，是否过得幸福快乐呢？

浙江作家姜波

【作者简介】

姜波，女，笔名林子辰。1992年8月出生于浙江省衢州市，毕业于沈阳音乐学院，并获得文学学士学位。曾就读于澳大利亚麦考瑞大学应用语言学硕士专业。2019年回国，以海外留学经历为背景创作的散文《全科医生的"中国结"》被收入浙江文艺出版社出版的海外华人作家征文集《故乡的云》中。现就职于浙江省衢州市广播电视传媒集团。

大学期间，多次参与辽宁省及全国歌词原创比赛并获奖，其中歌词《下一世永远》获美丽校园全国优秀特长生才艺展示专业A组金奖、美丽中国大型音乐展演活动总评选作词银奖。

长篇武侠小说《无关风月》曾发表于红袖添香网站，并有多篇小说发表于《钱江源》杂志。

室友

1

期末测试结束了，朱乐乐如释重负般呼出一口气，走出了教学楼。她自觉考得不错，夕阳好似也替她高兴，乐红了脸。它映着麦考瑞大学，从远处看更像一幅古老油画。

与学校只隔一条马路的商场里人头攒动，像一只正在炒干货的大炒锅，每一位顾客都是一颗干果，等待着被裹成一包什锦零嘴。今天是农历年三十，各国的留学生们都可在悉尼共享中国这个传统的节日，与它共襄盛举。

朱乐乐被人流推着，很自然地来到了新人人超市。这是一家悉尼华人区最红的亚洲超市，一并囊括了东南亚绝大多数的副食作料。她人很瘦，在不宽敞的空间过道里也还是不会吃力。

排队结账轮到了朱乐乐。满满两口袋，几乎全是欠营养方便食品，还有一部分则是包装占地方的饼干小食。朱乐乐在国内上学时也不是没吃过，只是因为父亲朱梓君的严格限制吃得少。等她一离了家就撒了欢放开吃。于晓茜就总是冲她发牢骚："你怎么总爱吃这些？"唠叨完了就去做饭，让朱乐乐一块儿吃。

朱乐乐是第一次离乡在悉尼过年。这会儿，她终于提着东西、拖着潮闷的空气到家了。她住的是一幢大房子，租了二楼的一间主卧，房东黄先生是个敦实和善的广东人。进门左拐就是餐厅，她累了，换下鞋子就随手把塑料袋搁在餐桌上。

门外有了开锁的响动，是她的室友于晓茜回来了。于晓茜的英文名叫 Lexie。

"Lexie，你回来啦？"朱乐乐向她打招呼。于晓茜和她一样，也是在麦考瑞念会计学，比自己早出国一年，所以夏天光景就毕业工作了。工作的地方离家还挺远的。

于晓茜进了厨房，一眼就瞥见了朱乐乐的零食，忍不住叹气道："好歹是年三十，你就吃这个呀……"朱乐乐因考试才结束，有点累，就只点点头"嗯"了一声。

于晓茜露出一副很为难的表情，最后终于忍不住说："……算了，我还是再去趟超市吧。"

夕阳快完全落下去了。可能知道是中国的节日，异乡的光亮不好意思凑热闹，要留时间给烟火。

于晓茜也占着两只手回来了。她买了面粉、海鲜、肉和一些蔬菜。

“我来给你包饺子。”朱乐乐听她这样说。于晓茜平时干活很麻利，她住进来的第一天就知道。但现在，朱乐乐心中不算高兴，因为她不爱吃肉馅儿的饺子，只吃纯素馅儿。

父母为了她这毛病没少抱怨，可朱乐乐就是改不掉：平日红烧肉和排骨，还有皮蛋瘦肉粥……一群猪肉她都不挑，唯独看饺子皮里那一团粉色猪肉不顺眼，只要一吃，不是想吐就是直接吐，到最后索性不吃，挖出肉馅儿直接饺子皮蘸醋。但这个怪癖并不妨碍她爱吃饺子。

兴许于晓茜牌饺子很馋人呢？

现在，朱乐乐看着于晓茜一边和面，一边开着免提和她母亲打电话请教和面诀窍和过程。

“这个东北的姐姐做家务比我和你妈妈都麻利，你肯定比不上的，要知道和她搞好关系，以后能多帮帮你。”父亲朱梓君当年临回国时对女儿说。

朱乐乐在看综艺节目，全然不知于晓茜什么时候站到她身后：“……这节目挺搞笑的……”她干活确实麻利，麻利到朱乐乐都不好意思继续坐着不帮忙。她就转头和于晓茜附和几句，接着问道：“我帮帮你吧……”

于晓茜赶紧说：“不用，这快好了。”她本来还在揉面团，过了约十分钟，就包上保鲜膜放置一边，去准备馅料。

“Grace，我记得你不吃猪肉的是吧？”于晓茜得到了朱乐乐点头的肯定回答，就把一盒半成品的猪肉馅儿塞进冰箱，“这猪肉馅儿的还是留我自己吃吧。”她准备了香菇、木耳、胡萝卜，还开了一罐马蹄罐头，下进搅拌机里打成馅料，再和肉馅儿混在一起，加入各色调料腌制。于晓茜打算包两份饺子，牛肉的和羊肉的，一份干的一份放汤。汤料包是她从老家跨洋背来的。

“你会擀面皮吧？”于晓茜问她。她揭开小铝盆上的保鲜膜，面团已经饧了。朱乐乐想，Lexie 姐姐既然这样热心，不帮忙磨不开面子，就应了去擀面。朱乐乐很小的时候和家人一起包过饺子，和妈妈去同事阿姨家做客时也帮着包过，阿姨还夸她包得不错。她在第一个异乡大年夜里才知道，那不过是人家客气。

朱乐乐杵着擀面杖发呆：那根中间粗两头细的棍子，怎么使怎么不顺手，没多长时间还容易脱手。于晓茜时不时在一旁瞟眼神"视察"，不到十分钟，便又忍不住说："哎呀，算了算了，还是我来吧……"于是，朱乐乐只好在一旁陪于晓茜解闷说话。也是那天晚上，她才知道，北方的擀面杖和南方的擀面杖不是同一种东西同一种体形，甚至怀疑南方擀面杖不过用来教训熊孩子的。

除了朱乐乐尤其可心的肉馅儿饺子，于晓茜还做了拿手的辣子鸡，蒸了螃蟹，煎了小鱼干，炒了新鲜时蔬。朱梓君和朱乐乐视频，她很兴奋地和父亲说于晓茜给她做了年夜饭："……就是你和我妈一块儿送我来我们见到的那个东北的姐姐……"

朱梓君那头国内的信号不太好，就和女儿换了打电话。老家来了一帮亲戚，朱梓君一边应酬一边应她："你这小丫头真是有福气啊，人家还专门给你包了牛肉羊肉饺子，换作我或者你妈妈，才不这么麻烦，下饺子就直接用猪肉，你爱吃不吃……"父亲的语气也是微醺，不过还很为女儿高兴——毕竟有人想着她。

那一天，于晓茜领着朱乐乐看综艺节目，凌晨 3 点才睡，因为第二天她没课，她也不用上班。第二天，朱乐乐晚饭时间才起来，下楼看见于晓茜的房门开着，她正对着图纸拼乐高，是一个泰姬陵模型。

朱乐乐就站在门口和她说话，说自己很喜欢模型："但我呢，喜欢归喜欢，就是没什么耐心，我喜欢玩平面的拼图……"

“你喜欢这个呀……”于晓茜看了朱乐乐一眼说，“那以后有机会给你拼个新的，这个我不能给。”

“我开玩笑呢……”

2

梁北辰看完最后一个病人，出了诊所给朱乐乐打电话，告诉她今晚去她家里给她做饭。

“哎，乐乐，你把这东西搬走吧，要不然等会儿我这个砂锅没地方搁。”朱乐乐漫不经心地瞟了一眼餐桌,梁北辰口中的“东西”就是她摆在餐桌上的一个泰姬陵乐高。

那是于晓茜送她的。

和朱乐乐一起住在二楼的另两个室友偶然间发现了朱乐乐私藏的七八件旗袍，俩姑娘就很兴奋地试穿，还拉上朱乐乐一块儿拍照，嘻嘻哈哈的声音高低不定，罩在朱乐乐的房间里。

“笃笃”的敲门声响起，门外站着一脸无奈又无语的于晓茜，她垮着一张脸，恹恹地说：“你们小声一点儿行吗？我在楼下都觉得天花板在震……”

又有一日，朱乐乐下课到家，还没换鞋就听见了于晓茜的哭腔：“……我现在每天得晚上 10 点才到家，回家了还得做明天的午饭，早上 6 点不到就又得出门……”

又挨过半月光景，朱乐乐在一次回家后见到了一个陌生的中年女人，一问才知是于晓茜的妈妈。

于妈妈很勤快，下厨收拾样样来得，有时候见朱乐乐做饭切佐料不利索就顺带帮她做完，还整天乐呵呵地为大伙儿做硬菜做面食。这份勤快和朱乐乐舅妈的勤快是不同的，是一种不给小辈压力、心甘情愿的承担。

朱乐乐自己在厨房做饭时经常会和于妈妈聊天，知道了她是特意从国内飞来照应女儿的："……我不是夸她啊，Lexie 真的很自律，还读书那会儿，经常有大考小考的，她就是整宿不睡也能把考试给过去……"于晓茜的英文名染上了她妈妈的东北口音，也显得不纯正了，可也很显然看得出一个为女儿感到骄傲的母亲。

经此一来，朱乐乐之后总会（在于晓茜休息时）很注意家里来客的分贝，如果遇上旁的室友带客人回来，冲进来的音量太大的话，她都会手指比画，说于小姐昨天出门忙了一天才睡着，说话轻一点。"于小姐"是朱乐乐对于晓茜的又一个称呼。她最早跟着房东父亲叫的，只因最开始她念不好她的英文名发音，图方便。

3

两个月后，于妈妈回国了，回国前又不得闲，做了好多包子、饺子和大饼，给姑娘冻在冷藏柜里。

悉尼入秋了，朱乐乐的生日也到了。她没有叫庆典公司布置，甚至没有请朋友，因为每个人的学习时间不同，不一定凑得上。

她想起的人，是唐思哲。

朱乐乐来到麦考瑞商场的一隅翻糖蛋糕铺前，要了两块味道浓醇的蛋糕和两只马卡龙，决定亲自送去唐思哲工作的手机店，然后再自己去吃顿好的。没想到在手机店外，竟然碰上了于晓茜。

"……Lexie，你这是……"朱乐乐看着她手上提着的一些可折叠的收纳物。

"忘了告诉你了，我要搬家了，不然上班实在不方便……"于晓茜主动地拥抱了朱乐乐，"保重啊。"

"……今天我生日呢……"朱乐乐突然觉得想哭，赶忙把手上的甜品递过去，"给你的蛋糕……"

"谢谢你啊，生日快乐……"于晓茜似乎又想起了什么，"对了，那个乐高我实在带不走，就给你好了……"

那一个生日，朱乐乐没再去找唐思哲，反倒用原先替他准备的东西向于晓茜做了个人情。她买了一束黄玫瑰，独自一人找了家餐厅过在悉尼的第一个生日，味同嚼蜡，咬一口，便会迸出泪水，牵出想念的线……

初访麦家理想谷

中秋前一天，我去了趟麦家理想谷——带着我上下两册的《无关风月》，去观影《模仿游戏》，还想着是否必然能获得一本签名本的《解密》（两本最佳，送朋友）。当然，前者远远重于后两者，亟待回音，极度令我心焦。

为了不反复、不耗时的路途确认，我问了好多人，总算拐进了文二西路，查手机地图，撞入了西溪创业产业园区，过了一座桥，看见了心之所向的麦家理想谷。

推开短小的铁栅门，立于一面红砖墙前，那儿支着一块小黑板，用各色粉笔画上了温暖诚挚的标志。墙上钉着一根麻黄色的细麻绳，上头用一只只夹子悬住一张张明信片和创意照片。

向左拐进去就看见了理想谷的小庭院：一张小圆桌，两三把简约的靠背椅。门外置有鞋架和雨伞架，有些凌乱，可它依然有着一股可爱迷人的吸引力。

一扇玻璃门敞开着，我探头望了望，一位穿着清爽的姐姐迎了上来，躬身递出了一双鞋套——净手、换鞋、手机静音，这是理想谷的三项基本原则。前台的柜子里贮着一只只玻璃罐子和一批精致又不乏讨巧的杯子，罐子里存着咖啡粉和泡茶用的干花。它们一直乖乖地、安静地睡着，像是等待着读者，它们将被他们的味蕾唤醒，不畏任意的容器所伤，不惧任何形式的质变，它们为自己能成为理想谷的一员而倍增荣光。

电影早已开演，挤满了人。

不喜欢看外国的片子，但还是得做做样子。那位姐姐搬来了亚麻布的家居椅子让我坐，又递过了一只豆沙冰皮月饼。一楼的观影区很静，我很想吃那只月饼，但却也很是谨慎，四下里瞥了瞥。确定不会有人抗议之后，我才剥开了月饼壳子慢慢咀嚼。

来访者越聚越多，已经没有了多余的座位。我慢慢地腾起身，悄声给后来人让了座，脚步轻轻地走向一边的长方形桌子前，以眼神向姐姐示意。我从书包中掏出了那两本我的小说，问她借了笔,写下了自己一系列的联系方式。亲朋大可不用猜测，字迹很不雅观，却也不必怀疑，我是倾注热忱才落的笔，只是想烙下一丝邂逅的印记。

姐姐收走了我的小说，我又向她要了一张理想谷特制的明信片并一张深褐色的留言纸片。靠长桌子最里端的一面荔枝色的墙上，悬着大小不一的鲜艳相框：谷主麦家老师与理想谷常客的合影，还有他与国外文人的留念。

再折过去便是一只实木书架，似一只被放大了的格子铺：盆景、纸袋、书籍、相框……还有一沓沓各地读者的来稿，被码得规规矩矩。更进去一点是大量的中外名著，看起来都是八成新，一点不觉得它们都是被免费阅览的。

二楼有一部分空间是不对外开放的。我知道，那就是理想谷中的客居创作室。抽了一本张小娴的《蝴蝶过期居留》，跑去外面看。

这本书在初中时就看过，说大话会背出内容亦不为过。但却是置身于如许宜人静谧的一个乌托邦中，再去看相同的一本书，蚕蛹吐丝的思绪倏然突破了堤防，从四面八方涌向了同一处。

在这处乌托邦中，只要你爱书，便可容得下所有的背叛、不忠与离间。它的单纯并非李宁玉、顾晓梦、容金珍、安在天、黄依依……这些麦家笔下的破译天才能够全然解读的。

这里没有暗算，却可以解密得出梦想的风声，载得动人世间一段段的风月。

这是我在理想谷的留言。

山西作家刘奇康

【作者简介】

刘奇康，男，1968 年 5 月出生，山西洪洞县人，中共党员。山西省作家协会会员，洪洞县作家协会副主席。《作家前线》系列公众平台签约作家，《世界汉语文学》金牌作家，山西云丘山景区文化专家。著有散文集《杏儿黄了》，主编文学综合文集《永乐颂》，参与主编民俗风情集《云丘山民俗》等。

云丘山轻野 HOME 随感

巍巍云丘，苍翠松柏，云海翻滚，置身云端。这是游人对云丘山的感觉。清晨看日出，傍晚观夕阳，深夜数星星，这是云丘山景区新亮点的 HOME 的独特之处。

身在悬崖上，仰卧软榻前，宛若人间仙境，说的就是云丘山景区轻野 HOME。

云丘山轻野 HOME 是景区独具匠心、因地制宜地推出的一处绝佳境地，坐落在玉皇顶下 1300 米的丛林环绕中，其地三面临沟，西靠大山，中间略呈长方形的一块平垣的地块，周围被轻野太空舱环绕着，其设计之新颖、造型之独特，堪称绝妙。

体验轻野 HOME，有几条路线可以选择，从中和广场乘大巴车到圣母谷（后山），一路顺风至停车场下车步行数百米，然后登上缆车，如腾云驾雾般越过重重山脉，约行 25 分钟，到玉皇顶下，再穿过丛林，沿着蜿蜒曲折的小路步行十多分钟。您若想自驾去体验，则可以顺着景区指引的路标，到板儿上村入黄金峪沿蜿蜒曲折的山路盘旋而上，沿路既可欣赏美丽的山峦叠翠风光，又可感受大自然的气息。倘你在中和广场乘车到前山，那就要经历一番跋涉了，经神仙峪到千年古村塔尔坡，再从世界奇观冰洞群踏石阶而上过玻璃桥，沿着数千年前善男信女朝山拜顶的转运坡到土地庙，穿过丛林小路，眼前豁然开朗，抬头望天，天是蓝的，低头看地，地是平坦的，周围郁郁葱葱的树木间的开阔地上，或横或竖停泊着大大小小的 10 个舱，这就是云丘山景区新建的轻野 HOME。远远望去，它们既像停泊在云海里的航船，又像山野林木丛中的住房，走到近处，宛若伫立峭壁上的边防哨所，令人心旷神怡。

轻野 HOME 的设计者和建造者是别具匠心的，且不说新鲜的空气、优雅的环境，也不说被群山环抱的美丽景色，那整洁的、绿草如茵的院落就给人以舒服的新鲜的感觉，10 个舱位呈长方形摆放得错落有致，它们或顺台阶而直上，或石阶而登，抑或直近舱口，都给人以便捷安全的感觉。登临舱位，各个舱各有特点。站在阳台或步入舱内宽敞明亮的玻璃窗下览景，又是另一番感受，登临北边悬崖东西放置的轻野舱室，眼前树叶茂盛郁郁葱葱;登临南边悬崖东西放置的轻野舱，左侧可远眺祖师顶，右侧则仿佛在玉皇顶下，眼前是上下穿梭的各色缆车。最有特点的是最东的轻野舱放置在树木丛中，周围被浓绿的树叶环绕着，进入舱内，仿佛置身于百叶丛中，令人心旷神怡，产生美好的联想。最西放置的轻野舱须沿石阶而上,顺石板路步入舱门,西靠山壁，向东视野开阔。尤为特殊的是你进入任何一座舱内，都可以白天望蓝天、夜晚观星星，满目是绿波，置身云林中。

云丘山轻野 HOME 是景区的一大亮点，更是游客的避暑胜地。倘你来云丘山能够体验一下，那将是一种无尽的愉悦的享受。

江苏作家方颖

【作者简介】

方颖，江苏南京市人，中共党员，武汉大学双本科毕业，金融机构法务主管、律师。工作之余在不同时间和角落，用灵感抒发墨香的芳华，使鲜活的字符跳动在各类报刊、网络，在不变的字里行间感悟人生，探寻那水墨画卷中的金色时光。

行走在水墨画卷中的梦

一个丹青水墨画卷，似惊鸿一梦，轻灵地辗转反侧在脑海。

“问渠哪得清如许，为有源头活水来。”在那清新自然的田园风光里，不免让人心旷神怡，宛如那芳草鲜美、五彩缤纷的世外桃源。

眼前的山不高，隐隐起伏，温柔地把村庄拥在怀里；眼前的水不深，潺潺地流出山谷，逶迤地环绕着村郭。眼前的村庄小而宁静，百十户人家的徽式建筑错落有致地分布在溪水边，白墙灰瓦，重重叠叠，倒影如画，在阳光推移中，宛如一抹淡淡的乡愁。而那缓缓流过的岁月，更是一首让人琢磨不透的诗……亲历碧水青山中大气沉郁的厚重古风，经典音乐所蕴含的那份严肃与壮美情怀顿感沉甸甸的。旋即间，我一颗完整的心被这恢宏气势所同化。昔日那婉约、那浓浓的小资情调彻底地融化于这古拙厚重的徽州风韵里。

路，非常安静，仿佛是专为我铺设，两华里的路面上行人很少。田埂旁，除了那些自由生长着的稻谷，只有一些零星的香樟树或红豆杉。它们的叶子轻轻地摩擦，发出了唰唰的声音，仿佛是为迎接我这个不速之客的到来而专设的一种礼仪。

及至村口，一头顶斗笠的乡人，倒背着手悠闲地走着，身后的黄牛也似乎很散漫，在细小的土径上慢腾腾地跟随着。在他们前方，有一团浓密的绿荫。水田里，三三两两的白鹭架着细长的腿在忙碌地点啄着什么，给这幅平静的山水画添了几分灵动、几分雅致。

路的尽头，是路牌上标记的那个村落。青砖黛瓦房舍沿街的台阶上或坐一两个择洗菜蔬的老妪，或快活忙碌着几个天真烂漫的孩童。偶尔一两个手持烟袋的老汉，吞云吐雾的悠然，让我透视到他们那与世无争的心。整座村子尚有居住的门户，几乎全部洞开。我随意地走进一户人家的大门，昏暗的光线好像要把陈年旧事隐藏起来一般，我无法透过花棂隔断，去瞻望他们更多的家事。一张竹床随意地摆在天井里，失却了生命的竹节仍散发出幽幽的竹香，向人们昭示着他们曾经的过往。主人不知去了何处，家中的一切就那么随意地摆放着，任何一个陌生人都可以如在自己家里般这边摸摸、那里戳戳，没人来警惕地过问。真想在这太师椅上永远地坐下去，让心回归宁静，回归本来的自我。可是心里明白，我只不过是一个连脚印也留不下的匆匆过客。

沿着斑驳的石板路前行，又一处古村落撞进了我的眼帘。村口一位中年妇女站在了我的面前，虽无娇媚的容颜，但朴实祥和的脸上，充满了徽州人的好客热情。从她几句简短的话语中，我得知她曾在江苏的一个外资企业工作过，后来因外商撤资，她便回了故乡。似乎是他乡遇故知，她便有了过多的热情，给我当起了导游。

她告诉我，这个村子风水极佳，自古文人辈出，至今还完好地保存着“三省堂、敦崇堂、培心堂”等民居。村中间这座气派豪华的大夫第，明白地昭示着家族曾经的显赫。这里保留至今的雕刻精品，可谓精美绝伦，深藉厚涵，不由得我心头讶然，旋即便释然。试问这里如果没有这巧夺天工的三雕，居民怎敢用最质朴的粉墙黛瓦？犹同村姑若无娇媚的容颜，又怎肯款着素衣于人前？

穿过细窄的古巷，来到村中唯一的石拱桥，石刻标明这是风车桥，大约与村子的历史相差无几。前些年因为修高速路，改变了这里的地里形态，风车桥现在已完全失去了它原始的功能，桥面上布满了横七竖八的藤蔓，两个硕大无比的红南瓜，一副熟视无睹的姿态，就那么傲慢地横陈在桥面上。那清清的汾河水，如何谙得这世事变换的沧桑？她依然弹拨着恒久不变的弦音，悠悠地从桥下穿过，向着远方一路无悔地走去。

村头那棵高耸挺立的红香樟，经历了过往岁月的沧桑，目睹了村子近千年的兴衰沦丧，它是上汾水村最有资格评点世事的长者。眼前它却闭口不语，似乎视而不见，对民生疾苦漠不关心。又或许它是在用心悟道，默默地体验着这里的人生情感。

夕阳满照的傍晚，村口小巷幽深而静寂，年代久远的青石板路古拙质朴，散发着幽幽的光晕。那些石面上刻满了道道岁月斑驳的印痕，被时光磨蚀得意态高古。狭窄的石板街在高高的风火山墙间尽情地延展，仿佛永无止境，两侧墙面上布满了厚重的苍苔。抬头望去，高低错落的马头墙，一齐束身向着长空伸展，到了极限处便凝固成一条细线，湛蓝的天空就候在那里，几缕白云在它上边悠游着、缭绕着，似一曲悠扬的旋律，奏响了天籁。

不经意间，从一条巷口走出，一条小溪就那么悠闲地铺陈在我的面前。我似闲云野鹤般地袖手游走，没有人好奇，没有人过问。其实根本就没有碰上人，连多事的狗也懒洋洋地躺着，懒得抬起沉重的眼皮撩我一眼，懒得出声。这与熙熙攘攘人声鼎沸的延村、李坑，已然形成了鲜明的对比。在看似寂寥的背后，却完整地保存下了一份完美、一份纯真，没有铜臭，没有修改与变味的假古董，原汁原味的徽州文明。

这意境，是我梦中所求。

鲜花属美人，断琴寻知音。暮色悄悄降临，告别了村姑，我带着几分高古的寂寞，流连在田间曲折的小道上，静静地品味着、思索着，迟迟不愿归去。一些与此意境相合的唐诗宋词被我从记忆的深处翻出来，花儿呓语的瞬间，在那水墨画卷里，我又衍生了一个有关婺源的梦……

辽宁作家刘信昌

【作者简介】

刘信昌，军人出身，转业至铁路车辆部门任武装部长。退休后在社区活动，爱好文艺，喜欢写作。曾在铁路刊物上发表小说散文等10余篇。发表歌曲40余首，在全国群众原创歌曲大赛中，获得过金奖、银奖、作曲奖。是社区的优秀党员、宣传员、文体活动标兵。

"恩爱"夫妻（外两篇）

他走了。

带着不解的忧愁走了，到了极乐世界。

她万分悲痛。

她是他的老伴。

哭得泪人似的。

早在20年前，就搬到我们这里来了。

那时候，我们这里没有楼房，全是干打垒平房，简陋得很。他们住在东头，我们住西头。后来房屋改造住上了楼，成了楼上楼下、低头不见抬头见的近邻。时间长了，就熟悉了，就唠起嗑来，得知他是铁道电力高级工程师，他的老伴是铁路小学教师。他们夫妻都文质彬彬的，微笑待人和和气气的，受到左邻右舍的夸奖。也得知他们夫妻是从偏僻的大山沟里，落实政策，平反后回来的，官复了原职。

那时，他们夫妻就已经50岁了，子女都大了，各有职业不在身边，只有老两口相依为命，过得挺自在。他老伴还时不时地常在我们面前夸她老头子聪明能干、技术高，总比别人高几等拿大钱，我们听后都很羡慕。

岁月流逝，春去秋来，转眼间他们夫妻先后退休了。

相处过程的几十年，没有听到过老两口拌过嘴、吵过架、红过脸，总是那样恩恩爱爱。香香甜甜的感恩时代，他们学着青年那样，享受着阳光岁月的风景，他老伴还满口有词地对我们说：

“这是未了的情、迟到的爱、晚开的花。”

“好！”我们鼓掌点赞，也随上几句。

她每时每刻都高兴地侍候他，让他舒舒服服，心情舒畅，生怕他有个三长两短。

于是，邻居们都说，看看人家，比比自己，心里的血就翻滚起来，觉得酸酸楚楚的：“嗨，人啊，无法比呀！”

自然规律是无情的。

儿女们劝她宽心些。

邻居们劝她要想得通，别伤着身子。

她止住了哭声，说：“他的死，我不悲痛，想得通。生老病死的，是万物的归宿，自然规律，谁也抗拒不了。那些伟大的领袖导师、专家学者名人，不是也要死的吗？秦始皇的长寿药，也没有保住生命，最后还是死了。”我说：“‘悲’的是从今往后他的‘钱’，‘痛’的是他那每月可观的‘钱’没了，可惜啊，可惜。”

她看着我们摇摇头。

我们恍然大悟，惊呆呆的，像根木棍子那样矗在那里，耳边听到的是她哭声如雷。

震得楼要倒塌。

电线杆儿

从我记事，这根电线杆儿就高高地立在我家门前三岔道口处的中央。五十几年了，风风雨雨，岁岁月月。

三岔道口是一条主干道的前端，分出两条岔道，一条由东往西至三道岭沟，一条由东往北到郭家岭沟。都是土路，道很窄，除来往行人外，只能走大平板车、三轮车和手推车。

解放了，两沟的人有些不安分了，开始沸腾起来，说是发展经济，造福于两沟人民，于是，便把路面改造加宽了，机动车可以行驶了。又集资捐款，立杆办电。从此，两沟的人们有了光明，欣慰地走进繁荣日子，结束了油灯、松明的岁月。

两沟立杆办电，都说以三岔道口中央立起的那根线杆儿为轴引向。因此，这根电线杆儿比起其他线杆儿，光彩、荣耀、功劳大。

老辈人讲，立这根线杆儿时，围观的人好多，男的、女的、老的、少的，热闹非凡，锣鼓喧天，耍龙的、耍狮子的、扭秧歌的都有；天气虽然冷些，情绪高涨，人人脸上充满着喜悦，口中赞美不绝，都说党和政府为平民百姓做了一件特大好事。

一晃，几十年过去了。两沟的人眼睛，开始向外看了，要与外面世界接轨，经济上台阶。因此，来了个大变革，路面彻底再加宽改造，有了上下行，土路变成了柏油路；原先的线杆儿，由木制的全换成水泥的，重新立杆架线改道。有了路灯，橘红色的，好美好美。

这样一来，三岔道口中央的那根线杆儿就完成了历史使命，该退役了，但，不知为何，这光秃秃的、黑不溜秋老化歪斜的线杆儿却原地没动，依然立在三岔道口的中央，像一面废墟的墙。

开始，来往行人和各种车辆通行，对这毫无灵性的线杆儿没意识到什么，可日子久了，就渐渐地感到不那么对劲了，开始别扭起来，心里有种压抑，只要见到这线杆儿，就觉得前景黯淡，无光无神。好端端的柏油路，叫这么根没有意义的黑杆杆，立在三岔道口的中间一堵，大煞路的风采光景，十足的文化思想丑陋。

于是，两沟的人，又开始不安分起来，纷纷向有关部门反映，要求把此杆儿拆掉，还我畅通无阻明亮之路。

然而，这种切实的努力，是徒劳的。每一次的行动，都是以石沉大海、杳无音信而告终。十几年过去了，线杆儿依然在那中间立着，呻吟着。

怨声载道的善良百姓无法子了，只好把美好的心愿与呼声刻在这根线杆儿上。有一首诗是这样写的：

杆儿活，杆儿死，杆儿丰功载入史。

如今老化加僵化，挪挪位置最明理。

“努力”也许感动了上帝。那天夜里，风、雨、雷、电，轰动了一阵子。天亮时晴了，奇迹出现了，三岔道口中的那根线杆儿真的就不见了，只是围了好多人，脸带笑容，口赞不绝：

“路，亮堂起来了！”

“路，通了，美了！”

“上帝，百姓感谢你！”

还有人赞道：

“这是划时代的举动！”

掌声热烈四起。

不久得知，并不是什么上帝，是一精神病患者的脑门，被这碍事无用的线杆儿撞了个大血泡，发怒了，一气之下，将这线杆儿彻底给铲了，挪了位置，到了该去的地方。

怪谁呢？

组织干事大姜，凭着自己聪明的脑瓜，时不时地为遇到事或出了岔的同事、朋友参谋参谋，出出点儿，来个化凶为吉，平安为天，乐而所得。因此，时间长了，大伙就习惯地把他真实的姓名抹掉了，叫他“机灵鬼”。说他脑瓜儿活、道道儿多，比“一休哥”还哥。他对大伙的美赞，总是抿着嘴，回敬地向你一笑，说：“爹妈给的，眼红吗？”然后看着大伙，光彩地将手指头在空中优美地划了个响儿“嘎嘎”，闹得大伙很不好意思，脸红红的就走了。走是走了，心里头还是很羡慕大姜的。羡慕他的福气，羡慕他爹妈给他一个聪明的“脑瓜儿”。想想自己的父母，没给自己的脑瓜儿里加点营养智慧什么的，心里不免酸楚起来：“人比人得死，货比货得扔啊。”

大姜做组织工作，已经多年了，经验丰富，干得也不错，常受到单位领导或上级组织部门的好评和青睐。说他有能力，是块料，应该到关键性岗位上去锻炼锻炼、闯一闯。

这年春季的一天，组织部门来人，亲自找到了大姜，同他热心地谈了话，说：“根据工作需要和干部制度改革要求，准备让你活动活动，变变位置，换换角色，接任纪委书记徐勇的工作，他快到站了，好退休了，他的工作总得有人接下来干下去啊。我看你接过来还是很合适的，角色会演好的，不知你有何想法。”来人的眼神是热切的。“这——”大姜沉思了一会儿，看看来人，笑笑说，“谢谢领导对我的器重，按要求我还差得远呢，各方面还得努力。不过，让我换换角色，扮演纪委书记，这……还是让我考虑考虑，你看好吗？”大姜用同样的眼神，看着来人。

“那好。”来人说，“为慎重起见，考虑考虑也好。”来人爽快地站起来，满意地看着大姜，点点头。

大姜送走了来人，“吱”一声关上门，全身就像棉花似的，没有了骨架，软软地坐在了椅子上，喘了口粗气，自语道:“天哪，让我接任纪委书记，那差事……”

他一下子恍惚起来，迷离中一个“血葫芦”映在了他的眼前，怪吓人的。

那是前年秋天的事，有个车间主任，在处理车间一职工因赌博吸毒问题上，经受不住钱与女人的诱惑，掉进了坑里，不仅收了人家的钱，还同人家的女人做了那件事。事情暴露后，影响很坏。徐勇调查，情况属实确凿，进行了严肃处理，免除了车间主任的头衔，开除了党籍。

一天夜里，熟睡的徐勇被突如其来的破碎玻璃声音惊醒，接着砖头、瓦块、乱石，疾风般地飞进来，一块半拉砖头击中了徐勇的脑门，一道口子张开了，血流满面，成了“血葫芦”。

徐勇毕竟当过兵，侦察科助理出身，有一定的经验。他没有慌神声张，而是忍着伤痛冲出去，用声东击西的巧妙手段，逮住了那个小子。经查询，是那个车间主任的二小子，是来报复的。

大姜从恍惚中醒来，迷离地走出办公室，全身不觉打了个寒战，出了些冷汗，吃力地定了定神，微颤地手顺势拿起笔来，在横格纸上歪歪扭扭地写着：纪委书记的活儿，不好干啊！险性大，得罪人，看上去挺自由、挺轻松的，实际上是个苦差事，这……

第二次谈话，大姜对组织部来人很热忱、很活跃，尤其那动情的眼球，闪闪灵灵转个不停。笑也笑得那么清脆柔甜，动听悦耳，让来人感到全身舒适。

大姜皱下眉，灵活的眼神停止了，可又急速地转了几下，就对来人婉转地说了好多因由，最终没有接受纪委书记这个角色。

不过，来人的两次谈话，却像烙印那般红火，深深地烙在了大姜的心坎上，闹得他腾腾的，似浪花翻滚。

大姜必定脑瓜儿聪明，从翻腾的急流浪花中，那锐利尖刻的眼睛，发现了“机遇”两个闪光字眼。想到了自己做组织工作多年了，也该活动活动，挪个位置了。

如今，机遇来了，可去哪里呢？这得狠狠抓住，千万不能失去啊，要知道，过了这个村可就没有这个店呀，去哪儿呢？

大姜一皱眉，眼睛呼啦一闪，如灯亮了起来，想起来机关管事的舅哥。

没多久，大姜就由段里到了机关，干的还是组织工作，自我感觉良好。一是名声好，大机关嘛；二是比起基层来说，要轻快多了，舒适多了，保险多了，工资待遇也多多了。

他看着自己发光的椅子，手抚摸着漂亮油滑的写字台，两眼眯眯，笑得陶醉起来，感到自己很幸运，是个有福气的人。于是，他高兴地拎起椅子，围着漂亮的写字台，唱着小曲儿，激动地转起圈儿。这得感谢舅哥，感谢爹妈给他的脑袋瓜儿。

斗转星移。仅仅一年多光景，形势有了变化，机关机构改革，精兵简政，几百人的大机关，减到了百十人的小单位，这一点，大姜是万万没有想到的。他同其他人一样，对自己的命运去留问题开始担忧起来，像热锅上的蚂蚁，团团地在办公室里扶着自己的那把椅子打起转儿。

精神昏沉，饭菜不香，身子瘦了好多。无奈了又去找管事的舅哥。

“想想办法嘛。”大姜哀求着，几乎哭起来。

“没什么招法了，这次堵得很严，插不进去了，基本定音了。”说着，舅哥无可奈何地贴在大姜的耳朵上，轻声小语地讲述了真实情况，“这次机构改革，来势凶猛，无法乘隙，递不上悄悄话，后天就公布了。”

大姜听了，傻了眼，老半天没有喘上气来，眼球翻白了几下。原来他的名字和舅哥的名字已经编在了减员分流的队伍里了。

大姜的两腿像灌了铅似的重，好不容易挪到了办公室，一屁股坐在了以往喜欢的那把椅子上，手无力地抚摸着漂亮的写字台，脑瓜儿耷拉着，眼睛直直的，没有一点灵性神光，想：早知今日，何必当初？

“太平椅”打了我的“铁饭碗”，“写字台”掘了我的“幸福路”。

怪谁呢？大姜思索起来。

安徽作家谭光华

【作者简介】

谭光华，中国作家协会会员，著有小说、散文等文学作品 200 万字，并有十数篇获奖，长篇小说《雪域剿匪》获“东丽杯”梁斌小说学奖。

那一束暖暖的目光

秋，霜天，叶红。步行在皖南山区的山林里，我忽然想起了当年的往事，心，颤了一下。此时，我忽然做出一个决定，去我战斗过的地方，去寻那一束暖暖的目光。

那年我 19 岁，是一名战士。我们的部队就在皖南山区绩溪县城北的山头上，山下临着县城的北街，我们的营房也是依山而建的，并延伸到街面上。隔着那条不太宽的小街，是我们练兵的操场，那里有篮球架、有水泥砌的乒乓球台。除了出队练兵，我们也在这儿搞体育活动。沿街住的居民，也时常在我们的操场上活动，军民一家，所以，时间久了，我们与居民们都认识了，相处得非常好。

操场的左侧，住着一户人家，那家人家有四口人，一对夫妇有两个孩子，大的是一位姑娘，小的是位男孩。那位姑娘比我小几岁，我刚来部队时，她还在读初中。几年兵当下来，眼见着她一天天地长，先是长个儿，接着发育了，身上充满着青春少女的气息。她的眼睛不是特别大，像弯月，脸是鹅蛋脸，体形修长。不用说，她是一位美少女，但她却不妖艳。首先，她的目光总是温和的，如冬日的阳光，并微微地带着笑意。她穿着月白色的带大襟的褂子，下面穿黑色的折叠裙子，雪白的长筒袜，配上黑色的带袢的布方口鞋，与多数追求时尚、扎羊角辫、穿绿军装、戴军帽的红卫兵女孩有着显著的区别，倒像是一位五四运动过来的青年。不知道为什么，我特别喜欢。喜欢她这长相，喜欢她这打扮，喜欢她这温柔的笑意，喜欢她这暖暖的目光。

但是，我是位军人，军人有着严格的纪律。战士是来参军保卫祖国的，心要用在保卫祖国上，服役的时候是不能胡思乱想的。当然，只有提拔成了干部，当了军官，才可以在部队谈恋爱，而且要向组织汇报，并接受组织的审查。那时，我就有一个梦想，我想表现好一点，快点进步，等我提拔成了干部，我就去和那位姑娘搭讪，或许能美梦成真。

有一天，我们在操场的水泥台子上打乒乓，那位姑娘也与一群孩子在旁边看，还为我们的好球叫好。我很激动，打起球来更带激情，故意表现自己，想让那位姑娘有点感觉。后来，我们就认识了，她与我说话了。原来，她现在高中毕业了，不能再继续上学了，要下放农村去接受贫下中农再教育了，眼下正属于县“五七”办公室分配阶段。我听到这个消息，就祝福她。她倒认为我嘲笑她，说：“你参了军，多好，全国人民都在学习解放军呢，不像我，去当农民。”我说：“你错了，农民有什么不好？工农兵都是一家人，我们也要向工人阶级学习、向贫下中农学习的呢！”我这一说，她笑了，笑得非常甜美，说：“你说得对，还是解放军同志的觉悟高。”

又一天，她也到操场上打乒乓了，穿一身运动服，更显得青春美丽。跟她打球的是另一位女孩子，这次轮到我在旁边看她了。她们打得不算太好，失误很多，但我还是在一旁鼓励，有了好球，就替她叫好。不一会儿，那位与她打球的女孩被她的家人叫走了，她没人陪练了，就对我说：“解放军同志，打不打？”我当然接受了她的邀请，心中不知道有多高兴。于是，我就与她对打，并拼命地让球，使她得到赢球的快感。打着打着，球飞了。可那淘气的球飞的不是地方，偏偏飞到她的两腿之间的裆里，她站着不动，用眼找球，却见四周没有那白色的乒乓球。“咦？球呢？”她自语。我将目光往她那地方一扫，又一努嘴，她看到球了，脸一红，害羞地笑了。

我想提干，并写了入党申请书，但却一直批不下来。后来，指导员告诉我，我家有社会关系问题，不符合提拔对象。因为，我家是信仰天主教的，我的姑姑是修女，我的叔叔是神父，能参军已经是万幸了，提干虽然报了几次，军审干科都审查掉了。

我失望了，再也不会“胡思乱想”了。可那女孩，却时不时地在我们部队的大门前徘徊，装作有事情恰巧经过的样子，看我出操，看我去打球。没人的时候，她会向我发出暖暖的目光，然后一笑。可我，却不敢回敬她，我知道，我提不了干，对她进行胡思乱想就是违犯纪律，虽然我也用暖暖的目光回敬她，但内心已铁定要与她作别了。

我退伍出部队大门的那一天，往她家那儿看了一眼，没有看到她。可能，她已经下放了？可能，她在家里睡觉没起来？可能，她在看书？我当时的心情是又想见到她，又不想见到她，只是，我忘不了她那暖暖的目光。

50 年过去了，我又来到了这里。部队搬走了，街面全是新盖的楼房，那位姑娘呢？也搬走了吗？

我在那曾经打乒乓的地方站了一会儿，这儿现在是一块健身场，时不时地，有跳广场舞的大妈在这儿活动。

忽然，我看到一位头发花白的阿姨，她推着一位老人在这健身场散步。是她吗？我将目光投向了她，她也在同时将目光投向了我。果然，是那暖暖的目光，虽然老了，目光淡了，但同样是暖暖的，暖暖的。

“你？”她认出了我。我说：“我旅游经过这儿，来看看当年的驻地。”那位坐在轮椅上的老头儿和我年龄相仿，他是她的丈夫，已经痴呆了，她笑着对我说：“你，还好吗？”我笑着说，好。

一时无语，轮椅上的老头儿说：“我要尿尿了。”她苦笑着，推着老头与我告别，我望着她缓缓地走出健身场。

汉砖

郑王楼是一个古村。这村子都是宋砖宋瓦，村民民风淳朴，勤耕节食，却又乐善好施。民国年间，黄河水泛滥，淹了离郑王楼三里远的太清宫，在里面躲灾的难民无处可逃，而郑王楼地势较高，他们就逃到了这里，村民都对他们进行接纳，给他们吃食，给他们衣穿。水退了，难民回家了，只有一位少年无家可归，因为他家的整个村子都冲没有了，父母姐妹也都死于水中，他抱了一个门板才最后得救。村中有个郑秀才，无儿无女，就收留了他，取名郑臻。郑臻 25 岁那年，老秀才去世，郑家就由郑臻掌管，娶妻生子，勤俭劳作，日子过得特别殷实。那年丰收之日，郑臻请了里正，召集全家说事立约，说出自己本不姓郑，既改姓郑，是因为郑秀才给了他二次生命。现在郑家财产由他一个流浪儿继承，实是欠恩未报。所以，他宣布，将自己收成的一半捐给穷人，自己过节俭的日子，并代代相承，若有不遵者，逐出家门，并立约为誓，永久相传。

转眼到了战乱年代，郑王楼遭天灾人祸，许多村民变卖家产出走他乡，郑王村变成了杂姓村，唯独郑臻的后裔依郑家约法，还坚守这块土地。此时的户主名叫郑遵法，他一家五口，三子两女，由于年年收成要给村民一半，日子也不好过了。有一年，遇到了天灾，先旱后淹，粮食绝收，自家已没吃食，拿不出另一半粮，郑遵法很是着急，怕坏了祖规，只得借钱抵粮。次年，郑遵法改变了办法，决定在自家宅上立窑烧砖，卖钱给村民补贴。这个办法果然不错，也省得灾年错过了善事，违了先祖之约。

又一年，洪灾天降，将太清宫三清殿冲得遍地瓦砾，洪水过后，村民在泥泞中捞了不少庙宇里的旧砖。可这些旧砖，东一垛西一垛的，散在村民家中。由于这是庙里的砖瓦，阴气很重，村民盖房用不到它，只能盖猪舍、垒墙头。郑遵法见状，就做了个决定，村民如果愿意，他将拿两块新砖换村民捡拾的一块旧砖。原来，他烧窑要取土，自家的宅土用光了，就往下挖，数年之后，就挖下一个硕大的方塘，再往下挖，土质不好，空留了一个坑，雨天积水，蚊虫乱飞，对村民深感歉意，就决定买土垫上。可当郑遵法看到村民捡拾的无用旧砖，就有了这个做善事的想法。果然，郑遵法一宣布，村民都拿捡来的旧砖来换，半年光景，他挖土的大坑便被旧砖填满。

郑遵法作古，新中国成立，他的儿子郑孝民成了他家的家长。郑孝民是村小学的校长，这时候由于村民都有了社会保障，也不要他义捐什么的了，但郑家报恩之精神，仍未失传。

这当儿，为了保护文物，发展旅游事业，县里决定重修太清宫，并从北京请来了专家进行勘察。

重修太清宫，要用仿古砖瓦，必须到专业厂家订做，更要花一笔不少的钱。这时候，郑孝民来到重修太清宫办公室，并带专家和县领导来到他家，指着他们家的猪舍上的砖，问：“这砖好用吗？”专家一看，见是当年建太清宫的汉砖，并用篆书写着“汉延熹八年造”，块块都是文物。专家问：“你要多少钱？县里买了。”郑孝民笑了。说着，他与专家和县里的领导，来到院外当年取土的那片坑地，找了几位民工下挖，露出了当年太清宫三清殿的流失的数十万块汉砖。一时间，郑孝民成了新闻人物，说他要发大财了。平时不来往的远亲及不把他当回事的领导都约他吃饭，郑孝民一一谢绝。当县领导约他谈谈汉砖的价格时，郑孝民一脸严肃：“这本来就是庙里的东西，现在完璧归赵，分文不取。”

重庆作家李大军

【作者简介】

李大军，笔名李汶道，男，汉族，重庆奉节县人，1964年1月29日生，本科，职业牧师。曾任重庆市铜梁区第八、第九、第十届政协委员，重庆市九龙坡区第十届政协常委，全国基督教两会第七届传媒事工委员会委员，重庆市基督教两会副主席、副会长，重庆市基督教《天韵》杂志的责任编辑与主编，重庆市九龙坡区基督教西彭礼拜堂牧师。

诗城恋

诗城的夜美，诗城的风凉，诗城的情浓。

诗城是我的故乡，又名夔州，坐落在长江三峡雄险天下的夔门两岸。

我常在宁静的夜晚，独自地登上诗诚古城墙边的一个凉台，极目诗城，亲吻长江，放眼星空。

春秋的夜里，凉风习习，眺望诗城别有一番风味，映入眼底的是望不到尽头的万点灯火点缀的高楼，此起彼伏，宛如一条长长的巨龙蜿蜒旋飞于长江，天上的星斗与脚下两岸七色的灯火交相辉映，那姗姗而下的江水跳跃着浪花青睐可掬，构成一处巨型的星空；又如龙腾江水的图画，加上沁人心脾的凉风，令你心旷神怡，使你忘却一天工作学习的疲劳、苦于生计的劳顿。于是，精神抖擞，浮想联翩。

今夜，是我妻32周岁的夜晚，我照例登上了那古城墙边的凉台。虽然，心被冤屈还在阵阵地伤痛。但是，一望那错落有致、满是红橙黄绿蓝锭紫的七色灯火点缀的高楼，还有映照在脚下跳跃的江水，不禁依然勾起我心的情思，我顺着那颗颗、那串串的灯火与星斗跳动于江水的碧光，松开了我那遨游天地的思恋疆绳，任凭诗诚的青山绿水，寻找我妻今夜居住的那间青瓦红墙简朴小屋的坐标——龙王小山庄，我的老家。

我想，那小山庄在春里，已是绿叶片片的芬芳了，早已透出了“龙王”的灵气，更显春的魅力了。妻，一定也没有入睡，或许也登上父母家中的楼台，正思恋着我呢？我凝视着朦胧月下高楼的灯火与星斗碧光接天飞去的江水，妻好像驾着习习的凉风，披着星斗的碧光，踏着江面，向我飘然飞来，我努力地张开双臂拥抱着她，她躺在我怀中，仰着头带着微笑看着天空。“你想家吗？”我问，“想！”于是，我拿出今天收到的妈妈寄来的信给她，她看着那歪歪斜斜的文字，她哭了。我问何故。她目视我说：“妈妈说，要我们笑对冤屈，我好想妈妈！”俨然一副小孩子的样儿，我抚摸着她说：“哭的小姑娘不乖！”

的确，她在我心中是一个小姑娘，一个永远也长不大的女孩。记得我俩相恋约会的第一次，她就是这么一个小女孩模样，手握一本厚厚的书天真地对我说：“我送给你，你不看完我就不嫁给你！”然而，正是那本书决定了我的生活，让我选择了奋斗的人生，我也从那小山庄来到了这个诗城。那书就是《圣经》！从那时起我就喜欢她那小孩的模样儿。不是吗？如今她依然如故。虽然，岁月失去了一个一个的春秋，我们的小孩都上小学了，但是，她那娇小的脸蛋依然灵气，泛着红晕，带着微笑，一双眼睛总让人感觉到唯有天真希望和良善，闪闪的眼神激荡起童年的梦幻，一点五米的个儿，让人感觉娇小玲珑，似乎是永远长不大的小姑娘，难怪她的朋友们送给她一个“周乖乖”的雅号。

然而，她在生活表现出不同寻常女子的成熟与欢乐。她说：“美要自然流露，爱要永恒持久。”她爱美，但不做作；天真活跃，但不落于俗气；富于热情，但不浮扬。我们相爱，家庭建立，孩子教养，事业追求，春来秋去维系在情中意、意中情的初恋中。她说：“要爱人如己，做人，不要让别人吃亏！”据我知晓，她从没有与同事，朋友、婆婆、兄妹、邻居吵骂过，每逢不被人理解的时候，她总是笑脸羞涩，低眉缄口，总是替别人着想。她说：“人要活得潇洒，不在于物质优厚，而在心里持守平衡。”面对困惑与委屈，先安慰别人，自己也会找出理由自慰。人生之路，阴晴圆缺，受冤受屈总是有的，她能坦然视之，她说：“人若害怕受屈冤，就不能真正地做人。”前些时候，我好心帮助人，反被人指控，在一件案中无辜受屈，事实澄清后，妻惦念着父母的伤痛担心，在她生日的今天，抽身回老家安慰双亲去了。她说：“要用大人的成熟和小孩的情趣处理人和事，尤其是对父母的孝敬。”所以，她在最困难的时候能保守清晰的情趣且自信有余，笑声朗朗，迈出坚实的脚步。在我受冤屈的日子里，亲朋邻友上门探望她，反从那儿她得到安慰。她对来访者说：“这也许是我们人生难得的最好财富。”同事朋友一点也不觉察到她内心有什么伤痛。她总是勤劳乐观、诚实天真。有人问她：“你咋这样乐观啊？”她总是嫣然一笑说：“上帝不是给了我们许多的欢乐吗？”简单的回答，让人增添几分慰藉的欢乐。她追求诚实，富有怜悯，许多时候也让人感觉到天真无邪得荒唐，连自己的孩子也逗趣她说：“妈妈，你好笨呀！”是啊，她斗嘴还斗不过八九岁的孩子。我时而取笑她说：“你什么时候才长大呢？”“我才不呢，不然别人就不叫我小周妹啦！”是的，如今十八九岁的姑娘还管她叫“小周妹”呢。不过，她从不在同事朋友面前掉一滴小妹子的眼泪。在我心中，妻永远是一个长不大的小女孩。

我想到这里，风已吹凉了我的头，不禁打了一个寒战。我猛然惊醒，伸了一个懒腰。呵，原来怀中什么也没有，睁开眼，凝视星空，星星还是那么多的星星；环视诗城，灯火还是那么多的灯火；观望长江，脚下的江水，依然跳跃着美丽的浪花在奔驰。

浙江作家范树立

【作者简介】

范树立，笔名小林，浙江省桐乡市人。曾供职于桐乡市文联，担任《崇福镇志》编辑。中国散文学会会员、浙江省民间文艺家协会会员、嘉兴市作家协会会员、桐乡市诗词楹联学会会员。作品《水乡情趣》获中国散文学会全国散文大赛一等奖。已出版《崇德古韵》《小林童趣》等多本著作。

杭白菊花飘香

在一个秋高气爽的仲秋清晨，我搭上一辆开往福严寺方向的城乡公交车前去采访。车子在开阔的田野公路上平稳地快速前进，窗外的景色十分迷人，闪过大片大片翠绿繁茂的桑园，便看见一望无际的金黄色稻田。汽车开了几分钟后，进入眼帘的是一大块无边无际洁白的菊花地，一阵阵清新浓郁的香气不时地从窗外吹进，我顿时感到头脑清醒、心情舒畅。公交车在邻近福严寺的一个小站停下，我在这里下车，沿着一条水泥路走去，看到眼前的这些景物，感到有点陌生。福严寺离我曾经插队落户的地方很近，记得当年从镇上到乡下去，要是碰到下雨天，这条小路就很难走，五六里泥泞的路一滑一蹚要走将近半个小时。如今通了城乡公交车，全程车费只收一块钱，人坐在宽敞舒适的车子里，只要几分钟时间就能够到达目的地，真是让人感到又快速又惬意。有名的千年古寺——福严寺地处同福乡，我下放时经常和大队俱乐部的文艺宣传队员一起来这里宣传演出，当时上台演唱的节目有表演唱《歌唱农业发展纲要四十条》《农业学大寨》《学习雷锋好榜样》《李双双》《丰收歌》等。我还记得有一首《毛主席来到咱农庄》的歌是这样唱的："麦苗儿青来菜花儿黄，毛主席来到咱们农庄，千家万户齐欢笑，好像那春雷响四方。毛主席啊关心咱，问咱们吃来又问穿，家里地里全问遍，还问咱农校办没办。"

我下车后沿着一条机耕路来到一座村庄，村里一座座崭新的、造型各异的三层楼住房显得高大气派，门前停着十多辆小汽车，好像自己迷了路似的来到了一个大城市的别墅区。顿时，我的脑海里回想起了自己下放时住过的平房，那时候只要天一下雨屋里就漏水，地上要放二三只大大小小的面盆来接。村里人家住的大多是"一直落"的平房，房间和猪羊棚相邻，室内阴暗潮湿而且不通风。看到眼前的新农村景象，心里真的感慨万千。在二十世纪六七十年代，那时农业生产实行"以粮为纲"的政策，原来的蔬菜地、菊花地全部改为水田，种植双季水稻。这些地改成田后，被叫作"荡田"。荡田土质坚硬，插秧时种得手指头发痛。荡田里的稻苗由于缺少肥料和水分，长势不好，产量很低。当时，要是有人敢在屋后种几株菊花的话，就会被队里的干部拔掉，被称为"割资本主义尾巴"。如今，这些荡田又重新种上了蔬菜和菊花。在村边的蔬菜地上搭起了一个个高大的塑料大棚，一年四季蔬菜不断，村民们都说蔬菜大棚的经济效益挺好。在那些大片平整的荡田上，现在又重新种上了本地有名的特产——杭白菊。这时我已经走到村口，看见那里竖着一块大木牌，上面写着“田野菊海景区”六个红漆大字，顿时眼前一亮，原来我要去采访的目的地就在眼前。进入景区，放眼一看全都是白茫茫的美丽清香的菊花，我想这里被称为“菊海”，应该是当之无愧的。在“田野菊海”里，我看见有几十位身材健美脸色红润、不时传出银铃般笑声、全身穿着蓝底白花纹蓝印花布服装的农家女，正在那繁花似锦的菊花丛中，进行采摘菊花的现场表演。只见姑娘们身背小竹篓，双手像小鸡啄米似的飞快地采着菊花。在她们周围还围着不少游客，他们手里全都提着小竹篮，跟着姑娘们一起采菊花，看到那场景真的让人感到轻松愉快，好像来到了一方世外桃源。在这里，人们可以尽情地享受大自然给予的阳光、空气和美景。久住城镇的人能到乡下来走走看看，放松放松心情，那该是一件多么开心快乐的事情啊！在“田野菊海”里最吸引我眼球的是三位身材高大魁梧的老外，他们也挤在菊海里认真地学着采菊花，看上去真像有一种认真拜师学技的劲头。我赶紧打开数码相机，“咔嚓咔嚓”拍下了几个精彩的镜头。这时，周围菊花的香味引得我不由自主地弯下腰，采摘身边那几朵初开的菊花。闻一闻那刚采下的菊花，真的叫香气扑鼻，那是因为含苞欲放的花朵，才是香味最浓的花的缘故。这时我想，要是能让晋代大诗人陶渊明看见眼前那菊花美景的话，他一定会心潮澎湃，诗兴大发，写出比“采菊东篱下，悠然见南山”更加动人优美的诗句来。

从“田野菊海”出来，我走进了附近的一家菊花加工厂的大门。在我的印象中，原来村里的农民加工菊花的方法比较古老，就是将采摘来的新鲜菊花，先放在一只只面盆大小的竹笼内，然后拿到柴灶上去蒸。经过蒸煮过的菊花，再放在各家各户的大门口用芦苇编织的山篱上晾晒。等到菊花晒干后，便形成一个个薄薄的、菊花饼的形状，这时收起来后就可以拿到供销社去出售了。当地农民不喜欢泡菊花茶喝，菊农们好像从来就没有那种喝菊花茶的习惯。我进入车间后，闻到了浓烈的菊花香味，在崭新宽敞的菊花加工厂房里，成堆的鲜菊、盒装的成品干菊、自动烘干机等各种物品都摆设得十分整齐有序。车间里身穿洁白工作服的工人，正在紧张地工作着。这里是采用最先进的蒸汽机械来加工菊花的，经加工后的成品能够保持杭白菊原有的色香味。据车间负责人介绍，这里生产的胎菊品质最好。胎菊是采用即将开放的花的蓓蕾加工而成的，其香味特别清香醇厚。近年来，厂里将菊花进行深加工，添加参须、枸杞、红枣等滋补食品后，可以制成菊宝茶，产品经广州、香港远销到世界各地。菊花加工厂的生意很好，工人每月工资收入少说也有八九百块。厂里的一位工人告诉我，他们村上有半数以上的人家已经购买了小汽车，家里新添了电脑，还上了网。工人们笑着说："现在的生活真的比蜜糖还甜。"在菊花加工厂门口，我碰到了一位当年下放那个大队的中年农民，那人是个哑巴。他见到我时十分激动，笑容满面地紧紧拉住我的手。一会儿，他用笔在纸上写字，告诉我他如今已经娶了老婆，还有一个小女孩。最近，他乘飞机去外地接小桑苗，赚了1万多块钱。我真的从内心感到高兴，跷起大拇指向他表示祝贺。

从菊花加工厂出来，听见"咚咚咚咚"有锣鼓声响，我便循着声音走去。一路上，我看见环境优美的村办敬老院、整洁明亮的村卫生所、童趣盎然的村幼儿园，这些设施真的可以与小镇上的规模一比高低。近了，我发现这锣鼓声，原来是从村里的文化示范户家中传出的。这里有几个身穿笔挺西装、脚穿黑色光亮皮鞋的中青年农民正在排练节目。他们告诉我，排练节目一般都安排在晚上，今天白天彩排的节目，是准备去市里参加全市菊花奖文艺会演，要争取拿到名次。我看见他们这里的乐器很讲究，有传统的锣鼓、二胡、笛子，还有铜号、小提琴、萨克斯和整套音响设备。我心里想，与我下放时的大队俱乐部的行头相比，这已经是鸟枪换炮了。当年的男女农民清一色穿着蓝布衣裳，脚上穿的是布鞋，下地干活时穿的是草鞋。如今的农民大多穿上了西装皮鞋，姑娘们穿得更是时髦漂亮，好像是田间的花蝴蝶似的十分招人喜欢。一会儿，随着锣鼓响起，排练又一次开始了，在欢快热烈的音乐声中，正在排练的农民个个挺起胸膛，边做动作边齐声高唱《今天是个好日子》：

唉——开心的锣鼓敲出年年的喜庆，好看的舞蹈送来天天的欢腾，阳光的油彩涂红了今天的日子哟！生活的花朵是我们的笑容……

江苏作家王梅香

【作者简介】

王梅香，江苏盐城市人。中共党员，双专科毕业，高级经济师，事业单位部门负责人。闲暇时喜欢把闲不住的思绪，用文字倾吐，有数十万字符跳跃在各类报刊、网络，在不变的字里行间诠译不慕浮华、植根厚土的金色时光。

盐镇水街的雨中风情

初春的盐城水街，一场细雨说来就来。瞬间，细柔飘零的雨丝，风梭挥洒、匝密紊乱，水中落花，檐下滴答，小桥流水在淅淅沥沥的雨中，漂舟戏苑、翰墨阁、水上游船，水润清透，诗意迷蒙，好一幅烟雨水墨亭台楼阁，将原本就奇美秀丽的盐镇水街风情织入了更加空蒙灵秀的画境。

远远近近的景物在雨雾中隐退淡出，似乎什么也看不真切，又仿佛看得更远，把历史的陈旧画卷、盐渎的古老文化，异常清晰地展现在眼前。

不远处，绿色的串场河景观带在朦胧的烟雨中托起形似银色鸟巢的海盐博物馆，范公堤旁水立方的玉峰顶檐，垛垛盐晶近白雪；滢沙铺地，层层海水走银龙的煮海运盐的神话传说，若隐若现，实情再现。

雨丝中漫步前行，石板路渐渐泛起青光，木雕窗显得越发精致，乌篷船载着浅吟低唱。正期待小巷深处走来撑着油纸伞丁香一样的姑娘，却从身后跑来一个梳着马尾穿着红袄的小女孩，躲着妈妈追赶的伞，飞快拐进了前方那临水而立的楼阁，留下一串银铃般的笑声。

人生最可爱的当儿便是在雨中轻倩掠过的这会儿吧？一座仿古建筑的楼上，谁家的女子推窗麻利地收回被雨水淋湿的衣服，一个精致的侧面，随着"梆"的一声，关了窗子，空留遐思。前面一座飞檐翘角青瓦屋面，配置铝合金仿古门窗的建筑，一扇木门半掩，一位头发花白、身材瘦削、戴着眼镜的老妇人，坐在一把红木椅上，正低头翻阅一本很厚的发了黄的书。椅子外侧摆着一个小木凳，想是调皮的孙儿曾在这里陪坐，看奶奶这单调重复的动作，想是寻找流失的岁月，自己再也不忍心打扰了，跑到一边玩去了。我望着她，举起相机，她竟然头都没抬，许是习惯了人来人往的游客行径，许是将慈爱全都注入发了发黄的书中。

雨渐渐下大，本想找个地方躲躲雨。不知不觉中已登上水城门，眼前只见"一水抱古建，几十船娘架舟神入仙境里；八桥连幽径，数百游客倚栏人在画图中"。入水城不远有个古戏台，一剧目组正在戏苑唱淮剧，一曲霓裳引飞鸟；场外漂舟品盐味，十分春色唤淫鱼；演员们嬉笑怒骂、唱做念打，一招一式颇见功底；巧妙精气神，千娇百媚震撼人心。那些淮戏迷，画阁镜中看，淮韵水中听。虽只一座戏台，包揽古今瓢城八景，领略湿地文化风韵；但知几人技艺，能觅昨昔盐渎名流。

离开漂舟戏苑不远，忽听"琵琶声声，妙手空空，一弹流水一弹月；弦乐阵阵，余音袅袅，半入轻风半入云"。远聆，沥沥的琴声像飞流直下的瀑布；近闻，重重晓色映晴霞。直到离去，仍觉绿倚一弹留雅奏，韵绕九阁荡妙音。原来这是当地音乐家协会组织的儿童器乐演奏表演。再过两幢古建，又见瀚墨苑中，市书法家协会组织一群小学生正在进行书法表演，孩子们笔走龙蛇、正草隶篆行，字字如春风轻拂；点横竖撇捺，笔笔若细雨甘霖。市民间文艺家协会组织的发绣表演，飞针走丝现丹鹤、绫锦跳发成牡丹。还有那舞龙耍狮的各式民间表演胜庙会，海味奇珍、传统八大碗及诸多特色小吃惹人馋。不由得入座畅饮五醍浆，醉倒串场留得四海飘香。

水街中建筑最高的当数水云阁，远远望去，蒙蒙雨丝如霭霭祥云笼罩融融瑞气的水阁楼台。走近细看，阁门金钉朱漆，四面斗角虬檐，楼身青砖黛瓦，八方画栋雕梁。登上阁楼，雨丝如皑皑白云飘逸怀中，眼前一叶扁舟仿似空中飘落人间，再看“拱桥流水开画景，飞鸢游鱼悟天机”；极目远眺，“串场流水自千古，湿地风光共一楼”；向东看，“鹤破松韵，披纱戴雪空中飞；鹿鸣滩风，亮嗓放喉唱大丰”；朝西瞧，“高楼林立拔地起，马路捭阖织经纬”；再北望，“雨雾澹荡摇空碧，车水马龙穿登瀛”；转向南，“行政中心摩天立；驿都酒店拔地雄”；此时此景皆水墨，顿觉“鸟啼花笑四时好，雨洒云飘八面来”。

下了水云阁，时已傍晚，不觉飘洒的雨丝慢慢停止了。只见“余晖带烟生紫雾，断霞映水散红光”；此时的水街，“拱桥八座，牌坊三重”；到处是“清水凌凌，风情袅袅”“情侣回廊相拥，耄耋曲径闲谈”；好一派“风和人雅，年泰岁安”的和谐景致。

华灯初上时，漫步盐商宅院、盐政衙门、盐商会馆和盐宗祠——大宅门，三进三出，是整个水街景区占地最大的一组集中建筑群。

从盐政衙门出来，灯光照射下的院墙东侧“一径竹阴云满地，半帘花影月笼纱”。但见嵌刻在“盐政衙门”大门两侧的楹联“从来清白无遗漏，自古贪争有后殃”，被雨水淋洗得更加夺目鲜丽，从心底流淌起对内敛、平实、厚重的海盐文化的无比热爱。

盐镇水街——我还会再来。

甘肃作家王彩玲

【作者简介】

王彩玲，女，甘肃省镇原县郭原乡人，一级教师，文学爱好者。

三寸金莲

老王老婆闲了就给孩子们、给老伴讲她缠脚的那一段经历：那年她8岁，她母亲用织布机上的“梭子”，横垫在她的脚腰下，让脚腰弓起。然后，裹扎起来，逼她走路。慢慢地，脚腰被“梭子”拱断了。她因此一个多月不能下床走路。虽然脚腰折断了，但她的脚仍然臃肿难看。她母亲又念叨：“你这双男人脚，怎么还不烂？”她奶奶也说：“难烂了，该使用法子了。”她母亲说：“不烂不小，越烂越好。”于是，她母亲在奶奶的指导下，找来半个瓷碗，砸成瓦渣，放在她的脚底、脚腰、脚面上，再用缠足布包裹起来，套上小鞋，让她下地行走。她的脚被划破了，血迹从缠足布中渗透出来，变黑，发腥，发臭。她经常疼得脸色苍白，精神恍惚。隔墙的她的亲生母亲每次听到她撕心裂肺的哭喊声，都无奈地在家里灶火角角哭了一鼻子又一鼻子，她的亲生父亲见她奶奶端着针线笸篓，拄着拐杖走弟媳家的时候，也边抹眼泪边赶着羊群下山了，他不愿听到弟媳骂骂咧咧的叫喊声和过继给弟弟的女儿嘶哑的告饶声。

每次缠脚的时候母亲和婶娘让她坐在矮凳子上，用热水把双脚洗干净，乘脚尚温热，将大脚趾外的其他四趾朝脚心拗扭，在脚趾缝间撒上明矾粉，让皮肤收敛，她奶奶说还可以防霉菌感染，再用布包裹，裹好以后用针线缝合固定，两脚裹起来以后，往往会觉得脚掌发热。她母亲和奶奶都是狠人，一开始就下狠劲儿裹。在这期间，把她脚趾用裹脚布勒弯，使劲缠得脚向下略卷。裹脚期间，她奶奶把裹脚布浆得很硬，捶去皱折，缠的时候，奶奶让她母亲用劲把裹布缠到最紧的程度，每次解开来重缠的时候要将四个蜷曲的脚指头由脚心底下向内侧用劲勒过，每缠一次要让脚趾弯下去多压在脚底下一些。同时，还要把四个蜷曲的脚趾，由脚心底下向脚后跟一一向后挪，让趾头间空出一些空间来，免得脚缠好以后，脚指头挤在一起，脚尖太粗。一直要缠到小趾压在脚腰底下，第二趾压在大趾趾关节底下才可以，裹尖的时候往往得把脚趾向足底扭到曲无可曲的程度，再用裹布紧紧地勒住。缠的时候第二趾的趾关节和第三、第四、第五趾的趾关节受到很大的扭曲，每缠一次就得把几个扭伤的关节再伤害一次，缠的时候痛苦难当，缠好要用针线紧紧地把裹布缝起来，硬挤进尖头鞋里，然后让她做家务、到处走动。走动时重量压在内弯跪折的八个脚趾上，把关节扭伤得很厉害，脚指头因为刚弯进去还没紧贴在脚掌上，走路时脚趾关节容易长鸡眼，要时常用针把鸡眼挑掉。每次奶奶和母亲给她挑鸡眼她都痛得死去活来。但她的母亲乐此不疲，每晚都给她挑鸡眼、挑脓包，第二天还逢人就夸：“我把我大女子脚六个月就缠出形状了，缠小了，没有缠不小的脚，就看妈当的好不好。”说这话的时候，满脸的自豪和阴阳怪气的语调。谁人都明白，用别人家的孩子赌咒心不疼。

她白天一双脚痛得寸步难行，到了晚上一双脚放在被子里不但痛，而且蒸热燠闷，有时简直像炭火烧着一样痛苦，睡觉时只能把脚放在被子外，半夜起来捧着脚哭。她有时痛得会偷偷解开裹脚布，如果被母亲发现了就是挨一顿毒打，然后再狠狠地缠回去。经常一夜未眠，整夜把脚贴在墙壁上取一点凉，第二天一早醒来，又得再解开裹布缠得更紧，缠到最后第三、第四、第五的脚趾关节会严重地扭伤甚至脱臼，扭伤脱臼的时候脚会肿得很厉害，皮肤也变成瘀紫色，痛苦至极，但是裹得仍是日紧一日，直到肿消了脚趾都缠到脚底下去，这才算完成了裹尖，接着就给她的脚裹瘦了。

给她往瘦裹的时候，裹脚布把小脚趾跟的部位缠到最紧，往往因为血液循环不良，造成小脚趾跟部也就是外把骨的位置压疮溃烂。缠好以后两只脚可能痛得半天不能走路，要勉强挣扎着，才能用脚后跟垫着走，走一步痛一下。坐下时是一阵阵抽痛，睡觉时也会又胀又痛，如果脚上溃烂化脓了，那胀得更难受，得把脚用枕头被子垫高。她父亲看着不忍心，就在炕窑墙上钉了个木桩，拴一根绳子，让她把脚挂在上面，天气热时足内发烧痛得更厉害。痛得轻时能睡了觉，有时痛得抽筋，或一夜频频痛醒，饮食无味。解开裹布，往往溃烂的部位和裹布紧紧粘着，勉强撕下来，便是一片血肉模糊，差不多五个月的时间，强忍痛苦挨到脚指头都抄到脚内侧边，由脚内缘能摸到脚指头，她母亲说瘦到家了。

接着母亲给她脚裹弯，裹弯是要在脚底掌心裹出一道深深的陷凹，陷凹越深，脚掌弓弯的程度愈厉害，裹到脚掌折成两段，前段的脚掌与脚跟紧靠着，中间一道深缝深达四五厘米，小趾夹在深缝里，脚背因为脚掌弯折的关系，向上膨起呈高坡状。

裹弯了以后脚的长度就明显缩短，这时候痛苦就更加厉害，甚至痛得在床上翻滚。因为脚掌裹瘦到仅剩大脚趾，走路时脚掌向前推的力量很小，多以脚跟着地，运用大腿的力量运步，小腿肌肉萎缩不发达，所以缠脚了以后她的小腿也跟着变细，大腿则反而增粗，这样走路就变成外八字走路，但是腿很端正。

缠足之苦，层层切骨，刻刻痛心。每至缠结束，剧痛难耐，哀哭之声不绝于耳。她奶奶就给她唱歌谣，歌谣中就有“大脚婆娘去降香,瞧着小脚心里慌”这样的话。“真小脚,要爱俏。”“裹小脚一双，流眼泪一缸。”……这都是奶奶边哄她边给她说的。

老王老婆在母亲和奶奶的残酷暴力下，熬过了一个月、两个月……一年的时间，她脚成型了，她的小脚像火伤之后，脱去陈皮烂肉，露出变了形、变了颜色的一个肉疙瘩。弯曲的脚指头被压在脚掌，依稀可辨上面的指甲，其他，一概呈现出可憎的模糊轮廓。从侧面看，脚趾和脚跟已从中折断，两部分紧挨在一起，在软肉的附和下，形成一条由两端站立的曲线，脚跟臃肿，脚掌消失，脚背凸起。脚的全长不及自然长度的一半，整只脚像一个不规则的三角形，使其变成为又小又尖的“三寸金莲”。她的奶奶夸着说好看，母亲说再也不愁嫁了，能找个好人家了。

殊不知，老王老婆 8 岁那年经过了拱脚腰、一个脚指头一个脚指头地往脚掌压脚，把脚裹尖、裹瘦、裹弯，是经历了她人生中最最痛苦的痛和伤。她历经六个多月用命换来的“三寸金莲”，她不知这双母亲和奶奶自以为很了不起的成就给她人生带来的是什么。

宁夏作家柳兆义

【作者简介】

柳兆义，男，笔名冷言，字二世鸿途，回族，1985年出生，宁夏海原县人。本科学历。系中华诗词学会会员、中国楹联学会会员、中国新诗学协会会员、中国诗歌网认证诗人。作品散见于报纸杂志和网络媒体。曾获"浩瀚杯·传承千年"诗词文化大赛三等奖；第二届"经典杯"国际华人文学大赛二等奖、三等奖及优秀奖。获得"当代先锋诗人""当代先锋作家"等荣誉称号。作品入编《当代先锋诗人作家文选》《世界诗歌年鉴2021卷》《"经典杯"国际华人文学大赛获奖作品精选》等。热爱阿拉伯哲学，喜欢读书、写作、音乐、翻译等。

伊国雪

我又再次见到了那飘落在树上的毛毛雪。

见到雪花并不稀奇，但是这是在伊国的冬天，腊月的冬天！冬天在伊国见得最多的应是大雨滂沱和雨后若隐若现的彩虹，而不是这像轻盈的玉蝴蝶一般在空中翩翩起舞、随风飘落的雪花。我看着地上、树上的雪花，有几种不同的色：天空般的淡蓝色，尘土般的淡灰色，翡翠般的淡绿色，可以说是色彩繁多了。此时和往时不同，冬天的雪花特别大，几乎在每棵树和大地上都会有厚厚的雪花静静地躺在那儿等着太阳光的照射变成雪水，供给树木花草和渗入大地润土地。

有些地方的雪更厚。我家旁边的一个小公园里，厚厚的积雪落在椰枣树上,太阳的照射都不能融化积雪。下班后,我来到跟前,抓起没有融化的雪，发出沙沙的声音，好像秋天的风儿吹着树叶沙沙响。但仔细看就会发现，这些雪花竟然一点也没有融化。

雪在中国有很多种，按季节，可分为春雪、秋雪、冬雪；在热带地区，不下雪，但也偶遇似伊国的雪，也有冰雹出现。不同国家所处气候不同，也有所差异，可分为热带雨林气候、热带草原气候、热带季风气候、热带沙漠气候等。

谁都知道，雪是冬天的使者，在冬天，会在特定气候区域有鹅毛大雪落下，但在热带沙漠气候的伊国冬天，也会有大雪飘落。其实，在地球的每个角落都可能会有下雪的。包括在其他从未在冬天下过雪的地区，也会有雪花落下。

辽宁作家雁翎

【作者简介】

雁翎，生于呼市，长于通辽，后调到大连工作。爱好写作和朗诵。发表过诗歌、散文等多篇。关注底层，直面人生。

安代之乡哲里木

科尔沁是蒙古族聚居之地，哲里木是蒙古民间歌舞“安代”之乡。安代,蒙古语“起身”或“抬头”之意。关于安代的起源，说法不一。其中有这样一种说法：古时候，有一个年轻的蒙古族女子得了一种病，整日郁郁寡欢，求医、问药均不见效。

一天，她丈夫用车拉着她去看病，途中见有一群人在跳舞，那载歌载舞的热烈场面、那欢快优美的旋律，竟使女子眉间的愁云渐渐淡去。她情不自禁地加入了舞者的行列，尽情地唱啊跳啊，出了一身透汗，病竟然不治而愈了。关于安代的起源，除了“医病说”之外，还有“禳灾说”，等等。学术研究上的众说纷纭，正说明了安代起源的久远。

安代是科尔沁草原“马背上的民族”最自然的情感宣泄方式。每年七八月份，大型的民间安代舞季便告到来。蓝天白云，艳阳高照，莽莽草原绿浪起伏，浪尖上灿烂着斑斓的野花。蒙古包之间，花与草之下，那空地便是安代的舞场。这演出没有组织者，没有演员，也没有观众。一人身着彩服，手执彩绸，对蓝天碧草自舞自乐，舞得性起，一声呼啸，远远近近，涌奔出心痒难耐的好男妙女、白发垂髫。马头琴拉起来，歌手唱起来，竞赛就开始了。

高超的舞者，男如雄鹰奔马，女如紫燕流莺，满场飞转，众人瞩目。渐渐，以他们为核心，人们手拉手舞成几个圆圈，忽地圆圈儿重新组合，那是因为出现了更高强的舞者。

夜晚才是高潮——繁星闪闪，篝火熊熊，号角呜呜。马背上的民族一展雄风，强悍的舞步叩打着大地，声传数里。舞到激昂处，人人大汗淋漓。有人踏破了鞋底，有人舞断了衣衫，歌手唱哑了嗓子，马头琴崩断了丝弦。十里灯火八方散去，尽兴的人们幸福地喘息。遥闻草原深处，马嘶如龙，犬声如豹……

蒙古民族离不得马、离不得刀，也离不开这勾人魂魄的安代舞。一如科尔沁草原是雄阔与秀美的和谐，草原上的人们是强悍与温良的统一，他们创造的安代舞也饱含着对生活的热爱，显示着健与美的风采。

新加坡作家欧冰冰

【作者简介】

欧冰冰，1979 年加入新加坡作家协会，2001 年加入文艺协会。毕业于立化政府华文中学，师范大学从事教学工作 30 年，为照顾三只猫一只狗提早退休。曾任小学华文老师兼音乐主任，考获英国伦教音乐学院钢琴与乐理证书、英国伦敦皇家音乐学院演奏证书。从 20 世纪 70 年代起，散文、小说、游记等作品发表于《南洋商报》，《新明日报》，《职总奋斗报》与电台 958《文艺园地》。2018 年荣获新加坡文艺协会颁发之“第十届新加坡优秀作家奖”。出版两本个人散文集《心灵的倾诉》《生命的乐章》。1998 年与 2005 年两次主办慈善义演，为仁慈医院与佛堂筹款。

心灵的醒悟

1. 修忍辱

每天在上人生三课，总遇不顺心之人与事。佛菩萨天天丢下三份考卷，有时我考八十分自在开心，有时嗔火一起，火烧功德林，还得靠三个挚友用冰水来为我灭火。

督导李师兄教导我遇境不去染着，可我一受无理指责辱骂，仍不甘受委屈。结果手接明枪三暗箭，马上反射回且再加三枪七箭。学佛修行得修忍辱，百忍成全谁不知？可当下无法马上放下这种任性不甘示弱之习气若不改，难修难行！

2. 不鸣则已一鸣惊人

慢慢体会了一个道理，我们在不得意之时不用气馁、不用埋怨、不用伤悲。感叹怀才不遇吗？千百年来多少大文豪大诗人词家也被埋没，白发苍苍也是抱憾终生。楚庄王说过：大鸟落在山丘上，三年来不飞不叫是因为“三年不展翅，是要使翅膀长大；三年不鸣叫，是要观察准备。虽不飞，飞必冲天，虽不鸣，鸣必惊人”。对！无法展翅高飞时，静来好好自我锻炼默默耕耘，天天进步，待有机会施展才华之际，才以丰厚实力出现在大众眼前。若有机会但实力不足，成功也是空谈！

不鸣则已，一鸣惊人，对不？苏东坡说：“博观而约取，厚积而薄发。”没有一段被长期在泥土里的埋没的种子，哪得从中伸出世间呼吸清新空气那种成功的欢愉？

3. 学习放下

明白了：了解我的人不用一言一语解释，不了解的人即使千言万语也讲不清。每个人一定得成熟，虽得付出许多痛苦之代价，从苦与泪中。学习坦然接受一切人事物在人世间，对爱自己的人珍惜，增生缘。向离去之过客洒脱挥手说声珍重，虽已成陌路，故不必眷恋。友善的人，笑脸相迎，携手向前。

江苏作家王丫丫

【作者简介】

王丫丫，江苏省南京市人，南京艺术学院“影视摄影与制作”本科大三学生。业余时间，喜爱用灵感抒发墨香的芳华，有数万字符散见于各类报刊、网络。2019年现场撰稿《他，好成功》，在第十五届全国中学生创新作文大赛现场复赛中荣获二等奖。

雪舞瓢城

数九隆冬，期盼已久的一场雪说来就来。看着漫天飞舞的雪花，晶莹，透亮，越下越密，越来越大，纷纷扬扬，飘飘洒洒，悄无声息，一个劲儿地争着往地上掉，一朵接着一朵，不要命地从半空中摔落下来，化成了一颗颗晶莹剔透的珍珠，洁白无瑕。

欣赏这“瓢城冰封，东晋雪飘”的“串场”美景；体验那份特有的“大雪压青松，青松挺且直”的傲骨和豪放。倍感“瑞雪兆丰年，雪映丰收果”的喜悦，仿佛在这场大雪中，已经看到了来年的丰收景象。不由得脑海中“冬天麦盖三层被，来年枕着馒头睡”的场景若隐若现。

眼前，这雪像织成了一面白网帐，十几米远就什么也看不见了。又像连绵不断的帷幕，一个劲儿往地上直落，同时又返出回光。隐没了种种物体的外表，阻塞了道路与交通，覆盖了城市的高楼，郊外的田野、河流、小道、村庄、农舍，就连树上也挂满了晶莹的雪花。大地尽情地披上了棉装，舒服地酣然入睡；树木在开心地洗梳着枝条；小动物们在雪地中欢快地追逐；小朋友们尽情地打滚；老人在贪婪地呼吸着清新湿润的空气；诗人用心语在稿纸上深情表白；画家用油彩在画布上用心涂抹；农民在雪地里劳作。你要是在路上行走，不一会儿，就会成为一个活雪人。原野里白茫茫的一片，看不出哪儿是天哪儿是雪！原来是贪玩的云儿思念故乡，趁着天黑，悄悄回来了，为了弥补自己的过失，悄悄地下了一场雪。

这场雪，无声地覆盖着人世间的污秽和丑恶，使大地在洁白的雪花下胸怀显得那么宽广、单纯、高洁。

这场雪，无声地驱赶毒株，呵护着该保护的对象。它用自己的玉体遮盖着幼小的冬苗。等到太阳出来时，它便静静地隐去了。悄悄地，好像不想让任何人知道，它自己的生命化成了清澈的水，又去滋润着大地、滋润着嫩苗。翠竹被净化了，显得无比翠绿；青松被净化了，显得更加苍劲；人的心灵被净化了，感到晶莹剔透，清鲜、舒畅、欢快。

这场雪，落在脸上，打湿衣裳，没有留下任何印痕。它包容万物，无形侵袭，无论你走到哪里，还是用任何方式地与它亲近，都不会造成伤害。甚至在你饥渴之时，还能融成水，品尝它的滋味，说不上香甜，但绝不辣口，丝丝凉意直穿肺腑，直达心灵。

记得儿时冬季的一天清晨，我还在被窝里就被白得刺目的光线晃醒，急忙起床跑到雪地里印上自己的脚印，再伸出双手去接住还在飘洒的雪花,验证一下是不是六瓣儿的小精灵。之后，这小精灵总是承载我童年记忆中的小船，每年冬天都期盼那漫天飞舞的雪花。穿着棉衣、棉鞋，戴着棉帽、棉手套。静静地站在雪地里，抬起头、张开双臂，任那雪花飘在脸上、落在手心里，把曾经的美好包容在其中，把每一场雪给的感悟都留在记忆里。

凝视这漫天飞舞的雪花，我平静的心灵与纷飞的白絮交织着感慨万千，北宋政治家和文学家范仲淹“先天下之忧而忧，后天下之乐而乐”，在这里修“堤”浚“河”，成就了清波之上曾有百舸争流千帆竞过的盛况，使“水上走廊”的美誉屈指间流过沿河古镇一千八百年的产盐史；宋朝梅尧臣的“陶尽门前土，屋上无片瓦。十指不沾泥，鳞鳞居大厦”的诗句，让后人自愧不如的是屋上无片瓦的贫民、难民、灾民在这漫天飞舞的雪中又是何种心境？

把酒独舞，风过处，瑞雪纷飞絮，怎奈何朝朝暮暮。吟雪邀月，叹残叶，醉里空悲切，任红尘寒风凛冽。笑看落花流水春去也，天上羡人间。